茅盾研究
八十年書系

錢振綱・鍾桂松◎主編

莊鍾慶◎著

7

茅盾的創作歷程

花木蘭文化出版社

國家圖書館出版品預行編目資料

茅盾的創作歷程／莊鍾慶 著 — 初版 — 新北市：花木蘭文化
出版社，2014〔民 103〕
目 2+304 面；19×26 公分
（茅盾研究八十年書系；第 7 冊）
ISBN：978-986-322-697-0（精裝）
1. 沈德鴻 2. 中國當代文學 3. 文學評論
820.908   103010113

中國茅盾研究會《茅盾研究八十年書系》編委會

主　編：錢振綱 鍾桂松

副主編：許建輝 王中忱 李　玲

特邀顧問：

邵伯周 孫中田 莊鍾慶 丁爾綱 萬樹玉 李　岫

王嘉良 李廣德 翟德耀 李庶長 高利克 唐金海

ISBN-978-986-322-697-0

9 789863 226970

茅盾研究八十年書系
第 七 冊   ISBN：978-986-322-697-0

茅盾的創作歷程

本書據人民文學出版社 1982 年 7 月版重印

作　　者　莊鍾慶
主　　編　錢振綱　鍾桂松
總 編 輯　杜潔祥
副總編輯　楊嘉樂
編　　輯　許郁翎
出　　版　花木蘭文化出版社
社　　長　高小娟
聯絡地址　235 新北市中和區中安街七二號十三樓
　　　　　電話：02-2923-1455／傳真：02-2923-1452
網　　址　http://www.huamulan.tw 信箱 hml810518@gmail.com
印　　刷　普羅文化出版廣告事業
初　　版　2014 年 7 月
定　　價　60 冊（精裝）新台幣 120,000 元

茅盾的創作歷程

莊鍾慶 著

作者簡介

莊鍾慶，福建省惠安縣人。1933年10月出生。1955年7月廈門大學中文系畢業。曾在人民文學出版社、河北《唐山勞動日報》擔任編輯工作。1961年6月調到廈門大學中文系任教，應聘爲講師、教授。《魯迅全集》修訂工作委員會特聘爲《魯迅全集》修訂編輯委員會委員、曾任中國茅盾研究會副會長、中國丁玲研究會副會長。主要著作有：《茅盾的創作歷程》、《茅盾的文論歷程》、《茅盾史實發微》、《茅盾的文學風格》、《魯迅雜文的現實主義衍變》，《丁玲創作個性的演變》，《中國現代文學研究方法論與實踐》。主編《東南亞華文新文學史》，《論語派作品選》。列入中國多家文學辭典，獲英國劍橋傳記中心授予的「國際20世紀成就獎」。

提　要

　　莊鍾慶著的《茅盾的創作歷程》，人民文學出版社1982年7月出版。此書被新華社認爲是「全面分析茅盾各個時期創作的理論著作」。學術界評論文章指出此書闡釋茅盾的創作特點是，以廣泛的題材、多樣的體裁、眾多的人物形象以及恣肆磅礴而又精雕細琢的藝術風格，具體而眞實地反映了一個時代的風貌，雖然現實主義嬗變的過程曲折，但無礙他成爲革命現實主義的文學大師。茅盾創作的巨大影響並沒有結束。

　　論著除了論述茅盾創作上多方面的成就與貢獻，還對茅盾的文藝思想、文藝批評等的貢獻作出評價。

　　作者又探討茅盾研究中的許多問題，如茅盾主要作品的傾向、茅盾創作發展的分期、茅盾文學思想的發展、變化的特徵、毛澤東的《在延安文藝座談會上的講話》對茅盾創作的影響等都發表了自己的看法。

　　新華社還指出《茅盾的創作歷程》「收有茅盾致作者的手箋和作者從茅盾處獲得的第一手材料」，因之評論者認爲「這部專著在同類論著中具有不可替代的意義」。

　　《茅盾的創作歷程》出版後，有的論者聯繫已出版的茅盾文學歷程專著的情況，進行評論，《文學評論》的文章指出「到莊著出現，茅盾形象的多側面和深廣度則進一步得到了加強」，「這樣，茅盾形象日益豐滿，形成了到現在爲止對茅盾認識的新的總括」，「莊著這本最後出版，又是最出色的書」。北京《新文學論叢》、《光明日報》、《浙江學刊》、《新時期文學六年》、香港《三聯通訊》等報刊、書籍都對《茅盾的創作歷程》給予肯定。北京大學出版社出版的《中國二十世紀文學研究論著提要》也將《茅盾的創作歷程》列入。《茅盾的創作歷程》中《子夜》、《春蠶》章節被選入高校教材參考文章。日本《伊啞》指出莊鍾慶以其「專著」(《茅盾的創作歷程》)而成爲「中國有代表性的茅盾研究家」。美國國會圖書館和一些大學圖書館也有收藏《茅盾的創作歷程》。美國學者致函作者，認爲《茅盾的創作歷程》「可稱得是中國現代文學研究上的一個里程碑」。東南亞華文報紙如菲律賓發表了介紹《茅盾的創作歷程》的文章等。

　　二十一世紀以來《茅盾的創作歷程》在國內外仍受到學界重視。2000年出版的一本中國現代文學教材把《茅盾的創作歷程》列爲教科書《20世紀中國文學研究·現代文學研究》把《茅盾的創作歷程》列爲「重要的茅盾研究專著」，《中國現當代文學學科概要》認爲《茅盾的創作歷程》是「有份量的專著」。

目次

第一章　「叩『文學』的門」之前
（1896～1916）

　　浙江省桐鄉縣烏鎮，十九世紀末是個擁有十萬人口的大鎮。〔註1〕這個鎮繁華不下於一個中等的縣城，鎮上市街之外，有稻田和桑地，還有河有塘，所以有「魚米之鄉」的美稱；這又是一個「歷史」的小鎮，鎮中某寺是梁昭明太子蕭統偶居讀書的地點，鎮東某處是清朝那位校刊《知不足齋叢書》的鮑廷博的故居。〔註2〕

　　就在這樣一個繁華富饒，風景宜人，又有文化氣氛的環境裡，於中日戰爭後二年即一八九六年的七月四日誕生了一個平常的孩子——沈德鴻。

　　沈德鴻，字雁冰，他開始寫小說時用了茅盾作筆名。他出生在一個大家庭裡，祖上世代讀書。祖父是個「樂天派」，「對於兒孫的事，素來抱『自然主義』」，任憑他們「愛什麼就看什麼」。〔註3〕祖母愛講笑話，善談「太平軍以前的農村風光」，喜養春蠶。茅盾養蠶的知識就是從她那裡學來的。〔註4〕他的父親沈永錫是一位醫生，當時的「維新派」，非常注重理工科，希望兒子將來學「實業」。於是在家塾中讓他讀了「澄衷學堂的字課，圖說和正蒙必讀

〔註1〕據茅盾《我怎樣寫〈春蠶〉》。茅盾在《我的小傳》中又說：「生於浙江省桐鄉縣屬一個四萬人口的小鎮」。據了解十萬人口指烏鎮與青鎮兩鎮人口，這兩鎮原為一鎮，通稱烏鎮。（本書引用茅盾的作品，均以人民文學出版社出版的《茅盾文集》十卷本為準，如未收入文集，則根據當時出版的茅盾著作或有關報刊的文字。）
〔註2〕據《故鄉雜記》，《茅盾文集（九）》；茅盾《我怎樣寫〈春蠶〉》，《青年知識》第一卷第三期，1945年10月。
〔註3〕茅盾：《我的小傳》，《文藝月報》創刊號，1932年6月。
〔註4〕據茅盾：《我怎樣寫〈春蠶〉》。

裡抄下來的天文歌略和地理歌略那一類『新書』——當時人稱爲『洋書』，〔註 5〕可是茅盾對此不感興趣，他說：「這幾本書給我幼小的腦筋許多痛苦，想來不下於我的叔叔們所讀的《大學》、《中庸》。」〔註6〕

茅盾十歲時，他的父親去世了。留下他和母親陳愛珠與胞弟沈澤民三人。家庭的擔子就落在他母親肩上，當時「家產既非富裕，那生活的情形可想而知了」。〔註 7〕但是，他的母親並沒有被生活所壓倒，勇敢地帶領兩個兒子，迎著困難前進。她的「個性異常倔強，觀察事物的眼光也較常人遠大和銳利。自丈夫去世以後，她就負擔了支持這個家庭的責任，她把丈夫剩下來的極有限的財產，幾乎是全部地供給了她的兩個孩子的受教育」。〔註 8〕這樣，使得茅盾兄弟兩人能夠受到高等教育。茅盾的母親在家塾受過良好的舊文學教育，她對引導幼年的茅盾愛好文學，起了一定作用。例如她曾講過《西遊記》中間的片斷的故事給他聽，還拿整本《西遊記》給他看。〔註 9〕她的剛強的品性，嚴格的家訓，對他一直有著良好的影響。一九五七茅盾在《寫在〈蝕〉的新版的後面》一文中還這樣寫道：「自知之明，向來還有一點（這應當感謝我的故世已久的母親在我童年時對我的教育）。」

茅盾幼年時，讀過家塾，也讀過私塾，學過《三字經》，之後他父親就讓他讀「新學」。〔註 10〕一九〇七年，在烏鎮植材高等小學讀書。「讀的是文明書局當時出版的修身教科書和歷史教科書，還有《禮記》。作爲選文讀的，是《古文觀止》」。〔註 11〕這些書籍儘管不能引起他的興趣，但卻爲他閱讀中國古代的書籍打下了基礎。那時，對他有吸引力的是一些「閒書」。他說：「我家有一箱子的舊小說，祖父時傳下，不許子弟們偷看，可是我都偷看了。這些舊小說中有關色情的部分大都已經抽去，——不知是誰做的，也許是我的祖父，也許是我的父親，大概因爲已經消毒過，他們不那麼防守得嚴緊，因而我能偷看了。」〔註 12〕小學時代，他「日以閱讀新書小說爲樂」；〔註 13〕進

〔註 5〕 茅盾：《我的小傳》。

〔註 6〕 同上註。

〔註 7〕 東方曦（孔另境）：《憶茅盾》，《作家筆會》，上海春秋雜誌社，1945 年 11 月出版。

〔註 8〕 同上註。

〔註 9〕 據茅盾：《我的小學時代》，《宇宙風》第六十八期，1938 年 5 月 16 日。

〔註 10〕 同上註。

〔註 11〕 茅盾：《我的小傳》。

〔註 12〕 茅盾致筆者手箋，1962 年 9 月。

中學後，他讀了一些古詩古文，「課餘的時間全都消費在舊小說上頭」；〔註14〕到北京大學後，「盡看自己喜歡的書，不聽講，因爲那時的教授實在也不高明」。〔註15〕他曾經概括地敘述在這段期間學習的情況：「青年時我的閱讀範圍相當廣泛，經史子集無所不讀。在古典文學方面，任何流派我都感興趣；例如漢賦及其後的小賦，我在青年時代也很喜歡。……我在家十五、六歲以前，作文用散體（即所謂古文，那時喜歡的是《左傳》、《莊子》、《史記》、韓、柳、蘇等），二十左右作文用駢體，那時就更喜歡兩漢至六朝的駢體，我那時很看不起明清人的散、駢，頗受明七子書不讀秦漢以下、詩宗盛唐等議論的影響，但我對晚唐詩（如李義山），對宋詞也很喜歡。當然，元、明戲曲，一般都喜歡，但不大喜歡《琵琶記》。至於中國的舊小說，我幾乎全部讀過（包括一些彈詞），這是在十五、六歲以前讀的（大部分），有些難得的書（如《金瓶梅》等）則在大學讀書時才讀到的。」〔註16〕這裡，值得注意的是，茅盾所讀的書全是中國古籍，範圍廣泛，除了正統的經史子集外，還博覽小說、戲曲、彈詞，對於小說有特別濃烈的興趣。茅盾大量閱讀中國古籍，對他以後的創作很有幫助。從小學到大學的求學階段打下的堅實英語基礎，爲他後來閱讀英國文學作品或英譯的外國文學提供了方便的條件，這對他從事文學活動影響很大；他從小注意語文及寫作鍛煉，爲他走上文學道路作好文字上的準備。他讀小學時，作文常得到「好筆力」、「筆銳似劍」等批語。國文老師「嘗撫其背道：『你將來是個了不得的文學家呢！好好地用功吧！』」〔註17〕中學時代，國文老師稱讚他「文思開展」，但又不滿他作文「有點小說調子」。〔註18〕

茅盾從「能聽會說的時候起，見聞範圍也相當複雜」，〔註19〕他幼年時熱衷於觀看每年家鄉鎮上照例舉行的首尾半月異常熱鬧的「香市」；〔註20〕愛聽家鄉一家賣水果店裡的老婆婆講「長毛」故事；〔註21〕喜歡看鎮上鬱鬱

〔註13〕 沈志堅：《懷茅盾》，《文壇史料》，上海《中華日報》社，1944年1月出版。
〔註14〕 茅盾：《我曾經穿過怎樣的緊鞋子》，《我與文學》，生活書店，1934年7月出版。
〔註15〕 茅盾致筆者手箋，1962年9月。
〔註16〕 同上註。
〔註17〕 沈志堅：《懷茅盾》。
〔註18〕 茅盾：《我曾經穿過怎樣的緊鞋子》。
〔註19〕 茅盾：《我怎樣寫〈春蠶〉》。
〔註20〕 據《香市》，《茅盾文集（九）》。
〔註21〕 據茅盾：《瘋子》，《茅盾文集（九）》。

蒼蒼、井然有序的桑林；樂於耳聞目睹「葉市」裡緊張悲觀的情景等等。這些方面的接觸對他的文學創作都有很多的幫助。同時，他也接觸到了農村和農民。他雖然不是農家子弟，未曾在農村住過，但由於生長在大家庭，家裡和農民有些來往，因而使他有同農村聯繫的機會。他幼年所見的有來家裡做工的農民以及「丫姑爺」。〔註22〕童年時，他每年清明上墳的時候，要到鄉下去一趟，因此對鄉下有所了解。他同「丫姑爺」的關係較密切，他在《我怎樣寫〈春蠶〉》中說：「他們倒不把我當作外人，我能傾聽他們坦白直率地訴說自身的痛苦，甚至還能聽到他們對於我所抱的理想的質疑和反應，一句話，我能看到他們的內心，並從他們口裡知道了農村中一般農民的所思所感與所痛」。他所見到的農村和接觸到的農民，不僅成為他以後寫作小說、散文的重要題材，豐富自己創作的血肉，而且也是他從勞動人民那裡汲取精神營養並同他們在思想上保持著聯繫的可貴開端。

不錯，茅盾少年、青年時期的家庭教育，農村社會的見聞以及舊文學及英語的學習，對他從事創作有著一定幫助。但給他的思想和創作以深遠影響的，卻是歷史的變革和時代的思潮。

茅盾出生後幾年，國內發生了一連串的重大政治鬥爭，如一八九八年資產階級改良派的戊戌政變，一八九九年聲勢浩大的義和團反帝愛國運動，以及一九一一年的辛亥革命。而給茅盾以顯著的影響的，是辛亥革命。

一九一一年，茅盾十五歲，正在浙江省第三中學（亦稱湖州府中學）學習。那年上半年學校掀起剪辮子運動，他和同學們「對於辮子的感情卻不好」，都知道「這是『做奴隸的標幟』」。〔註23〕這次剪辮子風潮，就是「下半年革命高潮到來的前奏」。〔註24〕那年暑假後，他就轉入浙江省立第二中學（亦稱嘉興府中學）。這個學校的校長和許多教員都是「光頭」──「革命黨的標幟」，「光頭學生」亦不少，民主氣氛很濃厚，師生關係很融洽。〔註25〕

〔註22〕 「丫姑爺」，據茅盾解釋，「在烏鎮一帶戲稱丫鬟的丈夫為丫姑爺，但並非貶意，也有把丫鬟看作女兒的意思，所以叫姑爺」（1978 年 4 月 25 日茅盾致筆者信；本書引用此書及在此後茅盾致筆者的信均由韋韜即沈霜、陳小曼筆錄轉述）。

〔註23〕 茅盾：《回憶是辛酸的罷，然而只有激起我們的奮發之心！》，《時間的記錄》，良友復興圖書印刷公司，1945 年 7 月重慶初版。

〔註24〕 同上註。

〔註25〕 據茅盾：《回憶辛亥》，《印象·感想·回憶》，文化生活出版社，1936 年 10 月出版。

不久，從湖北傳來武昌起義的消息，整個學校都沉浸在革命浪潮的激蕩之中。茅盾後來回憶當時的情況寫道：「雖然我們那時糊塗得可笑，只知有『革命』二字，連中國革命運動史的最起碼的常識也沒有，我們不知道在這以前，有過哪些革命的黨派，有過幾次的壯烈的犧牲，甚至連三民主義這名詞也不知道，然而武昌起義的消息把我們興奮的不得了。我們無條件的擁護革命，毫無猶豫相信革命一定會馬上成功」。〔註26〕那時上海有幾種很肯登載辛亥革命消息的報紙，可是嘉興的派報處都不敢販賣。忽然有一天，有一個二中學生到東門外火車站閒逛，卻帶回一張被列為禁品的上海報。許多好事的同學圍住那位同學盤問了半天，才知道那稀罕的上海報是從車上的茶房那裡轉買來的。於是以後就有些熱心的同學義務地到車站守候車來，鑽上車去找茶房。不久又知道車上的茶房並非偷販違禁的報，不過把客人丟下的報紙拾來賺幾個「外快」罷了。於是二中校裡的「買報隊」就直接向車上的客人買。過後不多天，車站上緊張起來，「買報」那樣的事，也不行了。但是二中學生們好像都得了無線電似的，「知道那一定是『著著勝利』」。〔註27〕茅盾說：那時「革命軍勝利的消息，我們無條件相信；革命軍挫敗的消息，我們說一定是造謠。為什麼我們會那樣盲目深信？我們並不是依據了什麼理論，更不是根據什麼精密研究過的革命勢力與反革命勢力的對比；我們所以如此深信，乃是因為我們目擊身受滿清政治的腐敗，民眾生活的痛苦，使我們深信這樣貪污腐化專橫的政府，一定不能抵抗順應民眾要求的革命軍」，〔註28〕武昌起義爆發後不長時間，二中放了假，茅盾同「幾個同鄉的一回到家鄉，就居然以深通當前革命情勢的姿態，逢人亂吹，做起革命黨的義務宣傳來了」。〔註29〕辛亥革命後，「貌雖如此，內骨子是依舊的」。〔註30〕不久，學校又復課了，老教員已經走了大半，新來的一位學監，握有學校大權，施行專制，「整頓校風」，師生之間的民主空氣大不如前，因而激起曾經受過辛亥革命洗禮的同學們的不滿，鬧了「一次小小革命」，有的動手打學監，有的打碎

〔註26〕 茅盾：《回憶是辛酸的罷，然而只有激起我們的奮發之心！》。
〔註27〕 以上均據茅盾：《我所見的辛亥革命》，《中學生》第三十八期，1933 年 10月。
〔註28〕 茅盾：《回憶是辛酸的罷，然而只有激起我們的奮發之心！》。
〔註29〕 同上註。
〔註30〕 魯迅：《朝花夕拾‧范愛農》。（本書引用魯迅的作品，均以人民文學出版社1981 年出版的《魯迅全集》十六卷本爲準）

布告牌。茅盾也參加這次鬥爭，他把一隻死老鼠送給學監，並且「還在紅封套上面題了幾句莊子」。〔註31〕於是，他被開除了。

辛亥革命帶來的資產階級民主主義思潮，促進了中國人民的覺悟，當時不諳「革命大義」的中學生、年僅十五歲的茅盾，也在這個大風濤中被喚醒了，滋長著反封建的民主主義思想萌芽。

一九一二年春，茅盾轉入了杭州安定中學。翌年考進了北京大學預科。那時，辛亥革命失敗後建立起來的封建軍閥政權殘酷地統治人民，中國又一天天沉入黑暗裡。當年的北京大學，「確是個古氣沉沉的老大學」。〔註32〕茅盾感受到時代帶來的沉重的氣氛，覺得呆在學校作用不大。他說：「讀完了三年預科，我還是我，除了多吃些北方的沙土，並沒有新得些什麼，於是我也就厭倦了學校生活了」。〔註33〕當時，他又碰上家庭經濟困難，於是離開學校到社會上尋求出路去了。

茅盾從幼年到二十歲這一時期，由於新思潮的激蕩，提高了他對現實的認識；涉獵古籍，供給了他的文學養料；多方面的見聞，開拓了他的生活視野。這些都為他後來「叩『文學』的門」〔註34〕奠下了基礎。

〔註31〕 茅盾：《回憶辛亥》。
〔註32〕 楊振聲：《回憶「五四」》，《人民文學》1954 年第 5 期。
〔註33〕 茅盾：《我的中學生時代及其後》，《印象·感想·回憶》。
〔註34〕 茅盾：《答國際文學社問》，《新港》1957 年第 11 期。

第二章　從提倡爲人生文學到探索革命文學（1916～1925）

一

一九一六年北京大學預科畢業後，茅盾進了上海商務印書館，先是在英文部英文函授學校改課卷，後來到國文部工作，又是編輯，又是翻譯。

那時，正處於五四運動的前夜，以《新青年》爲號角的新文化革命正在醞釀和準備之中。在新思潮的啓迪、鼓舞下，茅盾貪婪地閱讀《新青年》等進步刊物，感到「刺激力很強，以前人好像全在黑暗當中，到那時才突然打開窗戶」。〔註1〕他開始「摸索著追求著眞理，努力想求得生活何以如此、又應當怎樣的答案」。〔註2〕這樣，從一九一七年起他就拿起筆來，作爲尋覓眞理的武器。這時候，青年學生正狂熱地追求紛至沓來的各種新思潮。這一重要歷史現象，引起了他的注意。於是他就圍繞著學生如何謀求愛國途徑的問題探討革命道路。他在一九一七年第十二號《學生雜誌》上開始著文論述這個問題。他的第一篇社會論文叫《學生與社會》。文章抨擊了黑暗社會，指出學生在改造社會中的作用，要求學生「有奮鬥力以戰退惡運，以建設新業」。他又在一九一八年第一號的《學生雜誌》上發表第二篇社會論文《一九一八年之學生》。文章根據「二十世紀之時代，一文明進化之時代也」這一進化觀點，分析了第一次世界大戰以來的國際國內形勢特點，進而對當時青年學生提出三點希望：(1)革新思想；(2)創造文明；(3)奮鬥主義。這篇文章雖然是針對當時學生情況而寫的，但卻反映了作者「五四」前的社會政治思想。文

〔註1〕　韓北屏：《茅盾先生談「五四」》，《文哨》第二十八期，1946年5月2日。
〔註2〕　茅盾：《致胡萬春》，《文匯報》，1962年5月20日。

章洋溢著愛國主義激情，表現了民主主義的戰鬥特色。他猛烈地抨擊當時「國是之紛爭，政局之扤突」，指出自辛亥革命以來，「忽焉六載，根本大法，至今未決，海內蜩螗，刻無寧晷，虛度歲月，暗損利權」。同時，批評了當時社會上不良的現象，他說：「社會之心理，素以退讓爲美德，守拙爲知命。此以防止野心家之爭名攘權，鄙陋者之營求鑽謀，原不可厚非，而其弊則使中庸之人，皆奄奄無生氣，而梟雄特拔之人，反足藉以縱橫一世，莫敢誰何」。但他並不因爲社會上妖魔鬼怪爲非作歹而對國家前途失去信心，相反，滿懷熱情地指出：「我國之前途遂無一線之希望，是讆言也。」他說：「以前之歲月，雖已擲諸虛牝，而以後之歲月，尙堪大有作爲。」他援引歷史上事例，證明「我國人非無創造之能力者」，批判摹擬西方之風，並規勸「學生其毋驚於發明二字之偉大而自餒也」。他認定「方今時勢，有需於生民之作爲，而別創歷史上之新紀元者多矣」，因此，他竭力提倡新思想。「所謂新思想，如個性之解放也，人格之獨立也」等。

　　作者除了撰寫有關學生問題的論文外，還翻譯了許多適合學生需要的歐洲資產階級國家的科學知識、文化知識及文學作品，以擴大學生的知識面。如在一九一八年《學生雜誌》發表的《兩月中之建築譚》、《二十世紀後之南極》等。另外，還介紹了許多西方學者詩人不畏艱苦奮勇進取的事跡，以激發當時青年積極向上的精神。如在《履人傳》前頭說：「閒常泛覽外史，取少賤爲履人之名人，撮其事跡，薈萃一篇，爲履人傳。亦見人在自樹，自暴自棄者，天厭之，窮巷牛衣之子，其亦聞風自興而勉爲書中人乎！吾願其效卡萊之好學，百折不回。學喬治之束身，不爲眾涅。效蕭物爾之見義忘生，約翰之貧而好善。斯則此篇之作，爲不虛己。……吾今獨剌取此四人而敘之者，以其奇行瓌質，獨能爲當世青年下一針砭故也」。〔註3〕

　　茅盾不但注意青年學生的教育問題，而且關心小學生的學習。他從一九一八年開始編撰了一些童話，內有中國古代故事及西洋神話。他的意圖是明確的，希望兒童通過這些方面的閱讀，獲得良好的教育。

　　五四運動以前，茅盾是個民主主義者。他和魯迅同樣是以進化論作爲戰鬥武器，直指著舊中國「絕無窗戶而萬難破毀的」「鐵屋子」，呼喚著這「鐵屋子」裡面「熟睡的人們」〔註4〕起來鬥爭！茅盾在尋找革命眞理的道路上邁

〔註 3〕　《學生雜誌》第五卷第四號，1918 年 4 月 5 日。
〔註 4〕　魯迅：《吶喊·自序》。

開了第一大步！

二

「五四」的革命風暴如狂飇般席捲起來，聲勢浩大，威力猛烈，震醒了當時整個社會。毛澤東同志指出，「五四運動是反帝國主義的運動，又是反封建的運動。五四運動的傑出的歷史意義，在於它帶著爲辛亥革命還不曾有的姿態，這就是徹底地不妥協地反帝國主義和徹底地不妥協地反封建主義。」〔註 5〕毛澤東同志又說：「五四運動是在當時世界革命號召之下，是在俄國革命號召之下，是在列寧號召之下發生的。」〔註 6〕

五四運動時期茅盾正在上海商務印書館工作。「五四」的社會運動和政治運動這兩方面，他都沒有參加。〔註 7〕但是，五四運動對他的影響卻是很大的。從此他的「思想改變，讀外國書了」，「馬列主義的專門著作，那時還沒有翻譯過來，因此學馬列主義只有讀外文書」。他「只懂英文，而英文的馬列主義書籍不易買到」，只好讀當時蘇聯出版的英文雜誌裡有關介紹社會主義思想的單篇文章。〔註 8〕

這些表明，茅盾在十月革命的影響下，在五四運動的感召下，對國家的命運與前途有了新的認識，他注視著十月革命的道路，這是茅盾在探索革命眞理的長途中可喜的新開端。

茅盾就是在這種情況下走上文壇的，那時，「五四」高潮過去了，新文學統一戰線內部的革命派與改良派發生分裂。以魯迅爲代表的革命派繼續沿著「五四」文學革命的道路不斷探討。茅盾經過了多年的思索，終於在「五四」思潮的啓迪下，在無產階級思想影響下，以力挽狂瀾的雄姿，於新文學陣營分裂之時，堅決站在革命派一邊參加戰鬥。一九二○年他開始發表文學論文，猛烈地抨擊封建舊文學，熱情地鼓吹新文學，提出爲人生文學的主張，對我國新文學運動起了有力的促進作用。

茅盾在第一篇文學論文《現在文學家的責任是什麼？》〔註 9〕一文中指

〔註 5〕 毛澤東：《新民主主義論》。（本書引用的毛澤東的言論均以人民出版社 1967年出版的《毛澤東選集》〔合訂一卷本〕爲準）。

〔註 6〕 同上註。

〔註 7〕 茅盾與筆者 1961 年 6 月 26 日談話記錄，記錄稿經茅盾審閱過。

〔註 8〕 同上註。

〔註 9〕 《東方雜誌》第十七卷第一號，1920 年 1 月 10 日，署名佩韋。

出：「文學是為表現人生而作的。文學家所欲表現的人生，決不是一人一家的人生，乃是一社會一民族的人生」，他要求「文學成為社會化」，「放出平民文學的精神」。茅盾指出了為人生文學必須表現社會「人生」和「平民」精神，表明他對人民命運和社會問題的關注。他又在另一篇題為《新舊文學平議之評議》一文中，抨擊了當時兩種維護舊文學的折衷論調：其一，「新舊（文學）平行」；其二，「主張關於美文的用舊——即文言，關於通俗的說理的用新——即白話」。他系統地闡述了為人生文學主張，他說：「新文學就是進化的文學。進化的文學有三件要素：一是普遍的性質；二是有表現人生指導人生的能力；三是為平民的非為一般特殊階段的人的。唯其是要有普遍性的，所以我們要用語體來做；唯其是注重表現人生指導人生的，所以我們要注重思想，不重格式；唯其是為平民的，所以要有人道主義的精神，光明活潑的氣象。」

茅盾指出為人生的文學是「反映人生指導人生」的。他對人生的含意並沒有詳細的闡述。不過，他在《為新文學研究者進一解》〔註 10〕一文中談到：「現社會現人生無論怎樣缺點多，綜合以觀，到底有真善美隱伏在罪惡的下面。」這裡我們可以看出人生指的是現實生活，在茅盾看來當時社會是黑暗的，然而又隱伏著光明。為此，他要求文學要暴露社會黑暗面，「描寫全社會的病根」，同時又要以「理想作個骨子」，〔註 11〕表明對未來的美好生活的渴望。這樣，文學才能全面地反映現實生活，推動社會向前發展。

在黑暗社會裡，由於帝國主義和封建勢力的壓迫，人民過著飢寒交迫和毫無政治權利的生活。據此，茅盾認為為人生文學必須反映被壓迫人民的生活與鬥爭。他所說的新文學「是為平民的」，即指此而言。他在《俄國近代文學雜談（上）》〔註 12〕中說：「俄國近代文學的特色是平民的呼籲」。他說俄國文學家「描寫下流社會的苦況」，「便令讀者肅然如見此輩可憐蟲，耳聽得他們壓在最下層的悲聲透上來，即如屠爾格涅、托爾斯泰那樣出身高貴的人，我們看了他們的著作，如同親聽污泥裡人說的話一般。絕不信是上流人代說的。其中高爾該是苦出身，所以他的話更悲憤慷慨」。為人生的文學要求描寫下層人民的悲慘命運，以激起人民反抗黑暗的社會。

〔註 10〕　《改造》第三卷第一號，1920 年 9 月 15 日。
〔註 11〕　分別見於《現在文學家的責任是什麼？》及《文學上的古典主義浪漫主義和寫實主義》，《學生雜誌》第七卷第九號，1920 年 9 月 5 日。
〔註 12〕　《小說月報》第十一卷第一號，1920 年 1 月 25 日。

　　然而，也應該注意到，茅盾把爲人生的新文學看成「進化的文學」，對此，他未曾作過明確的論述。但在《文學上的古典主義浪漫主義和寫實主義》一文中對文學的進化略有闡明，他指出「古典主義、浪漫主義、寫實主義、新浪漫主義這四種東西，是依著順序下來，造成文學進化的」。在他看來，隨著文學歷史的進化，文學更注重表現人類的共同思想感情。爲人生的新文學，是「進化的文學」，就是指這方面而言。後來他在《新文學研究者的責任與努力》〔註13〕一文中，明確指出，「由古典──浪漫──寫實──新浪漫……這樣一連串的變遷」，「無非欲使文學更能表現當代全體人類的生活，更能宣洩當代全體人類的情感」。可見，茅盾把爲人生的新文學看作「進化的文學」，指的是這種文學必須表現全人類的共通的情感。

　　茅盾提出文學表現人類共同感情，這個說法雖然缺乏明確的階級觀點，然而在當時卻是有反封建的積極意義。不過茅盾的爲人生文學主張，就其主要方面來說，卻是指明了必須徹底反對舊文學，提倡以接近人民的語言即白話描寫現實社會，反映下層人民的生活與鬥爭的新文學。這是符合文學要爲無產階級領導的民主革命服務的要求，因而這種文學具有新民主主義性質。

　　茅盾爲人生文學觀的形成，是有深刻的社會根源的。「五四」以來，中國已進入無產階級領導的人民大眾反帝反封建的新民主主義革命時期，新文化運動就是在無產階級思想的領導下蓬勃地開展起來的，因而具有徹底的革命性和鬥爭性。五四運動後，工人階級的鬥爭在「六三」運動的基礎上向前發展了，馬列主義思想和工人運動日趨結合。資產階級右翼極力反對馬列主義在中國的傳播，詆毀馬列主義對中國革命的指導作用。這種政治思想戰線上的鬥爭，必然地反映到新文學運動上來。資產階級右翼公然鼓吹帝國主義和封建主義的反動文化，調和派以「主張白話不妨作通俗之用」〔註14〕爲名，恢復封建文化，而革命小資產階級則在馬列主義和工人運動的影響下，跟無產階級取同一步調，跟形形色色的新文學反對派作鬥爭，高舉「五四」文學革命大纛，沿著文學爲無產階級領導的民主革命服務的軌道前進。茅盾爲人生文藝觀就是在這種社會歷史條件下產生的，表明了革命小資產階級在馬列主義和工人運動相結合的形勢下，在新文學運動急劇變化中，能夠接受無產階級的引導，堅持「五四」文學革命的大方向，徹底反對舊文學，促進新文

〔註13〕《小說月報》第十二卷第二號，1921 年 4 月 10 日。
〔註14〕 魯迅：《寫在〈墳〉的後面》。

學運動更好地反映人民的生活與鬥爭，以推動民主革命。

還應看到，茅盾的爲人生文學觀的提出，跟他當時的社會思想有關。他熱烈地追求社會主義思想，努力介紹十月革命的偉大成就。如在一九一九年譯述了《社會主義下的科學與藝術》，一九二〇年譯述了《俄國人民及蘇維埃政府》等。他對十月革命的嚮往，使他思想中出現社會主義因素。他又從進化論中吸取了變革、發展等有益成分。但是進化論思想不能以明確的階級觀點分析一切問題，這樣一來，他的思想中產生了矛盾。他勇於抨擊社會，敢於追求新世界，然而又認爲人類社會是逐漸進化的，不能充分認識新的階級力量。這種思想矛盾狀態從他當時關於婦女問題的主張可以看出來。他提出舊制度是婦女受壓迫的根源，確信婦女解放的光明未來。他認爲婦女受到「肉體上的束縛和精神上的束縛」，〔註 15〕根子在於「偏枯的社會」，〔註 16〕婦女解放問題「全爲的是要全世界進步的緣故」。〔註 17〕他憤怒地指出：「如此男女關係的社會，總是一天一天向後退」，他大聲疾呼「創造合理的新道德」。〔註 18〕然而他在婦女解放的方法、途徑問題上是相信漸進觀點的。他在《婦女運動的意義和要求》〔註 19〕一文中，主張婦女運動「一方面要求生活的改善，教育的平等，一方面也要求人格的獨立和參加政治。」他尚未認識到婦女解放必須以社會革命作前提，只有在革命鬥爭中才能求得婦女的徹底解放。由於缺乏明確的社會革命思想，他對婦女解放的革命力量的認識也是偏頗的，沒有看到廣大勞動婦女的作用，只是寄望於「中等人家的太太和小姐」。〔註 20〕

茅盾社會思想的矛盾狀態，反映在爲人生文學觀中必然出現上面所說的那樣，既提倡文學必須反映人民對民主革命的要求，又主張文學要表現人類的共同感情。

另外，茅盾的爲人生的文學觀的形成還和他所接受的文學傳統有聯繫。我國宋代以後出現不少反映下層人民的生活與鬥爭的現實主義優秀小說，如

〔註 15〕 《讀〈少年中國〉婦女號》，《婦女雜誌》第六卷第一號，1920 年 1 月 5 日。
〔註 16〕 《男女社交公開問題管見》，《婦女雜誌》第六卷第二號，1920 年 2 月 5 日。
〔註 17〕 《讀〈少年中國〉婦女號》，《婦女雜誌》第六卷第一號，1920 年 1 月 5 日。
〔註 18〕 《男女社交公開問題管見》，《婦女雜誌》第六卷第二號，1920 年 2 月 5 日。
〔註 19〕 《婦女雜誌》第六卷第八號，1920 年 8 月 5 日。
〔註 20〕 《怎樣方能使婦女運動有實力》，《婦女雜誌》第六卷第六號，1920 年 6 月 5 日。

宋元話本、明清小說。茅盾從小對於中國古典文學有興趣，特別喜愛古代小說，這對他形成爲人生的文學觀很有幫助。同時，歐洲近代的古典文學，對於他的文學觀的形成有很大的影響。「五四」前他介紹過歐洲近代現實主義劇作家蕭伯納；一九一九年八月譯過愛爾蘭劇作家格萊葛雷夫人的獨幕劇《月亮初升》等。應該著重提到的是十九世紀俄羅斯爲人生的文學對他爲人生文學觀的確立所起的重大作用。茅盾在回憶「五四」當年接受十九世紀俄羅斯文學影響時說：「我也是和我這一代人同樣地被五四運動所驚醒了的。我，恐怕也有不少的人像我一樣，從魏晉小品、齊梁詞賦的夢遊世界伸出頭來，睜圓了眼睛大吃一驚的，是讀到了苦苦追求人生意義的十九世紀的俄羅斯古典文學」；他又說到當時通過英文譯本閱讀俄國古典文學作品；說到一九一九年還譯出了使人「想起許多問題，而且愈想愈複雜」的契訶夫短篇《在家裡》。〔註21〕在這之前即一九一九年四月——六月他在《學生雜誌》上寫了《托爾斯泰與今日之俄羅斯》一文，稱讚托爾斯泰、契訶夫這些古典文學大師能夠提出現實人生中的重大問題，能夠描寫下層人民的生活。我們不是也可以從中找到對他的文藝觀形成的影響嗎？

三

從一九二〇年五月起，上海、北京等地先後成立了共產主義小組，醞釀建立中國共產黨。一九二一年七月一日中國共產黨誕生了，中國革命出現了嶄新的面貌。一九二〇年十月茅盾參加上海共產黨小組（或稱共產主義小組），籌備建立中國共產黨時，陳獨秀曾叫他把英文的《蘇聯共產黨黨章》譯成中文，作爲起草中共黨章的依據。黨成立時，他就轉爲共產黨員。從此，他在黨的領導下，參加革命鬥爭，並從事文學活動。

在五四運動的影響下，爲了繼續高舉文學革命的大旗，在北京的新文學運動的擁護者鄭振鐸、王統照、許地山等人，於一九二〇年發起組織文學研究會，主張同封建舊文學鬥爭到底，推動新文學運動不斷向前發展。茅盾應邀參加，並擔任發起人之一。一九二一年一月，文學研究會成立。他爲促進文學研究會的理論批評和外國文學翻譯介紹的工作，作出了很大的貢獻。一九二一年，他接編原由鴛鴦蝴蝶派控制的《小說月報》，大力宣傳新文學，抨擊復古派和鴛鴦蝴蝶派。他的爲人生文學觀就是在這種情況下得到進一步闡

〔註21〕　以上均據茅盾《契訶夫的時代意義》，《世界文學》1960 年 1 月號。

明與發揮的，這從茅盾在一九二一年一月至一九二二年七月發表的一些文藝論文裡可以看出來。

　　茅盾爲人生文學觀的提出，其批判鋒芒是指向以折衷派面目出現的舊文學派別。文學研究會成立後，他的鬥爭矛頭指向鴛鴦蝴蝶派。這個封建思想和買辦意識混合而成的文學流派，早在清末就出版過《禮拜六》等刊物，以後中斷。一九二一年三月在上海的鴛鴦蝴蝶派就復刊了《禮拜六》雜誌，並於一九二一年夏天創辦《遊戲世界》等刊物，以反對新文學運動。他們鼓吹遊戲消遣文學觀，叫嚷創作爲的是「給看官們時時把玩」，〔註22〕「排悶消愁」。〔註23〕茅盾指出，當時文學研究會提出爲人生文學觀，是「應了要『校正那遊戲消遣的文學觀』之客觀的必要而產生的」。所以在批判鴛鴦蝴蝶派鼓吹的遊戲的消遣的文學觀這一點上，「頗有點戰鬥的精神！」〔註24〕

　　茅盾接編《小說月報》前，這個刊物「寫文章的人，全是禮拜六派的文人」，他「接手之後，他們的文章完全不用」。〔註25〕但是對他們的批判卻是在一九二二年後才開始的。〔註26〕茅盾在《自然主義與中國現代小說》〔註27〕等文裡猛烈地抨擊鴛鴦蝴蝶派，指出：「本著他們的『吟風弄月文人風流』的素志，遊戲起筆墨來，結果也拋棄了眞實的人生不察不寫，只寫了些佯啼假笑的不自然的惡札；其甚者，竟空撰男女淫欲之事，創爲『黑幕小說』」。他又嚴正指責這些名士派文人「遊戲的消遣的金錢主義的文學觀念」極其錯誤，是沒落的地主資產階級頹廢腐朽思想的產物。

　　那時茅盾對文學要反映怎樣的人生，作了具體的闡述。他認爲爲人生的文學應反映「人類的生活」或是「社會生活」。他在一九二一年一月發表的《文學與人的關係及中國古來對於文學者身份的誤認》〔註28〕一文中說：「文學者表現的人生應該是全人類的生活」。這裡，對所謂人生作了說明，即「人類的生活」。他在《社會背景與創作》〔註29〕中又指出，「表現社會生活的文

〔註22〕　《周瘦鵑心血的宣言》，《禮拜六》復刊號，1921 年 3 月。

〔註23〕　《玫瑰之路》，《星期》第二十八號廣告欄，1922 年 9 月。

〔註24〕　以上引文均見茅盾《關於「文學研究會」》，《現代》第三卷第一期，1933 年 5 月 1 日。

〔註25〕　韓北屏：《茅盾先生談「五四」》。

〔註26〕　同上註。

〔註27〕　《小說月報》第十三卷第七號，1922 年 7 月 10 日。

〔註28〕　《小說月報》第十二卷第一號，1921 年 1 月 10 日。

〔註29〕　《小說月報》第十二卷第七號，1921 年 7 月 10 日。

學是眞文學，是於人類有關係的文學」。這裡把人生解釋爲「社會生活」。對此茅盾作了詳細的闡述。他認爲文學應該反映黑暗的社會生活，他在《創作的前途》〔註30〕一文中明確談到當時中國社會是「經濟困難，內政窳敗，兵禍，天災」，要求作者揭開這種「混亂」與「煩悶」的社會。他還指出暴露舊社會黑暗，必須觸及其根源在於反動統治。所以他在《社會背景與創作》一文中，讚揚被壓迫的國家的文學「描寫黑暗專制」。從這方面看，他把人生解釋爲「社會生活」比之「人類的生活」更富有實際內容。

　　茅盾認爲，爲人生的文學要求作品的思想和感情是「屬於民眾的，屬於全人類的」。〔註31〕這樣，文學「更能聲訴當代全體人類的苦痛與期望，更能代替全體人類向不可知的運命作奮抗與呼籲！」〔註32〕作品的思想感情既屬民眾，又屬全人類，這種說法是含混的。但應該指出，他經常強調的是文學應該正確表現民眾的思想感情和生活鬥爭。如一九二一年七月發表的《創作的前途》中批評當時文壇的一種傾向，「把忠厚善良的老百姓，都描寫成愚騃可厭的蠢物，令人誹笑，不令人起同情。嚴格說來，簡直沒有一部描寫中國式老百姓的小說，配得上稱爲眞的文學作品。」一九二二年七月間發表的《自然主義與中國現代小說》，提出新文學要求作者描寫「第四階級」（即無產階級）、「被損害者與被侮辱者」。他還對表現城鄉勞動者的作品極其推崇。從以上敘述中可以看出，茅盾要求作家重視反映民眾的生活，是一條重要的創作原則。他提出的民眾是有具體內容的，指的是被損害者、被侮辱者，城市勞動者、農民、無產階級等等。儘管提法不完全相同，但有一點卻是共同的，就是要表現中國被壓迫的下層人民的生活，其中以反映城鄉勞動者的生活爲著重點。〔註33〕

　　茅盾認爲爲人生的文學，必須揭露舊社會的黑暗，反映被壓迫人民的生

〔註30〕　《小說月報》第十二卷第七號，1921 年 7 月 10 日。

〔註31〕　茅盾：《文學與人的關係及中國古來對於文學者身分的誤認》。

〔註32〕　《新文學研究者的責任與努力》，《小說月報》第十二卷第二號，1921 年 2 月 10 日。

〔註33〕　茅盾在 1935 年作《中國新文學大系小一集・導言》時說，《小說月報》第十三卷第六號（1922 年 6 月 10 日）發表的利民的小說《三天勞工底自述》，描寫了學徒的黑暗生活，這篇作品在 1922 年上半年是「奇貨」；他又說《小說月報》第十三卷第七號（1922 年 7 月 10 日）發表的潘訓的小說《鄉心》，描述好勝青年木匠阿貴離開農村到城市仍不免餓肚子的悲劇，他指出這篇作品的出現，「是應得特書的」。由此可見茅盾當年對於表現城鄉勞動者的生活是極其看重的。

活與鬥爭。這個主張我們還可以從他的文藝批評及翻譯外國文學的活動中看出來。

爲了宣傳自己的文學主張，茅盾曾在一九二一年四月及八月分別發表了《春季創作壇漫評》、《評四五六月的創作》〔註 34〕兩文，評論當時的創作，要求作者注意社會問題，描寫現實生活與鬥爭，反映被壓迫人民的要求和願望。他從各地報刊雜誌搜集了長篇小說兩部，短篇小說六十七篇，劇本八個，從中抉擇了二十四篇，熱情洋溢地稱讚道：「我對於上面的二十四位作家，表示非常的敬意，因爲他們著作中的呼聲都是表示對於罪惡的反抗和對於被損害者的同情。雖然他們的作品不怎樣完全，這是不關緊要的。」他在《評四五六月的創作》一文中批評當時大多數作家對於農民生活和城市勞動者的生活很生疏，未能「切切實實描寫一般社會生活」。他極力讚揚魯迅寫的「把農民生活的全體做創作的背景，把他們的思想強烈地表現出來」的《風波》，指出在一九二一年四五六月裡尋不出這樣的作品。（按《風波》發表於一九二〇年九月份《新青年》第八卷第一號）又說，一九二一年四五六這三個月中的創作使他最佩服的是魯迅的《故鄉》（按《故鄉》發表於一九二一年五月份《新青年》第九卷第一號）。

茅盾認爲被壓迫民族的文學，充分地反映被損害者與被侮辱者的生活，這對於爲人生文學的提倡，是有借鑒意義的。因此他在這期間竭力地翻譯、介紹這方面的作品。以《小說月報》一九二一年十月十日（即該刊第十二卷第十號）出版的「被損害民族的文學號」爲例，他在這期發表了《貝諾思亥爾思來的人》、《芬蘭的文學》、《茄具客》、《巴比倫的俘虜》和《小民族詩》等篇的譯文，此外還編寫了《新猶太文學概觀》。他在這個專號的《引言》上說「凡被損害的民族的求正義求公道的呼聲是眞的正義眞的公道」，「因此由此我們更確信前途的黑暗背後就是光明」。〔註 35〕基於這種認識，自一九二一年到一九二二年七月間，他在《新青年》、《學生雜誌》、《小說月報》等雜誌上發表的介紹、翻譯的文章中有關這方面的內容佔有相當的數量。

茅盾從文學爲人民爲社會利益出發，一方面熱情介紹被壓迫民族的文學，一方面非常嚮往、重視蘇聯十月革命後的社會主義文學藝術。由於當時

〔註 34〕 《春季創作壇漫評》，《小說月報》第十二卷第四號，1921 年 4 月 10 日；《評四五六月的創作》，《小說月報》第十二卷第八號，1921 年 8 月 10 日。

〔註 35〕 《引言》以記者名義發表。

材料匱乏，未能系統地介紹蘇聯社會主義文學藝術的理論和創作，只能轉譯當時英文材料介紹的有關情況。《小說月報》「海外文壇消息」一欄就報導了許多關於蘇聯無產階級文學藝術的動態。據初步統計，從第十二卷第一號至第十三卷第三號，茅盾介紹關於蘇聯文藝情況共十一條，其中有蘇聯文壇、詩壇和戲院等方面活動的消息，有蘇聯無產階級文學奠基人高爾基的生活和創作的新聞。在報導的同時，還駁斥一些人對蘇聯無產階級文學藝術的誣衊。他說：「很該大膽相信赤化後的俄國，更能促進藝術的進步，滋培新藝術的產生」。〔註36〕儘管他對蘇聯新興的藝術未必全然了解，但卻有信心看到它的未來。他說：「俄國現在的新戲院制──戲院歸無產階級」，「確是戲曲發達中的一個重要運動；無產階級的自由活動於藝術界中，也許就是開始藝術史的一頁新歷史的先聲」。〔註37〕他在十月革命的指引下，深信無產階級的文學藝術將以嶄新的姿勢出現在世界文壇上。茅盾提倡爲人生文學，主張反映無產階級生活，同受到十月革命的影響分不開。

　　爲人生的文學，注重反映社會現實、底層人民的生活與鬥爭，本應要求作家掌握現實主義創作方法。然而，茅盾在提出爲人生文學觀時，根據西洋文學發展的歷史，認爲寫實派自然派的文學「缺點更大」，而「浪漫的精神常是革命的解放的創新的」，所以「新文學運動應該是新浪漫主義的文學」。〔註38〕文學研究會成立後，他針對當時文學創作中「不忠實」的狀況，主張「先造出中國的自然主義文學來」，〔註39〕他說：「新浪漫主義在理論上或許是現在最圓滿的」，他考慮到那時文壇的「實際問題」，「可以提倡自然主義」。〔註40〕因此他對於新浪漫主義並沒有作深入探討，他所謂的自然主義，就其主要方面來說是寫實主義，當然也有自然主義的某些弱點。

　　茅盾認爲自然主義和寫實主義在如實反映現實，反對粉飾生活這些方面是共同的。他在許多文章中說過自然主義與現實主義是一樣的，所不同的在於流派。他早在一九二〇年九月發表的《文學上的古典主義浪漫主義和寫實

〔註36〕「海外文壇消息」（一〇八）《最近俄國文壇的各方面》，《小說月報》第十三卷第一號，1922 年 1 月 10 日。

〔註37〕「海外文壇消息」（一一四）《俄國戲院的近狀》，《小說月報》第十三卷第三號，1922 年 3 月 10 日。

〔註38〕茅盾：《爲新文學研究進一解》，《改造》第三卷第一號，1920 年 9 月 15 日。

〔註39〕茅盾：《評四五六月的創作》。

〔註40〕茅盾：《自然主義與中國現代小說》。

主義》一文中就有這樣的看法：「寫實主義的重鎮推曹拉、莫泊三，這是人人知道的，但是他們還有一個前驅，這便是福祿勃爾了。福祿勃爾是一個第一流的思想家，又是個文學家；他倡導的虛無主義早就驚動十九世紀的思想界。他代表的著作有《鮑芙萊夫人》，莫泊三便是他的學生。寫實主義在福祿勃爾尚不過是一種趨向，到曹拉手裡，才確立起來，到莫泊三手裡，才光大而至於大成。同時便也受到自然派（按指自然主義）的名號，以與易卜生、勃爾生、斯德林褒、白利歐、加爾斯胡德等人的問題的寫實文學相別」。到了一九二二年九月發表的《「曹拉主義」的危險性》，〔註41〕他仍然堅持如上的看法。他說：「法國的佛羅貝爾、曹拉等人和德國的霍甫德曼，西班牙的柴瑪薩斯，意大利的塞拉哇，俄國的柴霍甫，英國的卡斯華斯，美國的德萊塞等人，究竟還是可以拉在一起的，請他們同住在『自然主義』──或者稱它是寫實主義也可以」。一九三四年在《答國際文學社問》一文中回顧他在一九二〇年以後的文學活動時也說：「我自己在那個時期是一個『自然主義』和舊寫實主義的傾向者」。

由於茅盾把自然主義作為現實主義的一個流派，並且大力地鼓吹它，所以他所主張的自然主義既有現實主義的因素（當然是主要的），也不可避免的有左拉的自然主義的成分。例如左拉強調「見什麼寫什麼」，對生活現象採取「純客觀態度」，不加選擇地把事實寫出來，而主觀的評價卻要排除在外。〔註42〕茅盾的現實主義理論裡也含有這種因素。他有時過分強調，「完全用客觀的冷靜頭腦去看，絲毫不攪入主觀的心理」。〔註43〕

茅盾提倡的現實主義，除肯定歐洲近代現實主義的優點外，還攝取新浪漫主義提倡的創作「能兼觀察與想像，而綜合地表現人生的」〔註44〕特點，並結合當時中國文藝運動的實際，對現實主義作了充分的發揮，因之，他所提倡的現實主義，主要方面是批判現實主義，不過又有新的因素。

首先，關於反映現實的問題。他曾在《什麼是文學》〔註45〕中寫道：「新文學的寫實主義，於材料上最注重精密嚴肅，描寫一定要忠實」。又說：「新

〔註41〕 《時事新報‧文學旬刊》第五十期，1922 年 9 月 21 日。按曹拉今譯左拉。
〔註42〕 據茅盾：《「曹拉主義」的危險性》。
〔註43〕 茅盾：《自然主義與中國現代小說》。
〔註44〕 茅盾：《新文學研究者的責任與努力》。
〔註45〕 原文 1923 年作，轉引《中國新文學運動史資料》，上海光明書局，1934 年出版。

文學描寫社會的黑暗，用分析的方法來解決問題」。這就是說現實主義又要求忠實地反映社會生活，就得描寫社會黑暗。他強調要反映那些和最大多數人民特別是被壓迫者的命運有關的重大的社會問題。例如描寫「頑固守舊的老人和向新進取的新青年，思想上衝突極屬害，應該有易卜生的《少年社會》和屠格涅夫的《父與子》一樣的作品來表現他」；反映「鄉民的愚拙正直可憐和『壞秀才』的舞文橫霸，就應該有像顯克微支的《炭畫》一樣的小說來描寫」等。他對當時文壇缺乏這方面「成功的創作」表示遺憾。他深刻地指出：「國內創作小說的人大都是念書研究學問的人，未曾在第四階級社會內有過經驗，像高爾基之做過餅師，陀斯妥耶夫斯基之流放過西伯利亞。印象既然不深，描寫如何能真？」〔註 46〕這就是說，作家要具有被壓迫者特別是無產者的生活，才能真實地描寫與當時社會背景有關的黑暗現象。

　　其次，是表現理想的問題。他認為現實主義忠實暴露社會黑暗，不加作者主觀的見解是有缺陷的。早在一九二○年九月間發表的《文學上的古典主義浪漫主義和寫實主義》，就指出現實主義「徒事批評」，會使讀者「感著沉悶煩憂的痛苦，終至失望」。為了彌補現實主義的不足，他提出表現理想問題。他認為描寫現實時，要有理想作指導。他說：「文學，則本質既非是純粹藝術品，當然不便棄卻人生的一方面。況且文學是描寫人生，猶不能無理想做個骨子了。」他在一九二一年七月發表的《創作的前途》，〔註47〕對於表現理想的問題作了進一步的發揮。他說，文學「或隱或顯必然含有對於當時代罪惡反抗的意思和對於未來光明的信仰」。又說，文學作品一方面要描寫社會現象，「一方面又隱指出未來的希望，把新理想新信仰灌到人心中，這便是當今創作家最重大的職務。」那麼，什麼是新理想呢？茅盾在這篇文章中沒有明確地指出，倒是在《評四五六月的創作》一文中，評論《故鄉》時透露了他對理想的看法。他說，魯迅「對於將來卻不曾絕望；『然而我又不願意他們因為要一氣，都如我的辛苦展轉而生活，也不願意他們都如潤土的辛苦麻木而生活，也不願意都如別人的辛苦恣睢而生活。他們應該有新的生活，為我們所未經生活過的，』我很盼望這『新生活』的理想」。魯迅所謂的理想是人們「未經生活過的」新生活。到底是怎樣新的生活呢？他是很朦朧的。但是，可以確信那是新的合理的生活。這種理想主義是值得肯定的。它是一般批判

〔註46〕　以上均見茅盾：《社會背景與創作》。
〔註47〕　《小說月報》第十二卷第七號，1921 年 7 月 10 日。

現實主義所沒有的。魯迅現實主義文學觀中有這樣一種新特點，茅盾正是和他一樣。

第三，觀察與想像。既然文學要表現現實，又要寄寓理想，這就要求創作者對事物要有所觀察，有所體驗，同時也要加工，也要想像。他說，創作「必須經過若干時的人生經歷，印下了很深的印象，然後能表現得有生氣」，〔註48〕又說：「創作文學時必不可缺的，是觀察的能力與想像的能力；兩者偏一不可」。〔註49〕

第四，在堅持現實主義創作原則的前提下，創作要有獨特性，這就要求作家要「必須先有了獨立精神，然後作品能表現他的個性」。〔註50〕

茅盾的現實主義主張裡包含有許多因素，其中有一般批判現實主義所沒有的帶有無產階級思想因素的現實主義（如要求作家有新思想，有無產者的生活，真實地反映被壓迫人民所關心的社會問題），也有左拉自然主義的某些成分。但總的看來，卻是以批判現實主義為主。

茅盾認為，創造為人生的文學，關鍵在於作者要樹立革命的人生觀。他的《文學與人生》〔註51〕一文，雖然是根據泰納的關於文學與人種、環境、時代關係的理論來闡述他對文藝的看法，但畢竟還有不同之處。他提出了創作與「作家的人格」的問題。他說：「作家的人格，也甚重要。革命的人，一定要做革命的文學」、「大文學家的作品那怕受時代環境的影響，總有他的人格融化在裡頭」。這裡提出的人格，可作為思想來理解。談到介紹西洋文學的目的時，他更明確地指出：「也是為的欲介紹世界的現代思想」。茅盾非常重視思想對創作的巨大作用。他批評當時創作上的一種不良傾向，即「作者自己既然沒有確定人生觀，又沒有觀察人生的一副深炯眼光和冷靜頭腦」，雖然他們也「做描寫無產階級窮困的小說」，而其結果「反成了訕笑譏刺無產階級的粗陋與可厭了。」〔註52〕

這個階段茅盾為人生文學觀有了顯著的發展，他明確主張在革命人生觀的指導下，批判鴛鴦蝴蝶派文學，運用現實主義創作方法，揭露舊社會黑暗，展現革命未來，反映包括無產階級在內的被壓迫階級人民的生活與鬥爭，以

〔註48〕 《新文學研究者的責任與努力》。
〔註49〕 同上註。
〔註50〕 同上註。
〔註51〕 1922 年 8 月 1 日作，原刊《松江第一次暑期學術演講會演講錄》。
〔註52〕 《自然主義與中國現代小說》。

推動社會前進。這個主張表明文學必須遵循無產階級指引的民主革命的大方向，反映無產階級及其他勞動人民的利益。這些說明了爲人生文學觀中的社會主義因素的增長。

　　然而，我們也應看到茅盾爲人生文學觀中的弱點，它認爲文學是「訴通人與人間的情感，擴大人們的同情的」。〔註53〕

　　茅盾爲人生文學觀的矛盾狀態，同他當時社會思想的矛盾相關聯。他在無產階級思想引導下，堅持民主革命，因而敢於大膽抨擊黑暗現實社會，指出國內「政治的擾亂，經濟的恐慌，教育的擱淺，處處都呈不安。」〔註54〕他對於變革現實充滿信心。這種思想反映在文學觀上，就是要求真實地描寫現實社會中飽受災難與痛苦的人民生活，展示他們對未來的企望。然而由於當時他還未擺脫進化論的束縛，仍然認爲爲人生文學是進化的文學，應當表現「全人類共通的情感」。〔註55〕

　　從茅盾爲人生文學觀的矛盾狀態中，可以看出他的政治觀點與文學觀點的錯綜複雜的關係。當時他在黨的領導下從事革命工作，政治上堅持反帝反封建鬥爭，這就必然影響到他的文學觀點的形成，所以他主張文學爲當時的民主革命服務；然而他的政治觀點並不全是符合無產階級的，這也不能不影響到他的文學觀點；同時文學觀點的形成也有相對的獨立性，它還要受到傳統文學思想的牽制，因此，他的爲人生文學主張雖然受到無產階級思想的影響，然而更多的是受到還有進步性的資產階級思想影響。

　　茅盾當年政治觀點與文藝觀點的矛盾狀態是有歷史原因的。那時，正是黨的初創時期，革命者從事鬥爭時，所依據的理論，僅靠外國介紹的馬克思主義的初步知識，因此革命者都在摸索著通向真理的途徑，雖然反帝反封建的政治熱情很高昂，然而政治觀點卻是不成熟的。至於馬克思主義文學觀點幾乎沒有介紹過來，大量的是介紹資產階級文學思想。在這種特定的歷史條件下，那時革命者在政治上接受無產階級的領導，堅持民主革命，然而政治觀點並不都是馬克思主義的，在文學思想的探討方面，更多的受到還有進步性的資產階級思想影響，是不足爲奇的。茅盾從事革命鬥爭的同時探索文藝問題，在政治觀點與文學觀點上出現錯綜複雜的現象，是符合歷史實際

〔註53〕　《自然主義與中國現代小說》。
〔註54〕　《一年來的感想——與明年的計劃》，以記者名義發表，《小說月報》第十二
　　　　　卷第十二號，1921年12月10日。
〔註55〕　《創作的前途》。

情況的。

茅盾爲人生文學觀形成和發展的過程中，所受的影響是多方面的。他從泰納那裡吸收了「純客觀批評法」〔註 56〕的理論，以人種、環境和時代來論述文藝問題，不過泰納強調人種的作用，而他則注重環境和時代與文學的關係，同時也注意人格（指思想）對文學的影響。他又從達爾文那裡汲取進化論中發展與變革的思想，同時也接受了和平進化的觀點，然而他又從實際鬥爭中慢慢發現這種思想武器的弱點，逐步拋棄了它。它還從歐洲近代現實主義文學中，尤其是從十九世紀的俄羅斯現實主義文學中接受了西方資產階級民主主義的文藝思想；同時，也接受了左拉的自然主義的文藝思想。但是，他也接受了十月革命及「五四」新文學運動中無產階級的思想影響。他的爲人生文藝觀中的積極因素，跟他接受各方面好的影響分不開，而消極因素則是同他受到不好的影響有聯繫的。

茅盾爲人生文學觀是有自己特點的。我們把他同文學研究會中倡導爲人生的文藝觀的鄭振鐸、周作人等人作一番比較，就可以看出來鄭、周和茅盾對文學有共同的主張，如茅盾說文學「反映人生」，「表現全人類共通的情感」，鄭振鐸認爲文學「是人生的反映」，它的「偉大的價值，就在於通人類的感情之郵」，〔註 57〕周作人認爲「一切藝術都是表現各人或一團體的感情的東西」。〔註 58〕然而仔細考察，各人的主張還是互有差異的。如上面分析過的，茅盾要求文學表現社會鬥爭，表現被壓迫人民的思想感情。鄭振鐸提倡過「血和淚的文學」，〔註 59〕主張文學與社會的聯繫，可是他卻不能像茅盾那樣把主要視線投到下層被壓迫人民的身上去。至於周作人的主張則是遠遠不及茅盾和鄭振鐸。他主張「人的文學也應該是人間本位主義的」，並把這種文學叫作「人道主義文學」，〔註 60〕這分明是資產階級人道主義的文學了。一九二三年以後，他們三人的文藝思想各向不同的方向發展，茅盾轉向探索革命文學；鄭振鐸也沿著新文學方向不斷前進；而周作人卻是向資產階級文藝觀

〔註 56〕 茅盾：《通信》，《小說月報》第十三卷第四號，1922 年 4 月 10 日。

〔註 57〕 鄭振鐸：《新文學觀的建設》，《時事新報‧文學旬刊》第三十七期，1922 年 5 月 11 日。

〔註 58〕 周作人：《聖書和中國文學》，《小說月報》第十二卷第一號，1922 年 1 月 10 日。

〔註 59〕 鄭振鐸：《血和淚的文學》，《時事新報‧文學旬刊》第六期，1921 年 6 月 30 日。

〔註 60〕 周作人：《新文學的要求》，《晨報》，1920 年 1 月 8 日。

直滑下去，最後墮落爲漢奸文人。

　　如果我們進一步把當時茅盾和魯迅爲人生的文學觀作一番比較，可以看出他對我國新文學運動作出的貢獻。我們知道，他們的文學觀有著共同的一點，即接受無產階級思想的指導，自覺地承認文學是反帝反封建的革命鬥爭的武器，文學必須表現社會理想。但他們有各自的特點。魯迅早已主張文藝必須「『爲人生』，而且要改良這人生」。〔註61〕他早在一九〇七年就闡明過：「文章之於人生，其爲用絕不次於衣食，宮室，宗教，道德」。〔註62〕「五四」以後，他的爲人生的文學觀有了很大的發展，他所謂爲人生指的是反映「病態社會的不幸的人們」，〔註63〕主要指像阿Q、潤土、祥林嫂等等中國半殖民地半封建社會裡最大多數的被壓迫的農民的生活。他這種文學思想是建立在對於中國歷史與社會現實深刻觀察的基礎上的，是建立在暴露所謂上流社會的墮落以及描繪下層社會不幸這種朦朧的階級對立觀的思想認識的基礎上的，因而他的文藝觀帶有深刻的批判的革命特色。茅盾爲人生的文學觀同魯迅一樣主張文學面向現實，反映下層被壓迫人民的生活；不過，茅盾明確地提出表現城市勞動者、無產階級現實生活問題，而魯迅剛側重於主張反映農民的命運。

　　我們還可以把茅盾和郭沫若的文學主張作個比較，更可以看出茅盾在新文學運動中的影響和作用。郭沫若在《創造》季刊第一卷第二號《編輯餘談》〔註64〕中說：「只是本著我們內心的要求，從事於文藝的活動罷了」。這就是說文藝必須通過「內心的要求」，反映人民反抗舊社會的情緒，呼喚新社會的誕生。而茅盾則土張文學是「反映人生」的。他們對於文學與社會關係的不同看法，反映了當時文學研究會與創造社的各自文學傾向。由於文學主張的不同，文學研究會與創造社展開了一場論戰。〔註65〕應該指出，雙方反帝反封建的大方向是一致的，只是藝術方向不同，文學研究會提倡現實主義，而創造社則鼓吹浪漫主義。雙方的文藝主張各自影響了一些文學團體。例如語絲社、未名社的創作思潮同文學研究會比較接近；南國社、彌灑社、沉鐘社等藝術傾向受創造社影響較多。從這裡，我們可以看出茅盾爲代表的文學研

〔註61〕　魯迅：《南腔北調集・我怎麼做起小說來》。
〔註62〕　魯迅：《墳・摩羅詩力說》。
〔註63〕　魯迅：《南腔北調集・我怎麼做起小說來》。
〔註64〕　《編輯餘談》寫於1922年7月11日。
〔註65〕　參閱茅盾：《回憶錄（五）》，《新文學史料》第五輯，1979年11月。

究會的文學主張在當時文壇上的特點及其影響。

魯迅和周恩來同志曾經對文學研究會的歷史功績作了科學的評價。魯迅說，文學研究會「是主張爲人生的藝術的，是一面創作，一面也看重翻譯的，是注意於紹介被壓迫民族文學的，這些都是小國度，沒有人懂得他們的文字，因此也幾乎全都是重譯的」，並且「聲援過《新青年》」。〔註 66〕茅盾談及魯迅與文學研究會的關係時說，這個文藝團體「魯迅雖不參加，但對『文學研究會』是支持的」，「他還爲改革後我負責編輯的《小說月報》撰稿。」〔註 67〕周恩來同志談到茅盾所屬的文學研究會時，「肯定這個文藝團體爲人生而藝術的主張。肯定它也起了好的作用，進步的作用」。〔註 68〕

茅盾以爲人生文學的主張批判復古派、鴛鴦蝴蝶派等封建的買辦的文藝流派，爲新文學創作的發展掃清障礙、開闢道路，因而受到由吳宓等人組成的學衡派及鴛鴦蝴蝶派的攻擊。對此，魯迅在《上海文藝之一瞥》一文中憤怒地指出：「留學過美國的紳士派，他們以爲文藝是專給老爺太太們看的，所以主角除老爺太太之外，只配有文人、學士、藝術家、教授、小姐等等，要會說 Yes、No，這才是紳士的莊嚴，那時吳宓先生就曾經發表過文章，說是眞不懂爲什麼有些人竟喜歡描寫下流社會」。又說：「以前說過的鴛鴦蝴蝶派，我不知道他們用的是什麼方法，到底使書店老闆將編輯《小說月報》的一個文學研究會會員撤換」。這裡說的是茅盾主編《小說月報》後提倡新文學，遭到鴛鴦蝴蝶派的攻擊，以致被商務印書館撤換。復古派、鴛鴦蝴蝶派對新文學運動進行誹謗、圍剿，他們是逆時代潮流而動的，必然要失敗。而新文學運動卻在鬥爭中不斷前進！

茅盾爲人生文學的主張，促進文學研究會創作的發展。當時文學研究會的代表作家，如葉聖陶、冰心、王統照、落華生及廬隱等人的作品都是從各個不同角度探討「一些有關人生一般的問題」〔註 69〕的。如葉聖陶的特點是「冷靜地諦視人生，客觀的地，寫實的地，描寫著灰色的卑瑣人生的」，即「反映著小市民知識份子的灰色生活的」。〔註 70〕王統照在「五四」初期追求自己

〔註 66〕 魯迅：《二心集·上海文藝之一瞥》。

〔註 67〕 茅盾：《我和魯迅的接觸》，收入《我心中的魯迅》一書，湖南人民出版社，1979 年出版。

〔註 68〕 轉引何其芳：《回憶周恩來同志》，《文學評論》1978 年第 1 期。

〔註 69〕 茅盾：《中國新文學大系小說一集·導言》。

〔註 70〕 同上註。

空想中的「愛」和「美」的理想，一九二三年發表的長篇《一葉》、《黃昏》，開始面對現實人生，揭露社會問題。落華生的作品「一方面是積極的昂揚意識的表徵（這是『五四』的初期的），另一方面卻又是消極的退嬰的意識（這是他創作當時普遍於知識界的）。」〔註71〕冰心「頭幾篇小說，描寫了也暴露了當時社會的黑暗方面」，但是「只暴露黑暗，並沒有找到光明」，原因是她「沒有去找光明的勇氣」，結果「就退縮逃避到狹仄的家庭圈子裡，去描寫歌頌那些在階級社會裡不可能實行的『人類之愛』」。〔註72〕廬隱的作品，如《海濱故人》的「所有的『人物』幾乎全是一些『追求人生意義』的熱情的然而空想的青年在那裡苦悶徘徊，或是一些負荷著幾千年傳統思想束縛的青年在狂叫著『自我發展』，然而他們的脆弱的心靈卻又動輒多所顧忌」。〔註73〕茅盾對於一些作家的支持和指導，經常採用以下幾種辦法，在《小說月報》上特設創作欄，刊登他們的作品，時而在篇末加按語，時而在綜合評論中論及，有時組織他們參加創作問題的討論，或者發表讀者評論他們作品的文章。這些活動有力地推動了創作活動的發展。這裡僅舉一例。葉聖陶在一九二一年一月號《小說月報》（即革新號）上發表了《母》一文，茅盾在其篇末加了按語，評論《母》和他在《新潮》上發表的《伊和他》。這個按語對葉聖陶鼓舞很大，他後來回述當時情況說：「《小說月報》革新號印出來，我的一篇小說蒙受雁冰兄加上幾句按語，表示獎讚，我看了眞有點受寵若驚的感覺」〔註74〕一九二一年五月七日他在《晨報副刊》發表了《一課》，茅盾在《評四五六月的創作》一文中說，這篇作品在當時反映學生問題的小說中「是個『尖兒』，不可多得的」。我們如果把《母》、《伊和他》同《一課》聯繫起來看，便可以清楚地看到葉聖陶創作的逐漸提高。這三篇作品都是講兒童問題的。前二篇提出母親應該愛兒子，批判獨身主義；後一篇提出不應該把兒童束縛在課堂上和老師的不合理的教育方法下。儘管這些作品還有缺點，即不能把兒童的教育問題同社會鬥爭聯繫起來，但比起泛泛地談母親愛兒子其意義確已深刻得多了。這三篇作品在藝術上的共同特點，是文字細膩，結構單純，兒童心理刻劃得很好。

〔註71〕 茅盾：《中國新文學大系小說一集‧導言》。

〔註72〕 《冰心小說散文選集‧自序》，人民文學出版社出版，1954年出版。

〔註73〕 茅盾：《中國新文學大系小說一集‧導言》。

〔註74〕 葉聖陶：《略談雁冰兄的文學工作》，《新華日報‧新華副刊》，1945年6月24日。

　　茅盾的文學評論也推動了當時整個文壇創作的發展。一九二一年，在文藝題材方面學校生活和戀愛問題佔有相當比重，許多作品都像是一個模型裡鑄出來的。針對這種情況，茅盾分別在四、八兩月《小說月報》上發表評論文章，〔註75〕指出創作上不良傾向，大力提倡反映「全般的社會現象」及被壓迫者的生活與鬥爭的作品。評論文章發表後引起讀者的熱烈反映。一位讀者說，讀了《春季創作壇漫評》「覺得很歡喜，因爲這種評論，很可以引起現在一般作家底興趣，也是可以熱鬧中國文壇的一種方法；使得他可以蓬蓬勃勃地興旺起來」。〔註76〕一九二二年起，《小說月報》開始有新的東西出現，如描寫學徒、農村木匠和貧農等方面生活的作品。可以說「創作是向多方面發展了。題材的範圍是擴大得多了。作家的視線從狹小的學校生活以及私生活的小小的波浪移轉到廣大的社會的動態」，〔註77〕這些作品在技巧上也有自己獨特的地方。總之，茅盾的文藝批評在促進當時的文藝創作發展方面起了很大的作用。

<h2 style="text-align:center">四</h2>

　　茅盾從一九二二年九月起發表的《文學與政治社會》〔註78〕、《自由創作與尊重個性》〔註79〕，到一九二四年發表的《拜倫百年紀念》〔註80〕等文，可以看出他開始探討革命文學，逐步明確文學必須爲民主革命服務的思想。

　　首先，茅盾認識到文學與政治的關係。從《文學與政治社會》一文起，他開始擺脫文學是表現「全人類共通的情感」的論點，認識到文學與政治的密切聯繫。文章通過十九世紀俄國和近代匈牙利、挪威、波西米亞以及保加利亞等國文學發展歷史的介紹，指出文學是「趨向於政治的或社會的」，即文學是「帶些政治意味與社會色彩」，他說，「匈牙利文學家簡直是藉文學來作宣傳民族革命的工具了」，「波西米亞文人不但把政治思想放在文學作品裡，並且還揀取了一種最宜於宣傳政治思想的文學的體式咧」。他反覆強調這種文

〔註75〕 即《春季創作壇漫評》、《評四五六月創作》。
〔註76〕 讀者張維祺來信，《小說月報》第十二卷第八號，1921 年 8 月 10 日。
〔註77〕 茅盾：《中國新文學大系小說一集·導言》。
〔註78〕 《小說月報》第十三卷第九號，1922 年 9 月 10 日。
〔註79〕 同上註。
〔註80〕 《民國日報·覺悟》1924 年 4 月 20 日。

藝上的功利主義的思想，反對把這種帶有強烈政治意味及社會色彩的作品視
爲下品，毫無足取，甚至斥爲有害於「藝術的獨立」的謬論。在同一期間發
表的《自由創作與尊重個性》一文，正是從文學必須緊密「服務當代的生活，
描寫他的缺點和窘狀」這個命題出發，指出所謂自由創作，所謂尊重個性，
其精義就在於對「生活的驚擾」或「戰鬥」要有激烈的反響，批評那些沒有
勇氣正視「生活的驚擾」而逃到「雲裡」去的創作家。

　　其次，茅盾明確認識到文學必須爲當時反帝反封建的革命鬥爭服務。他
在一九二一年七月發表的《社會背景與創作》指出：「文學是時代的反映」，
要求文學表現當時「亂世」的生活。這是有進步意義的。然而他尚不能明確
地從文學與政治關係來論述文學的任務，因而未能把文學的任務提到反帝反
封建的思想高度上來認識。一九二三年十二月十七日發表的雜感《讀代英的
〈八股〉》，〔註81〕同意惲代英對於文學任務的看法，即：「現在的新文學若是
能激發國民的精神，使他們從事於民族獨立與民主革命的運動，自然應當受
一般人的尊敬」，這裡可以明顯看出，文學已經不是一般地表現「亂世」的生
活了，而是作爲反帝反封建革命鬥爭的一種有力的武器，把文學與民主革命
緊緊連成一氣了。他在一九二三年十二月三十一日發表的《「大轉變時期」何
時到來呢？》一文強調：「文學是有激勵人心的積極性的。尤其在我們這時
代，我們希望文學能夠擔當喚醒民眾而給他們力量的重大責任」。一九二四年
四月二十日發表的《拜倫百年紀念》重申上述觀點，指出「中國現在正需要
拜倫那樣的富有反抗精神的震雷暴風般的文學」。

　　茅盾認爲創造服務於民主革命鬥爭的文學，作者必須置身於實際鬥爭
中。根據這個觀點，他認爲過去提倡的自然主義存在著根本性的弱點，不能
適應現實鬥爭的需要。於是他作了《「曹拉主義」的危險性》一文，對曹拉（即
左拉）主義提出批評。他指出左拉「主張文學家也和科學家一樣的坐在實驗
宰中，檢查分析物質的性質，將所得的結果，照原形寫出，便成文學」。茅盾
說這種「由生理方面觀察人生，用科學的態度作小說」的創作態度是不妥當
的。「因爲人生不僅是物質的，也是精神的，而且科學的實驗的方法，未見能
直接適用於人生」，「何況人生是不能放在試驗管裡化驗的呢」？因此他看到
「『左拉主義』的危險性」。

　　茅盾還著力批判了文學上的名士派。名士派同鴛鴦蝴蝶派一樣，都是鼓

〔註81〕　《時事新報・文學》第一〇一期。

吹頹廢主義、唯美主義，反對新文學運動，所以批判名士派，是同鴛鴦蝴蝶派鬥爭的繼續。隨著茅盾思想的演變，他能從政治鬥爭觀點揭穿名士派的偽裝，揭露其思想實質。他在《「大轉變時期」何時到來呢？》裡指出：「中國名士最壞的習氣是，狂放脫略。他們狂放到極點，以注意政治現象為卑瑣；他們脫略到極點，以整飭治事為迂俗，他們把國家興亡大事，等之春花秋月」。他又指出，名士派是中國封建階級「名士思想」和外來的資產階級「頹廢主義」相結合的產物。

從茅盾這個時期介紹蘇聯十月革命後的文化藝術的文章中，還可以看到他堅信為無產階級革命鬥爭服務的革命文學方向是正確的。我們拿他在一九二一年～二二年寫的一些介紹蘇聯十月革命文藝情況的文章來比較，就能看出那時他讚揚十月革命給文學帶來新的變化，但他還有疑慮，擔心藝術上是否能夠成功；一九二三年起這種疑慮有所消釋。他在一九二四年熱情介紹十月革命出現的新現實主義，極力讚揚蘇聯革命詩人馬雅可夫斯基的詩作，〔註82〕更加相信在無產階級革命鬥爭中誕生的文學，必定以嶄新姿態出現於世界文壇。

從一九二二年九月發表《文學與政治社會》起，茅盾開始揭示文學是具有社會色彩與政治意味的。根據他對文學這種新的看法，他在一九二三、二四年間認識到當時文學的戰鬥任務是為無產階級領導的反帝反封建的革命鬥爭服務。這表明了他思想中社會主義因素的顯著增長。

茅盾文藝思想的變化，同他參加政治鬥爭有著密切的聯繫。一九二二年以前，他的活動重點是在文學方面，當然也參加了一定的政治工作，如一九二二年協助組織上海印刷工會，參與紀念「五一」勞動節的群眾大會等；一九二三年他的主要精力放在政治鬥爭，例如參加黨的工作，從事工人運動等，當然也做些文化教育工作，如一九二三年在黨創辦的上海大學任教，撰寫文藝論文，翻譯外國文學等。〔註83〕由於茅盾越來越多地參加革命活動，必然會加深對革命的認識，也會進一步提高自己對於文學與當時革命鬥爭關係的理解。所以我們認為，茅盾置身於革命活動對他探索革命文學有著很大的影響。

〔註82〕 「海外文壇消息」（二〇三），《小說月報》第十五卷第四號，1924 年 4 月 10
　　　　日。
〔註83〕 參閱茅盾《回憶錄（六）（七）》，《新文學史料》1980 年第 1、2 期。

　　當時茅盾政治、社會觀點的變化，也是促使他的文藝思想轉變的重要原因。他在一九二二年五月發表的《五四運動與青年底思想》〔註 84〕一文中說到：「近來我已找到了一個路子」，「這是什麼路子呢？就是我確信了一個馬克思底社會主義」，由於他努力追求馬克思主義，積極參加實際鬥爭，政治、社會思想發生了一定的變化，他注意以社會革命觀點觀察問題。他在一九二三年十月寫的《〈灰色馬〉序》〔註 85〕一文中說到：「方今國內的政策，日益反動，社會革命的呼聲久已沉寂，憂時者或以爲在這人心麻木的時候，需要幾個『殺身成仁』的志士，仗手槍炸彈的威力，轟轟烈烈做幾件事，然後可以發聲振聵挽既死之人心，所以，《灰色馬》在這個時候單行於世，或者能夠給人以深刻的印象。但我以爲《灰色馬》如果能夠在這時候引起現代青年的注意，則希望他們一併牢記一句話：社會革命必須有方案，有策略，以有組織的民眾爲武器，暗殺主義不是社會革命的正當方法」。茅盾這種社會革命的思想在對待其他社會問題上也表現出來了。我們打算仍然以他對婦女問題的看法作爲例子來說明。他在一九二二年七月至一九二四年這段時期撰寫有關婦女問題的論文很少，介紹婦女運動的文章卻寫了一些。從中可以看出：（一）過去大多介紹資產階級領導的婦女運動的情況，這段時期多介紹在無產階級及共產黨領導下的婦女鬥爭；（二）把婦女運動同社會鬥爭聯繫起來。如在《遠東與近東的婦女運動》一文中，〔註 86〕就具有上述這兩個特點。茅盾在文章中著重介紹了婦女群眾的解放運動同民族革命鬥爭相聯繫的情況。他舉埃及爲例說明：「等到了一九二二年，埃及婦女在國民運動中的勢力更加顯著了⋯⋯埃及婦女卻不是僅僅爲民族解放而奮鬥，她們也爲她們自己的解放而奮鬥」。

　　茅盾探討革命文學，也同一九二二、二三年間革命文學運動的醞釀和倡導有關。黨領導的一些刊物及黨的有些著名的活動家鄧中夏、惲代英、蕭楚女等發表了許多有關革命文學問題的文章，得到了黨內外文藝工作者的熱烈響應，從而共同推動了革命文學的發展。

　　一九二二年二月黨領導下的刊物《先驅》（社會主義青年團的機關刊物）設有「革命文學」專欄，登載富有革命性的詩作。一九二三年三月《新青

<hr>

〔註 84〕　《民國日報・覺悟》，1922 年 5 月 11 日。
〔註 85〕　《時事新報・文學》第九十五期，1923 年 11 月 5 日。
〔註 86〕　《婦女雜誌》第十卷第八號，1924 年 8 月 11 日。

年》（黨的理論刊物）季刊在《新宣言》中指出中國的文學運動「非勞動階級爲之指導，不能成就」。一九二三年十二月惲代英發表了《八股》，主張文學運動服從於「民族獨立與民主革命的運動」，〔註87〕同月，鄧中夏的《貢獻於新詩人之前》正式提出「革命文學」的口號，指出文學的作用在於「改造社會」。〔註88〕

　　一九二三年以來新文學界對於革命文學的追求，是許多進步文學家共同努力的方向。是年五月郭沫若在《我們的文學新運動》中寫道：「我們反抗資本主義的毒龍」，「我們的運動要在文學之中爆發出無產階級的精神。」〔註89〕郁達夫在同年五月也發表了《文學上的階級鬥爭》，他說：「世界上受苦的無產階級者，在文學上社會上被壓迫的同志，凡對有權有產階級的走狗對敵的文人，我們大家不可不團結起來，結成一個世界共和的階級，百屈不撓地來實現我們的理想，我確信『未來是我們的所有』」。〔註90〕儘管有些提法不夠確切，但其中也反映了郁達夫對革命文學的熱烈要求。

　　這時候正在追求革命文藝觀的茅盾，也是熱烈地支持鄧中夏等人關於革命文學的主張的一個。他說：「寫了一篇《「大轉變時期」何時到來呢？》，表示了我對鄧中夏等人的文章觀點的支持。」〔註91〕

　　關於這一時期茅盾的文藝思想，學術界的看法不大一致，有人認爲「茅盾早期的文藝思想，基本上是革命民主主義的文藝思想。但是，從『五四』到第一次國內革命戰爭時期，可以把它分爲二個階段，以一九二五年作爲分界線。在一九二五年以前（一九一六至一九二五年）基本還是革命民主主義的文藝思想，一九二五年五卅運動前後，開始運用階級觀點分析文學藝術問題了」。我們認爲茅盾從一九二二年九月發表《文學與政治社會》等文起，特別是一九二三年《讀代英的〈八股〉》等文發表以後，他的文藝思想有了新的發展，那就是從提倡爲人生文藝轉向探討革命文學。正如茅盾自己所說：「我的這篇文章，〔註92〕在我的文學道路上，標誌著又跨出了新的一步，我在這裡宣告：『爲人生的藝術』應該是積極的藝術，應該是能夠喚醒民眾，激勵人

〔註87〕 《中國青年》第八期，1923 年 12 月 8 日。
〔註88〕 《中國青年》第十期，1923 年 12 月 22 日。
〔註89〕 《創造週報》第三期，1923 年 5 月 27 日。
〔註90〕 同上註。
〔註91〕 茅盾：《回憶錄（六）》，《新文學史料》1980 年第 1 期。
〔註92〕 指《「大轉變時期」何時到來呢？》。

心，給他們以力量的藝術。」〔註 93〕有的人在論述茅盾當時文藝思想時雖然也提及《「大轉變時期」何時到來呢？》等文，然而並未能揭示它在茅盾文學思想發展上的嶄新意義。

<h1 style="text-align:center">五</h1>

一九二五年，全國範圍內激起了大革命的風暴，英雄的上海人民，在工人階級領導下，繼承了光榮的革命傳統，向英日帝國主義展開了猛烈的鬥爭。著名的五月五日、五月三十日的反帝鬥爭事件如火山崩裂一般地爆發了。

在全國大革命形勢的鼓舞下，茅盾更加積極地從事革命的實際工作。五卅慘案發生時，他與上海大學師生們積極投入這場反帝的鬥爭；隨後，他參加領導商務印書館的罷工運動。

革命的實際鬥爭，推進了茅盾的文學活動。他和鄭振鐸等在《文學週報》、《小說月報》上爲「五卅」出版《專刊》和《特輯》。接著他們又創辦了《公理日報》，爲「五卅」鬥爭吶喊、助威。他還寫了《五月三十日的下午》、《「暴風雨」》和《街角的一幕》等篇散文，熱情地歌頌了五卅運動中上海人民反對帝國主義及其他走狗們的英勇鬥爭。

茅盾就是在這種形勢的推動下，文藝思想又有新的發展，那就是試圖以無產階級文學基本原理來探討革命文學的問題。

我們知道，茅盾一向熱心介紹蘇聯社會主義革命文藝。在革命風暴中，他更加迫切要求學習馬列主義文藝理論，以推進自己的文藝思想發展。那時莫斯科出版的有英、德、法等文字的綜合性刊物如《國際文學》等，介紹了無產階級文藝理論。茅盾根據英文版的材料撰述了《論無產階級藝術》一文。〔註 94〕此文內容先在上海藝術師範學校講演過，後經整理連載於《文學週報》一九二五年第一七二、一七三、一七五、一九六期上。這篇文章，對於茅盾用馬列主義探索革命文學起著重大的影響，因此，有必要加以介紹。

《論無產階級藝術》闡述了蘇聯無產階級藝術的產生條件、藝術特點及其與「舊世界藝術」的區別，同時談到無產階級文學運動中存在的問題及其

〔註 93〕 茅盾：《回憶錄（六）》，《新文學史料》1980 年第 1 期。

〔註 94〕 《論無產階級藝術》寫作情況係根據 1961 年 6 月 26 日茅盾與筆者的談話記錄。1964 年 7 月 2 日茅盾審讀本章初稿時，認爲此文是編譯的。1980 年 2 月 21 日韋韜致筆者信談到：據茅盾重新回憶，認定此文的材料是選自當年蘇聯出版的刊物，而觀點則是他自己的。

解決的辦法。

文章明確地指出：在階級社會裡藝術是帶有階級性的。文章認為，羅曼・羅蘭的「民眾藝術，究其極不過是有產階級知識界的一種烏托邦思想而已」。作者毫不含糊地寫道：「在我們這世界裡，『全民眾』將成為一個怎樣可笑的名詞？我們看見的是此一階級和彼一階級，何嘗有不分階級的全民眾？我們如果承認過去及現在的世界是由所謂資產階級支配統治的，我們如果沒有方法否認過去及現在的文化是資產階級獨尊的社會裡的孵化品，是為了擁護他們治者階級的利益而產生的，我們如果也承認那一向被騙著而認為尊嚴神聖自由獨立的藝術，實際上也不過是治者階級保持其權威的一種工具。那麼，我們該也想到所謂藝術上的新運動——如羅曼・羅蘭所稱道的，到底是怎樣的一種性質了！」接著文章分析了無產階級藝術產生的歷史條件，指出它是無產階級革命鬥爭的一種武器，是為了「助成無產階級達到終極的理想」。

文章還強調藝術是階級意識的體現。既然文藝在階級社會裡是帶有階級性的，那麼，就得體現階級的意識。文章著重論述無產階級藝術是「以無產階級精神為中心而創造一種適應於新世界（就是無產階級居於治者地位的世界）的藝術」，而「無產階級的精神是集體主義的」；它「(1)沒有農民所有的家庭主義與宗教思想；(2)沒有兵士所有的憎恨資產階級個人的心理；(3)沒有知識階級所有的個人自由主義」，從而有別於其他階級的藝術。

文章又指出文藝是以特殊方式去反映階級鬥爭的。文藝是帶有階級性的，但它有別於其它的意識形態。它必須按照自己的特點去完成階級交下的任務。文章詳盡地論述了文學藝術內部規律方面一系列的重大問題。比如題材問題，指出無產階級藝術的題材不僅限於勞動者的生活，它「必將如過去的藝術以全社會及全自然界的現象為汲取題材之泉源」，反對題材淺狹的毛病。同時辯證地解決了藝術的內容與形式的關係，指出「無產階級作家應該承認形式與內容須得諧合；形式與內容是一件東西的兩面，不可分離的。無產階級藝術的完成，有待於內容之充實，亦有待於形式之創造」，反對只要內容，不要形式。文章還指出為了創造無產階級文學，無產階級必須首先「從他的前輩學習形式的技術」。他說：「無產階級作家應該了解各時代的著作，應該承認前代藝術是一份可貴的遺產。果然無產階級努力發揮他的藝術創造天才，但最好是從前人已走到一級再往前進，無理由地不必要地赤手空拳去

幹叫獨創，大可不必。在藝術的形式上，這個主張是應該被承認的。」

我認爲由於茅盾多年來思想的不斷發展，特別是由於一九二五年實際革命鬥爭的冶煉及無產階級文藝理論的影響，他在探索革命文學的問題上又有了新的進展，那就是試圖以無產階級基本文藝理論分析當時文藝運動一些重要問題。這從他一九二五年七月五日發表的《告有志研究文學者》〔註95〕及同年九月十三日發表的《文學者的新使命》〔註96〕等文可以看出來。

茅盾批判了文學上超階級的人性論，明確指出文學的階級本質。他在《告有志研究文學者》中說：「文學這個東西，雖然很有人替它辯護，說是人類至高尚至超然的精神活動之表現，而按其實，還不是等於政制法律，只是一時代的治者階級用以自保其特權的一種工具罷了。社會上每換一個階級來做統治者，便有一個新的文藝運動起來。這是歷史所詔示我們的事實」。這裡作者闡述了文學是帶有階級性的，並指出歷史上文學運動的興起總是與統治階級相聯繫的，這就預示著無產階級革命的勝利，新興無產階級文學必將佔領文壇！

如果說茅盾在《告有志研究文學者》一文只是對於文學本質的馬克思主義的一般原則的理解，那麼他在《文學者的新使命》一文，就是試圖運用馬克思主義階級論的基本原則，結合當時我國文藝界的實際情況，爲文學者提出努力的方向。他說，當時文學者的使命「就是要抓住了被壓迫民族與階級的革命運動的精神，用深刻偉大的文學表現出來，使這種精神普遍到民間，深印入被壓迫者的腦經，因以保持他們的自求解放運動的高潮，並且感召起更偉大更熱烈的革命運動來！」這裡，作者論述了文學必須反映反帝反封建的民族民主革命鬥爭，從而推動革命的向前發展。接著，作者還給文學者提出更高的要求：「文學者更須認明被壓迫的無產階級有怎樣不同的思想方式，怎樣偉大的創造力和組織力，而後確切著名地表現出來，爲無產階級文化盡宣傳之力。」因爲「新鮮的無產階級精神將開闢　新時代」。

茅盾的思想向前發展了，但是他的思想基礎並不鞏固。當他遇到複雜的急劇變化的革命鬥爭時，他未能純熟自如地運用馬克思主義階級觀點分析它，找出根源，並採取解決的辦法，於是就容易產生悲觀消極的思想。一九二七年大革命後的事實，就是上述論點的證明。

〔註95〕 《學生雜誌》第十二卷第七號。
〔註96〕 《文學週報》第一九〇期。

　　從上面的論述及分析中可以得出這樣的結論：茅盾的爲人生的文學觀的形成其原因是多方面的，而且是隨著時間的推移而逐步發展的。他正式提出爲人生的文學觀是在一九二〇年寫的《現在文學家的責任是什麼？》、《新舊文學平議之評議》二文中。不過，他還來不及作具體的闡述。從一九二一年一月發表的《文學和人的關係及中國古來對於文學者身份的誤認》到一九二二年七月發表的《自然主義與中國現代小說》，是他的爲人生的文學觀進一步發展與充實的時期。從一九二二年九月發表的《文學與政治社會》起，他開始擺脫了以往提倡的文學是「表現全人類共通的情感」的論點，提出了文藝與政治的關係的新看法。根據這個看法，他在一九二三、二四年發表的《「大轉變時期」何時到來呢？》、《拜倫百年紀念》等文主張文學必須爲當時的反帝反封建的革命鬥爭服務，這標誌了他開始由提倡爲人生的文學進入探討革命文學階段。到了一九二五年發表的《論無產階級藝術》，特別是《告有志研究文學者》、《文學者的新使命》等文，表明了他試圖以無產階級文學的基本原理來探索革命文學的問題，從而說明了他的文藝思想中的社會主義因素又有了顯著增強。

第三章　初期創作中的矛盾
（1926～1929）

　　第一次國內革命戰爭時期，茅盾的生活起了個波瀾。一九二六年一月他因為革命運動發展的需要，離開上海，來到了當時國共合作的國民政府所在地——廣州，擔任了國民黨中央執行委員會宣傳部秘書。〔註1〕一九二六年三月二十日蔣介石策劃了篡奪革命領導權的中山艦事件。之後，茅盾離開了廣州，回到上海，擔任「國民通訊社」的主編。一九二六年十月北伐軍攻下武昌，十一月底國民政府由廣州遷往武昌，他到漢口擔任《民國日報》的主筆。〔註2〕一九二七年四月十二日蔣介石在上海發動反革命政變，同年七月十五日汪精衛也在武漢進行了同樣的反共叛變罪惡活動。八月，茅盾離開武漢，到廬山牯嶺作了短期養病，同月又回上海。當時，蔣介石反動政府實行血腥統治，他是被「通緝的一人」。〔註3〕一九二八年夏天不得不離開祖國，避居日本，先住東京，後遷京都。

　　那時，茅盾由於同黨組織暫時失去聯繫，思想情緒非常矛盾和苦悶。然而，他並不絕望，他拿起文藝創作這一武器，開始了新的戰鬥。他說：「我是真實地去生活，經驗了動亂中國的最複雜的人生的一幕，終於感得了幻滅的悲哀，人生的矛盾，在消沉的心情下，孤寂的生活中，而尚受生活執著的支配，想要以我的生命的餘燼從別方面在這迷亂灰色的人生內發一星微光，於

〔註1〕　茅盾答筆者問，1978 年 7 月 3 日來信。
〔註2〕　同上註。
〔註3〕　《寫在〈蝕〉的新版的後面》，《茅盾文集（一）》。

是我就開始創作了。」〔註4〕

在這種思想的支配下，茅盾創作了《幻滅》、《動搖》、《追求》三部中篇結集的《蝕》和《野薔薇》短篇集（內收《創造》、《自殺》、《一個女性》、《詩與散文》、《曇》）以及《宿莽》集中的短篇《色盲》、散文《叩門》、《賣豆腐的哨子》、《霧》、《虹》、《紅葉》、《速寫一》、《速寫二》，還寫了未收入集子的散文《嚴霜下的夢》等。

這些作品表明茅盾敢於正視第一次國內革命戰爭時期前後的光明與黑暗交織著的社會現實，並且大膽地反映它。然而，由於他對現實的認識有偏頗，一時看不出社會向前發展的趨勢與前景，這就使他的作品中的光明面往往淹沒在黑暗面之中，高亢灼熱的情調時常被淡淡哀愁甚至深度悲觀色彩所沖淡。儘管作品籠罩著濃重的暗影，但也掩蓋不了它的耀眼的批判鋒芒！

《蝕》

《蝕》是茅盾的處女作。《幻滅》寫於一九二七年九月中旬至十月底，《動搖》寫於是年十一月初至十二月初，《追求》寫於一九二八年四月至六月。這三部作品，在反映社會生活方面是相互關聯的，然而各自獨立，人物和情節並不銜接。

《蝕》描述一群小資產階級知識份子的生活與鬥爭，反映了第一次國內革命戰爭從勝利到失敗後的部分歷史面貌。小說集中地寫出了大革命時期的幾個重要的側面，如北伐戰爭的蓬勃進展；工農群眾運動的迅速高漲；反革命勢力的殘暴與凶惡；革命隊伍內部的矛盾與鬥爭；革命失敗後國民黨反動派陰森嚴酷的統治等等。

歷史告訴我們，自從一九二四年國共合作和一九二五年的五卅運動以來，革命有很大的發展，要求進一步用武裝形式結束當時以北洋軍閥為主的全國的封建軍閥統治。廣東的國民政府在一九二六年七月一日發出了北伐宣言，七月九日國民革命軍開始北伐。革命軍在全國人民的支持下，勢如破竹，節節勝利。《幻滅》、《動搖》以湖北一帶為背景，描寫了國民革命軍北伐獲得初勝的生動情景。當時湖北地區是主要戰場，而武漢則是戰爭的中心。革命軍和直系軍閥吳佩孚在這裡展開了激戰。書中對於北伐戰爭的蓬勃進展，給予熱情的描述。作者通過了《幻滅》中助理醫生黃興華和靜女士關於時局的

〔註4〕 茅盾：《從牯嶺到東京》，《小說月報》第十九卷第十號，1928年10月10日。

談話，透露了吳佩孚戰敗的消息：「吳佩孚自己受傷，他的軍隊全部潰敗，革命軍就要佔領漢口了。」當革命軍佔領漢口之後，作者通過李克、史俊等人關於是否到革命中心——武漢去參加革命的辯論，反映了當時青年人對於勝利形勢的關心和喜悅。的確有不少人，高興得手舞足蹈，紛紛奔向武漢，正如李克所說：「現在是常識以上的人們合力來創造歷史的時代。」《幻滅》第九節，作者以雄渾的筆觸，繪出了北伐軍誓師典禮的壯麗圖景，顯示了革命軍鬥志高昂，朝氣蓬勃。我們從典禮中，看到了無數的槍刺和旗幟，聽到了雄偉的軍樂聲、掌聲和口號聲所組成的巨大的聲音，看到了浩浩蕩蕩的群眾隊伍……

北伐戰爭的勝利進展，是和工農群眾的支持和幫助分不開的。工農群眾在對敵鬥爭中表現了無比的英雄氣概。《動搖》比較客觀地描寫店員、工人糾察隊、農民自衛軍、童子團的革命鬥爭的情景，在革命的風暴中，農民運動形成了一股洪流，波瀾壯闊，農村的污穢、流屍到處被擊散。農民的威力無比強大，有著自己的權力機關——農會。在農會領導下，農民進行反對貪官污吏的鬥爭。四鄉農民「常常抗稅，徵收吏下鄉去，農民不客氣地擋駕，並且說：『不是廢除苛捐雜稅麼？還來收什麼？』」迫得官吏毫無辦法。

農民的雄偉力量，還表現在有自己的階級武裝——自衛軍。這一支自衛軍不但忠實地維護自己階級的利益，而且勇敢地援助了工人兄弟的隊伍，共同對付敵對階級。北伐勝利聲中，店員們也大膽地站起來了，他們提出許多合理要求，希望店東接受。可是店東不同意，反而勾結了土豪劣紳和流氓，一面對抗店員運動，襲擊工人隊伍；一面運送貨物外出，想以此保全自己的資財，並且企圖以關門來威脅店員，擾亂市場。因此，店員糾察隊便配合了農民自衛軍、童子團，向他們展開了猛烈的鬥爭。作者這樣寫道：「糾察隊便帶了槍出巡，勞動童子團開始監視各商店，不准搬貨物出門，並且店東們住宅的左邊，也頗有童子團來徘徊窺探了。下午，近郊農民協會又派來了二白多農民自衛軍，都帶著丈八長的梭標，標尖有一尺多長閃閃發光的鐵頭」，英勇的童子團到處在逮捕「破壞經濟的奸商」……這個小小的縣城上掀起了巨大的革命風暴。

不可否認，這是一場嚴重的階級鬥爭。在這場鬥爭中，作者通過了兩面派的土豪劣紳胡國光的活動，深刻地揭示革命鬥爭的複雜性，以及敵人的凶殘、卑劣和無恥。

　　胡國光，是一個積年的老狐狸。辛亥革命時，首先剪去了辮子，之後，「仗著一塊鍍銀的什麼黨的襟章，居然在縣裡開始充當紳士」。大革命的颶風吹到了這個小縣城，到處都在響著「打倒土豪劣紳」，他心慌了，便施展狐狸的手腕，首先改「國輔」之名為「國光」，充當了他表弟王榮昌店舖的店長，混進了商民協會，並竊取了協會執行委員的名義。不久，有人揭發他是劣紳，不能當委員。雖然他曾通過有關方面到縣黨部去說情，然而並沒有成效，最後還是取消當選委員的資格。接著，店員運動轟轟烈烈地開展起來。店東王榮昌懼怕貨物被沒收，便偷偷運出，於是同店員們發生了一場衝突。胡國光這個老狐狸便乘機大施其奸滑的手腕，騙取了店員的信任。他趁著衝突的混亂聲，「痛罵那些不顧店員生活不顧大局而想歇業的店東；他說自己即使資本虧盡，也決不歇業」，還說王榮昌「是個糊塗人，老實人，只知忠於東家，卻不明白大局」，「為了革命的利益，他是什麼都可以犧牲的」。這樣，胡國光就成為許多店員所稱的新發現的「革命家」、「革命的店主」。特派員史俊在巡視工作時，也讚揚這位一跤跌入「革命」的人物，便允許他先到店員工會工作，將來再介紹他到黨部辦事。果然不錯，不多久，胡國光便被選為縣黨部執行委員兼常委，儼然成為黨國要人了。他利用這個職權，幹了許多不可告人的勾當。他表面上激烈主張必須解放婢妾，但實際上卻是阻礙和反對的。他把家中的奴婢金鳳姐和銀兒說成是「幫做些家裡的雜務」的，是人家的童養媳，都不是婢妾，不讓她們從魔掌中逃脫出來。之後，為了趕走縣長，自己好乘機取而代之，他進行了一系列活動，如發起各團體聯合發表宣言，計劃召開群眾大會，以騙取群眾信任等等。可是事情很快地暴露出來，省裡特派員李克下鄉時，便宣布查辦他。他心懷不滿，就鼓動店員工會反對李克。店員工會由於看不清這個兩面派的反革命的真面目，便跟著他跑，居然發表宣言，嚴厲質問胡國光獲罪的緣由。縣黨部雖然作出答覆，但店員工會仍不滿意，要求李克解釋，並且組織店員乘機毆打李克。接著，胡國光就和土豪劣紳策劃了一股流氓暴動，襲擊婦女協會，攻打縣黨部，抓殺剪髮婦女、童子團團員……這個老奸巨滑兩面派的反革命，終於投靠了夏斗寅的部隊，赤裸裸地反對革命。

　　從胡國光的卑劣行徑中，可以看出大革命時期戴著革命面具的劣紳，儘管一時興風作浪，然而終究要現出老反革命的原形。

　　社會上的階級鬥爭必然在革命陣營內部反映出來。《動搖》對此也有所表

現。以李克爲代表的革命工作者，大公無私，堅持原則，大膽揭露胡國光的卑劣行徑；而以方羅蘭爲代表的武漢國民政府中的「左」派即汪精衛，〔註5〕在劇烈的對敵鬥爭中，搖擺不定，甚至妥協。還有那個國民政府的縣長，是個貨眞價實的右派。他力主解散黨部、工會和農會，派人逮捕農協委員等。應該指出，作者在描寫革命陣營內部鬥爭是有缺點的。比如對於眞正的左派，描寫得太少了，即做像李克那樣的革命者，也是刻劃得不甚豐滿和深刻，又如對革命陣營內部「左」右派的鬥爭處理很不得力，對革命前途，也不甚了然。這些弱點同作者對大革命的磅礡氣勢只作了部分的描述，而未能全面地反映當時革命形勢，並揭示歷史發展的趨向有關。

《動搖》還反映了武漢國民政府蛻變前夜的情景。正當北代戰爭向前發展的緊要關頭，蔣介石發動了四‧一二反革命政變，隨後調兵威脅武漢。一些隱藏在武漢國民政府的假革命假左派如汪精衛之流，與之相呼應，準備背叛革命。在這種形勢下，發生了夏斗寅叛變，向武漢國民政府發動猖狂反攻。《動搖》第十一、二章描寫了這支反革命軍隊襲擊國民政府管轄下的一個縣城，向革命勢力瘋狂反撲，許多革命黨人紛紛撤退到鄉下以及汪精衛匆忙逃脫的圖景，預示著武漢國民政府必然崩潰。

繼蔣介石四‧一二反革命政變後，汪精衛集團又發動了七‧一五反革命政變。從此，「生氣蓬勃的中國大革命就被葬送了。」〔註6〕《追求》通過對一大群青年在大革命怒潮衝擊之下暫時找不到出路而產生憤激、苦悶甚至頹唐的思想情緒的描述，暗示著國民黨反動統治下社會的濃重黑暗，到處彌漫恐怖氣氛！正如作品中那群青年人對舊社會所發出的呼聲：「我們不甘願的！」「我們還須向前進！」可是他們又覺得「世事太叫人失望了！」這是對黑暗統治的控訴！

我們知道，北伐戰爭是一場「中國歷史上空前廣大的人民解放鬥爭」。〔註7〕中國共產黨和廣大人民以銳不可當之勢，打敗了北洋軍閥政府。這是當時大革命的主流。《蝕》對大革命的光明面雖然作了一些反映，但是卻淹沒在黑暗面之中。《幻滅》中展示的北伐勝利進軍的情景，被揭露革命陣營裡如宣傳、婦女和工會等工作的消極現象所沖淡了。《動搖》描述了工農革命力量

〔註5〕 據茅盾答筆者問，1979年2月9日、3月13日來信。
〔註6〕 毛澤東：《論聯合政府》。
〔註7〕 同上註。

反擊反動勢力的鬥爭，然而革命陣營中的左派力量未能依靠廣大群眾對「左」右派開展有力的鬥爭以徹底挫敗反革命，也不能指出革命前途，因而作品中反動派和革命隊伍的「左」右派的勢力壓倒了革命力量。這同當時人民解放鬥爭的勝利形勢及發展前景不相合拍。

大革命失敗後，「內戰代替了團結，獨裁代替了民主，黑暗的中國代替了光明的中國。但是，中國共產黨和中國人民並沒有被嚇倒，被征服，被殺絕。他們從地下爬起來，揩乾淨身上的血跡，掩埋好同伴的屍首，他們又繼續戰鬥了。」〔註8〕中國共產黨繼續領導人民進行革命鬥爭，或深入農村從事土地革命和遊擊戰爭，或留在城市堅持地下鬥爭，爭取革命運動的復興。《追求》並沒有反映大革命失敗後，中國人民在中國共產黨的領導下，同蔣介石反動政府作英勇鬥爭的主流，而只展示大革命失敗後在國民黨新軍閥統治下一部分小資產階級知識份子悲觀失望的客觀現實，這顯然是不全面的。

《蝕》著重描寫了大革命前後一群小資產階級知識份子的精神貌及其生活畫面。正如作者說過，他「要寫現代青年在革命浪潮中所經過的三個時期：(1)革命前夕的亢昂興奮和革命既到面前時的幻滅；(2)革命鬥爭劇烈時的動搖；(3)幻滅動搖後不甘寂寞尙思作最後之追求。」〔註9〕因此，我們打算選擇其中幾個代表人物，作簡要的分析。

先談《幻滅》中的章靜。「我現在只想靜靜兒讀一點書。」這是她和我們見面時首先說的一句話。她說這話時心情是沉痛的。她自從在省裡女校鬧了風潮之後，看到有些人以談戀愛爲快，她很失望，覺得只有「靜心讀書」「對於她還有些引誘力」。爲了尋找一個合乎理想的讀書地方，她到上海不滿一年，已經換了兩個學校。但她不知道讀書是爲了什麼，所以只是消磨自己青春而已。

然而，生活並不如她所想像的那樣平靜，波浪滾滾而來，她和抱素相愛了，愛情立即成爲她生活的主要內容。她幾乎忘掉周圍的一切，彷彿世界只有他們一對情人。不久，她發現抱素是個「受著什麼『帥座』的津貼的暗探」，而且他已經有了愛人。她感到很痛苦，「再忍不住不哭了！」她也很憤怒，她罵「他是騙子，是小人，是惡鬼！」她陷入了悲哀的泥潭裡。爲了「逃開她的惡魔似的『戀人』」，便裝病進了醫院。她住醫院後，果眞患了猩紅熱。醫

〔註8〕 毛澤東：《論聯合政府》。
〔註9〕 茅盾：《從牯嶺到東京》。

院治癒了她的猩紅熱，也治癒了她的思想病。那時北伐軍勝利進軍，到處都有緊張的革命空氣。醫院黃醫生經常把這些情況告訴她，對她的教育很大。後來在她的同學史俊等的鼓勵下，又從悲哀中走出來了，跨上了廣闊而自由的大道，投身於革命行列。這時她勇敢，自信，熱情，她對「新生活——熱烈，光明，動的新生活」感到喜悅，「滿心想在『社會服務』上得到應得的安慰，享受應享的生活樂趣了」。

於是她以無比興奮的心情，奔向當時革命的聖地——漢口。她參加了北伐誓師典禮，受到了無限的鼓舞，「感動到落了眼淚來」。她有了「新的希望，新的安慰，新的憧憬」，但由於她不了解革命的長期性和複雜性，不了解革命必須用無數的痛苦和血汗換來的，這其中有挫折，有失敗……這些思想弱點，使她從事實際工作的時候，很自然的不能和革命事業聯結在一起，不能和廣大人民共呼吸，同命運。於是一遇困難，她便感覺不到「生活的樂趣」，得不到「應得的安慰」，就產生「幻滅的悲哀」。在短短的兩個月中，她換了三次工作，每一個革命工作，她都感到乏味，沒意思。例如，她認為做政治宣傳工作是「無聊」，做婦女工作也是「無聊」，做工會工作更加「無聊」。總之，她認為這些革命工作是「敷衍應付裝幌子的生活，不是她理想中的熱烈的新生活」。

終於她離開了工會，到醫院當護士去。在看護過程中，遇到了一位斯文溫雅的張連長，便發生了愛情。張連長病癒後，他們一道到廬山去度蜜月。靜女士認為這是她「有生以來第一次，也是有生以來第一次愉快的生活．」可是好景不常在，張連長又要回軍隊去了，她無奈只得回家。這就是她的歸宿。

靜女士就是這樣一種典型的小資產階級知識份子，革命鬥爭到來的時候，她的情緒是萬分熾熱和激昂的，不斷地追求革命；可是一接觸革命的實踐，便感到悲觀失望。這種人的生活道路肯定是坎坷不平的。

靜女士的悲劇，說明了小資產階級知識份子由不理解革命到遠離革命的必然結果。這個人物的典型性就在於此。它反映了大革命時代，具體地說是一九二七年夏秋之交，為數不少的未曾認真改造個人主義思想的小資產階級知識份子的思想狀態。

靜女士雖然「走進了革命」，但實際上只在「邊緣上張望」，〔註10〕很快

〔註10〕據茅盾：《幾句舊話》，《創作的經驗》，上海天馬書店，1933年6月出版。

地被革命嚇跑了，逃進小資產階級個人主義的獨立王國。《動搖》中的方羅蘭則是又一類型的知識份子，他雖然身在革命隊伍中，而其思想與行動卻是背離革命，終於成了革命的絆腳石。

　　方羅蘭，是武漢國民政府管轄下的一個縣國民黨黨部委員兼商民部長。他在劇烈的階級鬥爭中，表現出異常的動搖、軟弱。例如，劣紳胡國光混入商民協會充當委員，經人揭發之後，他「敷衍過去，竟沒徹底查究」，就以「胡某不孚眾望，應取消其委員當選資格」，草草了事。後來胡國光混進店員工會、縣黨部興風作浪，方羅蘭又不敢作堅決而大膽的鬥爭。在處理店員和店東矛盾的時候，更加充分地暴露了他的無能為力和膽怯動搖。有一次，當他和周時達、陳中舉行非正式會議，交換對店員運動的意見時，他的態度是這樣的：「『我也無能為力呀。』方羅蘭勉強收攝了精神，斥去一隻耳朵裡的嗡嗡然，慢慢地說，『最困難，是黨部裡，商民協會裡，意見都不一致，以至早不能解決，弄到如此地步。』」他又慨嘆道：「店員生活果然困難，但照目前的要求，未免過甚，太不顧店東們的死活了！」又有一次，一些店東代表到縣黨部請願「維持商艱」，方羅蘭接見了請願代表，本以為幾句可以應付過去，不料代表們卻提出了一大堆的問題。這時作者是這樣描繪他的：「方羅蘭……很覺為難；也支支吾吾地敷衍著，始終沒有確實的答覆。……他彷彿覺得有千百個眼看定著自己，有千百張嘴嘈雜地衝突地在他耳邊說，有千百隻手在那裡或左或右地推挽他。還能確定什麼個人的意見呢？他此時支支吾吾地在店東的代表前說了許多同情於他們的話，確也不是張開了眼說謊，確是由衷之言」。

　　在描寫方羅蘭對待革命運動動搖的態度的同時，作者也在愛情問題上表現了他的動搖性格，從而更加深刻地揭示他的內心狀態。方羅蘭和陸梅麗結婚之後，開始感情很好，不久，因在工作中遇上浪漫女性孫舞陽，他內心對她埋下愛的種子。於是他對梅麗的愛情發生了動搖，覺得她有許多缺陷已無法補救了。梅麗提出離婚的要求，他又不願意。他在愛情上的活動，都是圍繞著這種矛盾、動搖的情緒來展開的。因此他感到痛苦、難過、煩悶。後來他看出孫舞陽不過是個浪漫女性，對他並沒有真正的愛情，於是才對她失去追求之心。

　　方羅蘭的動搖性有著深刻的階級根源。他作為小資產階級知識份子，是被大革命風暴捲進革命隊伍的。由於沒有改造世界觀，所以在武漢國民政府

內部兩條路線的鬥爭中，他站在國民黨汪精衛爲代表的假左派一邊，反對共產黨的徹底反帝反封建的政治路線。比方說，當「土豪劣紳的黨羽確是布滿在各處，時時找機會散播恐怖的空氣」時，他「不禁握緊了拳頭自語道：『不鎮壓，還了得』」，儼然以革命者姿態出現。然而，他的骨子裡卻是反對共產黨的徹底革命的主張的。他「彷彿又看見……許多手都指定了自己，許多各式各樣的嘴都對著自己吐出同樣的惡罵：『你也贊成共產嗎？哼！』」他「毛骨悚然了，慌慌張張地站起來，向左右狼顧」。在劇烈鬥爭的面前，他的假左眞右的面目暴露出來。他不敢對土豪劣紳展開大膽而堅決的鬥爭，卻鼓吹「寬大中和」的中庸之道；對於蓬勃的工農革命鬥爭，他視爲「軌外行動」，胡說這是加深「城裡恐慌」、「人心恐慌」。這同汪精衛派誣衊工農革命運動「過火」的論調一模一樣。

方羅蘭的形象揭示了在劇烈的革命鬥爭中汪精衛派假左派的特點，暗示著汪派必然叛變革命的趨向。

在大革命的高潮中，不論是站在革命門口的章靜，或是身在革命之中的方羅蘭，都不是與革命血肉相連，而是或者逃避革命，或者貽害革命。

革命暫時受到了挫折，處於低潮的時期，不少知識份子仍然同革命隊伍結合在一起，堅持鬥爭，後來成爲更加堅強的革命者；但也有些知識份子遠離革命隊伍之後，企圖通過個人奮鬥尋找出路。這種道路是走不通的。《追求》描寫的就是這樣一些知識份子的悲劇。我們以幾個人物爲例來加以說明。

大時代中一名小卒張曼青，由於在革命過程中自己沒有跟上革命主力，游離於革命鬥爭之外，眼見革命失敗後的白色恐怖，他有著無限憤怒、牢愁和悲愴。但他又不甘心寂寞地活下去，熱血尚在他的血管裡奔流，他還要繼續追求生活的眞諦。然而，他不贊成章秋柳和曹志芳等人組織什麼社之類，企圖以此拯救社會，他認爲這是徒勞無益的事，確信最後出路在於教育事業。他覺得自己這一代人是無可挽救的，只能希望下一代。因爲年青人的革命情緒熱烈，革命氣概蓬勃，「中華民族的前途，操在他們手裡」。只要把下一代培養好，將來國家大有希望。這種論調，實際上是「教育救國論」。儘管他不承認，但現實是嚴峻的，會替他作出眞實的結論。生活不止一次向人們證明，舊的社會制度不徹底摧毀，光辦好教育事業是無法改變混沌的社會局面的，可不是麼？他從事教育工作不久，就從實際工作中覺察到處都籠罩著

烏雲，連純潔無辜的學生或被視爲「不堪造就」開除出去，或被加上了「反革命」的罪名……。他氣得無法抑制，悲憤地說道：「我簡直想不當教員，現在我知道我進教育界的計劃是錯誤了！我的理想完全失敗，大多數是這樣無聊，改革也沒有希望。」他的最後的憧憬，被無情的現實宣告爲綺麗的幻影。於是他愈來愈消沉，愈來愈空虛。

以半步主義著稱的王仲昭，跟曼青比較，又是屬於小資產階級另一種典型人物。他認爲要切實地拯救自己，必須從苦悶、徬徨、虛浮、輕率中解脫出來。他覺得新聞事業就是達到這個目的的階梯。其實，醉翁之意不在酒，他是想通過搞新聞工作獵取愛情的幸福。他不遺餘力地半步半步地進行報紙改革，爲的是討好他所追求的陸女士，希望她細讀報紙時，「嘴角上停留個嘉許的笑容」。當所追求的「那苗條艷影卓然立在他面前」的時候，他覺得她「成爲他的全宇宙，全生活了」。他就是這樣一個努力追求「自己認爲神聖的對象」的愛情至上主義者。這種人，生活的目的最庸俗，生活的內容最空虛，也就最沒有出路。因此，當生活的河流洶湧奔騰滾滾向前的時候，他的所謂「歡愉」便像彩虹一樣霎時消失了。小說的結尾寓意極深。作者這樣寫道：正當他沉醉於已到手的幸福，冥想快樂的小家庭和可愛的孩子的時候，恰恰傳來了他愛人病危的消息，於是「一個血肉模糊的面孔在他眼前浮出來」。他認爲：「這是最後的致命的一下打擊」，他「追求的憧憬雖然到了手，卻在到手的一刹那間改變了面目！」悲哀長久地留在他的心頭。王仲昭，就是這樣一個愛情至上主義者，他的精神生活非常貧乏，思想格調非常低下，他的失望與悲哀，正說明了愛情至上主義的破產。

《追求》中最突出的形象是章秋柳。這個人物很奇特，她既不像曼青那樣沉醉於憧憬的尋覓，也不像王仲昭那樣半步半步地醉心於情人的追求。她經常在無力的絕叫之中生活著，這裡有「向善的焦灼」，但更多是「頹廢的衝動」。這是一個充滿矛盾的女性，她有熱烈的感情，不甘心在魑魅社會裡鬼混，希望有所作爲，打算成立什麼社，以對抗舊社會。然而她的同伴們對此缺乏興趣，因此始終未能組織成功。於是，她被另一種生活吸引住了，她想用上酒樓下舞場的辦法來填補生活空虛。但她的內心也因此發生了劇烈的矛盾。她想道：「一條路引你到光明，但是艱苦，有許多荊棘，許多陷坑；另一條路會引你到墮落，可是舒服，有物質的享受，有肉感的狂歡！」這兩條路分明地擺在眼前，她苦苦地思索了一番。爲什麼會如此矛盾：「是爹娘生就的

呢，抑是自己的不好？都不是的麼？只是混亂社會的反映麼？因爲現社會是
光明和黑暗這兩大勢力的劇烈的鬥爭，所以在她心靈上也反映著這神與魔的
衝突麼？因爲自己正是所謂小資產階級知識份子，遺傳，環境，教育，形成
了她的脆弱，她既沒有勇氣向善也沒有膽量墮落麼？或者是因爲未曾受過訓
練，所以只成爲似堅實脆的生鐵麼？」她發生了這麼多的疑問，都不能中肯
地回答自己的矛盾之所在。矛盾產生的原因，要從階級本質上找。她是個小
資產階級的女性，小資產階級的本性「往往帶有主觀主義和個人主義的傾
向」，「思想往往是空虛的」，「行動往往是動搖的」。〔註 11〕大革命失敗後，和
革命鬥爭失去聯繫的小資產階級的階級本性的弱點更顯得特別突出。她沒能
認識到自己的矛盾產生根源，以及解決矛盾的辦法，又要生活在那種矛盾種
種的糜爛的社會裡，因此她感到空虛，孤獨、悲涼，陰沉。她覺得「似乎全
世界，甚至全宇宙，都成爲她的敵人」。她拿起肥皂盒來，想道：「這如果是
一個炸彈，夠多麼好呀！只要輕輕地拋出去，便可以把一切憎恨的化作埃
塵！」她「除了自己更無所謂愛，國家，社會」，她不但精神上如此憂鬱和偏
激，而且生活上也是非常頹廢、沒落。她極力追求肉體上的狂歡，對許多男
子都有愛情的糾纏，可是並沒有眞正愛過一個人，她只是在尋求新的刺激，
追求性的滿足。因此有人說她是「追逐肉的享樂的唯我主義者」。這種思想行
爲說明：具有嚴重個人主義思想的小資產階級在白色恐怖下，雖有反抗之
心，但沒有找到眞正的出路，又經受不了現實的磨練，於是思想黯淡無光，
生活糜爛，極力追求西方資產階級沒落的生活方式，以填補生活上、感情上
的空虛。

　　《蝕》描寫的是一群小資產階級知識份子的形象，都是當時現實生活中
客觀存在的，不能說不眞實，問題在於作者的態度，是否能正確地加以反映。
我們認爲小說對於小資產階級的弱點同情有餘，批判不足。例如對《追求》
中那些青年知識份子的描寫就表現得最爲明顯。同時，小說也沒有充分反映
小資產階級知識份子在鬥爭中走與革命相結合的道路，這是不符合實際情況
的。即使像李克、東方明那樣的革命者，也描寫得太少了，顯得不是重要人
物。這些形象還不能深刻揭示革命的本質及其發展的趨向。

　　《蝕》思想內容的矛盾是明顯的。它在展示大革命風雲時，注意到了轟
轟烈烈的方面，然而又過多地寫出陰暗、消極的方面。反映大革命失敗後的

〔註 11〕　毛澤東：《中國革命和中國共產黨》。

形勢時，對黑暗勢力充滿了憎恨，而對革命的主流又塗上了濃重的悲觀色彩。描寫小資產階級知識份子時，看到了他們的革命要求，但更多的是表現他們的動搖、狂熱、頹廢的弱點。

作品力求藝術上既有浩大氣勢又有精細刻劃的特色。作者著力從廣闊的背景中描摹人物的內心複雜變化，展示人物的不同個性。當我們把作品闔起來的時候，不少人物的音容笑貌給我們留下了清晰的印象。拿《幻滅》中的慧女士和靜女士來說，她們都是小資產階級知識份子，然而性格卻迥然不同。慧女士為人剛強、潑辣、狷傲，而靜女士卻是怯弱、溫婉、多愁。《追求》中的張曼青和章秋柳的性格也形成鮮明的對照。張曼青在現實的重壓下，變成冷靜、穩健，他把全部精力投入教育事業，希望對改變社會有所裨益，而章秋柳和他不同，她好動、逞強，被生活折磨之後，變得狂熱、浪蕩和消沉。

這部作品塑造人物最大的特點，大家公認是精細的心理刻劃。書中很多人物的不同心理狀態，描寫得淋漓盡致，栩栩如生。作品描寫人物的心理狀態，不是置人物於生活與鬥爭之外作孤立而靜止的表現的，而是從人物與廣闊的社會環境的關係這個方面來刻劃，把人物的心理狀態的社會根據描寫出來。如描寫靜女士「不斷的在追求，不斷的在幻滅」〔註12〕的騰挪跌宕的心理狀態，是作為當時現實矛盾與鬥爭的反映的。當她在醫院治癒戀愛創傷時，革命事業正在蓬勃地發展著，人心振奮，她的死水般的心情被攪動起來，追求光明的意欲復活了。經過一番的鬥爭，她投奔革命。起初她滿懷激情，意氣軒昂，後來慢慢地看到現實中「有普遍的疲倦和煩悶」的弱點，於是對革命工作失去興趣；不過當她看到雄壯的北伐誓師典禮的情景時，又鼓起了勇氣。隨後，因為環境的逆轉，又引起了她的懷疑，終於失望了。

作者不但從人物與社會環境的矛盾這個方面表現人物的心理狀態，而且能結合人物自己獨特的生活經歷來加以刻劃。仍以靜女士為例，當慧女士同她談到愛情問題時，她「衝動地想探索慧的話裡的秘密，但又羞怯，不便啟齒，她只呆呆地咀嚼那幾句話」。何以故？作者告訴我們，靜女士「只有二十一歲，父親早故，母親只生她一個，愛憐到一萬分，自小就少見人，所以一向過的是靜美的生活」，「對於兩性關係，一向是躲在莊嚴，聖潔，溫柔的錦幛後面；絕不曾挑開這錦幛的一角」。由於靜女士有這種特殊的生活經歷，特

〔註12〕茅盾：《從牯嶺到東京》。

殊心情，以致在以後處理愛情問題上，表現得柔和、沉靜、孱弱。這顯然同慧女士對待愛情的態度大不相同。慧女士在愛情上有著一段辛酸的經歷，加上她爲人剛強、猖傲，因而對愛情採取潑辣、玩弄、洩忿的態度。

作者在心理刻劃方面的另一個特色，就是有些人物一出場，就通過神情、儀態的描摹，個人生活道路、個人歷史的補述以及同周圍人物、事物、環境的接觸所產生的反映等各種手法，展現了人物的內心世界，從而讓人看到在一幅完整有機的性格畫面裡的重要部分。人們從一次出場中，可以蠡測到人物的形象特點，然後隨著情節的發展，人物形象越發豐滿。《動搖》中的胡國光就是一個出色的例子。他一出現，作者就著力描寫他性格的突出之點是：積年的「老狐狸」。他的這一特點，不是以簡單化的形式出現，而是包含著細密、微妙的內容。他時而喜氣洋洋，時而心悸肉跳，時而尷尬不堪，時而神氣十足，時而凶神惡煞。而他的這些心靈的變化，是與當時客觀環境相聯繫在一起的。因此人物性格的出現，伴隨著複雜社會生活的展示，帶領著更多人物的登場，牽引著故事的向前發展。這是很高超的描寫人物內心世界的藝術手法。

茅盾心理刻劃的手法，是帶有自己特點的。魯迅刻劃人物的心理，經常是採用「極省儉的畫出一個人的特點」〔註13〕的方法，即所謂「傳神的寫意畫」；而茅盾的手法則迥然不同，他是以細緻的筆墨勾勒人物變化著稱。葉聖陶的心理刻劃同茅盾有些類似，但仍然有區別。茅盾長於以健舉的筆勢曲盡心靈之奧秘，葉聖陶則善於以從容的筆調描摹心理變化；茅盾慣於集中使用筆墨，置人物於風雲變幻之中，然後放手從多方面畫出內心世界，使人物性格的特徵一下子黏在讀者的腦海中；葉聖陶人物心理活動很多藉助於作者的分析，或描寫人物在某種情況下心理的反應，並配以一定的氣氛烘托，人物形象由淡入濃，隨著故事的發展，人物形象越來越清晰。

但是也應看到作者在塑造人物性格方面的弱點，有時過分強調現實生活中黑暗面對於人物的不好影響，和盤托出人物的消極心理狀態。《蝕》中一群青年知識份子如靜女士和章秋柳等人在劇烈鬥爭面前的狂熱、惘然、沮喪以至頹廢的思想情緒，不是給了有力的批判，而是使之裸露無遺；有時從愛情生活表現人物性格，出現了追求官能刺激的筆調。這些都說明作者描寫人物存在著客觀主義的缺陷。

〔註13〕魯迅：《南腔北調集・我怎麼做起小說來》。

　　《蝕》沒有一以貫之的中心人物和主要故事，各篇結構自行獨立，布局方法各異。總的說來，作品結構的特色是搭起巨大的背景，組織了紛繁的社會現象，支使了眾多人物。《幻滅》是以靜女士始而追求革命，終而幻滅的過程來開展故事的。情節較爲單純、明晰。《動搖》的結構按作者的意圖是以描寫方羅蘭的動搖性格爲主，以揭露胡國光的投機行徑爲輔，反映大革命時期的劇烈鬥爭，但由於作品偏於鞭撻反動勢力，在客觀上卻是後者活動爲重點，結構較爲複雜，主要情節開展緊張有力，不過較多愛情細節穿插其中，與主題的表現聯繫不夠密切，顯得沖淡了主要情節。《追求》沒有一個中心人物，著重描寫了章秋柳、張曼青、王仲昭等人在幻滅中追求的過程，其結構方法是：一部分一部分地集中描寫了某個人物，捎帶其他人物，交織起來，組成了全書布局。這種結構的好處在於描寫了眾多人物形象，並通過各人的悲劇，強烈地控訴了黑暗勢力的猖獗，然而也有弊病，全書「有枝無幹」，較爲鬆懈，整個作品又被悲觀氣氛籠罩著，使人透不出氣來。

　　作者在場面描寫方面，也是有特色的。許多場面像詩一樣。詩，有豪邁激情，如火山爆發；有脈脈溫情，如涓涓細流；有哀怨纖靡，如春雨纏綿……。作品中，看來是把這些獨特的藝術色調融合在一起，因此使人感到有著巨大的藝術吸引力。如《幻滅》中描寫的北伐戰爭誓師典禮及《動搖》中的店員風潮、農民暴動的場面，氣勢宏偉，雷轟電劈；《動搖》中描寫方羅蘭和孫舞陽接觸後第一次煩惱的情景，可謂曲盡兒女之情，大膽顯豁，繾綣纏綿，然而又是理智清醒；《追求》中描寫章秋柳忽聞東方明噩耗和趙赤珠被迫賣淫的場景，心中有如陰霾天氣，低沉抑鬱，令人窒息。當然，有的場面也描寫了現實生活非本質的現象，如工農運動；有的筆調陰暗，感情灰色，如描寫愛情的場面。

　　《蝕》中的自然景色描寫並不太多，但作用不小。人們從景色中可以了解事態的進展以及作家對這些事件的評價。如《動搖》第八章春景的描寫，作者告訴我們，在這美好的季節裡，城市的店員風潮已經過去了，人們在過著一種謐靜的太平生活，缺乏戰鬥氣息，而鄉間的鬥爭卻在孕育著，作者用不同的筆觸抒寫了兩種情景。他認爲「『春』在城裡只從人們心中引起了遊絲般的搖曳」，人們「怡怡然，融融然，來接受春之啓示了」，「現在這太平的縣裡的人們，差不多就接受了春的溫軟的煽動，忙著那些瑣屑的愛，憎，妒的故事」。這些柔和的話語，卻含有對沉浸於「春之醉意」的城市安靜生活的批

評。至於鄉間春之描摹，調子是熱烈的，氣氛是激昂的。作者寫道：「在鄉村裡，卻又另是一番的春的風光……各種的樹，都已抽出嫩綠的葉兒，表示在大宇宙間，有一些新的東西正在生長，一些新的東西要出來改換這個大地的色彩。」作者認定春在農村中要「轟起火山般的爆發」，這便是狂飆式農民暴動即將到來。因此，他用高亢激動的筆調讚頌。

全書語言總的特色是絢麗而又犀利。但是在描寫各種不同人物所採用的語言中，這個特點又以不同的方式體現出來。如對他所否定的人物，多用辛辣話語；對所同情的人物，多用柔和的話語；至於所頌揚的人物，則用熾熱筆觸。《動搖》第六章，當縣黨部表決有關店員風潮的提案時，孫舞陽發表了公正的言論後，作者這樣寫道：「在緊張的空氣中，孫舞陽的嬌軟的聲浪也顯得格外裊裊。這位惹眼的女士，一面傾吐他的音樂似的議論，一面拈一枝鉛筆在白嫩的手指上舞弄，態度很是鎮靜。她的一對略大的黑眼睛，在濃而長的睫毛下很活潑地溜轉，照舊滿含著媚，怨，狠，三樣不同的攝人的魔力。她的彎彎的細眉，有時微皺，便有無限的幽怨，動人憐憫，但此時眉尖稍稍挑起，卻又是俊爽英勇的氣概。」顯然，作者在這裡是用強烈讚美的色彩來描繪孫舞陽，令人看到她在柔情綿邈之中，含有雄姿英發之氣，整段文辭躍動，有節奏感。當然，《蝕》的語言也是有缺點的，有些語言不簡潔，這同受歐化的影響有關係。

《蝕》側面反映了大革命時代叱吒風雲的氣勢以及蔣介石新軍閥統治下的悲慘世界，表現一部分知識份子在大風大浪中心靈的震盪，藝術上具有從廣闊背景中細緻描摹人事變幻的特點，這是作品的主要成就，然而它也存在著較大的缺陷，如對形勢的看法時有偏頗，對革命未來流露出悲觀頹唐的情緒；人物、場面的描寫有些純客觀的弱點，有的作品結構比較粗疏，語言也有不夠洗鍊之處。

《蝕》這部小說「接連著刊登時，《小說月報》確乎轟動一下。」〔註14〕當《幻滅》第一部登出來後，「引起讀者界的普遍注意，大家要打聽這位『茅盾』究竟是誰？」〔註15〕《蝕》發表後文學界對這個作品評價發生了分歧，並引起了一場激烈的論爭。

有一種意見，認為「從客觀方面看來，《幻滅》《動搖》裡面多少還藏著

〔註14〕徐調孚：《〈小說月報〉話舊》，《文藝報》1956年第15期。
〔註15〕葉聖陶：《略談雁冰兄的文學工作》。

一點生機,但是《追求》何如呢?只有悲觀,只有幻滅,只有死亡而已」,〔註16〕並指出「茅盾所表現的傾向當然是消極的投降大地主大資產階級的人物的傾向。」〔註17〕

另一種意見認為《幻滅》「是很忠實的時代描寫」。〔註18〕「《動搖》和《追求》是有時代性的作品。」這位評論者還指出作者「對於時代的轉變,和混在這變動中的一般人的生活,是看得很明白的,所以他能夠寫得這樣深切動人。」〔註19〕

前一種意見,雖然肯定《蝕》的一些優點,也指出了它的弱點,彷彿是兩點論,然而卻是從根本上否定的,把它看成是「投降大地主大資產階級」的,這種看法顯然是很偏激的。

後一種意見對於《蝕》的時代內容的評價是偏高的,只看到作品的積極的方面,忽視或較少看到它的弱點。

對於《蝕》的正確評價,必須聯繫作品所反映的特定歷史環境,階級鬥爭和階級關係,然後作全面論斷,才能符合客觀實際。我們認為《蝕》的批判鋒芒直指北洋軍閥及國民黨的反動統治,《幻滅》開篇從一個人物的口中反映大革命前北洋軍閥統治下舊上海的黑暗;《動搖》通過劣紳胡國光混跡革命隊伍的描述,揭示革命與反革命的尖銳矛盾與鬥爭,通過方羅蘭的活動,表現了革命隊伍中兩條路線的鬥爭;《追求》暗示著國民黨新軍閥的殘酷統治。《蝕》還歌頌了工農革命力量,《幻滅》的後半部及《動搖》中一些章節,熱情歌頌北伐戰爭及工人糾察隊,農民協會的武裝力量。作品還批評了小資產階級知識份子在革命鬥爭中的脆弱性及動搖性。這些是作品的主要價值。同時,我們也充分注意到《蝕》的不足,看到它在反映大革命形勢及其革命前途方面的片面性,以及過分地看到小資產階級的弱點和缺點。

關於《蝕》的評價,學術界的看法是有分歧的。有的評論者認為《蝕》「多少反映了大革命前後的時代面影,但是由於作者當時對歷史動向缺乏正確的分析和認識,對革命前途有了悲觀失望的情緒,所以在這部作品中,沒有刻劃一個正面的積極的人物,對當時的小資產階級知識份子的那種不正確

〔註16〕 錢杏邨:《茅盾與現實》,《新流月報》第四期,1929年12月15日。
〔註17〕 錢杏邨:《從東京回到武漢》,《文藝批評集》,上海神州國光社,1930年5月出版。
〔註18〕 張眠月:《〈幻滅〉的時代描寫》,《文學週報》第三六〇期,1929年3月3日。
〔註19〕 林樾:《〈動搖〉和〈追求〉》,《文學週報》第三六〇期,1929年3月3日。

的思想感情也沒有進行有力的批判，所以結果是讓悲觀失望充滿了整個作品，損害了作品的反映時代的眞實性」；「因爲《蝕》這部作品具有著如此重要的帶有根本性質的缺點，所以它裡面雖然也顯露了作者過人的創作才能，但究竟是『瑜不掩瑕』的。《蝕》發表後，曾經引起一度大的爭論，當時的批評者的態度，雖不免摻雜著宗派主義和門戶私見在裡面……，但這部作品之不能算是一部成功的現實主義作品，也是無可諱言的事實」；「關於這部作品，作者在一九五二年曾作過自我批判」〔註20〕，是「非常懇切而中肯的」。這種評論，只肯定《蝕》「多少反映了大革命前後的時代面影」，「也顯露了作者過人的創作才能」，然而它「帶有根本性質的缺點」，所以「不能算是一部成功的現實主義作品」。基於這種認識，評論者把當年批評者對《蝕》的批判，只看成是「不免摻雜著宗派主義和門戶私見」，而看不到對《蝕》的批評採取了否定的態度，如認爲《蝕》表現了作者的傾向是「投降大地主大資產階級的人物的傾向。」

　　我們認爲茅盾對於《蝕》中關於革命形勢及其前途的描寫的缺點的自我批評是正確的，這表明作者嚴於責己的革命精神。但是，我們評論《蝕》的價值時，應歷史地全面地加以考察，認眞地研究作品思想在當時的歷史條件下的積極和消極作用。我以爲對《蝕》既要看到它的好的方面，也要看到它的弱點，這樣才能正確評價作品的得失。如果只看到積極方面，那麼就會過高評價作品的價值；反之，只看到消極方面，就會貶低作品的成就。我認爲只根據作者對作品缺點的批評，而不作全面評價，就認爲它只是「顯露了作者過人的創作才能」，顯然是不切合實際的。

　　《蝕》的主要成就及其缺點，反映了大革命時期一部分革命小資產階級知識份子的思想特點。小資產階級在政治上、思想上以至組織上能夠接受無產階級的影響，投入反對北洋軍閥的鬥爭，大革命失敗後，由於暫時失去了無產階級的領導，看不到革命的前途，產生了苦悶的情緒，但他們對國民黨反動派的統治卻是憎恨的。

　　正確評價《蝕》，還應當考慮到無產階級對於小資產階級作家的又團結又批評政策。在革命文學同反動文學的鬥爭中，無產階級對小資產階級作家的作品要做實事求是的評論，才能有助於引導小資產階級作家擺脫資產階級影響，沿著無產階級方向前進。據此，我們認爲對《蝕》進行全面分析，恰如

〔註20〕指《茅盾選集・自序》中有關《蝕》的自敘，開明書店，1952 年出版。

其分地評價其得失，才能得出科學結論，肯定它的積極作用，同時也不忽視其消極方面。

我們還應該從我國現代文學發展的實際情況來考察《蝕》的歷史地位。在當時的文壇上，像《蝕》這樣的寬闊場面，宏大氣勢，迅速地反映大革命前後的歷史面貌的作品，還未曾出現過，這是茅盾對我國現代文學的特殊貢獻。對此，葉聖陶正確地指出，茅盾寫出「《幻滅》之後描寫《動搖》，《動搖》之後接寫《追求》，不說他的精力彌滿，單說他擴大寫述的範圍，也就可以大書特書。在他三部曲以前，小說那有寫那樣大場面的，鏡頭也很少對準他所涉及的那些境域。」〔註21〕

《蝕》發表後，有關反映或涉及大革命時代面貌的長篇小說不斷出現，如《倪煥之》、《小小十年》等相繼刊行，這不能不說《蝕》的出版給文壇增添了新的色彩。

從《蝕》問世後的客觀效果和社會影響來看，應該說它的積極作用是主要的。它幫助人們從中認識到大革命時代的生活與鬥爭，當時有人說過，讀完這部小說，「覺得有些地方彷彿自己曾經親歷其境的，至少限度也應該認識其中的幾位。」〔註22〕有人讀完《幻滅》後說：「我不由得對於《幻滅》的作者起了一片感謝之心；為的是他把我所欲表現的很精細的強有力地表現了，把我所欲說的話而自己不會說的說出來了。作者對於我有這樣偉大的貢獻和效力，我應當如何地滿足而感謝呀！」〔註23〕有人讀《動搖》後稱讚道：「其中所描寫的情形與我們故鄉 H 縣委實太相像了：不特事件是這樣，就是其中幾個人物：如投機主義的胡國光，動搖無定的方羅蘭……也可以找幾個很相同的人物出來。」〔註24〕《蝕》還可以幫助讀者認識在國民黨統治下廣大青年的悲慘命運。有人說：「《追求》所描寫的也是現代一般的青年。他們一方面感到理想幻滅的苦悶，一方面仍有奮進的熱望，努力在追求新的憧憬；但結果卻仍然是失敗。這一般青年在今日的中國中，不消說是很多很多的。」〔註25〕這些反映雖然只是一部分讀者的意見，卻是有代表生的，說明了《蝕》的發表受到廣泛的重視，它的社會價值是客觀存在的。

〔註21〕 葉聖陶：《略談雁冰兄的文學工作》。
〔註22〕 辛夷：《〈追求〉中的章秋柳》，《文學週報》第三六〇期，1929 年 3 月 3 日。
〔註23〕 張眠月：《〈幻滅〉的時代描寫》。
〔註24〕 林樾：《〈動搖〉和〈追求〉》。
〔註25〕 同上註。

　　《蝕》出版以來，受到了國內外的歡迎，也可以看出它的歷史作用。《幻滅》、《動搖》、《追求》在《小說月報》刊出後，曾先後分別出版過單行本，一九三○年五月這三個中篇集成一冊，題名爲《蝕》，由開明書店刊行。儘管被國民黨反動派列爲「禁書」，然而它衝破敵人的禁錮，仍多次翻印出版。一九五四年經作者修訂後，由人民文學出版社重版。《蝕》在國外也是很有影響的。一九三五年蘇聯國立文學出版社就翻譯過《動搖》一書，高爾基、法捷耶夫都曾經讚譽過。〔註 26〕日本把《蝕》改題爲《大過渡期》翻譯出版，有的評論家指出該書是「這個時代（按指第一次大革命）的文壇收穫。」〔註 27〕

　　《蝕》是茅盾第一部文學創作，它開始出現在文壇上，立即引起極大的反響，絕非偶然。作者經受過大革命的戰鬥洗禮，力圖借助自己的經歷及間接感受，以反映大革命時代的生活。他說：「《幻滅》等三部小說（一九二七年九月～十二月寫作）是有若干生活經驗作爲基礎的。一九二五～二七年，這期間，我和當時革命運動的領導核心有相當多的接觸，同時我的工作崗位也很使我經常能和基層組織與群眾發生關係」。〔註 28〕他談起大革命前夕在上海看到：「小資產階級出身的女學生和女性知識份子頗以爲不進革命黨便枉讀了幾句書。並且她們對於革命又抱著異常濃烈的幻想。是這幻想使她們走進了革命，雖則不過在邊緣上張望。也有在生活的另一方面碰了釘子，於是憤憤然要革命了，她對於革命就在幻想之外再加了一點懷疑的心情。和她們並肩站著的，又有完全不同的典型。她們給我一個強烈對照」，他又說：「在上海所見的那樣思想意識的女性也在武漢發現了。並且因爲是在緊張的大漩渦中，她們的性格便更加顯露」。〔註 29〕不難看出，《幻滅》中的靜女士、慧女士就是從當時生活中類似人物概括出來的。茅盾還說，《動搖》「有幾段重要的事實是根據了當時我所得的不能披露的新聞訪稿的。像胡國光那樣的投機

〔註 26〕 轉引趙景深《文壇憶舊》一書，其中談及高爾基生前對於茅盾的《動搖》、《子夜》「很稱道」。趙景深 1978 年 8 月 11 日致筆者信談到，高爾基對於《動搖》及《子夜》的評論，係根據當時《國際文學》或 VOKS 雜誌的有關消息；《文壇憶舊》，上海北新書局，1948 年 4 月出版。法捷耶夫《在中蘇友好協會總會成立大會上的講話》（《文藝報》第一卷第二期）談到「我們國內前進的人們以極大的興趣讀過茅盾的作品：《動搖》和《子夜》。」
〔註 27〕 小田岳夫：《魯迅傳》，開明書店 1947 年出版。
〔註 28〕 《茅盾選集・自序》。
〔註 29〕 茅盾：《幾句舊話》。

份子，當時很多」，「所以我描寫了一個胡國光。」〔註30〕大革命失敗後，茅盾「眼見許多『時代女性』發狂頹廢，悲觀消沉」，〔註31〕我們從《追求》中不也是可以找到這種「時代女性」的影子嗎？《蝕》中的一些主要人物和事件是從現實生活中概括而成，因而具有一定的典型性。

　　文藝理論的素養對於茅盾掌握創作小說的藝術規律是很有幫助的。他早年從事文藝理論和批評工作，曾對小說這種文藝形式的特點作過研究。他在上海大學擔任教學工作時，開設過《小說研究》課程。一九二八年他寫作的《小說研究 ABC》一書，可以說是他多年研究小說創作規律的結晶，從中可以看出他對小說歷史演變過程的考察及對小說創作理論的鑽研，也能了解他是非常注意掌握小說創作中塑造人物、安排結構、表現環境和驅使語言等方面的技巧。茅盾認眞地研究這些藝術技巧，對於《蝕》的創作是很有裨益的。

　　廣泛地涉獵中國古代文籍，爲茅盾駕馭文學語言提供了有利條件。《蝕》的寫作，除了攝取歐洲文學語言中的詞彙、語句外，還吸收了中國古典文學語言的精華，從而有助於他形成恢宏而細密，峻利而柔和的語言特色。

　　茅盾說過：「就一個知識份子的從事文學而言，他在試筆之前所讀的文藝作品——特別是他愛讀的，讀得入迷的部分，往往會影響到他的初期作品。」〔註32〕《蝕》創作之前，茅盾對於西歐古典文學名著反覆研究，這對他的創作有著明顯的影響。他說：「我開始寫小說時的憑藉還是以前讀過的一些外國小說。我讀很雜，英國方面，我最多讀的，是迪更斯和斯各德；法國的是大仲馬和莫泊三，左拉；俄國的是托爾斯泰和契訶夫」，「這幾位作家的重要作品，我常常隔開多少時後拿來再讀一遍」。〔註33〕《蝕》中可以看出茅盾力圖師法托爾斯泰善於表現廣闊社會生活，描寫人物性格的長處，然而他不及托爾斯泰那樣從各方面反映時代面貌，他只是採用側面手法展示大革命時代的風雷。在人物描寫手法方面，可以看出他善於學習托爾斯泰精雕細刻的心理描寫的方法，然而不及托爾斯泰那樣採用多種手法突出人物內心狀態。他還從大仲馬創作中學習用對照手法表現人物不同個性以及逐層展現人物性格的方法。他也從左拉那裡學習如實地描寫生活的藝術方法，然而也受到

〔註30〕 茅盾：《從牯嶺到東京》。
〔註31〕 茅盾：《幾句舊話》。
〔註32〕 茅盾：《創作的準備》，上海生活書店，1936 年 11 月出版。
〔註33〕 茅盾：《談我的研究》，《中學生》第六十一期，1936 年 1 月。

左拉自然主義的影響。《蝕》在表現社會生活，描寫人物手法等方面借鑒了外國古典文學大師的作品，而又有自己的創造，不可諱言，也沾染了前人的消極因素。

《野薔薇》　散文

　　繼《蝕》之後，茅盾又創作了短篇小說集《野薔薇》（收入《創造》、《自殺》、《一個女性》、《詩與散文》，《曇》），這些作品的基本傾向同《追求》相似，在思想與藝術方面都存在矛盾現象，它表現了對國民黨新軍閥統治的不滿，然而對未來的出路又流露出黯淡的情緒，藝術上力求忠實地反映社會生活，卻又有純客觀描寫生活現象的弱點。

　　《野薔薇》描寫一群青年女子愛情生活的不同遭遇，揭露了舊社會的黑暗及舊禮教的弊害。《自殺》中的環小姐由於被人遺棄，自己無法解脫厄運，最後以絲帶結束了年輕的生命。臨終時「她的脹痛到要爆烈的頭腦裡疾轉：『宣布那一些騙人的解放自由光明的罪惡，死就是宣布』！」《曇》中的張女士面對著封建制度的不合理的婚姻，充滿了悲傷、苦悶，雖然她有不平的叫喊和憤怒的呼聲，然而她卻認為「還有地方逃避的時候，姑且先逃避一下吧。」《一個女性》中的瓊華，起初很熱愛人生，由於家庭的變故，少年們因此對她失去愛慕之情，她非常憤懣，「終成為『不憎亦不愛』的自我主義者」。〔註 34〕這些作品告訴人們，青年女子們的悲劇，是由混濁的社會所造成的。

　　作品還努力揭示青年知識份子愛情悲劇的階級根源。張女士企圖衝破現實的羈絆，由於「官僚家庭養成她的習慣」，〔註 35〕沒有勇氣面對黑暗勢力，只好選擇逃避現實的道路。環小姐從富家女兒變為孤女，又經歷著不幸的遭遇，終於以黯淡下場了結一生。她的悲劇是同階級出身、生活經歷分不開的。這些作品意在表明：青年知識份子在黑暗現實面前，由於階級的限制，表現出軟弱無力，不敢抗爭，最終被舊制度所吞噬。

　　但是也必須看到，儘管《創造》中的嫻嫻受到新思想薰陶，不再「拉回來徘徊於中庸之道」，〔註 36〕她也如同《詩與散文》中敢於打破舊思想束縛的桂奶奶一樣，仍在黑暗社會中徬徨、焦灼，找不到真正的出路。不論是軟弱的或者是剛毅的青年知識份子，在反動統治下都是沒有出路的。這是對國民

〔註 34〕　茅盾：《寫在〈野薔薇〉的前面》，《野薔薇》，大江書舖，1929 年 7 月出版。
〔註 35〕　同上註。
〔註 36〕　同上註。

黨新軍閥有力的控訴。然而這些作品同《追求》一樣存在著弱點，即把青年知識份子的出路描寫得非常茫然。

《創造》等是茅盾的短篇小說嘗試之作，在藝術上也是有特色的。從選材上看，這些小說「都穿了戀愛的外衣」，作者力圖在「戀愛描寫的背後」揭示「一些重大的問題」，〔註37〕即反映大革命失敗後在反動勢力統治下一部分青年知識份子的不幸遭遇。但是，有的選材同時代的聯繫不很密切，有的還是現實生活中非本質的現象，因而作品在深刻揭示社會本質方面受到很大的限制。

短篇的人物描寫是以心理刻劃著稱的，作者細緻地寫出人物在現實生活中的複雜的變化，然而過多地採用靜態心理刻劃，其間又有純客觀的描寫，人物性格、時代色彩不顯著。

在結構上，作者有時用鮮明對比方式表現主題，《創造》以丈夫君實懷戀過去的守舊思想同妻子嫻嫻追求新思潮而陷於苦悶的心情作對照，表現了大革命失敗後青年的不同思想面貌。《詩與散文》是以桂奶奶敢於打破封建思想束縛的反叛精神同青年丙厭棄散文式的桂奶奶，追求詩似的表妹的庸俗思想的矛盾衝突而構成主題的。作者還在《自殺》、《一個女性》、《曇》等篇中通過環女士、瓊華、張女士各自的悲劇反映一定的社會生活。無論採用哪一種方式布局，結構都是完整的，與作品的內容相適應的，但由於選材不嚴，過分客觀鋪寫，因而顯得不夠簡練和緊湊。

短篇的語言具有細密的特點，善於描摹人物的複雜心情，筆調柔和、低沉，時帶剛勁。句法、辭彙歐化成分多一些，漢語具有的洗練特色稍嫌不足。

這個時期茅盾寫的散文，收入《宿莽》集中有《叩門》、《賣豆腐的哨子》、《霧》、《虹》、《紅葉》、《速寫》（一、二），還有集外的散篇如《嚴霜下的夢》等。這些散文的創作傾向，同《追求》、《野薔薇》相似。它反映社會生活的某些方面，表現作者憤世和迷惘交織著的矛盾心境。《賣豆腐的哨子》透過小販子從生活重壓下掙扎出來的聲音，表現作者對黑暗現實社會的憤慨鬱結心情。他說：「每次我到夜市，看見那些用一張蓆片擋住了潮濕的泥土，就這麼著貨物和人一同擠在上面，冒著寒風在嚷嚷然叫賣的衣衫襤褸的小販子，我總是感得了說不出的悵惘的心情」。作者對於在黑暗社會裡求生存的勞

〔註37〕茅盾：《寫在〈野薔薇〉的前面》。

動者寄予深切的關懷，然而對於他們的未來卻流露出茫然的情緒。他說：「我從他們那雄辯似的『誇賣』聲中感得了他們的心的哀訴。我彷彿看見他們吁出的熱氣在天空中凝集爲一片灰色的雲。」《霧》通過霧景的描寫，反映出作者的沉鬱心情。他說：「霧，霧呀，只使你苦悶，使你頹唐闌珊，像陷在爛泥淖中，滿心想掙扎，可是無從著力呢！」

散文的藝術是成熟的，作品所描繪的生活圖景與表現的思想感情融合爲一，構成了沉幽的藝術境界。作者或者寓意於景，或者託事抒情。如《叩門》、《賣豆腐的哨子》、《速寫》（一、二）、《嚴霜下的夢》等，從這些作品描寫的意境，使我們捉摸到作者複雜的思想情緒，有時宛如在茫茫的深山裡那樣，心緒極其冰冷；有時好像在濃重的黑暗的逼迫下，看到一點星光，嘗到了暫時的歡愉。由於作者的心情低沉抑鬱，以致取材有時偏於瑣小，記敘時而純客觀，沖淡了作品時代色彩，影響著藝術意境的完美。

散文的形式短小，行文曲折自如，語言冷峻挺拔，意味雋永，歷來被譽爲散文詩。茅盾在「五卅」期間，曾經寫出一些感情熾熱的記事抒情散文，這個期間轉向寫作追求藝術意境的散文，固然跟他的思想情緒有關，但也表明作者熱衷於新的藝術形式的探討。

茅盾從一九二七年九月到一九二九年三月間寫了《蝕》、《野薔薇》和《宿莽》中的散文等，這些作品有著深刻的矛盾，從思想內容方面看，他有力地鞭打了反動統治階級，揭露他們反對革命，壓迫人民的罪惡，指出了舊制度及封建禮教的虛僞和腐敗，但對革命的途徑、前景卻是茫然的。他或多或少地看到工農群眾及革命者在革命鬥爭中的力量，然而對於領導革命走向勝利的無產階級認識不清，作品中強烈地表現了小資產階級對於舊社會的不滿和革命要求，但他們的革命是不徹底的，狂熱性與動搖性兼而有之。從藝術描寫方面看，作者從現實生活中汲取題材，並加以細緻描寫，塑造具有一定典型性的藝術形象，反映了社會生活的某些本質方面，然而有時純客觀地描寫生活中的非本質現象，以致影響人物、情節結構的安排，作品的眞實性受到了一定程度的限制。

茅盾創作中的矛盾現象，同他所採用的創作方法有著一定的關係。他的作品以現實主義爲主體，又受到自然主義的某些影響。

茅盾創作中的現實主義，主要是批判現實主義。這同他受到俄國批判現實主義大師托爾斯泰的影響分不開的，他說：「我自己來試作小說的時候，我

卻更近於托爾斯泰了」。〔註38〕批判現實主義的特點在於暴露舊社會的黑暗，
然而卻無力指出革命的未來。茅盾當時站在小資產階級立場上，徹底否定舊
制度，但不能指出歷史前進的正確方向。他說：「不要感傷於既往，也不要空
誇著未來，應該凝視現實，分析現實，揭破現實」，「抱著這樣的心情，我寫
我的小說。」〔註39〕《幻滅》、《動搖》中痛斥了大革命中反動勢力的猖獗；《追
求》、《野薔薇》中控訴了國民黨新軍閥的黑暗統治。這些表明了他是敢於「揭
破現實」的。然而，由於他還不能找到社會前進的道路，所以作品中蒙上了
一層灰色，不論是肯定或同情的人物，都是沒有出路的。他曾經說過，「真的
勇者是敢於凝視現實的，是從現實的醜惡中體認出將來的必然」，「真的有效
的工作是要使人們透視過現實的醜惡而自己去認識人類偉大的將來，從而發
生信賴。」〔註40〕儘管他對遙遠的將來懷抱一點理想，畢竟提不出一個鼓舞
人心的理想——無產階級的革命未來。所以我們認為茅盾當時創作中的批判
現實主義佔了優勢。

　　然而，不能否定茅盾創作中也有革命現實主義的因素。革命現實主義的
創作要求作者以無產階級立場、觀點來表現生活的真實。〔註41〕如上所述，
這個時期茅盾從總的方向說，是站在小資產階級立場上反映當時現實生活。
不過由於他早年接受馬克思列寧主義的思想，在大革命中又在黨的領導下從
事鬥爭，因此即使在大革命失敗後有著消沉失望的情緒，也不能否定馬克思
列寧主義思想對他的一些積極作用，同時他當年介紹的蘇聯倡導的新寫實主
義〔註42〕也會給他創作以影響。由於這種種原因，他在當時創作中的某些方
面也有著革命現實主義的因素。他曾經指出黑暗的社會裡，「也有些大勇者，
真正的革命者。」〔註43〕所以他在作品的某些部分也反映了革命力量在大革

〔註38〕茅盾：《從牯嶺到東京》。
〔註39〕茅盾：《寫在〈野薔薇〉的前面》。
〔註40〕同上註。
〔註41〕茅盾在《也是漫談而已》（1946年1月21日）一文中總結一九一八年到一九
　　　　三六年新文學運動經驗時，認為「五四」初期提倡的寫實主義，同一九二五
　　　　年以後文壇出現的革命現實主義是有分別的，這分別在於「後者是有了確定
　　　　的進步的政治立場以及正確的宇宙觀的」，這裡指的是「歷史唯物論與辯證唯
　　　　物論」。基於以上的原因，我們採用了革命現實主義這一概念來研究茅盾當年
　　　　的創作特點。
〔註42〕新寫實主義（即新現實主義），指與舊現實主義（批判現實主義）不同性質的
　　　　創作方法而言，它跟革命現實主義都是以無產階級世界觀為指導的。
〔註43〕茅盾：《寫在〈野薔薇〉的前面》。

命中的作用，例如《動搖》中表現了工農群眾在大革命中的蓬勃氣勢，以及革命工作者李克爲民除害的革命氣概；《追求》中描述曹志方在大革命失敗後去參加革命等，這些部分描寫是符合當時革命發展中的生活眞實的。因此我們認爲《蝕》中具有革命現實主義因素。

　　然而，我們也必須指出，這個期間茅盾創作確實有過自然主義的雜質。他曾說：「鼓吹過左拉的自然主義」。〔註44〕左拉自然主義的特點是純客觀地記錄社會生活現象，並用生物學的觀點來觀察社會生活。他雖然不是「自然主義的信徒」，〔註45〕然而卻受到自然主義的某些影響，他的創作確實存在著純客觀地記錄生活現象的弱點。例如《蝕》中描寫青年愛情生活時，不時出現追求官能刺激的粗俗現象，《追求》、《野薔薇》中和盤托出青年頹廢以至世紀末的情調，散文中時而醉心於瑣細的描寫，這種缺乏概括和典型化的做法，是不能揭示生活本質的。

　　茅盾作品中創作方法的複雜現象，同他的文藝觀中的矛盾有著直接關係。他在第一次國內革命戰爭期間，曾經熱情地宣傳過馬克思列寧主義文藝思想，並試圖聯繫中國文藝運動實際，闡述了革命文藝的主張。然而他並沒有從根本擺脫小資產階級文藝觀點，所以在大革命失敗後，他的文藝觀中的矛盾狀態明顯地反映出來。他雖然擁護無產階級文學，但在實際的文藝主張中卻表現出小資產階級觀點。

　　茅盾在《從牯嶺到東京》中，認爲提倡無產階級文藝運動「是無可非議的」。他指出革命文藝要「喚醒要提高」「勞苦群眾」的「革命情緒」，形式上應爲「勞苦群眾」所接受，這樣革命文藝才能以「被壓迫的勞苦群眾」作爲「讀者對象」。

　　革命文藝運動在萌發時期，難免存在著缺點。茅盾明確指出，革命文藝「表現於作品上時」，往往是「標語口號」式，作品又有歐化毛病，因而勞苦大眾「還是不了解」。〔註46〕

　　茅盾針對革命文藝的弱點，提出「改進」的意見。他認爲爲「『革命文藝』的前途計，第一要務」要使「革命文藝」在「小資產階級群眾中植立了腳跟」，這就要求「不要新思想的說教似的宣傳，只要質樸有力的抓住了小資產階級

〔註44〕　茅盾：《從牯嶺到東京》。
〔註45〕　同上註。
〔註46〕　同上註。

生活的核心的描寫」。〔註 47〕

在描寫小資產階級方面，茅盾強調表現他們的痛苦生活。他說：「現在差不多有這麼一種傾向：……假如你為小資產階級訴苦，便幾乎罪同反革命。這是一種很不合理的事！現在的小資產階級沒有痛苦麼？他們不被壓迫麼？如果他們確是有痛苦，被壓迫，為什麼革命文藝者要將他們視同化外之民，不屑污你們的神聖的筆尖呢？或者有人要說，『革命文藝』也描寫小資產階級青年的各種痛苦；但我要反問：曾有什麼作品描寫小商人，中小農，破落的書香人家……所受到的痛苦麼？沒有呢，絕對沒有！幾乎全國十分之六，是屬於小資產階級的中國，然而它的文壇上沒有表現小資產階級的作品，這不能不說是怪現象罷！」〔註 48〕

茅盾當時主張文藝反映小資產階級的痛苦生活，如果是站在無產階級立場來提倡的話，那是完全正確的。然而，他基本上是站在小資產階級立場的。他同情小資產階級的受壓迫的境遇是對的，可是過分原諒他們的弱點，同時又不能為他們指明出路。在他看來，充分描寫他們的厄運，才能真實地反映社會面貌。他說：在「這混濁的社會裡」「更多的是這些不很勇敢，不很徹悟的人物」，「如果寫一些『平凡』者的悲劇的或闇淡的結局，使大家猛省，也不是無意義的。」〔註 49〕茅盾正是通過一大群「平凡」的小資產階級人物的悲慘命運，揭露舊社會的黑暗，暗示舊世界的日趨崩潰。

茅盾文藝觀的矛盾在於，一面擁護無產階級革命文學，一面又表現出小資產階級的文藝觀點。究其實際，後者為主，但其中也含有無產階級文學思想因素。例如肯定勞苦大眾在文學中的地位及作用，主張文學必須反映勞苦大眾的要求。

茅盾從創作實踐到創作主張（創作方法、文藝觀）的矛盾，追究根源，仍然是由於他的思想有矛盾。大革命失敗後，國民黨反動派實行了極其野蠻的大屠殺，全國突然轉入黑暗。面對著「現實的醜惡」，茅盾既忿恨又悲觀。他對蔣介石的統治極端憎惡，對革命前途又感到非常茫然，然而並不絕望，仍不斷求取光明的未來。這種思想矛盾，不僅僅是茅盾個人的，而是反映著大革命失敗後一部分暫時同革命組織失去聯繫的小資產階級知識份子的思想

〔註 47〕茅盾：《從牯嶺到東京》。
〔註 48〕同上註。
〔註 49〕茅盾：《寫在〈野薔薇〉的前面》。

狀態。

　　茅盾思想矛盾的形成有多方面的原因。先從茅盾的生活經歷談起。我們知道，黨成立後，他一直在黨的領導下從事革命活動和文學工作。他的政治態度是明朗的，堅決遵循無產階級及其先鋒隊共產黨所指引的反帝反封建的鬥爭方向，不斷地進行戰鬥。因此，他的思想得以逐步地以新民主主義向共產主義過渡，他的情緒是旺盛、昂揚的。但是，在大革命的風濤怒吼中，掀起了陣陣的反革命颱風。蔣介石、汪精衛相繼發動反革命政變，革命遭受到嚴重的挫折。茅盾目睹形勢的急劇變化，無法理解，精神上發生了苦悶，從武漢回到上海，暫時同組織失去聯繫。那時，蔣介石反動統治森嚴，茅盾因參加大革命而受到蔣介石政府通緝。在這種環境下，他的思想是矛盾的，對蔣介石反動政府無比憎惡，然而對革命前景卻感到茫然。爲了從迷茫中尋找出路，終於懷著矛盾的心情，開始了創作的生涯。一位和他接近的親戚，曾經這樣寫道：「他在離開漢口以後，先在牯嶺住了一下，那時時局動蕩不定，他似乎也還沒有決定行止，後來時局急轉直下，他既不想跋涉南行，於是只餘東下一途。他那時的意志彷彿有些消沉，……願意專心於文藝的本位工作了。」〔註50〕茅盾回顧創作《蝕》時的心情，說道：「我的思想情緒是悲觀失望的。」〔註51〕他寫完《蝕》後，那時「上海的空氣壓抑得他不能呼吸」，爲了改變一下環境，「他於是東渡赴日」。〔註52〕在日本期間，開初他的思想矛盾沒有顯著的變化，後來他的悲觀情緒才有所克服，並且對未來寄予希望。這些在《寫在〈野薔薇〉的前面》一文中有所反映。

　　從茅盾的生活經歷可以看出：當他投身於革命鬥爭，他就能緊跟時代的步伐；反之，當他離開火熱的階級鬥爭，他就困惑不前。

　　茅盾思想矛盾的形成，同他的社會思想有著密切的關係。第一次國內革命戰爭期間，他在實際鬥爭中努力學習馬克思列寧主義，逐步認識到無產階級的領導作用，並爲爭取民主革命的勝利而奮戰。然而這種思想並沒有牢牢地紮根，因此，大革命失敗後，在敵人暫時強大的情況下，他的思想發生了很大的變化，雖然他對工農大眾的力量並沒有完全忽視，然而他對無產階級能夠領導人民戰勝敵人，缺乏信心。他只看到「中國革命的前途還不能全然

　　〔註50〕　東方曦：《憶茅盾》。
　　〔註51〕　《茅盾選集·自序》。
　　〔註52〕　東方曦：《憶茅盾》。

拋開小資產階級」，〔註 53〕而看不到依靠無產階級的領導，中國革命才有前途，也看不到小資產階級只有緊跟無產階級才能獲得解放。他只看到「不但是小資產階級，並且也有貧苦的工農」對大革命「有過這樣一度的幻滅」，〔註54〕看不到他們在無產階級領導下，高舉革命大旗，不斷前進。他只看到國民黨新軍閥的黑暗統治，看不到「惟新興的無產者才有將來」，〔註55〕因此，感到前途灰暗。他說：「我不能使我的小說中人有一條出路，就因為我既不願意昧著良心說自己以為不然的話，而又不是大天才能夠發見一條自信得過的出路來指引給大家。……我實在是自始就不贊成一年來許多人所呼號吶喊的『出路』。這出路之差不多成為『絕路』，現在不是已經證明得很明白？」〔註 56〕儘管他說過「我們，生在這光明和黑暗交替」的時代，呼喊過「人類偉大的將來」，〔註57〕然而，他對於「將來的光明」〔註58〕依然是模糊的！

　　茅盾對於自己當年思想上的弱點作了懇切的自我批評。他說：「表現在《幻滅》和《動搖》裡面的對於當時革命形勢的觀察和分析是有錯誤的，對於革命前途的估計是悲觀的；表現在《追求》裡面的大革命失敗後的小資產階級知識份子的思想動態，也是既不全面而且又錯誤地強調悲觀、懷疑、頹廢的傾向，且不給以有力的批判。」〔註 59〕這段話相當清楚地說明了小資產階級世界觀的極大缺陷，那就是不能科學地了解現實發展的規律，正確地反映生活中本質的東西，明確地認識的動向，從而從革命的發展中描寫現實。

　　茅盾的思想矛盾乃是他的世界觀的缺陷所造成的。但是，這種矛盾的形成，是有一定的社會歷史條件的。就是說，這種思想矛盾是當時社會現實矛盾的反映。茅盾在《寫在〈蝕〉的新版的後面》一文中說得十分明確，他說：「一九二七年上半年我在武漢又經歷了較前更深更廣的生活，不但看到了更多的革命與反革命的矛盾，也看到了革命陣營內部的矛盾，尤其清楚地認識到小資產階級知識份子在這大變動時代的矛盾，而且自然也不會不看到我自

〔註53〕　茅盾：《從牯嶺到東京》。
〔註54〕　同上註。
〔註55〕　魯迅：《二心集・序言》。
〔註56〕　茅盾：《從牯嶺到東京》。
〔註57〕　茅盾：《寫在〈野薔薇〉的前面》。
〔註58〕　同上註。
〔註59〕　《茅盾選集・自序》。

己生活上、思想中也有很大的矛盾。但是，那時候，我又看到有不少人們思想上實在有矛盾，甚至言行也有矛盾，卻又總自以爲自己沒有矛盾，常常侃侃而談，教訓別人，──我對這樣的人就不大能夠理解，也有點覺得這也是『掩耳盜鈴』之一種表現。」

　　上面，探索了茅盾思想矛盾產生的根源及其性質，那麼如何正確對待這種矛盾現象呢？我們認爲茅盾思想矛盾集中地反映了大革命失敗後暫時同革命組織失去聯繫的小資產階級知識份子的思想矛盾狀態，這是一種社會現象，因此，必須採取分析的態度，予以客觀的評論。我們必須充分肯定茅盾不滿國民黨新軍閥黑暗統治的方面，否定其對革命形勢的片面觀點及其悲觀色彩。只有這樣，才能全面了解茅盾當時的思想，並探討他以後思想發展的軌跡！

第四章　革命現實主義的起點（1929）

　　茅盾創作的《蝕》，反映出他的思想矛盾，明顯地透露他的悲觀情緒。一九二八年七月十六日在東京作的《從牯嶺到東京》一文，表現了他對革命形勢及文藝主張的小資產階級觀點，但他已覺察到悲觀情調是不對的，必須克服。他說：「我希望以後能夠振作，不再頹唐。」不過，同年七月到十二月間，他作的短篇小說、散文，其思想傾向依然同《蝕》相似。不錯，他在《寫在〈野薔薇〉的前面》一文追述創作這些作品的思想情況時，曾承認生活中存在著光明面，然而，他不否認自己注重反映黑暗面，使人們看不到光明的前景。到了一九二九年三月間作的《色盲》，才明顯地表現出他在灰黑的現實中，堅信革命有前途。而在同月作的《曇》，其思想傾向又是跟《蝕》相同。只有到一九二九年四月到十二月間作的長篇《虹》和短篇《泥濘》及散文《風化》、《自殺》等，才充分表明作者的思想已經開始了新的變化，其創作也就進入了新的階段。

　　這個期間的創作出現新的特點，作者力圖反映「五卅」時期無產階級的革命力量，揭示大革命期間黨在農村中的作用，暴露大革命失敗後國民黨反動派的暴行，指明青年只有在實際鬥爭中學習馬列主義，才有廣闊的生活道路。作者還努力塑造具有時代特色的有鮮明個性的典型人物。作品的調子是樂觀與昂揚的等等。然而，作品的思想和藝術都存在著弱點，比如表現工農革命力量時有些概念化的毛病，批判非無產階級思想時，尚未根除小資產階級思想的瓜葛。

　　總的說來，這個期間茅盾創作開始以無產階級觀點為指導，運用革命現實主義創作方法，反映社會生活的矛盾與鬥爭，並注視歷史發展的趨向。這

標明作者向無產階級轉變的新起點，至於創作中的不足之處，那是思想轉變過程中不可避免的。

《虹》

《虹》是這個期間的主要作品，寫於一九二九年四月至七月。作者意「欲為中國近十年之壯劇，留一印痕。八月中因移居擱筆，爾後人事倥傯，遂不能復續」。〔註 1〕作者的龐大的計劃雖未能完滿兌現，但人們仍然可以從中看到「五四」到「五卅」這一歷史時期的輪廓，以及當時青年知識份子如何衝破鐵屋子，終於走向群眾鬥爭行列的艱難歷程。

《虹》以青年知識份子梅女士在四川和上海的生活經歷為主線，反映「五四」到「五卅」這段歷史時期新舊勢力和新舊思想的矛盾與鬥爭。五四運動開始後，反封建反舊傳統的浪潮到處衝激，要求打破虛偽的舊禮教，要求自由平等的呼聲響徹一時。深受封建道德束縛的青年，從心底裡發出各種各樣的戰叫和呼喊。如梅女士和徐綺君等人一方面不滿舊禮教，一方面尋求真正的出路。於是，引起了封建統治階級的惶惶不安，企圖堵塞反抗者前進的道路。梅女士的父親是封建階級的代表人物，他把舊禮教看成自己的命根子，頑固地擺布梅女士的命運，不讓梅女士有自己處理婚姻的權利。

五四運動不斷地向前發展，舊的社會勢力改頭換面，打出新思潮的旗號進行反撲。作品描寫了標榜新思潮的四川瀘州師範學校裡的一些教員的舊思想，揭露他們的醜態；撕去提倡所謂「新思想」的軍閥惠師長的假面。作品指出這些人藉助「五四」風暴，以謀私利，他們地地道道是舊勢力、舊思想的維護者。這般人是「跟著新思潮的浪頭浮到上面來的『暴發戶』」，不配「革新教育，改造社會」！他們是「吃『打倒舊禮教』的飯，正像他們的前輩是吃『詩云子曰』的飯，也正像那位『負提倡之責』的『本師長』，還是吃軍閥的飯」。舊勢力非常頑固，個人的反抗是無力。梅女士在同舊勢力所作的孤軍奮戰中產生了苦悶情緒，這清楚地告訴人們：徹底掃蕩舊勢力，必須尋找新的道路！

作品還反映了「五卅」前夕劇烈的思想鬥爭。革命工作者梁剛夫、黃因明大力傳播革命真理，熱情宣傳馬列主義，而國家主義派卻賣力地進行反共反革命勾當。在如此尖銳的鬥爭面前，梅女士終於選擇了正確道路。

〔註 1〕 《虹·跋》，《茅盾文集（二）》。

　　作品通過黃因明在梁剛夫領導下籌備組織婦女會，以促進國民會議運動的不斷開展，有力地說明了無產階級的先鋒隊——中國共產黨，廣泛地發動群眾，支持召開國民會議。我們知道，一九二四年中國共產黨倡導召集國民會議，爲結束封建軍閥統治、反對帝國主義侵略、建立人民政權而鬥爭。各地群眾紛紛響應黨的號召，成立國民會議促進會。婦女會就是其中的一個組織。當時反革命派是極力反對中國共產黨提出的開展召開國民會議的運動。作品通過國家主義派分子李無忌企圖拉攏梅女士參加活動，揭露其反革命的面目。李無忌這個小小的國家主義派，肆意攻擊國民會議是「『買空賣空』的勾當」，胡說共產黨人是「拿了盧布的人，正在收買青年，叫人家吶喊」，「特別要利用女子」等。梅女士對李無忌這套謬論是有所覺察，非常反感，她還拒絕閱讀李無忌一再鼓吹的國家主義派刊物《醒獅》。這些表明了國家主義派的窮途末日。

　　作品還充分地反映了五卅運動的歷史過程，揭露帝國主義的罪行，熱情地歌頌上海人民在中國共產黨的領導下進行如火如荼的反帝鬥爭。

　　我們從作品的具體描寫中，看到了革命者梁剛夫和黃因明以及知識青年梅行素在五卅運動中同群眾一道，高舉反帝反封建的大旗奮勇前進的動人情景。五月三十日，爲反對日商紗廠資本家殺害顧正紅的野蠻行徑，上海人民上街發布傳單、舉行講演。梁剛夫領導下的革命者「全體動員出發講演」，黃因明被「派在四馬路棋盤街一帶」開展活動，英捕到處捕捉講演人員，人民極爲憤怒，聚集在捕房門口，要求釋放被逮的人員，英帝國主義者竟下令開槍，「當場死了五六個」，傷了多人。梁剛夫領導的成員中犧牲了一人，黃因明也被逮捕，因人多捕房擠不下才釋放。當晚黃因明召開小組會，傳達上級的指示，決定三十一日開展罷工、罷課、罷市的三罷運動。爲了配合這個鬥爭，黃因明率領小組成員包括梅行素在內，深入南京路，舉行聲勢浩大的宣傳活動，得到了群眾熱烈的支持。

　　我們從梁剛夫、黃因明等人在五卅運動中的活動，可以清楚地看到中國共產黨領導人民大眾進行反帝鬥爭的豐功偉績！

　　《虹》比較眞實地曲寫了「五四」到「五卅」時期社會生活的巨大變化，反映了人民反帝反封建的革命要求，充分肯定了無產階級及其先鋒隊中國共產黨的歷史作用。這些都說明了《虹》具有革命現實主義的特點。

　　從表現社會生活方面來看，《虹》比起《蝕》有著顯著的變化，《虹》開

始糾正《蝕》中對於革命形勢、前途的片面看法，代之以比較全面的觀點，《虹》不但使我們看到帝國主義、封建主義是人民的死敵，而且看到勃興中的無產階級的力量。

梅女士是作品的主要人物。她是個具有獨特面貌和性格的女知識青年，她的特點是「往前衝」，她能「因時制變地用戰士的精神往前衝」，「她唯一的野心是征服環境，征服命運」。

當她在小說中出現的時候，就以柔美多姿與剛強挺拔交織而成的特點給人留下美好的印象。你看她那動人的豐姿：「那苗條的身材格外娉婷。她是剪了髮的，一對烏光的鬢角彎彎地垂在鵝蛋形的臉頰旁，襯著細而長的眉毛，直的鼻子，顧盼撩人的美目，小而圓的嘴唇，處處表示出是一個無可疵議的東方美人。如果從後影看起來，她是溫柔的化身；但是眉目間挾著英爽的氣分，而常常緊閉的一張小口也顯示了她的堅毅的品性。她是認定了目標永不回頭的那一類的人。」

梅行素確實是個「認定目標永不回頭」的人，她爲了尋求奮鬥的目標，歷盡千辛萬苦，排除種種險阻，終於從個人奮鬥走向群眾鬥爭行列。

梅女士，原是個川南川西惹人注意的「名的暴發戶」，「不平凡的女兒」。「五四」的怒潮，衝擊到西陲的「謎之園」的成都，那時她才十八歲，父親就把她許給姑表兄、小商人柳遇春，可是她卻愛上了另一個表兄韋玉。婚姻問題就這樣糾纏著她，使她痛苦，沮喪，她覺得這是由於自己「薄命」所造成的。

但是，隨著現實不斷地向前發展，梅女士的思想情緒也在不斷地變化著。「五四」反封建的浪潮四處蕩決，新的思想，新的書籍，紛紛接踵而來。「男女社交公開」，「女子解放」的呼號激烈地響著，「個人主義，人道主義，社會主義，無政府主義，……同樣地被熱心鼓吹」。在這些新事物面前，梅女士感到強烈的愉快和極度的興奮。她毫無分辨地吞進這些新東西，知道了「社會的進化」、「人的發現」的意義，意識到傳統思想的沒落與腐朽，要求自由權和人格獨立。在這種個性解放的思想的指引下，她「覺得一個全新的世界已經展開在她面前，只待她跨進去，就有光明，就有幸福」，於是，她拿定了主意，主張「現在有路，現在先走」，毅然決然地單槍匹馬同舊世界搏鬥。

然而，現實是嚴峻的，無情的，凶惡的！它像一條毒蛇似地纏著人們的

行進道路。梅女士掉在生活的海洋裡，險風惡浪接二連三地衝激著她。起初她認為依靠個人的力量可以征服柳遇春，便嫁給了他，沒料到柳遇春卻把她置於「牢籠」之中，待到他阻礙她同韋玉的訣別，她才毅然地衝破了「牢籠」，離開了柳家。於是她在廣袤的寰宇中孑然前行！她先到一個以新思想為名的學校教書，後來到了所謂提倡「新思想」的軍閥惠師長公館，作家庭教師，經歷了教師生活，她發現到處瀰漫著混濁的空氣。不論是學校的教師或者是惠師長，他們滿口「新思潮」、「打倒舊禮教」，骨子裡卻裝滿陳腐的思想，他們胡作非為，相互攻訐，爾虞我詐，同時生活糜爛，道德敗壞。她厭惡這些地方，這些人；痛恨這些地方，這些人，反抗的烈火在她的胸間燃燒起來。從此，她離開了四川，尋找新路去！

　　如果說，「五四」新思潮吸引梅女士走上個人奮鬥的道路，那麼，生活實踐使她認識到社會重重黑暗，個人奮鬥是無法動搖它的根基。因此，還必須繼續以更大的努力投入新的更廣闊的鬥爭。人們不難看出，儘管她一步一步地在征服生活，追求美好的理想，然而，生活像座大山，依靠個人的努力去改變它是無濟於事的，個人的力量如果不同人民群眾的革命鬥爭結合起來，那麼，抗爭的力量極其薄弱，終究要失敗的。梅女士當時尚未能認識到：知識份子唯一的正確出路，在於自己願意並實行同群眾相結合，否則，將會一事無成。

　　梅女士離開四川，到了上海，她接近了各色各樣的人，而給她以決定影響的是一些革命者。比如黃因明積極鼓勵她參加婦女會工作，並且介紹她閱讀馬克思主義的著作，「這些書籍在梅女士眼前展開一個新宇宙」，提高了她的思想境界。但是在思想上給她幫助最大的是梁剛夫。書中有一段這樣的描述：當梁剛夫詢問梅女士盼望怎樣的新生活時，梅女士說：「我是希望有一個穩固的不賣國的政府，內政，外交，教育，實業，都上了軌道，那麼，我也可以安心做我所願意的事」。梁剛夫認為這種希望簡直是在做夢，於是他們便展開了一場辯論，最後梁剛夫指出只有實行革命，打倒帝國主義和國內反動政府，中國才有希望。在梁剛夫的幫助下，梅女士思想有了很大的變化，她認為五四時代新思潮在當時已不能作為她前進的指針了。她說：「光明的生活，愉快的人生，舊禮教，打倒偶像，反抗，走出家庭到社會去！然而這些名詞，在目前的場合顯然毫無用處。」這是對自己過去接受的「關於個人主義，自我權利，自由發展」等思想的否定。她覺得必須建立新的思想體系，

才能求得真正新的生活道路。梁剛夫還指引她說：「革命的鬥爭的宇宙觀和人生觀應該從實際生活中去領受」。是的，只有加入了「群」的行列，投身於革命的洪爐，才能獲得新的生活，新的宇宙觀。

那時「五卅」反帝反封建的群眾運動正在興起，梅女士在革命鬥爭的新形勢影響下，從個人奮鬥的「狹之籠」中解放出來，開始接受革命風暴的考驗。一個小資產階級知識份子要躍進為無產階級的戰士，這是需要多麼艱鉅和曲折的歷程啊！這個「苦難的歷程」，對於梅女士來說，僅僅是個序曲。因此，個人主義的思想仍在作怪。一次，她拿著傳單標語去張貼時，「想起自己會騎馬會開槍，為什麼要來拿這紙條子和漿糊罐頭」，她想把紙包從車窗上擲出去，但由於「紀律是神聖的」思想在支持著，才消除這種錯誤的想法。她從實際的鬥爭，明白了「帝國主義，還有軍閥，套在我們頸上的鐵鏈」必須「燒斷」，這就得依靠「被壓迫的民眾」，因為他們「已經受到了相當的『訓練』」，他們的革命血脈在跳躍。梅女士深信可以「把千萬的心捏成為一個其大無比的活的心」，「最後的勝利屬於我們」。五卅運動中，她是那樣桀驁鋒利，那樣勇毅果敢……這樣，在我們的面前，展現了一個更高大的「往前衝」的革命者的形象。但是，未來更艱鉅的鬥爭還在等待她，考驗她！

梅女士的道路，是知識份子的正確的出路，它啟示人們：知識份子必須和群眾相結合，和人民解放事業相結合，才能使自己成為偉大的革命集體之一員，否則，他們的前程是一片茫然。而這個結合的過程，實際上是脫胎換骨的質的變化的過程。因此，思想鬥爭是長期的，曲折的，艱鉅的！

梅女士這一藝術形象的塑造是有缺點的，突出表現在她在變化中的內心鬥爭的描寫較匆促，對於舊的思想批判不夠深入，新的意識的成長過程不甚明朗，因而這個形象的豐滿、深刻就受到一定的影響。

梅女士形象的意義不僅僅在於她是個具有反抗性的小資產階級女性，更重要的是她經歷了曲折的鬥爭，終於走上了無產階級指引的革命道路。這樣從革命的發展中表現人物的性格，正體現著革命現實主義的創作原則。梅女士和《蝕》中的章靜等人比較起來，有其相似之處，例如對於革命的嚮往，和經受革命鬥爭的一些考驗，然而，卻有著明顯不同的地方。《蝕》著重寫出了章靜等人的動搖性與軟弱性，指出小資產階級在革命中的幻滅，動搖，或者革命失敗後的悲觀失望，而《虹》則偏於描寫梅女士不斷爭取進步，追求光明，揭示了小資產階級只有在火熱的群眾鬥爭中用馬克思主義思想改造自

己，根本轉變世界觀，才能適應革命鬥爭的要求。梅女士形象的深刻意義就在這裡。

從創作藝術方面看，如果說《蝕》是不夠成熟的，那麼《虹》則是開始進入成熟階段的。在藝術上，《虹》已經克服《蝕》中存在的某些粗疏及純客觀描寫生活現象的毛病，具有廣闊、嚴謹而又細密的藝術風格。現就人物塑造、情節結構及環境描寫略述其藝術成就。

《虹》著力刻畫梅女士的形象，其手法和《蝕》不同。《蝕》通常側重於從革命、社會活動和愛情方面來表現人物性格特點。《虹》對梅女士的刻畫則是運用多方面描繪人物性格發展的方法。我們看到了她的家庭生活、學生生活、教師生活，社交活動和革命活動，看到了她跟同事的關係，跟各種各樣人的關係，這裡有革命者、國家主義派、掛著新思想招牌的軍閥師長……總之，廣闊而多方面地表現了梅女士的性格發展。塑造梅女士形象還有這樣一個特色，在充分地寫出她的性格的複雜性的同時，突出地描繪她的獨特性格。這種手法看來有些矛盾，其實是統一的。在重要事件和行動中，反覆地強調她的突出的性格，在一般的活動中側重於性格複雜性的刻畫，這樣一來，互相對照，互相補充，性格就能充分表現出來。先看作者如何寫她的複雜性格：在婚姻問題上，她不滿父親替她作主，又不敢違反他的意旨；嫁給柳遇春後，思念韋玉；雖憎惡柳遇春，但對他又抱有希望；她想在教育事業方面有所建樹，但一遇周遭強大舊勢力，又感到沮喪、孤獨、失望。我們再看作者如何描寫梅女士性格的突出特點。上面已指示過，梅女士性格上的鮮明特徵是：「往前衝」。她是個「剛強意志的人，喜歡走自己所選定的路」。這種「往前衝」的性格，經常在重要關節上表現出來。例如，在家庭裡，當她識破柳遇春的假面後，毫不躊躇地離開「狹之籠」，尋找新路；在社會上，當她認清那個師範學校的教員及惠師長的面目後，毅然地離開四川。她說：「我是一天一天的厭惡四川這地方了」，「離開這崎嶇的蜀道，走那些廣闊自由的大路」。到了上海，當她受到革命真理的啟迪後，便投入群眾鬥爭，接受鍛煉。

《虹》的情節結構是有特色的。雖然同《幻滅》相似，以一個中心人物的活動為線索來展開故事，但有明顯的不同：其一是半倒敘結構方法，第一章先寫梅女士離開四川到上海，從第二章到第七章回敘梅女士在四川成都、重慶等地方的活動，第八章起再描寫梅女士在上海的鬥爭生活，直到第十

章，全篇才結束。其二，小支線與主線有著深刻的內在聯繫，如黃因明由追求個性解放到走向革命，她先前是梅女士的鄰居，以後成了她參加革命的帶路人；李無忌曾是梅女士的同事，後來成為她奔向革命的絆腳石。這些次要人物活動組成的小線索，與梅女士活動的主線相互牽制，有力地推動了情節的開展，有助於主題思想的揭示。

《虹》的環境描寫，比起《蝕》有了很大的進展。如果說《蝕》是用勾勒手法描繪環境，那麼《虹》則是採用油畫彩筆。它以各種色調精細地再現多姿的大自然風貌，而活生生的風景畫，又是同人物內心活動相諧調的。作者對天府之國的四川的壯麗景物描寫得淋漓盡致，不論是雄偉的忠山，也不論是清秀的龍馬潭，也不論是壯闊的江沙，無非是為了襯托主人公梅女士的痛苦、沮喪的心情。她望著這些大好河山，不是時常發出這樣的感慨嗎？「美麗的山川，可只有灰色的人生；這就是命運麼？頂著這命運前進！」全書環境描寫最精彩的是第一章。在這章裡，作者為我們描繪了一幅風景畫，畫面上有淡妝，也有濃抹，然而都是和諧統一的。看那肅穆、清新的巫峽清晨：「旭日的金光」，「輕煙樣的曉霧」，「東風奏著柔媚的調子」。巫峽不但有清瘦秀麗的姿色，而且還有奇偉雄渾的佳景。聽，這是怎樣的聲音？那是「黃濁的江水」，「漸漸地奔流而下，時時出現一個一個的小漩渦」。聽，這是怎樣的聲音？那是輪船「像巨獸的怒吼」，時而變為「雄赳赳的長鳴」，時而折成「轟隆隆的回聲」。看，這巫峽的景象：「峭壁攔江拔立，高聳空中」，「連峰夾江對峙」，「似乎前面沒有路」，可是往前瞧，「隱約可以見到叢生在半腰的樹木」，「總是那樣太高的荒山夾峙在左右」，「總是那樣謎一般的然而是一次一次復演的行程」。……不論是江水的聲響，不論是汽笛的鳴叫，不論是巫峽的奇景，都是瞬息萬變，搖曳多姿。梅女士歷盡千辛萬苦地穿過這個巫峽的長江，就好像是她在離開四川前的生活的象徵，任憑重重峭壁攔住，任憑層層雲山高鎖，她仍然勇往直前；而夔門以下的長江那樣浩蕩奔放，又是她未來生活的象徵，因為她從此進入了廣大、空間、自由的空間。

《虹》的問世表明茅盾開始走上革命現實主義的創作道路。作品比較真實地反映「五四」到「五卅」期間的社會面貌，生動地表現「五四」後民主力量同守舊勢力的交鋒，側面地展示共產黨人同國家主義的鬥爭，歌頌五卅運動黨領導下的人民群眾反帝反軍閥的英雄氣概。作品還指明了知識份子在五四運動的影響下，開始覺醒，衝破封建束縛，追求個性解放，之後在實際

的鬥爭中，學習馬克思列寧主義思想，在革命者的教育、鼓動下，進行自我改造，終於走上革命道路。總之，《虹》注意表現新的力量、革命勢力的成長，預示歷史發展趨向，表明了它已否定了《蝕》中對革命形勢、前途的片面觀點，摒棄了《蝕》中對青年知識份子生活道路的錯誤看法，這就說明了它同《蝕》的創作方法迥然不同！

　　關於《虹》的創作方法的評論，學術界是有分歧的，不少人認為它和《蝕》一樣仍屬於批判現實主義範疇。有人說：「茅盾在大革命失敗後到左聯成立前夕的創作（按指《蝕》、《虹》等作品），基本上是屬於批判現實主義的作品」，「作者主要的作用是暴露，暴露小資產階級青年在革命鬥爭中的矛盾，暴露現實中的黑暗……」。不錯，評論者也看到《虹》不同於《蝕》的地方，如「沒有《蝕》的悲觀消極的色彩」，青年知識份子已不是「看不到前途，看不到希望」，而是看到「通向未來的革命道路」。評論者還認為《虹》是「從小資產階級立場轉向無產階級立場的過渡階段的作品」。儘管如此，評論者仍認為《虹》「基本上是批判現實主義的作品」，我們認為《虹》不單純是「暴露現實中的黑暗」，它企圖反映「五四」到「五卅」期間歷史的「壯劇」，其中確實暴露了舊勢力的黑暗，但也努力表現反抗黑暗勢力的新的力量，特別是無產階級在革命鬥爭中的作用。再說，所謂「暴露小資產階級青年在革命鬥爭中的矛盾」問題，我們認為這個看法未必精當。從《虹》中的梅女士形象，我們看到了小資產階級青年從反抗封建家庭走向中國共產黨所領導的革命運動。

　　《虹》創作的成功，不僅在於暴露舊社會的黑暗，批判了小資產階級的弱點，而且反映了「五四」新思潮給思想界的巨大震動，特別是力圖表現無產階級及其先鋒隊共產黨在社會生活中的日益顯著的威力，正確地指出青年知識份子只有在黨的領導下，經過思想改造，把個人的命運同革命命運聯結在一起，才有出路，才能為人民大眾服務。這些是《虹》的主要成就，表明了它具有革命現實主義的特點，明顯區別於《蝕》的創作方法，因此把它看成同《蝕》一樣屬於批判現實主義的作品，是缺乏說服力的。

　　《虹》在我國現代文學史上有著重要的意義。以「五四」至「五卅」後為歷史背景描寫廣闊的社會生活的長篇，葉聖陶的《倪煥之》可說是第一部，但它只描寫了「時代給與人們以怎樣的影響」，〔註 2〕而對於革命力量推動時

〔註 2〕茅盾：《讀〈倪煥之〉》，《文學週報》第八卷第二十期，1929 年 5 月 12 日。

代的作用卻是表現不力的。《虹》在這方面邁出了一大步，它寫出了革命者梁剛夫、黃因明在革命鬥爭中的作用，顯示了革命勢力的發展。

作品塑造的梅女士這個由追求個性解放到走向革命道路的青年知識份子的形象，在我國現代文學史上有著特殊的意義。探索知識份子的出路問題，是我們現代作家的重要課題之一。魯迅在他的前期創作中曾為此作了不懈的努力，並取得可喜的成績。他在自己的作品中塑造了一群知識份子的形象，他通過《狂人日記》中的狂人、《藥》中的夏瑜、《長明燈》中的瘋子等人物，肯定了知識份子是封建主義的叛道者、死敵，他們有著光輝奪目的民主主義思想，但他們並沒有能同人民群眾相結合。《在酒樓上》中的呂緯甫，《孤獨者》中的魏連殳，《傷逝》中的子君和涓生，儘管有著狂人、瘋子、夏瑜等人的反抗舊社會的精神和民主主義的思想，可是時代不斷向前發展，他們不能投入人民的革命鬥爭，同群眾實行結合，因此，他們的悲劇是不可避免的。魯迅以敏銳的眼光，犀利的筆力，指出知識份子由於脫離革命鬥爭實際，脫離勞動人民，終於一事無成，這是極為深刻的。然而由於他當時思想的局限，未能揭示知識份子的革命道路。

「五卅」以後有些作品開始指出青年只有參加群眾鬥爭，才有真正的出路。蔣光慈的《少年漂泊者》描寫了佃農出身的青年汪中由追求個性解放到最後投身於工人運動的過程，從而揭示了小資產階級知識份子只有加革命鬥爭才有真正出路這一真理。但是，也必須指出作者描繪汪中的成長過程不夠明朗的。葉聖陶的《倪煥之》，企圖通過倪煥之由個人主義走向集體主義的描寫，為知識份子指明出路，然而倪煥之卻在集體主義的大門口停住了，他看不見群眾的宏偉力量以及未來的光明，於是在灰色的人生迷霧中消失了。《虹》中的梅女士同汪中、倪煥之等人有著共同特點，他們都是從狹小的天地走向廣闊的群眾鬥爭大道。不過，從什麼途徑通向革命道路的問題上，梅女士的形象揭示得最為明確。作者指出知識青年只有投身於黨領導的革命運動，用馬克思主義思想改造自己的宇宙觀和人生觀，才能把個人的命運和人民大眾的命運聯結為一，使自己成為革命集體的一員。從這個意義上說，梅女士形象的出現，在中國現代文學史上有著重要的意義。

《虹》問世後引起的反響說明它對我國現代文學發展起了一定作用。《虹》第一至三章刊載於《小說月報》一九二九年六、七月份即第二十卷第六、七號。全書一九三〇年三月由開明書店出版。當時就有許多文章指出《虹》的

成就，有的人認為作者「借梅女士的故事，把這個時代（按指「五四」到「五卅」）的思潮的變遷以及民眾運動的真相顯示給我們了。梅女士就是這個時代中的一個青年，她的思想由舊而趨於新……由個人的奮鬥而趨於集團的運動。作者把這個急流似的時代反映給我們，而又把在這個時代中青年的思想的蛻變與其實際運動顯出」。這個評論者又指出《虹》的技巧比《蝕》「強多了」。「總之，《虹》是作者所有的小說集中最成功的一篇，無論在那方面，比其他的都要好」。〔註3〕《虹》出版後發生了巨大的社會影響，便招來國民黨反動派的忌恨。魯迅在《且介亭雜文二集》的後記裡，錄存了一九三四年一次查禁的一百四十九種文藝書籍目錄，《虹》就是其中的一種。儘管國民黨反動派採用卑劣手段禁止此書出版，然而它衝破敵人的封鎖，一再重版。《虹》不僅在國內擁有大量的讀者，而且也受到國外的重視。蘇聯二十世紀五十年代初期曾經翻譯出版過《虹》。〔註4〕美國某大書局把《虹》列入東亞叢書，介紹給讀者。〔註5〕日本一九四〇年一月出版了《虹》的譯本。〔註6〕

短篇小說　散文

　　茅盾在創作《虹》的期間，寫出了《泥濘》、《色盲》〔註7〕、《陀螺》等短篇，後收入《宿莽》集。這些作品表明了作者的短篇小說在思想與藝術方面都有新進展，具有革命現實主義的特點。

　　作者最初運用短篇形式反映農村的階級鬥爭。《泥濘》描寫了第一次國內革命戰爭期間，黨在農村中發動貧苦農民實行變革，後來遭到國民黨反動派的殘酷鎮壓的過程，揭示了黨在領導農村在地革命的威力。

　　小說寫出了農民黃老爹一家人的命運。黃老爹對於北洋軍閥混戰深惡痛絕。他說：「年年有仗打。今年，更不用說哪！春頭是吳大帥的兵，後來是奉軍」。由於受到反動派宣傳的影響，他對共產黨有著糊塗的看法，所以當黨派幹部發動農民成立農民協會時，他很有顧慮。後來，他被動員去參加農協工作，他和兩個兒子老三、老七同農會有過接觸，他們看到，「村裡的小伙子趕

〔註3〕　賀玉波：《茅盾創作的考察》，《讀書月刊》第二卷第一期，1931 年 4 月 10 日。

〔註4〕　蘇聯出版的《茅盾作品集》三卷本，內收《虹》一書。

〔註5〕　《文藝新聞》1931 年 6 月 15 日刊載的消息，此係據《紐約時報》。

〔註6〕　據《現代支那文學全集》，日本東京東成社出版。

〔註7〕　《色盲》寫於 1929 年 3 月，其創作傾向與《虹》相似，故作為創作《虹》的同一時期的作品論述。

來趕去尋土豪」，於是他們改變了對黨的糊塗看法。老七認為過去敵人宣傳共產國際「共妻」的，原來是騙人的話。由於受到封建社會「男尊女卑」的舊思想影響，他們對於組織婦女會是看不慣的，也們將會在鬥爭中逐步提高覺悟。正當革命向前發展的時候，國民黨反動派發動了政變，在農村中實行大屠殺。黃老爹因參加農會慘遭殺害，他的兒子老三也不能倖免，老七受到重傷。黃老爹一家的命運清楚地告訴人們：共產黨引導農民走向革命，而國民黨反動派卻是農民的大敵！

小說還描寫了灰衣人的群像，揭示黨在農村在地革命中的作用。那個灰衣人動員黃老爹協助農會工作時，他的「白面孔上有笑」，親切地對黃老爹說：「一同去罷。」那個跟黃老爹同事的灰衣人，黃老爹把他當作上司，知道鬥爭中的「新花樣」都是他「想出來的」。當他了解群眾對於成立婦女會有疑慮時，他「立刻召集村民開一個會。他直脖子嚷了半點鐘，要大家不要多疑」。還有那兒個穿灰衣的「女兵」，她們為成立婦女會到處和「婆子們和姑娘們攀談了。呼喊，恐怖，震動著全村」。正是這批灰衣人深入群眾，發動群眾，向著土豪劣紳展開猛烈的攻勢。在革命風暴面前，那些「鄉董和保正都逃走了」。我們從灰衣人群像中，看到了黨的工作者在地革命中的威力，他們不但富有革命精神，而且也有巧妙的鬥爭藝術。當國民黨反動派準備在農村實行大屠殺時，他們有步驟地撤退，保存了有生力量，以利再戰。革命的烈火暫時被敵人撲滅下去，然而革命的火苗將在曲折的鬥爭中燃起熊熊的烈火！

短篇不僅反映青年知識份子在國民黨新軍閥統治下的苦悶、空虛的心情，而且肯定了他們追求嶄新生活的信念。《色盲》便是這樣的作品。就題材論，它同《野薔薇》相似，都是描寫青年男女的戀愛生活。然而在思想情調上是不盡相同的。

小說描寫了青年知識份子林白霜李惠芳、趙筠秋三角戀愛的故事。林白霜曾為戀愛問題感到「空虛的悲哀」，「他痛心地想，自殺的影子陡然在他腦中一閃」，這種心情同《野薔薇》中青年知識份子戀愛挫折的心境是相似的。

林白霜畢竟不是個戀愛至上主義者，他對於現實鬥爭是關心的，他回想北代戰爭的情景，極為高興。他說：「那時是緊張興奮的時代。時局是一天天在開展，幾乎每小時有新的事變出來」，「在這樣的熱空氣中，只嫌太陽跑的

太快」。大革命失敗後，由於國民黨新軍閥統治森嚴，他「時常感到荒涼，感到虛空寂寞」。他說：「我在時代的巨浪中滾著，我看見四面都是一片灰黑，我辨不出自己的方向」。

然而林白霜不像《野薔薇》中一些青年知識份子那樣，在灰暗的現實面前困惑不前，或在戀愛挫折情況下悲觀失望，他努力尋求前進的道路，終於從「雄壯的嗚嗚的汽笛聲」裡，從「聳立著大大小小的許多煙囪」裡，得到有力的啟示和鼓舞。他想道：「地底下的孽火現在是愈活愈烈，不遠的將來就要爆發，就要燒盡了地面的卑污齷齪，就要煎乾了那陷人的黑浪的罷！這是歷史的必然，看不見這個必然的人，終究要成為落伍者。掙扎著向逆轉游泳的人，畢竟要化作灰燼！時代的前進的輪子，是只有愈轉愈快地直赴終極，是絕不會半途停止的。」林白霜從工人階級那裡獲得了巨大力量，堅信革命烈火照亮著時代不斷前進，他決心排除戀愛問題上的瓜葛，「將鼓起勇氣來承受那失敗，他將沒有懊喪，也沒有悲哀」。他「聘目於廣大的空間」，充滿著「興奮而堅定的情緒」，他懷著喜悅的心情，迎接燦爛的未來！

《色盲》的思想內容不同於《野薔薇》，就在於堅信青年知識份子有著光明的未來。

作者還第一次觸及資產階級上層女子的灰色生活。《陀螺》裡五小姐是大家庭的怪誕女子，她憤世嫉俗，認為世間一切都是「假的，什麼都是假的！」她所追求的是資產階級的無聊生活，例如為了「講究美麗，所以搽粉灑香水」，為了「講究補養，所以奶油蘸餅乾，稀飯沖牛奶！」作品通過她的女友徐女士批判她的灰色人生觀，徐女士說：「要把我們的生命力在灰色的人生上劃一條痕，深深的疤，因為要把我們的生命力擴展到全社會，延續到未來的世紀！」

《宿莽》中短篇小說的思想新特點，在於表明大革命時期黨在農村中的作用；揭露國民黨新軍閥統治下的黑暗社會，堅信光明未來必定到來。

短篇小說在藝術上同《野薔薇》比較也有新的特點，作品注意擺脫自然主義的影響，克服純客觀描寫生活的弊病，力圖運用革命現實主義創作方法反映生活，挖掘現實中的本質東西，表現生活的積極因素，確信時代向前發展的趨向，糾正了對革命形勢與前景的偏頗看法；逐步廢除孤立的靜態人物心理分析法，努力把人物活動同時代變化聯繫起來，不健康的細節描寫明顯減少，陰暗低沉的情調大為削弱，代之以熱烈昂揚的筆調。作品在寫作方法

上也有變化，《野薔薇》各篇過多鋪寫，缺乏剪裁，存在著「壓縮了的中篇」
的傾向。《宿莽》中的短篇有了顯著的改變，只截取生活一端加以藝術的再現，
如《色盲》抓住林白霜處理三角戀愛問題一事，反映大革命失敗後青年的苦
悶及求取光明的心情；《泥濘》以農會成立前前後後的農村生活為題材，表現
了大革命年代及國民黨軍閥統治時期農村階級鬥爭變化的情景；《陀螺》是通
五小姐和女友徐女士對於人生觀問題的辯論來揭示主題的。短篇在駕馭語言
方比之《野薔薇》洗練、純熟，作品能以各種不同語言色彩，表現不同氣氛，
如抒情場景調子比較柔和，緊張場合筆調較為熱烈和鮮艷。

　　由於作者的創作思想及創作方法都處於開始轉變的階段，所以作品的思
想及藝術方面都存在著不可避免的缺陷。如《泥濘》中描寫黨的革命工作者
形象過於簡單，對農民黃老爹一家人的不覺悟過分強調。《色盲》中林白霜的
思想轉變顯得生硬，缺乏有機聯繫。《陀螺》中以徐女士那樣身份去批判五小
姐，很難做到深刻有力，這就削弱了小說的時代內容與思想意義。

　　這段期間茅盾還創作一些散文，其傾向跟同期的小說相近。他以客地日
本的生活為題材，抒發對現實社會的憤懣之情，憧憬著未來的合理生活。

　　《風化》揭露了日本大阪市一個警察有關「風化」的醜事。他以維持社
會的安寧秩序為名，利用職權，強姦了咖啡店的女侍者。女侍者向警署控告，
警署的長官為之辯解，說那位警察是「模範警察」，「這回的失戀，也許是一
時的錯誤；然而為紀律計，我們覺得還是罰他的好，卻不必張揚其事，——
我們已經將他解職。」對此，作者憤怒地指出：「這又是『只許州官放火』的
新的心理說明。」他大聲疾呼：「我更覺得什麼貪婪枉法之類在我們貴國的新
貴人中間出現，照例一點也不足奇。」

　　在那種麻痺灰黑的社會內，人民過著「沒有生活的意義」的日子。《鄰
一》、《鄰二》抒寫了那「寂寞的少婦」和那「寂寞孩子」的生活情景後，作
者感慨道：「我們的心不禁沉重起來了！」《自殺》描述了東京市某青年的自
殺。這個青年因「患著強烈的肺病」，覺得生活沒有意義，先是殺了妻子和七
歲女兒、五歲男孩，接著用完存款一千五百元，最後便自殺了。作者很有感
觸地指出：「呵！在近代生活的狂亂急轉的大輪機中，不健全的肉體，即使有
錢，也還是沒有生活的意義，可不是這就是他所以要自殺的原因？」當然，
作者對那位青年的自殺行為是給予批評的，他說：「自殺！自殺！你是弱者的
遁逃藪，你多麼不光榮」。然而，作者也提出這樣的問題：「可否讓我們從反

面解釋這是人類覺醒後暫時變態的心情，是天明前半晌陰沉？」作者認爲「那些爲了經濟壓迫、爲了失戀而自殺的人們」是應該唾棄的，對於那些「苦求著合理的生活，高遠的憧憬，而終於自殺的人們」，倒是值得讚美的。這說明作者對於「合理的生活」的熱烈追求。〔註8〕

這個期間的散文比起前期的散文在思想上和藝術上都有了新變化，他注意揭露現實社會中的階級矛盾，熱切地期待著光明的未來。藝術上注重客觀描寫，並賦予深刻的思想內容，如《自殺》、《風化》等篇敘事成分明顯增多，社會意義比較深邃；抒情筆調也有所改變，明朗代替了灰暗，昂揚代替了低回。但是，散文的思想和藝術，也如同小說創作一樣，都存在著缺點，如有的篇章對未來的企求不甚明徹，有的對舊世界的批判也不太深刻等。

茅盾作的長篇《虹》、短篇《色盲》、《泥濘》、《陀螺》及散文《風化》等，標誌著他的創作開始跨上了革命現實主義的道路。

茅盾創作道路的轉變，同他的文藝觀變化是分不開的。這個期間他極力提倡「新寫實派文學」，主張文藝具有時代性。他說：「所謂時代性，我認爲，在表現了時代空氣而外，還應該有兩個要義：一是時代給與人們以怎樣的影響，二是人們的集團的活力又怎樣地將時伐推進了新方向，換言之，即是怎樣地催促歷史進入了必然的新時代，再換一句說，即是怎樣地由於人們的集團的活動而及早實現了歷史的必然。在這樣的意義下，方是現代的新寫實文學所要表現的時代性！」〔註9〕

這裡，我們清楚看到：作者要求文藝不僅要反映「時代空氣」，而且強調要表現「人們的集團的活力又怎樣地將時代推進了新方向」，即揭示革命組織、革命者在推動時代前進方面的作用。

作者評論作品，也是以他關於文藝必須具有時代性的主張爲依據的，他在論述《倪煥之》的得失時指出，這部作品表現了「時代空氣」，也反映了「時代給與人們以怎樣的影響」，如「倪煥之是受了時代潮流的激蕩而始從教育到群眾運動，從自由主義到集團主義的」。然而這部作品還存在較大的弱點，它不能很好表現「集團的活力」如何推動時代前進。他說：「倪煥之究竟是脆弱的小資產階級知識份子，時代推動他前進，他卻並不能很堅實地成爲推進時

〔註8〕　以上引文均見《自殺》，《茅盾文集（九）》。
〔註9〕　茅盾：《讀〈倪煥之〉》。

代的社會活力的一點滴。」因此,「他即使有迷惘中的將來的希望,也只是看見了妻和子,並沒看見群眾。」「不但倪煥之,便是那更了解革命意義的王樂山,也並沒表現出他做了怎樣推進時代的工作。」〔註 10〕這裡指出小說的缺點是未能強調革命組織和群眾在變革社會中的巨大作用。

茅盾認為創作具有時代性的作品,作家必須運用「社會科學」觀察現實、分析現實,他說:「獻身於新文藝的人須先準備好一個有組織力,判斷力,能夠觀察分析的頭腦」,才能「自己去分析群眾的噪音,靜聆地下泉的滴響,然後組織成小說中人物的意識」。他認為作家們應「覺悟到一點點耳食來的社會科學常識是不夠的」,也不能「僅僅用群眾大會時煽動的熱情的口吻來做小說」。同時,他還指出,作家「應該刻苦地磨練他的技術」。這樣作品的「思想與技巧」,才能「均衡的發展與成熟」。〔註11〕

茅盾關於文藝時代性的主張,對他的創作活動有著明顯的指導作用。《虹》的素材雖然是他「聽人家說的」,〔註12〕不過其中有些是作者熟悉的,也有些是作者的生活經歷,如五卅運動,不管直接或間接的素材,都是經過作者藝術處理的。我們從他寫的《虹》、《色盲》、《泥濘》等作品,可以看出作者是力圖表現一定歷史時期的社會生活,揭示時代對人們的影響,強調革命組織及革命者對於改造社會的威力。這些都說明作者的文藝思想與創作實踐的血肉聯繫。

茅盾文藝觀的改變,從根本上說是他的社會思想的改變。他認為當時政治形勢處於革命高潮的前夜,他同意有人把「『五卅』分為另一偉大的時代,而稱現代為『第四期之前夜』」,不過他又認為「沒有了『五四』,未必會有『五卅』罷。同樣地會未必有現在之所謂『第四期的前夜』罷。歷史是這樣命定了的!」〔註13〕儘管茅盾對於「五四」、「五卅」等歷史事件的劃分還不科學,然而,他看到當時是「第四期的前夜」,即新的革命高潮的前夕,這是對的。那時處於革命暫時失敗的新形勢,革命不是繼續高漲,而是正在醞釀著新的高潮。在這種形勢下,他並沒有悲觀失望,而是表示努力使自己「精神甦醒過來」,「不再頹唐」,〔註14〕以求繼續前進!

〔註 10〕 茅盾:《讀〈倪煥之〉》。
〔註 11〕 同上註。
〔註 12〕 茅盾答筆者問,1979 年 2 月 9 日來信。
〔註 13〕 茅盾:《讀〈倪煥之〉》。
〔註 14〕 茅盾:《從牯嶺到東京》。

　　充分肯定人民群眾的力量，是當時茅盾社會思想的另一特點。他指出「只單身地跟著一個一個時代的潮流往前走的無名氏，正不知有多少呢！這些無名氏便湊合成了時代的社會的活力。」〔註15〕他不但把無名氏即廣大人民群眾看成推動時代前進的偉大力量，而且也充分肯定「集團」即革命組織、革命者在社會生活中的作用。這樣，他才堅信革命過程中的挫折是暫時的，光明的未來必定到來！

　　茅盾思想的新變化絕非偶然，而是有原因的。革命形勢的好轉，革命運動的復興，給茅盾以很大的希望和鼓舞。大革命失敗後，革命處於低潮，但它卻孕育著新的革命風暴。農村革命根據地和紅軍有了初步發展，工農武裝鬥爭在江西、湖南、湖北、廣東等地農村開展起來，雖然是「星星之火」，然而卻是復興革命運動的希望；在城市，黨的組織和群眾工作，也有了很大的恢復，正在進行隱蔽的活動，以保存和積蓄革命力量，配合農村鬥爭，爭取革命運動復興。茅盾目睹革命之火在運行，奔突，人民正在走上恢復革命鬥爭的正確道路，他受到很大的鼓舞，說道：「我們要有蘇生的精神，堅定的勇敢的看定了現實，大踏步往前走」。〔註16〕

　　茅盾對十月革命的重新認識，也是鼓起了他不斷前進的信心與決心的重要原因。他說：「我看見北歐運命女神中間的一個很莊嚴地在我面前，督促我引導我向前！她的永遠奮鬥的精神將我吸引著向前！」〔註17〕他又說：「現在是北歐的勇敢的運命女神做我精神上的前導。」〔註18〕他曾經說過：當時用運命女神「這個洋典故，寓意蓋在蘇聯也」。〔註19〕如前所述，從「五四」時期起，他就受到十月革命的影響，並從中獲得前進的力量。當時他的思想情緒處於消沉的狀態，由於革命新形勢的鼓舞，他重新認識到自己只有沿著十月革命指引的方向，才能不斷向前，於是他決心振奮起來，緊跟時代前進的步伐。他在一九三四年談及十月革命對他的影響時，說：「一九二七年中國大革命失散以後，我開始寫小說。對於布爾喬亞的文學理論，我曾有過相當的研究，可是我知道這些舊理論不能指導我工作，我竭力想從十月革命及其文學收穫中學習；我困苦地然而堅決地要脫下我的舊外套。我這工作精神及工

〔註15〕茅盾：《從牯嶺到東京》。
〔註16〕同上註。
〔註17〕茅盾：《讀〈倪煥之〉》。
〔註18〕茅盾：《從牯嶺到東京》。
〔註19〕茅盾致筆者信，1961年6月15日。

作方向，是『十月革命』及其文學收穫給我的！」〔註20〕

馬克思列寧主義理論武器，推動了茅盾理想的新變化。「五四」以後，特別是「五卅」時期，茅盾學習了馬克思列寧主義理論，這對他的思想轉變起了很大的作用。大革命高潮中，由於投身實際鬥爭，無暇閱讀外國出版的介紹馬克思列寧主義的文章，包括文藝方面的論述。他說：「我自己有兩年多（按指一九二六年以來）不曾看西方出版的文藝雜誌，不知道新寫實主義近來有怎樣的發展」。〔註21〕但是，他早年學習的馬克思列寧主義理論仍然留下深刻印象。這時，他從「『十月革命』及其文學收穫」中再次得到鼓舞，又拿起馬克思列寧主義的思想武器進行戰鬥。他反對教條主義，指責這種人「僅僅根據了一點耳食的社會科學常識或是辯證法」，便「自負不凡」。〔註22〕他力圖用馬克思列寧主義思想聯繫中國革命文藝運動實際，指出解決革命文藝運動過程中存在的問題。他根據無產階級的觀點，提出新寫實文藝如何表現時代性的意見，並聯繫當時文壇的實際，闡明文藝如何為一定歷史時期的革命鬥爭服務。

茅盾在實踐中，總結經驗，修正錯誤，繼續向前。他的《蝕》發表後，引起了一場激烈的論爭。輿論界對《蝕》，特別是其中的《追求》的弱點進行了尖銳的批評。有人指出：《追求》「在全書裡到處表現了病態，病態的人物，病態的思想，病態的行動，一切都是病態，一切都是不健全。作者在客觀方面所表現的思想，也仍舊的不外乎悲哀與動搖」。茅盾承認這種「觀察是不錯的」。〔註23〕他表示要克服作品中的消極情緒，他說：「悲觀頹喪的色彩應該消滅了」。〔註24〕

從上面的分析中，可以看到革命運動的復興給茅盾以極大的鼓舞，十月革命的重新認識給他帶來新的希望，馬克思列寧主義理論武器的再次掌握，提高他對現實觀察與分析的能力，生活的實踐促使他的思想鬥爭。茅盾思想的新變化是現實階級鬥爭的推動與自我改造的結果。

茅盾這次轉變是經歷了多年階級爭的冶煉，接受正反兩方面的經驗教訓，從思想深處掀起巨大的波瀾，而後完成的。這一切為他以後走上無產階級道路打下堅實的基礎。

〔註20〕 茅盾：《答國際文學社問》。
〔註21〕 茅盾：《從牯嶺到東京》。
〔註22〕 茅盾：《讀〈倪煥之〉》。
〔註23〕 同上註。
〔註24〕 茅盾：《從牯嶺到東京》。

第五章　在迂迴曲折的創作新路上
（1930～1931）

　　茅盾在日本期間，由於國內新的革命形勢的鼓舞，認眞總結鬥爭經驗，不斷清理思想，從一九二九年起他在無產階級軌道上前進，苦悶的情緒逐步消退。他深深感到那時「離開劇烈鬥爭的中國社會很遠」，「過的是隱居似的生活」，〔註1〕於是他在一九三〇年四月回到火熱鬥爭的大城市上海來了，開始參加以魯迅爲旗手的左翼作家聯盟的活動。他的思想在新的變化的基礎上又前進一步。他的創作也有了新的進展。

　　當時茅盾創作了短篇歷史小說《豹子頭林沖》、《石碣》、《大澤鄉》及中篇小說《路》、《三人行》等作品。從這些作品可以看出他努力以明確的無產階級觀點反映歷史上農民的革命鬥爭，表現現實社會的階級鬥爭，指出青年知識份子的前進道路，確信新的社會必將到來！這些都表明作者在革命現實主義創作道路上邁開了可喜的一步。然而由於作者未能充分熟悉描寫對象，以致創作上出現了公式化、概念化的毛病。這是他在前進道路上出現的新矛盾！

短篇歷史小說

　　這段期間茅盾力求以歷史唯物主義觀點爲指針，表現歷史上農民的階級鬥爭。因此他寫了《石碣》、《豹子頭林沖》和《大澤鄉》三篇短篇歷史小說。他之所以改變題材，按照他的說法是「那時的我，思想上雖有變化，而

〔註1〕茅盾：《我的回顧》，《茅盾自選集》，上海天馬書店，1933年4月出版。

對於一個作家來說，進步的世界觀雖然提供給他一個分析並提煉社會現實的基礎，卻還不能使他立即有比較成熟的題材以供形象描寫。這便是當時我只能取材於歷史或傳說的緣故」。〔註 2〕不錯，他那時對於新題材不甚稔熟，不輕易著筆，正如他早已說過：「自然我不缺乏新題材，可是我從來不把一眼看見的題材『帶熱地』使用，我要多看些，多咀嚼一會兒，要等到消化了，這才算拿出來應用。」〔註 3〕不過，我認為他轉向從古書裡掇拾材料作為題材，還含有「古為今用」的意圖，他曾經稱讚魯迅的歷史小說「借古事的軀殼來激發現代人之所應憎與應愛，乃至將古代和現代錯綜交融」。〔註 4〕事實上，茅盾和魯迅一樣都是以歷史小說為現實鬥爭服務的。茅盾在作品中極力歌頌中國歷史上的農民反對統治的英勇鬥爭，指出農民只有堅持鬥爭才能勝利。這些使人聯想到：當時正在進行土地革命的廣大農民，他們同國民黨反動派開展了如火如荼的鬥爭，必定會在黨的領導下獲得成功！當然，他把筆鋒放在古代歷史形象化方面，同他對於中國古籍的精湛研究分不開的。他說：「一九二六年以前，我搞過這一套所謂『國故』，因而一九三〇年再搞這一套」。〔註 5〕他在一九二六年前曾注過《楚辭》、《淮南子》、《莊子》等書，並與別人合編著過《中國文學變遷史》等。那時，他為了寫作歷史小說曾經「埋頭於故紙堆中，研究秦國自商鞅以後的經濟發展，戰國時代的一些重要的思想潮流，乃至典章文物等等」，〔註 6〕這些表明茅盾創作歷史小說是經過充分準備的。

《石碣》、《豹子頭林沖》都是《水滸》裡的故事。前者是以水滸七十一回「忠義堂石碣受天文」為依據並加以發展的。後者則是把林沖的故事揉合為一，且賦予新意的。《大澤鄉》是用眾所周知的我國農民起義史上著名的陳勝、吳廣的故事做題材。

這些小說特點之一是，努力塑造酷愛自由、大膽叛逆的起義農民及其領袖形象。《石碣》突出地描繪了起義農民軍首領吳用軍師的形象。作品寫他如何使一百零八位好漢在忠義堂的虎皮交椅上，爽爽快快地排定了座位，大家

〔註 2〕 《茅盾文集（七）‧後記》。
〔註 3〕 茅盾：《我的回顧》。
〔註 4〕 茅盾：《〈玄武門之變〉序》，宋雲彬《玄武門之變》，開明書店，1937 年 4 月出版。
〔註 5〕 《茅盾文集（七）‧後記》。
〔註 6〕 同上註。

心悅誠服，團結一致，共同對敵。他秘密地機智地使用了「石碣」這一「策略」，收到良好的效果。豹子頭林沖，是個具有強烈反抗性格的農家子弟。作者站在鮮明的階級立場來描寫他的立身行事，突出地表現他的嫉惡如仇的英雄本色。至於《水滸》中著重刻劃的逆來順受的性格只是稍稍一提。林沖飽嘗莊稼人的種種痛苦生活，因此，他懂得了憎惡。他「毫無疑惑地斷定那些口口聲聲是要雪國恥要趕走胡兒的當朝的權貴暗底裡卻是怎樣地獻媚胡兒怎樣地幹那賣國的勾當」，他知道朝廷不過是「一伙比豺狼還凶的混賬東西」，「一伙吮咂老百姓血液的魔鬼」，他痛恨高太尉，仇視高衙內、陸虞侯，「他簡截地要他們的命」；他也厭惡「把持地盤，妒賢嫉能，卑污懦怯」的白衣秀才王倫；他也不滿一刀一槍死心榻地替朝廷出力的貴族後裔的楊志。他不但懂得恨，而且懂得愛。他深深地愛上了被壓迫者「聖地」的梁山泊，迫切希望「一顆偉大的頭腦」的出現。他顛來倒去估量事情時，想到遙遠的過去，也想到茫茫的未來，覺得「他對於人，我，此世界，此人生，都彷彿更加懂得明白。」這裡，我們看到了他那顆「樸野粗直的心」閃耀著燦爛的亮光，一個高大的形象巍然直立，使人久久未能忘懷！如果說，林沖是個浮雕，那麼《大澤鄉》中陳勝、吳廣和大批農民則是生動的群像。作者用熾熱的筆觸，火辣辣地歌頌中國歷史上第一次農民起義的首領和被征服的失掉了土地並降為奴隸的九百名農民。作品寫出他們再也不能忍受各種驚人的欺侮、壓迫、虐待，終於揭竿反對秦朝暴政，反對統帥他們的那兩個代表富農階級的軍官。看，「幾乎要震坍營帳那樣的群眾的怒吼聲」，看，「像野熊一般跳起來的吳廣早搶得軍官手裡的劍」。那兩位軍官的臉色全變了，嘴唇有些抖顫，全都被逮住了。

是的，農民由於遭受封建統治的壓迫，他們要求自由，要求土地，他們高擎大纛，反抗剝削者。但是，他們的命運如何呢？作者肯定地答覆我們，勝利　定屬於被壓迫的農民。《豹子頭林沖》結尾指出未來的梁山泊的「大智大勇的豪傑」「終於有一天會要出現的罷！這時清脆的畫角聲已經在寒冽的晨氣中嗚咽發響。」完全可以確信農民群眾的反抗鬥爭一定要取得勝利！《大澤鄉》展示了一幅更壯闊的勝利圖景：「……即今便是被壓迫的貧農要翻身！他們的洪水將沖毀了始皇帝的一切貪官污吏，一切嚴刑峻法！風是凱歌，雨是進擊的戰鼓，彌漫了大澤鄉的秋潦是舉義的檄文；從鄉村到鄉村，郡縣到郡縣，他們九百人將盡了歷史的使命，將燃起一切茅屋中鬱積已久的忿火！

始皇帝死而地分！」農民革命的風暴，將席捲一切污穢，給農民帶來勝利的歡樂！這裡暗示著當時國民黨反動統治地區如火如荼的農民運動蓬勃開展，預示著農民鬥爭的美好未來！

這幾篇歷史小說，具有短篇小說的特徵。這就是取材於生活的片斷，揭示具有社會意義的主題。《石碣》借著玉臂匠金大堅和聖手書生蕭讓在一瞬間的對話，揭露了封建迷信的「天意」的真相，其間反映起義農民內部微妙的關係；《豹子頭林沖》通過林沖上梁山後第三天晚上翻來覆去的自我鬥爭，揭示他的性格的特點；《大澤鄉》擷取陳勝、吳廣在行軍道中起義的一個事件，熱情歌頌六國農民的革命行動，無情揭露秦朝官吏的凶殘面目。這三篇從藝術描寫來看，我認為《豹子頭林沖》最為上乘，作品中林沖的形象較豐滿。作者以他素有的纖細的筆觸，挑開這個人物的心靈的錦幛，讓人們清楚地看到他內心的奧秘。《石碣》和《大澤鄉》遜色些，《石碣》中的金大堅，尚能給人一些印象，至少知道他是個純潔、坦直的玉臂匠；《大澤鄉》類似速寫，形象站不起來，但其中有些場面寫得雄勁有力，熱情四溢。如果從茅盾短篇創作的發展過程來考慮，他這時期所寫的幾篇歷史小說，也是很有意義的。正如他自己所說的，《石碣》等三篇「算是第一回寫得『短』」，〔註7〕最長莫過四五千字，以前寫的短篇小說如《創造》等，至少也有一萬字光景。從剪裁看，《創造》、《詩與散文》、《色盲》、《曇》等篇小說，尚有拖沓的毛病；到了寫《陀螺》時，那種「『無從剪短似的』拘束局促，是擺脫了一些」，〔註8〕《石碣》等篇，無疑是精煉集中多了。以筆法論，從《創造》到《陀螺》都是纏綿幽宛，《豹子頭林沖》等篇則是爽朗凌厲。從人物描寫看，這些小說心理刻劃都是相當細緻的，不過，《創造》嫌有些累贅，《陀螺》較為潔淨，然而有些對話過於冗長。《石碣》的長處在於更多通過簡短對話來刻劃人物，其間也配以必要的心理刻劃。再從語言看，從《創造》到《陀螺》，大體屬於纖細究轉一路，《石碣》等篇則是簡潔明快的。

總之，《石碣》等三篇歷史小說是茅盾創作上新的嘗試和探索，表明了他已從注視知識青年的道路轉向探究歷史上農民的革命要求及其出路。從形式上，他第一次試作歷史小說，除了保持藝術描寫的細緻外，還注意運用簡潔的對話和精煉的動作來表現人物的思想性格；篇幅短小，選材集中。

〔註7〕 茅盾：《我的回顧》。
〔註8〕 同上註。

　　茅盾這幾篇歷史小說發表後，引起了當時文壇上的熱烈反響。有人指出它們「把歷史和傳說的人物賦予一種現代新的意識」，「但在取材的態度和手法上，都各有各的方向。」又說：「《豹子頭林沖》、《石碣》和《大澤鄉》，都充溢著反抗的意識」，還說這些作品「在技巧上，也較爲圓熟」。〔註9〕

　　茅盾說過：「用歷史事實爲題材的文學作品，自『五四』以來，已有了新的發展。魯迅先生是這一方面的偉大的開拓者和成功者」。〔註10〕我以爲茅盾這幾篇歷史小說是繼魯迅寫作的歷史小說《不周山》（收入《故事新編》改名爲《補天》）、《奔月》、《鑄劍》之後的佳作。從當時文壇出現的一些歷史小說看來，《石碣》等篇無論思想或藝術都是有特色的。

　　茅盾曾把《大澤鄉》、《豹子頭林沖》兩篇收入《宿莽》集，署名Ｍ‧Ｄ，於一九三一年五月十日由上海大江書舖出版。一九三四年二月國民黨反動派把它列爲禁書，不准出版。然而敵人的破壞是不能完全得逞的。作者以堅定鬥爭的精神和靈活的戰術與敵人周旋，他把那兩篇歷史小說抽掉，換上《石碣》，署名茅盾，於一九三五年二月改由開明書店再版。這是給國民黨反動派有力的回擊！

《路》

　　這個階段茅盾還創作中篇《路》和《三人行》。這些作品以青年學生生活爲題材，指出在國民黨反動統治下，只有不斷求取進步，堅持鬥爭，才有出路。

　　《路》是以一九三○年五、六月間武漢學生運動作背景，描述了大學生火薪傳從對現實生活懷疑、不滿追求革命的歷程。

　　火薪傳是武漢一所大學即將畢業的學生，是個「破產的所謂『士大夫階級』的子弟」。由於出身家庭處於破落境地，生活日趨窮困，因此，他對當時社會現實很憤懣，曾作《汀泗橋懷古》一詩，諷刺國民黨的黑暗統治，受到學校當局的注視。在現實生活的推動下，他捲進了學生運動，參加了「秀才派」，反對以總務長荊爲代表的學校當局的風潮，在鬥爭中出於「魔王團」的妥協，結果風潮失敗。他從懷疑主義變爲虛無主義。

　　正當火薪傳悲觀失望的時刻，革命者雷給他點燃火炬，指引他前進的方

〔註9〕　張平：《評幾篇歷史小說》，《現代文學評論》第一卷第三期，1931年6月10日。

〔註10〕　茅盾：《〈玄武門之變〉序》。

向。他在雷的啓示下，覺得「有什麼偉大的力量在引導他鼓舞他」，「新的勢力在醞釀，在成長，在發動，新的戰士立在陣頭了！這新生的巨人的光芒射散了他的懷疑苦悶的浮雲，激發出他的認識和活力了」。

火薪傳從悲憤中抬起頭來，繼續投入學生運動。他毅然地加入以「秀才派」爲主力的第二次反荊的學潮，他被選爲罷課行動委員會委員。他的鬥爭精神是高昂的，然而卻犯了急性病。在罷課運動中，他反對主張持久戰戰友的正確意見，即「聯絡市內各學校」，組成「聯合戰線」，以反對共同敵人，而主張「用自己的力量去衝破敵人的包圍」。由於這種冒進思想的影響，罷課風潮造成了極大的損失。「秀才派」中四個主幹被國民黨當局逮捕送進公安局，他自己也受傷住了院。這時，他回顧自己走過的道路，深深地感到：「第一次風潮後，我是消極，悲觀；這次，這次，我是發狂，拚命。都不對，我知道了。要堅韌。不消極，也不發狂。持久戰！說這話的人，比找們都強些！」

火薪傳經受著鬥爭烈火的冶煉，決心不斷向前。他說：「只有向前進。前進還有活路」。火薪傳向何處前進呢？作品沒有具體點出，但是，我們從他要去尋找革命者雷的描述中，可以看出他將朝著革命方向前進！他的「路」就是革命之路！

火薪傳的生活經歷表明：青年學生由不滿、反抗國民黨反動統治，必定要走向革命的；同時也暗示青年學生是從參加學生運動奔向社會鬥爭的。

火薪傳是個從對現實不滿倒追求革命的青年學生的形象，這類人物形象在當時文壇上是少見的，也是作者第一次塑造的。他同《虹》的梅女士比較，有著不同的地方。如果說，梅女士的道路反映了「五四」到「五卅」期間知識青年在反帝反軍閥的鬥爭中不斷擺脫個人主義走向集體主義的道路，那麼，火薪傳的道路是揭示了三十年代初期知識青年在反對國民黨反動統治的鬥爭中逐步走向革命道路。

小說還突出描寫了總務長荊的形象。這是個國民黨反動派在教育界的代表人物。他在學校裡最專權，「壓迫言論自由」，他從「秀才派」主編的牆報裡，發現它有「左傾的徵兆」，便大發雷霆，還把火薪傳作的《汀泗橋懷古》一詩視爲「反動行爲」，充分暴靈他的壓制民主、扼殺自由的專制獨裁的面目。

荊這個傢伙仗著國民黨反動派的勢力，採用陰險毒辣的手腕鎮壓學生運

動。他裝出愛護青年學生的臉孔，對學生們說：「秀才派」出版牆報「文章倒很不錯」，「然而話說的太過火，外界人見了就不會我那樣能夠了解。你們自然知道這幾天外邊很急，抓去了許多人……是本校的同學總有愛護之心」。當面說得很動聽，背地裡下毒手。炳著文指出「萬惡的軍閥，終有一天要被民眾掃除」，「教育界的蟊賊，命運也不長，……被壓迫者奮起的時機到了」，荊對此心懷不滿，就在第一次風潮失敗後，借助反動勢力把炳押送公安局。他還要弄分化政策，破壞學生運動。「魔王團」對於他的腐化生活如嫖、賭、誘奸女書記等卑劣行徑深表憤慨，就跟「秀才派」聯合起來，共同反對他。他便利用體育主任艾與「魔王團」的關係，對「魔王團」作了妥協，集中力量「向『秀才派』進攻」，這樣，「秀才派」在內外夾攻中被打下去，第一次風潮便失敗了。荊就是這樣一個卑鄙毒辣的劊子手，他是國民黨反動派在教育界的忠實鷹犬。從這個反面形象中，充分暴露國民黨反動派為維護其反革命政權而推行法西斯教育，以束縛廣大學生的自由，扼殺民主的罪責。

　　小說還反映了三十年代初期國民黨新軍閥混戰的側影。那是一九三〇年五、六月間，國民黨蔣桂新軍閥內訌非常劇烈。一九二九年三月蔣介石集團與桂系集團爭奪兩湖地盤發生了戰爭，四月桂系失敗，蔣軍控制了湖北及湖南大部分地區。一九三〇年三月，馮、閻、桂三集團聯合起來反蔣，四月展開大規模的軍閥混戰，桂軍以長沙一帶為戰場與蔣軍發生了大廝殺。這些情況，小說都有所反映。作品寫道，「聽說桂軍逼近了湘潭，說不一定還要在賀勝橋，汀泗橋之間再演三年前的老把戲」，「聽說長沙吃緊的很」，「長沙……桂軍和中央軍一進一出」，「打進來又打出去的官兵卻都找定了留在長沙的市民要軍餉」。這些說明蔣桂新軍閥之間的混戰給長沙人民帶來極大的災難。在長沙一帶緊急的情況下，蔣介石反動政府對武漢統治格外森嚴，小說寫道：「城裡已經戒嚴」，「戒嚴令風行雷厲」，「不准集會，也不准罷課」，「聽說漢口方面每天要槍斃十多個人。又聽說其中實仕也有並个是共產黨的青年學生」，「武漢地方連連破獲共產黨的機關」等等。這些描寫充分暴露了國民黨蔣介石政權統治下的社會極端黑暗。

　　小說透露了我黨利用國民黨新軍閥之間的矛盾與鬥爭，迅速地發展革命形勢的情況。一九三〇年春夏之間紅軍乘著蔣馮閻在中原大混戰的有利時機，建立了鄂豫皖根據地。小說反映了蔣桂內訌時，鄂豫皖根據地進一步發展的形勢，例如書中寫道：長沙城外「四鄉又是『匪』的世界」，「誰也不敢

下鄉去討租」，「紅軍有攻擊長沙的消息」等。在農村革命的推動與影響下，城市的革命力量得到了恢復，罷工、罷課的鬥爭正在興起。小說對於罷課的風潮作了生動的反映，揭露了國民黨反動當局壓制廣大學生的民主與自由的罪惡，肯定了學生運動的正義性。

小說的藝術是有特點的。《蝕》、《虹》以其精雕細琢的藝術描寫聞名，而這部作品則以追求洗煉平易而又綿密的藝術風格著稱，有行雲流水之勢，無描頭畫角之態。

小說運用勾勒筆法表現人物性格，作者善於抓住人物的神情、對話和心理活動的特徵，以素描的手法描繪人物的形象。革命者雷的高尚情操和深邃的眼力，是從他和火薪傳的交談中反映出來的。刻劃火薪傳的性格，時而從他的神情中透露出對現實生活懷疑、不滿的態度，如對荊漠然一笑；時而通過對話表現他的苦悶、昂揚與進取的心情，如同雷剴切談心中坦露內心抑鬱，同戰友討論如何開展罷課鬥爭時，現出急進的情緒，同杜若在醫院傾心談吐中表現出勇於總結經驗教訓、不斷前進的向上精神狀態；時而通過他的心理活動表現懷疑主義思想，如對富家女子江蓉傾心表示疑慮，認爲江蓉將自己安排到她父親的工廠做事動機不純，跟對自己的愛慕有關，故給以委婉回絕。作者對於「魔王團」的「鐵臂」華及其「靈魂」鬱的刻劃，著筆不多，但都給人留下了印象，從華同別人的對話中了解到他是具有咆哮如雷的性格，從鬱的神情裡，知道他爲人狡詐。

小說的結構是獨具匠心的。全書既反映了特定歷史背景，又涉及近二十人，可謂規模廣闊，然而整個布局是綿密緊湊，貫穿一氣。作者巧妙地以火薪傳的思想變化爲線索，圍繞著兩次學潮的事件開展矛盾衝突，把主要人物、主要事件同其他人物及事件、場景融合起來，形成了有機的整體。如此結構方法，《蝕》及《虹》還未曾採用過，這是作者新的嘗試，且卓有成效。

作者的語言向來具有細密的特色。《路》的語言有了新的變化，力求樸實簡勁，敘述的語言簡明有力，很少細緻的描寫，人物對話力圖與人物性格熨貼，背景描寫寥寥幾筆，栩栩如生，不像以前的作品那樣筆力酣暢，盡情鋪敘。

《路》的思想與藝術都有了新的特點，它在作者創作發展道路上有著重要意義。作品以學生運動爲背景，把揭露學生反動當局同抨擊國民黨反動政

權聯繫起來，把青年學生爭取民主自由同追求革命聯繫起來。這些思想特色，對於作者來說，都是首創的。在藝術上，作者追求綿密而又明快，洗煉而又遒勁的風格。但是，作品也存在明顯的缺點，如火薪傳的覺醒過程寫得不夠眞實、充分，革命者雷的形象比較單薄，他的活動來龍去脈不清晰。

《路》寫於一九三〇年多至一九三一年春，一九三二年由光華書局出版後，受到文藝界很大注意。同年八月份起發表了許多評論，充分肯定了這部作品的思想與藝術價值，指出它在當時文壇和作者創作道路上的意義。對此，國民黨反動派恨之入骨，一九三四年二月把它列爲禁書，企圖消除其作用。然而進步的革命的書籍是禁止不了的，後來《路》又由文化生活出版社和生活書店出版。

《三人行》

《三人行》是描寫三個中學生在九一八事變前後尋找出路的歷程。

許，是個「舊書香的破落子弟」，在某中學讀書，因戀愛糾葛及畢業後就業問題而苦惱，因此，他對生活抱著「不可知」的消極態度，「把一切都交給『忍耐』和『期待』——這兩個可靠的顧問」。後來，他久繫心頭的老母不幸病逝，思想發生了變化，他說：「我覺得孤伶仃地只剩我一身了，所有的『過去』都和我斷絕了連續，然而同時我也是眞正的『自由』了」。他認爲自己「大努力就是決定方向」，「他需要光明，需要活動，需要熱烈喲！」他像吉訶德那樣幹起「行俠」的事來。他要救助奴婢秋菊，可是她不能理解他的「仗義行爲」，終於自殺了。他認爲這件事使他「對於社會的惡勢力更加憎惡」，他要報仇，便想去暗殺那個欺壓女學生王招弟的惡霸王麻子，結果被送了命。許這種俠義行爲的破產，說明憑著個人的反抗是無法動搖整個舊社會的根基，反而被舊勢力吞噬。許是個憎惡舊制度而充滿俠義思想的青年學生，他的生活經歷，反映了青年學生對於國民黨反動統治的黑暗社會的憤懑情緒，也宣告了俠義行爲的失敗。

惠，出身於破落的商人家庭。由於身世的關係，使他「對於一切都取了冷諷的態度，有時亦會感到寂寞荒涼」，他對於現實社會是不滿的，然而對於未來也是厭惡的，認爲「一切都破棄了罷，一切的存在都不是眞的，一切好名詞都只是騙人」。他成了虛無主義者。他到了上海讀書，在九一八事變後抗日浪潮的激蕩下，又在雲的幫助和影響下，開始有了變化，改變了先前認爲

「一切都應當改造，但誰也不能被委託去執行」的看法，認為「可以委託去執行的人雖然一定要產生，但現今卻尚未出現」，「這樣，他算是給自己一線希望了。」他覺得在現實的面前自己「身上的一切組織都在那裡起反抗，起反抗！」

惠本來是個中國式的虛無主義者，由於劇烈的鬥爭的推動，他的思想開始發生變化。他的生活實踐說明了：以虛無主義對待現實生活是行不通的，只有投身於社會鬥爭，才能看到新生活的霞光！

雲，是個富裕農民的子弟，在家庭環境的影響下，他成了個實際主義者。「他不像許那樣多幻想，容易動感情，也沒有惠那樣的虛無主義」。他認為「生活問題比什麼都重要些」，一向採取「睜大了眼睛」看待生活。當他中學畢業後，客觀現實「要求他決定一個生活方向」，他「有幾分安命，又富於保守性」，唯父命是從，表示要繼續升學。他的父親認為讀書可以謀求功名，以拯救瀕於破產的家境。為籌集學費，他父親曾向當地鎮上大地主兼高利貸者黃胖子借債，黃胖子藉故拘留了他，他父親忍痛以五十畝田地贖身。他雖然認為讀書是不可能「重整家業」，可是還帶著父親「僅存的五十多塊錢」離家到上海去。他在途中看到「行駛著小火輪」，農村使用了「洋水車」。他意識到「世界是變了樣了」，那就是帝國主義的經濟侵入後，帝國主義與封建主義加緊相互勾結，統治中國人民。他覺得「這翻新花樣的世界有些地方根本不對。」「無論如何不能再像他父親那樣去理解一切，去思想了。」他敏銳地感到，他已經「被拋出了向來生活的軌道」。後來他在劇烈的階級鬥爭及民族解放鬥爭的影響下，離開了學校生活，走向鬥爭的道路。

雲，這個青年學生是由不滿現狀、尋覓解決生活實際問題的出路，經過現實如旋風似劇變的衝擊，走向鬥爭的。雲的道路，表明了在國民黨統治下，處於被壓迫地位的青年學生，終究是要踏上革命的征途。

許、惠、雲三個青年學生有著共同的思想，他們對國民黨統治下的社會生活非常憤懣，然而他們卻走著不同的生活道路。許企圖通過個人俠義手段濟窮鋤霸，結果被黑暗勢力吞噬；惠對政治和世事都採取虛無主義，後來在現實生活中碰了壁，始有所覺醒，而雲卻是從實際主義走向革命。這些描述反映了國民黨反動政權之下社會的黑暗，也表現了青年學生在同舊制度的鬥爭中，反抗精神及其弱點，說明了只有把青年學生的進步要求引向革命軌道，才能使之跟上時代的步履。

　　小說還反映了一九三一年九一八事變前後的部分歷史面貌，如揭露國民黨反動派的虐政，描寫了某鎮大地主兼高利貸者黃胖子勾結公安局同保安團，以和共產黨有關係爲名，非法逮捕受壓迫的人民，指斥了惡霸王麻了剝削、屠殺人民的罪惡；又勾劃了九一八事變後在上海引起的反響的側影，歌頌了上海人民反日的浪潮，肯定了青年學生爲反對蔣介石賣國政策而到南京請願的行動，暴露了國民黨教育當局鼓吹「讀書即所以救國」的險惡用心，等等。

　　小說還努力揭示革命發展的前景。書中通過惠和雲的對話，指出了革命鬥爭的烈火正在燃燒著。惠向雲說：「當眞全世界都火燒了？而全中國在咆哮！」雲點頭微笑。是的，只有經過長期而曲折的鬥爭，才能迎來新的社會。正如書中柯這個革命道理的宣傳者所說的：「從前的痛苦是被壓迫被榨取的痛苦，現在的，卻是英勇的鬥爭，是產生新社會所不可避免的痛苦的一階段。」

　　小說的藝術特色同《路》相近，具有單純明淨的長處，然而不及《路》嚴謹、整飭、形象化，作者企圖在事件及對話中以簡潔筆觸突出人物性格主要特點，然而，並沒有完全達到預期的效果。許的俠義行爲是用救助婢女失敗及謀殺王麻子未遂兩件事來表現的，多少給人留下一些印象；惠、雲更多藉助對話及心理活動來描寫他們的思想面貌。不過抽象敘述過多，有概念化的毛病。

　　《三人行》的結構方法是先分後合的。先是著墨於許，稍帶雲，接著引出惠，許、惠會合，許因俠義主義喪命，再引雲出場，最後惠、雲相會，又補許一筆，由雲揭示題旨。這種結構有些類似《追求》的布局，即「先數之局後總之」，〔註11〕不過，也有不同處，《三人行》突出地運用襯托方法，即「想用兩個否定人物來陪襯一個肯定的正面人物」，〔註12〕其次，結尾總敘並點題，顯示出正面人物的作用。這種布局法同作者當時的思想有關，他力圖通過肯定人物，指出革命發展趨向。《追求》布局不能突出正面人物，結尾又不力，同那時作者思想的消極因素有著密切的聯繫。由於作者生活匱乏，「構思過程也不是胸有成竹，一氣呵成，而是零星補綴」。〔註13〕所以《三人行》

〔註11〕　南宋陳騤：《文則》，人民文學出版社，1960年出版。
〔註12〕　《茅盾選集・自序》。
〔註13〕　同上註。

的結構存在著鬆散的嚴重弱點。《三人行》的語言特色大致同《路》相類似，比較樸實，不過開頭篇章多用細緻筆調。

《三人行》的思想與藝術都存在著較大的缺點，如許的俠義主義在當時中國社會不是典型的，他的轉變的主客觀原因揭示不充分；雲從實際主義走向革命鬥爭的過程描寫得很匆促，許、惠、雲的形象有些概念化，結構也很鬆弛。儘管這部作品毛病不少，然而它在作者的創作史上卻有一定意義。它和《路》一樣，作者自覺地站在無產階級立場上，力圖揭露國民黨反動派的黑暗統治，並指出革命前途，明確宣布未來的新社會必定到來；作者在這部作品中第一次側面反映了九一八事變後的歷史面貌，表達了中國人民反日抗蔣的高漲情緒。

《三人行》一九三一年六月至十二月刊載於《中學生》雜誌，並在同年十二月由開明書店出版。到一九三三年三月印行了三版。它以其鮮明的政治傾向引起當時文壇的注意，瞿秋白曾經明確指出作者是站在「革命的政治立場的」。〔註14〕國民黨反動派害怕極了，於一九三四年二月把它列為禁書。但在進步出版工作者勇敢而熱情的支持下，它衝破敵人的重重封鎖，仍然送到讀者的手中，到一九四〇年四月，就印行了七版。

這個期間茅盾創作了歷史小說《大澤鄉》、《石碣》、《豹子頭林沖》及中篇《路》、《三人行》等作品，表明作者在努力運用革命現實主義創作方法反映歷史及現實的生活方面作了新的嘗試，然而由於生活的限制，有的作品出現了概念化的傾向。

作品顯著的特點是，直接或間接地把矛頭對準國民黨反動統治。《路》、《三人行》揭露國民黨新軍閥統治下的黑暗社會，指斥九一八事變後國民黨政權推行不抵抗主義的賣國政策。通過對歷史上封建統治者暴行的揭露，暗示著國民黨反動派的暴虐及末路。

展示革命前途，這是作品的另一個突出的特點。《路》、《三人行》指出青年學生只有參加實際鬥爭才有出路。這些作品還努力描寫革命者的形象，如雷、柯等人，從他們的言論中表明了作者對於革命的未來充滿了信心。我們還可以從作品對歷史上農民鬥爭及其光輝前景的讚頌聲中，聯想起當時黨領導的偉大的土地革命，並預示革命的勝利遠景。作品的革命現實主義同革命樂觀主義融合在一起，顯示出作者在革命現實主義的創作道路上又有了新的

〔註14〕瞿秋白：《談談〈三人行〉》，署名易嘉，《現代》創刊號，1932 年 5 月 1 日。

探索。

　　這個期間茅盾創作的藝術作風也有新的變化，作者由細膩的文風轉向追求樸實明朗的風格。從歷史小說看來，筆墨是簡練的，調子是嘹亮高亢的，從中篇小說看來，人物描寫多用勾勒手法，結構力求層次分明、單純，筆墨趨於乾淨。

　　但是，我們應該看到作者在創作的道路上出現了新的矛盾，既努力以無產階級觀點反映歷史上及現實中的發展變化生活時，有的作品在藝術描寫上出現了概念化的毛病，這就影響了作品思想性與藝術性的有機統一。造成這個矛盾，是有深刻的原因，這是必須認真研究的。

　　我們先來談談當時作者的文藝主張，這對理解創作出現的新的特點是很有幫助的。作者在創作《虹》的期間，重新研究新現實主義創作方法，強調作品要有時代性，這對他的創作是有很大的影響。這時，他對創造無產階級文學問題提出了深刻的見解，認為「只有從生活中把握到的正確觀念方是真正的『正確』」，〔註 15〕他又指出：「社會科學給你的只是一個基礎」，〔註 16〕作家必須投身於鬥爭，從實際生活學習活的馬列主義，才能創造出真正的革命文學。這就是說作家在深入實際鬥爭的過程中樹立無產階級世界觀是個根本問題。

　　茅盾還認為無產階級文學運動能夠健康地開展，就得「有民眾的基礎」，〔註 17〕「合於辯證法的發展」。〔註 18〕這就要求無產階級文學必須反映民眾的要求，表現現實鬥爭生活，揭示歷史發展的動向。

　　無產階級文學是同形形色色的封建、資產階級文學的鬥爭中不斷前進的，茅盾指出：「封建勢力的文藝作品」以及資產階級的「頹廢主義，享樂主義，唯美主義」〔註 19〕充斥當時的文壇，無產階級文學只有與之鬥爭，才能茁壯成長。

　　茅盾認為為了發展無產階級文學，還必須同地主、資產階級的文學流派作鬥爭。「左聯」成立不久，他同「左聯」成員一道參加批判過新月派與「民族主義文學」。他曾指出，要推進無產階級文學運動，就得粉碎代表地主買辦

〔註 15〕　茅盾：《關於「創作」》，《北斗》創刊號，1931 年 9 月 20 日。
〔註 16〕　同上註。
〔註 17〕　同上註。
〔註 18〕　同上註。
〔註 19〕　同上註。

階級利益的新月派對革命文學運動的猖狂進攻，他說：「打倒『新月派』」，「團結在『左聯』的周圍走進工農大眾的隊伍！」〔註20〕

在同國民黨官辦的「民族主義文學」的鬥爭中，茅盾寫了《「民族主義文藝」的現形》等篇論文，從政治上、組織上和文藝思想等方面揭露其反動實質。

茅盾首先指出國民黨當局企圖剿滅無產階級文藝，「一方面扣禁左翼刊物，封閉書店，捕殺作家，而另一方面則唆使其走狗文人號召所謂『民族主義文藝』」，「這所謂『民族主義文藝運動』便是國民黨對於普羅文學運動的白色恐怖以外的欺騙麻醉的方案。」〔註21〕這是對國民黨反動派以「武力」和「文力」聯合討伐左翼文藝的有力回擊！

「民族主義文學」標榜的「理論」是所謂「民族主義」就是「文藝的最高意義」。〔註22〕對此，茅盾指出這是「支離破碎，東抄西襲」的「理論」。「他們的所謂『民族』，實在只是統治階級；統治階級代表了『民族』，所以他們所謂『民族的利益』，就是統治階級的利益」，他們「想用『民族』的大帽子來欺騙群眾以圖達到反對普羅文學的目的」。〔註23〕

「民族主義文學」家們在「團結全國文藝界，喚起全國民眾一致抗日」的幌子下，加緊欺騙群眾，大搞所謂「反日」組織的鬼把戲。正如茅盾指出的，這些反日組織是「各地資產階級等等所組織而受國民黨黨部『指導』的」。〔註24〕

茅盾認為必須依靠廣大群眾批判「民族主義文學」。他說：「我們，無產階級文學者，必須加倍努力來發動廣大的革命群眾，來消滅民族主義派的此種最新式的欺騙麻醉政策」。〔註25〕

茅盾清醒地看到摧毀「民族主義文學」應該同打倒國民黨反動政權聯繫起來，他說：「先須打倒賣國的國民黨政府，建立工農兵的蘇維埃政權；一切

〔註20〕 茅盾：《評所謂「文藝救國」的新現象》，《文學導報》第一卷第六、七期合刊，1931 年 10 月 23 日。

〔註21〕 茅盾：《「民族主義文藝」的現形》，《文學導報》第一卷第四期，1931 年 9月。

〔註22〕 《〈民族主義文藝運動〉宣言》，《前鋒月刊》第一卷第一期，1930 年 10 月。

〔註23〕 茅盾：《「民族主義文藝」的現形》，《文學導報》第一卷第四期，1931 年 9月。

〔註24〕 茅盾：《評所謂「文藝救國」的新現象》。

〔註25〕 同上註。

依此方向的文藝才是革命的『救國』的文藝」，〔註26〕他呼籲作家團結在「左聯」的周圍，並逐步引導他們參加鬥爭。

茅盾對於無產階級文學觀認識的深化，直接影響著他的創作實踐。他認為創造無產階級文學必須具有革命思想、立場，符合人民大眾的利益，反映生活發展的趨向。這些主張，都在他這個期間的創作中得到了鮮明的表現。

然而，由於茅盾當時對自己寫作的內容不熟悉，以致不能生動地反映社會現實鬥爭，塑造真實的人物形象。如《三人行》等作品中描寫的青年學生生活，他在當時現實生活中就很少接觸。他說過：「《三人行》寫的是青年學生，而我在當時，實在沒有到學校去體驗生活的可能，也很少接觸青年學生」。〔註27〕所以，他懇切地說道：「徒有革命的立場而缺乏鬥爭的生活，不能有成功的作品：這一個道理，在《三人行》的失敗的教訓中，我算是初步的體會到了」。〔註28〕

茅盾對於鬥爭生活與創作的密切關係，有過深刻的認識，他說：「將來的偉大作品之產生不能不根據三個條件：正確的觀念，充實的生活，和純熟的技術；然而最最主要的還是充實的生活」。〔註29〕雖然他在理論上了解到生活實踐對於創作的重要作用，但由於那時他思想轉變後，認清了革命前景，想彌補《蝕》創作思想的缺陷，於是他不得不違背自己的主張，在缺乏生活的情況下，試圖用革命觀點表現社會生活，這樣便造成作品的概念化。

不過，我們從茅盾創作的過程來考慮，這期間他的一些作品出現了比較正確的思想同簡單化的藝術表現的矛盾現象，反映了他對無產階級世界觀的積極追求，也表明由於生活不足帶來了革命思想未能很好地同生動的藝術描繪有機結合的弊病。這是作者前進在無產階級文學道路上出現的新矛盾，只要作者遵循自己的理論主張，深入鬥爭生活，這個矛盾是不難解決的。

我們還應當看到當時茅盾創作中出現的矛盾現象，並非偶然，而是革命文學發展過程中帶有普遍性的問題。那時不少革命作家徒有革命熱情，然而卻未能以藝術的手段反映社會現象，因此很多創作出現了公式化概念化的毛病。革命文學運動要在鬥爭中，不斷總結經驗，不斷向前發展。

〔註26〕 茅盾：《評所謂「文藝救國」的新現象》。
〔註27〕 《茅盾選集・自序》。
〔註28〕 同上註。
〔註29〕 茅盾：《關於「創作」》。

　　這個期間，茅盾對於無產階級文藝觀有了進一步認識，同他具有無產階級社會革命思想有著密切的關係。他認為當時中國是個「封建勢力依然很大」，「半殖民地的資本主義」的社會，〔註30〕無產階級和被壓迫人民必須經過長期的戰鬥，才能擺脫被奴役被壓迫的地位，建立歷史上未曾出現過的新社會。如《三人行》中柯所說的：「民眾現在的痛苦都是敵人給與的」，「革命的烽火」不是「一舉就會把昨天和今天劃分為截然一個天堂一個地獄」，「歷史上未曾前有的新社會」，不是「從天上掉下來」的。

　　茅盾認為作家只有樹立無產階級世界觀，才能創作出無產階級革命文學。他說，能否創造無產階級文學，是「作家們的生活能否普羅列塔利亞化的問題。」〔註31〕他在談及《三人行》創作過程時曾經指出，《蝕》的弱點，說明了「一個作家的思想情緒對於他從生活經驗中選取怎樣的題材和人物常常是有決定性的」。〔註32〕《三人行》就是認識這個道理之後「有意地寫作的」。〔註33〕

　　《虹》等作品的創作，標誌著作者朝著無產階級方向，開始邁向革命現實主義創作道路；到了創作《路》、《三人行》等作品，作者力圖鮮明地表現無產階級的立場、觀點。然而，有的作品如《三人行》，強烈的革命思想並沒有很好地同藝術描寫和諧地統一起來，因而這樣的作品還不能說是成功的。這個期間是作者踏上革命現實主義創作道路轉入成熟的過渡階段。對茅盾這個期間創作的看法，學術界的意見不盡一致。有人說，茅盾這個期間「在創作上，開始嘗試走一條新的道路」，又說，「作者的思想已經發生了很大的改變，他開始力圖用馬克思主義科學的社會觀點，來認識、分析和反映當時的現實」。我以為這些看法值得商榷。如前所述，茅盾早在寫作《虹》時，已經開始走上一條與《蝕》不同的創作新路，而《路》等的問世則是他跨上新路之後的成果。還應指出，茅盾在日本期間由於條件限制，未能接觸馬克思主義及其文藝理論的著作，然而早年對這些理論的鑽研，依然在起作用。《虹》的創作便是有力證據。他回到上海後，又重新學習馬克思主義，並運用它來指導《路》、《三人行》的創作。這不能說那時才「開始力圖用馬克思主義科學的社會觀點，來認識、分析和反映當時的現實」。

〔註30〕　茅盾：《關於「創作」》。
〔註31〕　同上註。
〔註32〕　《茅盾選集・自序》。
〔註33〕　同上註。

第六章　豐收季節（1931～1937）

　　一九三二年前後到一九三七年全面抗戰之前這段期間，茅盾的創作進入全盛時期，數量非常之多，質量也是很高的，計有長篇《子夜》，中篇《多角關係》、《少年印刷工》，短篇集《春蠶》、《泡沫》、《煙雲集》等，散文有《印象·感想·回憶》、《速寫與隨筆》、《話匣子》、《茅盾散文集》等集子中的有關篇章。這些作品表明茅盾繼續努力以馬克思主義觀點爲指導，運用了革命現實主義的創作方法，以現實生活出發，全面地反映了大革命時期特別是第二次國內革命戰爭期間國民黨統治區階級鬥爭與民族矛盾的複雜情景，側面地展示了黨領導下農村革命鬥爭，預示著民族民主革命的發展動向。他善於藉助各種體裁，多種手法，多樣風格，刻劃社會上各階級各階層的形形色色人物，塑造不同性格的典型形象，描繪廣闊的生活圖景，從而表明了他已是個成熟的革命作家。

　　同作者以前的作品比較，這個時期的創作有了很大的發展。題材廣泛和主題深刻是個突出的特點。作者在《蝕》、《虹》等作品中，通過小資產階級知識份子的活動反映了「五四」到大革命時期社會生活的側影。《路》、《三人行》描寫了青年學生在國民黨統治初期的生活與鬥爭。這個時期從工人、農民、小資產階級、民族資產階級等各個階級的命運中，顯示了從大城市到小縣城，從農村到小市鎮政治鬥爭、經濟活動以及思想意識等方面的急劇變化，從而展現了大革命時期動蕩的生活，特別是反映了第二次國內革命戰爭時期抗日反蔣的歷程。

　　短篇《牯嶺之秋》通過老明老宋等青年的經歷，描繪了大革命期間風雲變幻的情景；長篇《子夜》以民族資本家吳蓀甫從雄心勃勃發展民族工業到

一敗塗地的悲劇為線索，反映大革命失敗後到九一八事變前中國社會的歷史變化，揭露在帝國主義和國民黨新軍閥的統治之下半殖民地半封建社會的黑暗，暗示只有黨領導的武裝鬥爭才能迎來黎明。中篇《多角關係》可稱為《子夜》續篇，作品以上海附近小縣城的資本家兼地主唐子嘉同錢莊經理、小商店老闆、工人等方面的債務糾紛為描寫內容，反映了一九三四年前後在帝國主義加緊侵略及國民黨新軍閥加強統治的情勢下，金融恐慌、商業蕭條及農村經濟凋敝的情狀。

作品還充分地以九一八事變特別是一二八戰事前後階級矛盾與民族矛盾交織在一起的複雜面貌，揭露日本帝國主義的軍事侵略、經濟掠奪和國民黨反動派、地主資本家的殘酷壓迫和剝削，造成農村經濟的崩潰、小工商業的衰退以及人民生活的窮困。《春蠶》、《秋收》、《殘冬》組成的農村三部曲，通過老通寶一家的悲慘命運，反映了農村經濟的破產。《林家舖子》以林老闆的掙扎和慘敗為線索，描寫了小工商業的蕭條。《少年印刷工》描述了十五歲少年趙元生一家在一二八戰事後的遭遇，生動地反映日本帝國主義入侵和國民黨的反動統治造成人民的災難。短篇《右第二章》、《手的故事》，散文《故鄉雜記》、《歡迎文物》、《「驚人發展」》等表現人民反對日本帝國主義侵略和譴責國民黨賣國投降政策的愛國主義精神。此外一些短篇、散文描寫了在帝國主義、封建主義和官僚資本家壓榨下知識份子形形色色的生活。

這個時期茅盾的創作反映了大革命時期特別是第二次國內革命戰爭時期國統區內社會生活各個方面，也描繪了革命根據地鬥爭生活的略圖，從而展現了當時中國社會的全景。

茅盾還塑造不少新的人物形象，他從事創作活動以來，是以塑造靜女士、梅女士這類青年知識份子聞名的，這時則是以刻劃農民、小商人、民族資本家等引人注目。《子夜》中色厲內荏的民族資本家吳蓀甫、驕橫奸詐的買辦階級趙伯韜、兩面三刀的工賊屠維岳；《林家舖子》中懦弱自私的小商人林老闆；《少年印刷工》中的不畏困難、求取前進、嚮往光明的少年趙元生；《大鼻子故事》中在飢餓線上掙扎染上惡習然而又富有愛國心的大鼻子等，這些形象都是作者以往未曾塑造過的成功的形象或典型人物。這個時期作者還塑造了思想深刻和形象完整的農民形象，如《春蠶》、《秋收》中的老農民老通寶，描寫了很多具有思想意義而藝術上不甚豐滿的形象，如《子夜》中朱桂

英等先進工人，《右第二章》中阿祥等愛國工人，農村三部曲中的多多頭等富
有反抗精神的農民。

　　作者在創作的各個階段都分別採用過長篇、短篇、中篇及散文等體裁。
這個時期這幾種體裁都同時並用，並取得了可喜的成功。各種體裁之間在形
象塑造、題材選擇、主題思想等方面都是相互聯繫，相互補充，相互印證的，
因而構成了藝術的整體性，又有相對獨立性。

　　就藝術技巧而言，這個時期茅盾創作的技巧較之過去更為多種多樣，達
到爐火純青的地步。以長篇小說來說，從選材看，《蝕》、《虹》是選取生活的
縱剖面的，前者以大革命前後為背景，後者截取「五四」到「五卅」這段歷
史的過程，而《子夜》則寫生活的橫斷面，時間僅是一九三〇年五月到六月，
然而卻概括地反映大革命失敗後到九一八事變以前中國社會生活的各個方
面。從人物描寫方法看，《蝕》往往從革命鬥爭（或社會活動）和愛情生活兩
方面細緻地刻劃人物的心理狀態；《虹》主要人物刻劃的方法比之《蝕》更為
多樣些。作品通過重大鬥爭如「五四」、「五卅」，工作實踐如家庭教師、學校
教師生活，以及家庭生活等方面的糾葛來表現主要人物性格的發展，在細緻
描寫人物心理活動的同時，又藉助一連串的事故、景物襯托和抒情筆調等手
法來突出人物的性格。《子夜》的主要人物的塑造手法更多了。作者在工人運
動、農民鬥爭、國民黨新軍閥爭權的內戰，在交易所、企業活動、交際舞台
以至家庭生活等當時社會各個方面交織一起的複雜而劇烈的矛盾衝突中，從
外形、行動、心理、環境等角度展示主要人物的性格，從而顯示作者卓絕的
藝術才能。再從結構方法來看，《子夜》大體上是採取《幻滅》、《虹》以主人
公活動為中心來組織故事情節，又吸取《追求》中逐漸展示人物而後交叉描
寫的特點，形成了主線突出，支線交匯的複雜結構。從語言風格看，《蝕》的
語言是細密而時有冗長，粗獷而時有粗疏。《虹》的語言是成熟的，細膩之中
帶有剛勁的特點。《子夜》既保留《蝕》《虹》語言的長處，又有新的發展，
形成了精細而又簡潔，雄渾而又恣肆的語言特色。中篇《多角關係》、《少年
印刷工》的人物較之《路》《三人行》更富有形象性，結構方面比《三人行》
更為嚴謹，語言也較純淨通俗。

　　短篇小說的藝術技巧也在不斷地變化與發展之中。《野薔薇》中《創造》
等五篇，是從青年的戀愛與愛情的變遷來構成故事的，各篇選材的角度不盡
相同，然而人物的生活圈子比較狹小，時代色彩不濃烈，作品中過多的敘述

與心理描寫，顯得不簡練。到了《泥濘》，人物描寫和題材選取方面開始有了新的變化。題材範圍擴大，作品以大革命中農村階級鬥爭爲線索，在尖銳複雜的矛盾衝突中開展故事和描寫人物活動，這表明作者的短篇創作進入了新的階段，不過從技巧上說，人物刻劃還不能說是成功的。《陀螺》在技巧上較之《泥濘》純熟，作品通過人物對話來表現性格，結構比較緊湊，不過思想意義不及《泥濘》，行文也嫌過長。《豹子頭林沖》等三篇歷史小說，題材又有改變，轉向對歷史人物的藝術創造，尋找古爲今用的途徑，技巧上也有變化，各篇分別取了歷史變革中的片斷，全文比較簡括，富有抒情筆調，然而有些人物形象化差些。到了寫作《林家舖子》、農村三部曲時，作者的短篇創作才進入了成熟階段。題材範圍觸及到當時社會生活中的重要方面，如農村、小市鎮，並能從時代風貌的描述中揭示人物的性格特點，寫法是多種多樣的。有些短篇寫法上有點像「壓縮了的中篇」，作品都是以某一個時期爲背景，描寫了以主人公爲中心的幾個人物，通過一系列事件組成了完整的結構，從複雜的人物糾葛及緊湊的情節中顯示人物的性格，其中《林家舖子》和農村三部曲最爲卓特。《小巫》在寫法上是別具一格的，作品以大城市中一個窮困女子被賣到小市鎮土豪家庭做姨太太爲線索，描寫了這個土豪家庭的變化，從而反映當時社會現實中的矛盾與鬥爭。此外，作者還有不少短篇採用生活橫斷面的寫法。散文的技巧也有新的變化，如抒情散文，以前筆調多低沉迂迴，這個時期筆力高昂爽朗，作者還自由靈活地兼用敘述、描寫、對話、議論各種方法寫作敘事和雜感式的散文。

茅盾這個期間創作的思想深度、反映生活的廣度，人物形象的概括性與生動性，以及藝術技巧的純熟等方面都是他整個創作活動中最爲突出的，其中《子夜》、《林家舖子》、《春蠶》等都是當時文壇上公認的傑作。由於茅盾在創作上獲得巨大成就，因而確立了他在中國現代文學史上的卓越地位。茅盾創作的成功，表明了革命現實主義的勝利，說明了左翼文藝運動的威力。

如果說魯迅以雜文形式反映了當時中國革命運動波瀾壯闊的聲勢以及文化思想戰線上艱鉅曲折的鬥爭，那麼茅盾就是以小說形式從各個角度顯示了當時社會的全貌風貌。

茅盾這個時期創作獲得了巨大的成就，同他的文藝思想新發展有著密切關係。他轉向無產階級文藝觀後，對於無產階級文學的認識越來越深入、全

面。前一時期，他認為無產階級文學必須具有「民眾的基礎」，這個時期，他提出無產階級文學「要成為工農大眾的教科書」，〔註 1〕這就是說無產階級文學必須為工農大眾服務，以推動工農大眾的革命鬥爭。他根據無產階級在各個階段的政治任務，對文學如何為現實鬥爭服務提出了許多精闢的見解。

二十世紀三十年代初期國民黨新軍閥各派在帝國主義的支持下發動了大內戰，規模空前，爭鬥劇烈，反動階級處於重重矛盾之中。茅盾要求革命作家如實地反映這種矛盾與鬥爭，他在《中國蘇維埃革命與普羅文學之建設》一文中，詳盡地闡明了這種觀點。他說：「要從統治階級崩潰的拆裂聲中，從統治階級各派的互相不斷的衝突，從統治階級各派背後的各帝國主義的衝突，從統治階級的瘋狂的白色恐怖以及末日將至的荒淫縱樂，從統治階級最後掙扎的猙獰面目所透露出來的絕望的恐怖……從一切統治階級的崩潰聲中，革命巨人威脅的前進聲中，互全社會地建立起我們作品的題材」。這裡，茅盾要求作家揭露統治階級內部的矛盾與爭鬥，並指出其崩潰的必然趨勢！

當然，統治階級的覆滅，沒有「革命巨人威脅」是不可能的。這就要求作家充分反映革命鬥爭的力量。然而茅盾也清醒地看到，革命要取得勝利，必須在革命隊伍中正確地展開兩條路線的鬥爭，才能戰勝敵人。他在談到城市工人階級的鬥爭時，指出：「我們必須從工廠中赤色工會的鬥爭，——『左』傾與右傾的機會主義，兩條戰線上的鬥爭，黃色工會的欺騙以及黃色走狗個人權利的衝突，改組派的活動，取消派的出賣勞工利益，——在這樣複雜的機械，這樣提示了鬥爭中的嚴重問題，這樣透視的觀察與辯證法的分析上，建立起我們作品的題材！」〔註 2〕

由於帝國主義的入侵，反動派的殘酷壓迫，廣大農村處於破產之中，必然引起農民的反抗。但在對敵的鬥爭中，農民革命隊伍中仍然充滿劇烈的鬥爭。這就要求作家如實地反映這種複雜的情勢。茅盾說：「我們必須從農村的血淋淋的鬥爭中，指示出農村破產的過程，農民的原始反抗性，農民的小資產階級意識，……以及這些不正確的傾向這樣由漸進的然而堅韌的工作來克服；我們必須掬示出幹部的無產階級分子的薄弱將在農村鬥爭中造成了怎樣嚴重的錯誤，土豪劣紳改組派取消派將怎樣利用農民的落後意識來孕育反革

〔註 1〕 茅盾：《中國蘇維埃革命與普羅文學之建設》，《文學導報》第一卷第八期，
　　　　1931 年 11 月 15 日。
〔註 2〕 茅盾：《中國蘇維埃革命與普羅文學之建設》。

命的暴動……建立我們描寫農村革命作品的題材！」〔註3〕

茅盾主張無產階級文學不僅要充分反映國民黨新軍閥的崩潰，而且要表現中國共產黨人為建立紅色政權而鬥爭的光輝業績。不過他指出「從蘇維埃區域汲取題材」「應該不以僅僅描寫了紅軍及赤衛隊的勇敢為滿足」，他認為必須充分注意到階級鬥爭的複雜性，例如「白色軍隊的動搖及其崩潰的必然」，「蘇維埃區域富農分子竊取政權」，「取消派和 AB 團之活動」；還要看到「蘇維埃區域的土地問題中」「立三路線的錯誤」等等，只有充分認識「這些對外對內的鬥爭」，〔註4〕才能正確表現中國共產黨領導紅色政權所進行的艱鉅鬥爭。

茅盾關於無產階級文學如何表現二十世紀三十年代初期階級鬥爭的主張，在他的創作實踐中有著明顯的表現。從《子夜》的藝術描寫中，我們不是看到國民黨新軍閥各派的互相衝突嗎？不是看到統治階級覆滅的趨向嗎？不是也看到工人階級隊伍在對內對外的鬥爭中前進嗎？看到黨領導的紅軍經歷著曲折過程而勝利進軍嗎？

日本帝國主義發動侵略中國戰爭之後，社會生活發生了巨大的變化。茅盾根據鬥爭需要，對無產階級文學在新時期的任務，提出了新的看法。他認為由於帝國主義加緊侵略和國民黨的橫征暴斂，造成了中國社會的畸形發展，城市生產縮小，消費膨脹，農村經濟凋敝。他要求革命文學要反映這些歷史特點。他在《都市文學》〔註5〕中指出：「雖然畸形發展的上海是生產縮小，消費膨脹，但是我們的都市文學如果想作全面的表現，那麼，這縮小的『生產』也不應遺落。從這縮小的生產方面，不是可以更有力地表現了都市的畸形發展，表現了畸形發展都市內的勞動者加倍的被剝削，而且表現了民族工業的加速度沒落麼？」這就是要求作者從反映都市畸形面貌中，揭示中國社會日益殖民地化的趨向，指出民族工業的危機，勞動者的窮困等。他還要求作家描寫變動中的農村社會的生活，例如經濟破產、農民要求變革的願望和反抗精神等。

茅盾在答覆《北斗》雜誌《創作不振之原因及其出路》〔註6〕時指出：「時代已經供給我們以豐富的題材」，例如「農村方面，都市方面，反帝國主義運

〔註3〕 茅盾：《中國蘇維埃革命與普羅文學之建設》。
〔註4〕 同上註。
〔註5〕 《茅盾文集（九）》。
〔註6〕 《北斗》第二卷第一期，1932 年 1 月 20 日。

動，學生運動」。這裡茅盾告訴我們必須廣泛地反映現實社會生活，除了農村和城市外，廣大人民反對帝國主義鬥爭的題材，也是非常突出的方面。他在《我們所必須創造的文藝作品》〔註7〕一文中強調充分反映中國人民抗日反蔣的鬥爭，以推動民族民主革命。他說：「立在時代陣頭的作家應該負荷起時代所放在他們肩頭的使命。」他認爲「最低限度，必須藝術地表現出一般民眾反帝國主義鬥爭的勇猛；……各帝國主義者朋比爲奸向中國侵略」。他強調指出必須表現「中國士兵反帝的英勇以及廣大民眾反帝運動的擴展」，這樣才能「藝術的地去影響民眾，喚起民眾間更深一層的反帝國主義的民族革命運動」。

我們從茅盾這個時期創作的中篇《多角關係》、《少年印刷工》、短篇《右第二章》、《林家舖子》、農村三部曲及散文，和他主編的報告文學集《中國的一日》等都可以清楚地看到，這些作品相當廣泛地反映了九一八、一二八戰事後中國社會的急遽演化以及人民抗日反蔣的高漲情緒，這就有力地表明了他是認眞地貫徹自己的文藝主張的。

茅盾對於無產階級文學的藝術形式的看法，也有了新的發展。他在《關於「創作」》一文中提出革命文學要有「純熟的技術」，「也只有從生活中體認出來的技藝方是活的技術」。後來他在《中國蘇維埃革命與普羅文學之建設》中提出「從活的動的實生活中抽出我們創作的新技術！」然而，他對新技術並沒有作具體闡述。他在參加文藝大眾化問題的討論中，對無產階級文藝大眾化發表許多見解，其中涉及藝術技巧運用。他在《問題中的大眾文藝》〔註8〕一文中指出：「大眾文藝既是文藝，所以在讀得出聽得懂的起碼條件而外，還有一個主要條件，就是必須能夠使聽者或讀者感動。這感動的力量卻不在一篇作品所用的『文字的素質』，而在藉文字作媒介所表現出來的動作，就是描寫的手法。不從動作上表現，而只用抽象的說述，那結果只有少數人理智地去讀，那即使讀得出來，聽得懂，然而缺乏了文藝作品必不可缺的感人的力量。這樣的作品，即使大眾『聽得懂』，然而大眾不喜歡，大眾不感動」。在茅盾看來，人物形象塑造問題是藝術創造的中心問題，而形象刻劃成敗，又是同描寫手法有著緊密的關係，因此在藝術技巧問題上，他十分重視人物描寫的手段，他從無產階級文藝服務對象出發，提出把適合人民大眾胃

〔註7〕　《北斗》第二卷第二期，1932年5月20日。
〔註8〕　《文藝月報》第一卷第二號，1932年7月10日。

口的表現方法，作爲無產階級文學對於藝術形式的要求的重要內容。他在自己的藝術實踐的活動中，是非常注意運用這種描寫手法的。創作《子夜》時，他曾經嘗試過，也有所體現；中篇《多角關係》以及短篇《春蠶》、《秋收》、《林家舖子》、《小巫》等中仍可以看出他在這方面所作的努力。

茅盾認爲無產階級作家必須努力學習馬克思列寧主義，並用之於分析中國社會實際。他說過：「一個做小說的人」，「必須有一個訓練過的頭腦能夠分析那複雜的社會現象；尤其是我們這轉變中的社會，非得認眞研究過社會科學的人每每不能把它分析得正確」。〔註 9〕他十分重視馬克思列寧主義著作學習，他說過當時「曾讀過馬列主義著作」。〔註 10〕他還極力提倡閱讀運用馬克思列寧主義的基本原理研究中國社會現實問題的書籍。他說：「如果是指導我們了解中國社會經濟結構的書籍，如果是幫助我們明瞭中國社會全般面目，——光明的勢力與黑暗的勢力如何在相決蕩的書籍，我們是絕對需要的。我們必須取得此等書籍中的正確的知識來武裝我們的腦袋」，「沒有了這，我們將是『明眼的瞎子』」。〔註 11〕

創造無產階級文學，不但要求作者具有馬克思列寧主義思想，還要有豐富的生活經驗。茅盾早在《關於「創作」一文中就強調過，創作「最主要的還是充實的生活」。這段期間，他對於作家生活問題的看法有了新的發展。首先要求作家見多識廣，即「須有廣博的生活經驗」。〔註 12〕作者要廣泛地接觸、了解社會生活，如現實的歷史的重大社會鬥爭，或者是日常生活現象。其次，深入熟習描寫的生活對象。茅盾強調作家描寫的題材應是「親身經驗過，或已經爲他們經驗的一部分」，〔註 13〕作家只有根據自己熟悉的而又有意義的生活經驗進行藝術概括，才能寫出好的作品來。他曾說過，作家要「從周圍的人生中抉取偉大的時代意義的題材，他們的作品乃能有生命」。〔註 14〕這就要求作家「有了豐富生活的經驗『而後』去思索」〔註 15〕生活現象，作品才能有眞實性。茅盾的許多成功作品都證明了這點。二十世紀三十年代初期他廣

〔註 9〕 茅盾：《我的回顧》。
〔註 10〕 茅盾致筆者信，1978 年 1 月 19 日。
〔註 11〕 茅盾：《創作的準備》。
〔註 12〕 茅盾：《我的回顧》。
〔註 13〕 茅盾：《創作不振之原因及其出路》。
〔註 14〕 同上註。
〔註 15〕 茅盾：《思想與經驗》，《文學》第二卷第四號，1934 年 4 月 1 日。

泛地了解社會各方面生活，然後又重點地熟悉資本家生活，這樣才寫出了《子夜》；九一八事變後，他返回故鄉，目睹家鄉的急劇變化，以此爲素材，然後加以概括化，於是寫下了《春蠶》、《林家舖子》、《當舖前》和《故鄉雜記》等。《少年印刷工》也是根據他所熟悉的生活寫成的。他說過：這篇小說「是有了人物、主題，再編故事」。〔註16〕《牯嶺之秋》則是以他在大革命時期生活經驗爲基礎進行藝術加工的。宋雲彬曾經說過：「我們從漢口到廬山以及在牯嶺小住的那一段生活，雁冰後來寫成一短篇，題爲《牯嶺之秋》，那裡面的『雲少爺』就是我，雖然不免寫得誇張一點，大體近乎事實」。〔註17〕茅盾不但描寫具有時代意義的社會生活，而且反映大時代以外的生活現象，這些是時代大潮流中的小浪花，又是社會生活不可缺少的。茅盾對於這類生活也很熟悉，他創作的《煙雲》就是這方面的代表作，他在敘述這篇作品的創作過程時，指出：「此篇意在畫出兩張面孔」，因爲「我見到有這樣的兩張面目」。〔註18〕總之，不論是重大的社會生活，還是一般的生活現象，都要深刻的理解，才能揭示其社會意義。茅盾說過：「選擇社會生活做題材的最起碼的標準就是你先對於那社會生活有了深刻的體驗或認識，然後抽出那精彩最中心的部分來描寫」。〔註19〕

　　馬克思列寧主義思想與生活經驗結合，這是創造無產階級文學中極其緊要的課題。對於這個問題茅盾以往未曾詳盡論述過，這個時期他經常談及。他在《思想與經驗》中非常辯證地論述了思想與生活的關係。他指出「沒有社會科學的基礎，你就不知道怎樣去思索」生活現象，「有了正確的思想而沒有豐富的生活經驗，寫不成好的作品」。總之，他認爲「思想和經驗是交流作用的，思想整理了經驗，而經驗充實了思想。到這境界，作品的內容方始成熟地產生。」

　　作家應當在馬克思列寧主義觀點的指導下，觀察生活，分析生活，表現生活。茅盾說：如果作家「尚懷抱著沒落的布爾喬亞的宇宙觀和人生觀，那他就不能認識動亂的現時代的偉大性，那他就不能夠從周圍的動亂人生中抉取偉大的時代意義的題材而加以正確的表現」。〔註20〕我們從茅盾的創作活動

〔註16〕茅盾答筆者問，1979 年 4 月 2 日來信。
〔註17〕宋雲彬：《沈雁冰（茅盾）》，《人物雜誌》第八期，1946 年 9 月 1 日。
〔註18〕茅盾：《煙雲集・後記》，上海良友圖書印刷公司，1937 年 5 月出版。
〔註19〕茅盾：《創作與題材》，《中學生》第三十二期，1933 年 2 月。
〔註20〕茅盾：《創作不振之原因及其出路》。

中可以看出他是努力實踐自己的主張的。

　　茅盾根據創作意圖，以馬克思列寧主義思想爲準繩，對習見的生活素材進行加工改造。他有時在實際生活中的人物的原型基礎上進行藝術的概括。《春蠶》中的老通寶，就是以丫姑老爺（《故鄉雜記》）爲基礎進行創造的。老通寶、丫姑老爺在身世、性格及厄運等方面都有類似之處，然而在悲劇的原因問題上，老通寶比之丫姑老爺更富有社會內容。兩人都是從小康自耕農逐步貧困化的，由於帝國主義經濟入侵之後，「鎮裡東西樣樣都貴了，鄉下人田地裡種出來的東西卻貴不起來」，也由於國民黨的敲詐，如「完糧」「零零碎碎又有很多捐」，這樣一來，丫姑老爺「慢性的走上破產」，老通寶的破產是由於「洋貨不斷傾銷」，加上國民黨「捐稅、地主、債主、正稅、雜捐」的盤剝。作者明確地點出老通寶的財產同地主的剝削有關，而丫姑老爺的遭遇並沒觸及這個問題，丫姑老爺雖有借債，然而他不必付利息，而老通寶卻受債主的剝削。由此可見，老通寶的破產比之丫姑老爺更有典型性。他們兩人由於逐步破產，都指望春蠶豐收，然而丫姑老爺的「蠶也不好」，老通寶則是「豐收成災」。春蠶收成後，處理也不相同，丫姑老爺將春蠶「自己繰絲了」，以賤價贖回「去年當在那裡（指當舖）的米」，還「賠了利息」，老通寶春蠶雖豐收可是賣不出去，只好把繭子拿到無錫腳下的繭廠去賣，且受到苛刻的挑剔，價錢又低賤，不夠償還買青葉所借的債，剩下的八九十斤繭子，只好自家做絲，鎮上也賣不出去。最後求得當舖的同意，才換回清明前當的一石米。這裡，我們可以看出老通寶的悲劇比之丫姑老爺更有社會意義：其一，茅盾描寫豐收成災的故事，在當時是有普遍性的，其二，著力揭示日本帝國主義的軍事、經濟侵略及封建主義、資本主義的剝削，是豐收成災的社會根源，這樣一來，老通寶的悲劇有著深刻的思想意義。這表明茅盾以馬克思列寧主義眼光，觀察當時江南農村的實際情況，而後選擇素材，使所描寫的藝術形象比生活現象更有概括性。

　　我們還可以從《故鄉雜記》中描述的一個雜貨舖的老闆同《林家舖子》裡的林老闆的比較中，看出茅盾在馬克思列寧主義思想的指引下對生活中的人物原型進行極其廣泛的概括，即有某種原型的影子，又吸取其他有關的素材，加以較大的改造。如《林家舖子》中的林老闆就是既採用《故鄉雜記》中那個雜貨舖老闆活動的若干素材，又有廣闊而深刻的概括。那位雜貨舖的老闆同林老闆有著類似的地方，如舖子都是祖上傳下來，店員不多，生意很

不景氣，他們對於國民黨的抽捐都很不滿意，他們所在的小市鎮的商業非常
蕭條。然而林老闆同那位雜貨舖老闆的性格卻是迥然不同，林老闆秉性懦弱，
不問世事；而那位雜貨舖老闆為人熱情，喜歡傳播新聞，關心大事。作者之
所以如此改變，意在說明那種懦弱的小商人在當時是比較常見的，有代表性，
這種人企求在帝國主義侵略和國民黨的統治之下苟且偷安，那是痴心妄想
的，這是同他們的階級地位分不開的。林老闆比之那位雜貨舖老闆更富有社
會意義，還在於揭示了小商人的悲慘命運是不可避免的，即由於帝國主義的
經濟與軍事侵略，國民黨的敲詐，封建主義的剝削，以及同業的傾軋。作者
能夠從階級根源特別是從社會根源來揭示林老闆的悲劇的必然性，這是同他
運用馬克思列寧主義觀點分析小商人的性格與命運分不開的。

　　茅盾還善於概括多種類似的生活素材，從而塑造出有鮮明個性又有普遍
意義的藝術典型。《子夜》中的吳蓀甫典型形象，就是屬於這種情況。這個人
物沒有模特兒，〔註21〕是作者在馬克思列寧主義的指導下，從當時眾多的民
族工業資本家中集中概括而成的，因而這個人物既有鮮明性格又有普遍性。

　　馬克思列寧主義思想不但幫助茅盾從大量的人所共見的生活素材中進行
集中、概括，而且也引導他對當時正在萌發的新生事物進行典型化。《秋收》
中描寫農民吃大戶、搶米囤的事件，據作者說，這是「指明農村階級鬥爭的
趨勢，並無事實」。〔註22〕茅盾看到當時江南一帶農村廣大農民受到了三座大
山壓迫的悲慘情狀，但還沒有看到農民爆發反抗抗爭。他根據馬克思列寧主
義觀點，認為農民受到壓迫必定會有反抗行動，所以他藉助農民抗爭的史實，
安排了農民吃大戶、搶米囤的情節。這是符合現實鬥爭發展的趨勢的。據史
料載，一九三三年作者的故鄉浙江省桐鄉縣曾發生過飢民反抗鬥爭的事件。
「浙江省桐鄉饑民五六百人，以老嫗為導，手持竹筐索米；繼來少壯一聲號
起，動手搶劫（按指向米行索米）。武裝警隊到場堵截，乃竟冒死猛撲，意圖
奪搶」。〔註23〕這段史料記載了農民窮則思變的實際情況，說明了茅盾對於農
民反抗鬥爭的預見是合乎事實的。在茅盾看來，農民的搶米囤、吃大戶的鬥
爭雖遭受敵人的鎮壓，但反抗精神是不會銳減的，他們必定會引起更大的鬥
爭，自發的武裝反抗是不可避免的。因此根據一九三〇年他的家鄉農民武裝

〔註21〕茅盾與筆者談話記錄，1961 年 6 月 26 日，記錄稿經茅盾審閱過。
〔註22〕茅盾答筆者問，1979 年 3 月 13 日來信。
〔註23〕《中國經濟年報》第一輯（1934 年），上海生活書店，1935 年 12 月出版。

鬥爭的歷史經驗，認為當時江南一些地區，雖然並沒有發生農民自發武裝反抗事件，然而按照階級鬥爭的規律，這種鬥爭是有可能發生的。於是，他在《殘冬》、《小巫》等作品中安排了農民拿起武器同敵人鬥爭的情節，這樣一來，作品的思想意義也就更加深刻了，社會價值也就更加大了。

創造無產階級文學離不開批判繼承文學遺產，只有正確對待文學遺產，才能從中汲取精英，創作有獨創性的作品。在這個問題上，茅盾的看法也是有變化的。前個時期，他強調學習西洋文學名著，他說：「西歐文學名著在你只是一部習字帖」，這「是十二分的需要」。〔註24〕這個時期他明確指出：「沒有讀過若干的前人的名著，——並且是讀得很入迷，而忽然寫起小說來，並且又寫得很好的作家，大概世界上並不多罷」。〔註25〕這裡茅盾所說的前人名著，既包括西歐文學名著，也指中國古典文學作品。他說：「本國的舊小說中，我喜歡《水滸》和《儒林外史》」，「如果有什麼準備寫小說的年青人要從我們舊小說堆裡找點可以幫助他『藝術修養』的資料，那我就推薦《儒林外史》，再次，我倒也願意推薦《海上花》——但這決不是暗示年青人去寫跳舞場之類」。〔註26〕

茅盾主張既要泛覽又要精研中外古今的好作品。他說：「一個準備從事寫作的人，他的文學名著的誦讀範圍，也應當廣博。只誦讀了一家的著作固然不夠，誦讀了一派的著作，也還是不夠」，「廣泛地誦讀了各派名家的名著，然後從中譯取最博大精深最有現代價值的名著來研究」。多讀中外古今的好作品，並且從中選取博大精深的名著進行深入研究，這是作家的文學修養中不可缺少的。只有這樣，作家才能獲得更多更好的養料。茅盾說：「誦讀的範圍愈廣，則愈能得受多方面的啓迪，他的寫作的準備項下的積蓄亦愈厚愈大」。〔註27〕

只有消化中外文學名著，才能創作出有獨特性的作品。茅盾說：「『學習』是把前人的名著來消化，作為自己創作時的血液，並不是剽竊前人著作的皮毛和形骸，依樣畫起葫蘆來」。〔註28〕他認為有才能或是天才的作家都是消化、提煉前人的作品化為自己的營養，成為自己的東西，這樣才能「在人類

〔註24〕茅盾：《關於「創作」》。
〔註25〕茅盾：《談我的研究》。
〔註26〕同上註。
〔註27〕茅盾：《創作的準備》。
〔註28〕同上註。

智慧的積累上更加增了一層」。〔註29〕

　　我們從茅盾的創作實踐活動中，可以看出他是努力兌現自己的主張。他從事文學創作前，就閱讀了大量的中外古今的文學名著，對他進入創作活動起過很大的作用。這個時期，他更加自覺地反覆鑽研中外文學名著，從中汲取有益的養份，化為自己的血肉。他創造性地吸收中外文學遺產，是他的創作走向成熟不可缺少的重要條件。我們從他寫作的《世界文學名著講話》、《漢譯西洋文學名著》和節譯的《紅樓夢》及其序言，可以看出他對中外文學名著的精深研究，我們還可以從他的創作中尋出它同中外文學遺產的承續的關係，看到他消融其中有價值的成分，同時保持自己創作的特色。茅盾曾經說過：「我覺得讀托翁的大作至少要做三種功夫：一是研究他如何布局（結構），二是研究他如何寫人物，三是研究他如何寫熱鬧的大場面」。〔註30〕從《子夜》中所採用刻劃人物心理活動的多種方法，宏偉而又複雜的布局，以及描寫既有全場的鳥瞰圖又有個別角落的特寫的熱鬧場面等藝術手法中，我們看出他對托爾斯泰的《安娜・卡列尼娜》、《戰爭與和平》等名著在技巧方面的創造性的吸收。我們從《子夜》中吳蓀甫性格及《林家舖子》中林老闆形象的描寫中，看出他師法大仲馬的《三個火槍手》藉助緊張情節逐步展示達特安性格的手法。他曾經說過：「大仲馬的《三個火槍手》，也是我所愛讀的」，又說：「大仲馬描寫人物的手法，最集中地表現在達特安這人物的身上」，達特安的「性格發展的過程，完全依伏於故事的發展中」。〔註31〕他還善於汲取莫泊桑短篇小說藝術技巧的長處。他認為莫泊桑的短篇《羊脂球》寫法上的特點是「寫的是一個橫斷面，故事集中於一點，———一個線索，有波瀾，有頂點，人物可也不算少，那一輛馬車裡的十個人一筆不漏地都被描寫到」。〔註32〕我們從《春蠶》等短篇中，看到他把故事集中於養蠶一事，將眾多人物組織起來，置於曲折的情節之中，形成了嚴謹而又變化不居的布局，許多人物也都被刻劃到了。

　　《子夜》的創作雖然外來的影響是明顯的，然而也不難看出它同中國古典文學遺產的血緣關係。從技巧上說，他或許攝取了《紅樓夢》從瑣細動作中表現人物性格的長處，或許汲取《水滸》從一連串一正一反的螺旋式事件

〔註29〕茅盾：《創作的準備》。
〔註30〕《「愛讀的書」》，《茅盾文集（十）》。
〔註31〕茅盾：《「愛讀的書」》。
〔註32〕《對於文壇的又一風氣的看法》，《茅盾文集（十）》。

中逐步點明人物形象的方法，或許師法《儒林外史》嘲諷封建社會知識份子鯁弊的手法，並抉取《海上花列傳》暴露舊上海畸形社會面貌的某些長處。至於語言，這個時期茅盾是有意識地學習舊小說的，儘管成效不顯著，然而也是有所表現的，如在《子夜》、《秋收》等作品中均依稀可見。在遣詞造句方面，分明看出他是學習駢體文的，他對煉字的講究，也是從古代文學的語言中受到啓迪的。

茅盾由於有著中外古典文學的深湛的修養，且能消融在他自己的天才的光芒裡，因而能夠使自己的創作具有獨特的風格。正如他所說的：「由學習的結果而使自己在前代某一大作家的影響之下寫作，並不是壞事，然而切要的是要分別出什麼是在創作方法上受影響，而什麼是僅在作品形式上成了類似。前者方是『學習』的眞諦」。〔註33〕學習是爲了創造，有才能的作家，均是如此。茅盾說得好：「天才作家是一定有偉大的獨創的」。〔註34〕

這個時期茅盾文藝主張的重大進展，同無產階級文學運動的興起有著很大的關係。中國共產黨發起和直接組織的中國左翼作家聯盟成立後，鮮明地樹起無產階級革命文學的旗幟，引導作家和青年同國民黨的「文化圍剿」作了英勇的鬥爭。作為左聯成員的茅盾，他熱情地宣傳無產階級的文學主張，支持左翼文藝運動。他在《關於「創作」》中雖然指出「現代的普羅文學正經過了幼稚的一時期」，但是，他寄希望於無產階級文學的將來。這個階段，他在蘇聯社會主義文學成就的鼓舞下，對發展中國無產階級級文學充滿著信心。他在《中國蘇維埃革命與普羅文學之建設》一文中讚揚「世界第一個普羅列塔利亞國家的普羅列塔利亞文學」，並指出它是我國革命文學學習的榜樣。他說，蘇聯社會主義文學「在我們中國的算是已經有了一些粗製的『榻本』了。雖然是粗製的『榻本』，然而多少足供我們撫摩了吧？」他堅信無產階級革命文學「我們一定得創造！」

茅盾認爲發展無產階級文學，必須同資產階級文藝流派作堅決鬥爭。前個時期，他同左聯成員一起批判新月派、「民族主義文學」。這個時期，他又投入批判論語派的鬥爭，指出論語派文人利用小品文，宣揚脫離現實，逃避鬥爭。他在《關於小品文》〔註35〕中寫道：「專論蒼蠅之微的小品文」，「在『高

〔註33〕 茅盾：《創作的準備》。
〔註34〕 同上註。
〔註35〕 《文學》第三卷第一號，1934 年 7 月 1 日。

人雅士』手裡是一種小玩藝兒」，「將成爲某些人的避世的桃源」。他還在《小品文和氣運》〔註36〕中批判了論語派的「性靈」說，指出：「主觀超然的性靈客觀上不過是清客身份」。茅盾對於「性靈」說，極爲反感，他在《速寫與隨筆·前記》中嘲笑道：「我也曾嘗試找找『性靈』這微妙的東西，不幸『性靈』始終不肯和我打交道」，然而茅盾對於戰鬥的小品文，卻是充分肯定的，他在《關於小品文》中說，小品文「在『志士』手裡，未始不可以成爲『標槍』，爲『匕首』」。又說：「惟有創造新的小品文然後能使這社會的要求趨於光明」。此外，茅盾還在《封建的小市民文藝》〔註37〕等文中，批判如武俠小說之類的小市民文藝的弊害，指出它在「穩定了小市民動搖的消極作用外加添了積極作用：培厚那封建思想的基礎。」他一針見血地指出它是服務於統治階級的工具。

　　茅盾認爲創造無產階級革命文學，不但要同形形色色的地主、買辦資產階級文藝流派作鬥爭，還要批評創作上各種不良傾向，其中包括革命文學陣營中的公式主義毛病。茅盾對於這些問題向來是很重視的，這個時期更加注意，他在《我們這文壇》〔註38〕一文中指出：「我們唾棄那些不能夠反映社會的『身邊瑣事』的描寫；我們唾棄那些『戀愛與革命』的結構，『宣傳大綱加臉譜』的公式；我們唾棄那些向壁虛造的『革命英雄』的羅曼司；我們也唾棄那些印板式的『新偶像主義』──對於群眾行動的盲目而無批判的讚頌與崇拜；我們唾棄一切只有『意識』的空殼而沒有生活實感的詩歌，戲曲，小說！」茅盾不但反對追求「身邊瑣事」，忽視社會意義的創作，也反對閹割豐富的生活內容的粗製濫造！

　　爲了促使無產階級文學運動的開展，茅盾極力培養文學新苗，團結進步作家。他在《幾種純文藝的刊物》〔註39〕一文中推薦了當時無名作家葉紫等幾個青年合辦的《無名文藝》。他讚賞刊登在該刊創刊號上葉紫的第一篇創作《豐收》，他說：「『豐災』是近來文壇上屢見的題材，但是我們要在這裡鄭重地推薦《豐收》，因此此篇的描寫點最爲廣闊；在兩萬數千言中，它展開了農事的全場面，老農的落後意識和青年農民的前進意識，『穀賤傷農』以及地主的剝削，苛捐雜稅的壓迫。這是一篇精心結構的佳作。」葉紫得到茅盾的鼓

〔註36〕　《小品文和漫畫》，上海生活書店，1935 年 3 月出版。
〔註37〕　《茅盾文集（九）》。
〔註38〕　同上註。
〔註39〕　《文學》第一卷第三號，1933 年 9 月 1 日。

勵之後，更加嚴格地要求自己，他說：「《豐收》，算是初次的嘗試，我擔心別
辜負了那班爲人間的眞善、光明與正義而抗爭的人所流去的血！」〔註 40〕之
後葉紫的作品表明，他的創作是沿著無產階級文學的方向前進的。艾蕪在《文
學月報》五、六期合刊上發表的《人生哲學的一課》，曾得到茅盾的肯定，他
說：「只有在茅盾先生這一鼓勵之下，我才對於終身從事文藝習作的志願，更
加努力不懈，堅定不移了。」〔註 41〕茅盾爲獎掖青年作者，耗去不少的心血，
那時他「曾替許多的文藝刊物看過小說方面的投稿，暗中幫助不少的青年作
者使他們習作的努力，得到正常的發展，且從事文藝的志願，得到更大的信
心」。〔註 42〕

　　茅盾還發表了許多文藝評論，論述左翼作家及進步作家的創作，如爲陽
翰笙的長篇《地泉》作序，評田漢的戲劇和丁玲、王統照的小說，還撰寫了
冰心、廬隱、許地山等人的創作論等。這些評論，從作品實際出發，作了全
面的評價，倡導作家努力創作反映現實生活、符合時代要求的具有獨特風格
的作品。

　　茅盾爲發展無產階級文學作了不懈努力，同他得益於新文學運動的旗手
魯迅的影響、帶動是分不開的。茅盾對於魯迅在我國新文學史上的地位與作
用的認識是不斷加深的。早在「五四」時期，茅盾同魯迅就開始通訊，結下
友誼，他對魯迅的創作極爲推崇，高度評價了《故鄉》、《風波》等作品。當
《阿 Q 正傳》開始問世時，有一位讀者在《小說月報》上發表了來信，對
《阿 Q 正傳》作了不正確的評論，說「作者一枝筆眞正鋒芒得很，但是又似
是太鋒芒了，稍傷眞實，諷刺過分，易流入矯揉造作，令人起不眞實之感」，
茅盾回信給予批評並指出：它「實是一部傑作」。〔註 43〕以後他在《讀〈吶
喊〉》〔註 44〕一文，對《吶喊》在新文學史上的地位與價值作了充分的肯定。
他認爲《狂人日記》「猶如久處黑暗的人們驟然看見了耀眼的陽光」，又說，
《吶喊》這個集子的作品「都是舊中國的灰色人生的寫照」。他還指出：「在
中國新文壇上，魯迅君常常是創造『新形式』的先鋒；《吶喊》裡的十多篇小
說幾乎一篇有一篇新形式，而這些新形式又莫不給青年作者以極大的影響，

〔註 40〕 滿紅：《悼〈豐收〉的作者——葉紫》，《長風》半月刊第一卷第二期。
〔註 41〕 艾蕪：《記我的一段文藝生活》，《文哨》第一卷第三期，1945 年 10 月 1 日。
〔註 42〕 同上註。
〔註 43〕 《小說月報》通訊欄，第三卷第二號，1922 年 2 月 10 日。
〔註 44〕 《時事新報・文學》第九十一期，1923 年 10 月 8 日。

必然有多數人跟上去試驗」。這些都說明茅盾對於魯迅在新文學史上的地位與價值是有較深的認識。而魯迅對茅盾在《小說月報》的革新工作以及文學研究會都是大力支持的。

大革命失敗前後，資產階級文人猖狂攻擊魯迅，如陳西瀅謾罵魯迅是「官僚」；有的人錯誤地認為魯迅作品是「淺薄的紀實的傳記」，「勞而無功的作品，與一般庸俗之徒無異」。針對這些情況，茅盾挺身而出，奮筆疾書，撰寫了《魯迅論》〔註 45〕一文。通過對魯迅雜文和小說的分析，高度評價魯迅作品的價值，回擊資產階級文人的誹謗，批判了各種錯誤的傾向。他指出魯迅的「著作裡卻充滿了反抗的呼聲和無情的剝露。反抗一切的壓迫，剝露一切的虛偽」，「他的著作裡有許多是指引青年應當如何生活如何行動的。在他的創作小說裡有反面的解釋，在他的雜感和雜文裡就有正面的說明。」有人攻擊魯迅的《吶喊》「主要情調是依戀感傷於封建思想的沒落」，茅盾曾著文「有所辯證」，有人說他是「捧魯迅」，他在《讀〈倪煥之〉》一文予以回擊，他說：「現在我還是堅持我從前的意見，我還是以為《吶喊》所表現者，確是現代中國的人生。」

茅盾同魯迅第一次會晤是在一九二六年八月，〔註 46〕後來茅盾避居日本，一九三○年回國參加「左聯」活動，他在魯迅的帶動下，為左翼文藝運動作了巨大貢獻。「左聯」刊物《前哨》，出了一期易名為《文學導報》，「這個刊物完全是魯迅領導的，文章也都是經過魯迅看過的，定稿是魯迅決定的。」〔註 47〕這個刊物共出八期，茅盾是個重要的撰稿人，他先後發表四篇重要論文，他同魯迅採取同一步伐，批判「民族主義文學」。魯迅寫了《「民族主義文學」的任務和運命》，茅盾發表了《「民族主義文藝」的現形》等篇論文，此外，還刊出了《中國蘇維埃革命與普羅文學之建設》的名文，闡述了中國無產階級革命文學的任務與前景。一九三一年下半年或一九三二年上半年，他擔任過「左聯」書記處執行書記，為時一個月。一九三二年後，白色恐怖更加厲害，他同魯迅緊密團結起來，採用靈活的戰術，不斷地開展左翼文藝運動。他經常和魯迅等聯合簽發抗日反蔣的宣言書，經常和魯迅在《申報‧自由談》、《東方雜誌》發表戰鬥雜文，如批判論語派的雜感；一九三四

〔註 45〕《小說月報》第十八卷第十一號，1927 年 11 月 10 日。
〔註 46〕據《魯迅日記》。
〔註 47〕茅盾：《我和魯迅的接觸》。

年他和魯迅應美國友人伊羅生的要求，幫助選編中國左翼作家和進步作家的短篇小說集《草鞋腳》，向國外讀者介紹中國進步作家的作品；一九三四年起，他還協助魯迅編輯《譯文》，介紹與評論蘇聯革命文藝及世界進步文學；他把魯迅作品譯成英文，向國外介紹，如《寫於深夜裡》；一九三六年「國防文學」口號提出後，他先是贊助「國防文學」，後來魯迅提出「民族革命戰爭的大眾文學」口號，他也贊成，認為兩個口號可以並存；〔註48〕他還和魯迅一起簽名於《文藝界同人為團結禦侮與言論自由宣言》，從而推動了文藝界抗日統一戰線的形成。

　　茅盾文藝思想的新進展，同他世界觀的新發展更有著密切的關係。他堅定地擁護中國共產黨的正確領導，熱情地謳歌黨領導農村革命。他從日本回到上海後，參加黨領導的「左聯」的活動，對黨領導的農村革命有所了解。他說：「我們數十萬革命工農及其先鋒紅軍曾經怎樣用他們的熱血沖衝了國民黨白色軍隊的槍林彈雨，在贛南，在鄂北，在豫皖鄂交界，在敵人的屍骸上高舉起我們蘇維埃的大旗來！這一切，這一切，都是我們對於全世界無產階級——快要來的全世界無產階級革命的有價值的貢獻！」〔註49〕他把黨領導的農村革命看成中國革命的希望。因此，他對於黨內存在的李立三「左」傾錯誤思想，極其反對。〔註50〕

　　茅盾對十月革命認識的新發展，是他在這個期間思想新進展的又一特點。大革命失敗後，他重新認識了十月革命，使他從消沉中抬起頭來。當時，他更加密切注視蘇聯的社會主義革命，並熱烈地讚揚蘇聯社會主義的成就，他參加簽名的《中國著作家為中蘇復交致蘇聯電》一文寫道：「蘇聯的社會主義文化的建立和發展是人類空前的大事業的企圖」。〔註51〕他還把十月革命同中國共產黨領導的革命鬥爭緊密地聯結在一起，從而堅信了人民大眾的光明前景。他說：「蘇聯的無產階級，讚揚著我們革命工農的鬥爭，歡呼著我們革命的勝利，現在全世界以及蘇聯的無產階級用他們的手，他們的口，他們的血汗，和我們革命的工農站在一條戰線上裂斷奴隸的鐵鏈。」〔註52〕他熱情

〔註48〕 參閱《茅盾自傳》，《中國現代作家傳略（二）》，徐州師範學院，1979 年 1 月出版。

〔註49〕 茅盾：《中國蘇維埃革命與普羅文學之建設》。

〔註50〕 茅盾：《子夜・再來補充幾句》，人民文學出版社，1977 年 12 月重版。

〔註51〕 《文學月報》第一卷第五、六期合刊，1932 年 12 月 15 日。

〔註52〕 茅盾：《中國蘇維埃革命與普羅文學之建設》。

地介紹了蘇聯社會主義文學，翻譯了鐵霍諾夫的小說《戰爭》等書，評介了《士敏土》等優秀作品。

隨著世界觀的新進展，茅盾積極投入各種社會鬥爭。雖然那時他還過著「地下生活」，〔註53〕但他不畏強暴，以多種方式同敵人周旋。一九三一年二月七日，柔石、白莽等五位青年作家在上海被國民黨反動派秘密殺害。他和魯迅等左翼作家，以中國左翼作家聯盟的名義發表了《爲國民黨屠殺大批革命作家宣言》、《爲國民黨屠殺同志致各國革命文學和文化團體及一切爲人類進步而工作的著作家思想家書》，抗議國民黨反動派的野蠻的屠殺政策。他還協助史沫特萊將後一個文件譯成英文。一九三二年以後，白色恐怖氣氛更加濃重，茅盾採取了靈活辦法與國民黨進行鬥爭。一九三二年七月，當時「泛太平洋產業同盟」駐上海辦事處秘書、原籍波蘭的牛蘭夫婦，被國民黨逮捕，後被以所謂「危害民國」罪加以審問，牛蘭夫婦絕食以示抗議。茅盾參加了宋慶齡等組織的營救牛蘭委員會，並同宋慶齡、魯迅等三十多人聯名致電國民黨政府，要求釋放牛蘭夫婦。

日本侵略者進犯中國後，國民黨反動派對外採取不抵抗主義，對內推行法西斯政策，引起全國人民的憤怒。在黨的領導下，抗日反蔣的鬥爭洶湧澎湃地開展起來，茅盾也置身於這個偉大鬥爭的行列。一九三二年二月三日他同魯迅等四十三人簽發的《上海文化界告世界書》，憤怒地指斥日本侵略者入侵上海的罪惡，譴責國民黨的投降賣國的行徑，文中指出：「堅決反對帝國主義瓜分中國的戰爭，反對加於中國民眾反日反帝的任何壓迫，反對中國政府的對日妥協，以及壓迫革命的民眾」。〔註54〕一九三二年二月七日，他又同魯迅等一百二十九位愛國人士發表《爲抗議日軍進攻上海屠殺民眾宣言》，揭露日軍侵略上海的罪行。一九三三年九月三十日，世界反對帝國主義戰爭委員會於上海秘密召開遠東會議，同年八月十八日他同魯迅等聯合發表《歡迎反戰大會國際代表宣言》，〔註55〕熱情頌讚中國共產黨領導下廣大人民抗擊日本帝國主義的業績，譴責國民黨對內鎮壓對外投降的賣國行徑，號召全世界勞動人民團結起來對抗帝國主義戰爭。

從一九三二年前後到一九三七年全面抗日之前，茅盾的創作進入了成熟

〔註53〕 茅盾答筆者問，1979 年 3 月 13 日來信。
〔註54〕 《文藝新聞》：《戰事特刊·烽火》第二號，1932 年 2 月 3 日。
〔註55〕 《中國論壇》，1933 年 8 月。

階段，標誌革命現實主義的勝利，也可稱爲他創作上的「豐收季節」吧。其原因是多方面的。從客觀上說，是同當時階級鬥爭有著緊密的關係；從主觀上說，乃是他的世界觀、文藝觀、生活經歷、文學素養以及長期創作經驗等有機結合的結果。

但是，我們必須看到，茅盾由於國民黨反動派的阻撓，深入工農的革命鬥爭受到限制，因此在塑造革命工作者和革命工農群眾形象方面仍存在著某些簡單化、概念化的弱點。

第七章　劃時期的長篇鉅著
（1931～1932）

《子夜》

　　《子夜》是「五四」以來新文學運動中出現的一部優秀長篇小說，是具有劃時期意義的傑作，也是作者創作進入成熟階段的代表作。

　　《子夜》全書十九章，三十多萬字。一九三一年十月開始寫作，一九三二年十二月五日完稿。

　　《子夜》原名《夕陽》，第一章發表於一九三二年一月號《小說月報》（署名逃墨館主），該刊剛剛印完即在商務印刷所全部燒毀於「一二八」炮火中。第二、四章分別以《火山上》及《騷動》為題發表在《文學月報》第一卷第一、二期上。一九三三年一月全書以《子夜》為名由開明書店出版。一九五二年九月，人民文學出版社根據開明書店紙型重印。一九五四年經作者修訂，重排出版；一九五八年收入《茅盾文集》第三卷。解放前後共印行二十幾版次。

　　茅盾創作這部鉅著是經過充分準備的。　九三〇年夏秋之間，他神經衰弱，胃痛，目疾非常厲害，無法寫作，便走訪於親朋戚友之間。這些人三教九流，有企業家，有商人，有銀行家，他們「在交易所裡發狂地做空頭」，「奔走拉股子，想辦什麼廠」；〔註 1〕還有做實際工作的革命者，他們「為了大規模的革命運動而很忙。在各戰線上展開了激烈的鬥爭」。〔註 2〕由於這些方面

〔註 1〕　茅盾：《我的回顧》。
〔註 2〕　茅盾：《《子夜》是怎樣寫成的》，《新疆日報・綠洲》，1939 年 6 月 1 日。

的接觸，加上看了當時報紙上一些討論中國社會性質的論文，作者就這樣產生了「大規模地描寫中國社會現象的企圖。」〔註3〕

　　寫作前，茅盾到過交易所作了實地調查，大約有半個月的時間，他和他的朋友「每天出現在各個交易所中」，「一直到交易所收息時，才蹣跚地踏了出來」，有時他「擠在生意買賣的人叢中去打聽行情，他表現那樣認真，又是那樣地老練。」〔註4〕

　　一九三○年冬天，茅盾開始整理材料，寫下詳細大綱，列出人物表，把人物的性格以及聯帶關係等等都定出來，然後再按照故事大綱，把它分章分段，使它們聯接呼應。有時一兩萬字一章的小說，常寫一兩千字的大綱。〔註5〕可見此書在構思上作者是用過一番心思的。一九三一年十月正式動筆。「其間因病，因事，因上海戰事，因天熱，作而復輟者，綜計亦有八月之多」。〔註6〕作者終於戰勝了種種困難，完成了這部具有歷史意義的鉅著。從這段簡單的敘述中，可以看出作者的嚴肅認真的創作態度。

　　茅盾這種精雕細琢的作風，同他的創作思想相聯繫。他主張文學要有鮮明的傾向性、現實性和革命性。因此，他提筆撰寫這部作品時，就有明確的思想意圖。他說：「這部小說的寫作意圖同當時頗為熱鬧的中國社會性質論戰有關」，意在駁斥托派「認為中國已經走上了資本主義道路，反帝、反封建的任務應由中國資產階級來擔任」的妄言，也針對當時一些自稱為進步的資產階級學者「認為中國的民族資產階級可以在既反對共產黨所領導的民族、民主革命運動，也反對官僚買辦資產階級的夾縫中取得生存與發展，從而建立歐美式的資產階級政權」〔註7〕等謬論。

　　一九三○年，在中國共產黨影響與教育下的革命知識份子「新思潮」派（因有關文章發表於《新思潮》雜誌而得名）與托派的「動力」派（因有關文章刊登於《動力》雜誌而得名），就中國社會性質問題開展了激烈的論戰。「新思潮」派認為中國的社會是半封建半殖民地的社會，必須依靠工人、農民革命主力，打敗國民黨法西斯政權；「動力」派則認為中國已經走上資本主義道路，反帝反封建的民主革命任務應由中國資產階級來領導；還有一些自

〔註3〕　《子夜‧後記》，《茅盾文集（三）》。
〔註4〕　黃果夫：《記茅盾》，《雜誌》月刊第九卷第五期，1942 年 8 月 10 日。
〔註5〕　茅盾：《〈子夜〉是怎樣寫成的》，《新疆日報‧綠洲》，1939 年 6 月 1 日。
〔註6〕　同上註。
〔註7〕　茅盾：《子夜‧再補充幾句》。

稱「進步」的資產階級學者認為民族資產階級應走中間道路，建立歐美式的資產階級政權。茅盾從這次有關中國社會性質的論爭中，得到有益的啟示，更加堅定了他對中國社會性質的認識。他說：「看了當時一些中國社會性質的論文，把我觀察得的材料和他們的理論一對照，更增加了我寫小說的興趣」。〔註8〕為了很好地完成具有巨大意義主題的創作，作者雄心勃勃地企圖寫出以下三個方面：「(1)民族工業在帝國主義經濟侵略的壓迫下，在世界經濟恐慌的影響下，在農村破產的環境下，為要自保，使用更加殘酷的手段加緊對工人階級的剝削；(2)因此引起了工人階級的經濟的政治的鬥爭；(3)當時的南北大戰，農村經濟破產以及農民暴動又加深了民族工業的恐慌。」〔註9〕原先計劃以城市和農村兩方面的對比來著筆，後來因為生活的限制，沒有能夠如願以償，只側重於城市方面，寫了這三方面的活動和鬥爭：買辦金融資本家，民族工業資本家，革命運動者和工人群眾。

《子夜》的故事發生在一九三○年夏天（五月至六月）。那時，不論在國際舞台上，或者在國內政壇上，政治風雲都在急遽地變化。

一九二九年世界資本主義爆發了空前大規模的經濟危機，帝國主義為了挽救這危機，便加緊對殖民地半殖民地進行經濟侵略，而中國成為當時國際資本的眾矢之的。一九三○年春，這股凶惡的颱風衝進了上海。外貨不斷傾銷，外資源源而入，中國民族工業的發展受到了嚴重威脅。如繰絲業一九三○年比一九二九年減產八、九萬擔，加上以蔣宋孔陳四大家族為首的官僚資本掠奪和排擠，因此，民族工商業處在岌岌可危的境地。民族工商業者為了擺脫自身的危機，繼續追求高利潤。一方面乘當時國民黨利用軍閥混亂大量發行公債之機，進行投機的公債生意，破壞金融，擾亂市場；另一方面拚命壓迫工人，如減少工資，延長勞動時間，加強勞動強度。工人不能忍受如此種種痛苦，便奮起抗爭，始而經濟鬥爭，繼而昇華為政治鬥爭，罷工的運動如火如荼，低落的革命潮流又在城市裡回漲了。

一九二七年大革命失敗後，革命與反革命的階級力量配備大大不同了。到了一九三○年又有了新的變化。從反革命方面來看，這時期是國民黨反動派開始鞏固政權的時期，但同時越來越明顯地暴露了它的猙獰面目和本身難以治癒的致命傷。一方面是它同以工人農民為主體的人民大眾的矛盾，千方

〔註8〕　茅盾：《〈子夜〉是怎樣寫成的》。
〔註9〕　同上註。

百計鎮壓工人革命運動及農民運動，並向根據地進行軍事圍剿；另一方面是它的內部衝突越來越尖銳，即各派新軍閥的矛盾和鬥爭，這些矛盾和鬥爭反映了帝國主義各國在中國的矛盾和鬥爭。一九三○年春天，國民黨中的所謂「改組派」首領汪精衛在北平籌備召開擴大會議，爭奪國民黨內的統治地位，佔據地盤。一九三○年四月起，美帝國主義豢養的蔣介石集團和日本帝國主義豢養的汪精衛、閻錫山等軍閥在北方展開了猛烈的激戰，這便是軍閥內戰史上有名的蔣汪閻馮的大規模的中原大戰。同一時期南方也發生了一些軍閥混戰。這樣一來，南北大戰加速了民族工業的破產。從革命方面看，中國共產黨繼續領導人民進行戰鬥，以毛澤東同志爲代表的共產黨人在農村建立了星羅棋布的革命根據地，組織了強大的工農紅軍，積極開展反對國民黨屠殺的鬥爭，實行土地革命，反對地主階級的壓迫剝削。在城市裡工人運動也日益高漲，工人紛紛奮起反抗資本家的壓榨。但由於當時（一九三○年六月至九月）以李立三同志爲首的黨中央犯了「左」傾機會主義的錯誤，沒能把革命的退卻和革命的進攻有機地結合起來，而是實行了中心城市武裝起義等冒險計劃，使某些執行「左」傾政策的城市如上海的革命力量受到了很大損失。但廣大的幹部和黨員都要求糾正這一錯誤傾向，並且取得一定的成效。

從上面的敘述中，可以看出一九三○年前後中國社會的特點：其一，由於帝國主義列強加緊進行侵略和國民黨新軍閥混戰，民族工業加速破產，農村經濟急劇崩潰，人民大眾過著水深火熱的生活，中國社會日益殖民地化；其二，工人階級和農民階級在中國共產黨領導下，向反動的統治階級展開猛烈的戰鬥，工人罷工一時高漲，農民武裝鬥爭出現星火燎原之勢。新的革命高潮正在興起。總之，一九三○年前後革命正處在從低潮走向新的高潮之間，「革命潮流開始復興」。〔註10〕

這部小說通過中心人物、絲廠老闆吳蓀甫的活動來反映當時社會面貌的。作者之所以這樣做，據他自己說：「這是受了實際材料的束縛，一來因爲我對絲廠的情形比較熟習，二來絲廠可以聯繫農村與都市，一九二八～二九年絲價大跌，因之影響到繭價。都市與農村均遭受到經濟的危機。」〔註11〕看來還有這樣的原因，大家都知道，絲織業是我國民族工業最早興起的一種，而這種工業當時有微小增長。但由於帝國主義的經濟入侵頻繁，停工歇

〔註10〕 毛澤東：《星星之火，可以燎原》。
〔註11〕 茅盾：《〈子夜〉是怎樣寫成的》。

業的情況嚴重。一九二九年上海一〇六家絲廠，年終倒閉七〇家。無疑地，這些工廠的工人運動也就特別高漲；同時，絲廠主一向跟封建階級結下不解之緣，同農村有著廣泛的聯繫。〔註 12〕由此看來，作者選擇絲廠作為描寫的中心，是有相當典型意義的。

全書的中心人物吳蓀甫，是個性格上有突出特點的典型人物，也是我國現代文學史上為數不多的出色的典型形象之一。

吳蓀甫性格的主要特點是什麼呢？簡單說來就是：色屬內薦，「外自矜屬而內柔」。這種性格幾乎從他做的事情裡都充分反映出來。不過，表現方式因人因事而異。比如，在發展民族工業的問題上，表現出既有野心而又軟弱；在同買辦資產階級關係上，表現出既剛愎而又畏懼；在對待工農革命運動上，表現出既狠辣而又惶遽；在家庭日常生活上，表現出既專橫而又沮喪。

讓我們進入吳蓀甫這個充滿矛盾然而又是統一的內心世界吧！

吳蓀甫對於發展民族工業有抱負，有野心，敢於死拚硬幹。但從本質上看，他的內心卻是軟弱不堪的。起初，他對於發展民族工業，懷有很大的希望和宏願， 一方面他認為絲廠的發展關係民族工業的前途極大，因此，在當時只有屈指可數的幾項民族工業的情況下，堅持把自己的絲廠繼續經營下去，另一方面，他覺得有必要聯合幾個同他一樣的民族工業家，共同發展民族工業。於是他同孫吉人、王和甫等人計劃大辦實業，並且擬出有關「草案」。他滿懷信心地幻想將來出現：「高大的煙囪如林，在吐著黑煙；輪船在乘風破浪，汽車在馳過原野」；接著他便施展「才幹」，除了「鞏固」自己的絲廠外，還乘陳君宜絲廠及朱吟秋絲廠發生危機之時，把它們收買進來；另外，還和王和甫、孫吉人他們建立了益中公司，廉價收買八個小工廠，企圖通過這樣辦廠來逐步實現他們的發展民族工業的美夢。由於帝國主義經濟入侵，官僚資本主義對於整個國家經濟命脈的壟斷，加上國內軍閥混戰頻繁，農村經濟日益破產，民族工業無法發展勢在必然。面對著這種窘境，吳蓀甫這個民族工業家「從娘肚子裡帶出來的老毛病」——軟弱性，便發作起來，先前的所謂民族利害觀念一掃而空，代之以動搖、沮喪、頹唐的心境。他覺得：「勃發的站在民族工業立場的義憤，已經漸漸在那裡縮小，而個人利害的顧慮卻在漸漸擴大，終至他的思想完全集中在這上面了。」

〔註12〕 參閱《恆豐紗廠的發生發展與改造》，上海人民出版社，1958 年 9 月出版。

　　毫無疑問，美帝國主義及官僚買辦資產階級的代理人趙伯韜是吳蓀甫的勁敵。在他們勾心鬥角的過程中，我們隨時可以看到吳蓀甫剛愎自用和震懾驚悸交織著的矛盾心理狀態。吳蓀甫開始進行大規模企業活動時，正值國民黨蔣介石政府為了內戰籌備資財而大肆發行公債之際。為了求得金融上週轉靈活，他鑽進了公債投機市場，加入趙伯韜等秘密組織的公司，合伙做「多頭」，企圖從公債投機市場牟取暴利，增加企業資本，以實現其發展民族工業的「大計劃」。趙伯韜依據美國金融家的意旨，陰謀以金融資本支配工業資本，扼殺民族工業。趙伯韜引誘吳蓀甫入了圈套，合伙做「多頭」公債，背地裡卻組織「銀團托拉斯」，操縱吳蓀甫的企業。當吳蓀甫認定趙伯韜是他的「背後的敵人」之後，便計劃對付趙。於是他下定決心在公債方面同趙拚命，哪怕是全軍覆滅，亦在所不惜，這是他剛愎的一面；但是還應該看到他畏懼的一面，當吳蓀甫初次聽說趙伯韜有「美國的經驗和金錢做後台老闆」，正在進行著一個有關金融資本支配工業資本的大計劃的時候，他的「臉色轉白，他的眼睛卻紅的可怕。」他「發現自己也有被吞併的危險」。隨後，公債線上傳來「開市大吉」消息，於是他又滿有信心地打算在投機市場上大幹一番，然而他的勁敵趙伯韜的箝制力太大了，握有操縱公債市場上的大權，他的處境十分困難。儘管他有打倒趙伯韜的野心，可是他經常在惴惴不安之中度過。當他在夜總會的酒吧間裡同趙伯韜密談，得知趙伯韜要吞併「益中信託公司」時，他「異常怔忡不寧」，「他的心拉碎了，再也振作不起來」，「只有一個意思在他神經裡旋轉：有條件的投降了吧？」最後他自知公債鬥法失敗已成定局，他的懦怯靈魂赤裸裸地暴露出來了：「老趙的用意再明白也沒有了，因而現在留給蓀甫的路只有兩條：不是投降老趙，就是益中公司破產，⋯⋯不許他想到第三種方法；並且絕對沒有掙扎反抗的泡沫在意識中浮出來。」

　　吳蓀甫這種對待買辦資產階級既剛愎而又畏懼的內心矛盾狀態，一方面說明了民族資產階級企圖和買辦階級做朋友，利用國民黨蔣派的大量發行公債進行投機，發展民族工業，其結果落得破產的境遇，反映了民族資產階級同帝國主義、買辦階級有著千絲萬縷的聯繫，揭示了民族資產階級的軟弱性和妥協性；〔註13〕另一方面反映了以美帝國主義為首帝國主義勢力及買辦資

〔註13〕　一些文章談到吳趙關係時，只看到他們之間的矛盾與鬥爭一面，沒有看到還
　　　　　有相互勾結的另一面，如吳企圖利用公債投機同趙合作以發展民族工業。因

產階級對於民族資產階級的壓迫，中國民族工業是沒有發展前途的。

　　從吳蓀甫對待工農革命運動態度上看出他的狠辣和惶遽的性格，從而反映出民族資產階級同工人階級、農民階級的尖銳矛盾，表現了民族資產階級仇視、鎮壓革命運動的反動性。裕華絲廠的工人為了要求合法的權益，反對資本家的剝削，不許資本家任意增加工作時間，隨時剋扣工資，開除工人。在黨的領導下，他們進行了激烈的鬥爭。這就激怒了吳蓀甫，他除了使用收買工賊，利用流氓等等陰險毒辣的手段對付工人以外，還勾結國民黨反動派的警察、包探，以武裝鎮壓工人罷工。在強大的工人運動面前，他的階級的懦怯性暴露出來，不能不時常發生「一種沒有出路的陰暗的情緒」。當他一聽到「工人動不動就要打廠，放火」，他的「臉上青中泛紅，很可怕，完全是反常的了。」書中有一段極其生動地描寫了他被工廠女工圍困在廠門口的恐怖情景。他坐在車裡，「卜卜地心跳」，「鐵青著臉，一迭聲喝道：『開車！開足馬力衝！』」旋即溜之大吉，回家之後驚惶一直未消。吳蓀甫不但反對工人罷工，而且也鎮壓農民鬥爭。他希望在家鄉雙橋鎮有所「建樹」，開辦了發電廠、米廠、油坊，並打算建立「雙橋王國」，使生產的東西，走遍「全中國的窮鄉僻壤」，準備無限制地掠奪農民。可是革命的風暴衝散了他的美夢，他疾首蹙額，大肆誣衊農民革命武裝隊伍是「匪隊」「共匪」「土匪」，並且勾結國民黨反動派的偽省政府保安隊鎮壓農民運動。革命軍佔領雙橋鎮後，他還在咒罵革命軍，同時也掩蓋不了他內心的驚悸。他看到報上刊登革命軍隊佔領雙橋鎮的消息後，臉色變了，擲下了報紙，「眼睛看著腳下那新式圖案的地毯，以及地毯旁邊露出來的紋木細工鑲嵌的地板，像一尊石像似地不動也不說話。」儘管如此，他反對農民革命鬥爭是自始至終的，他在窮途末路的時候，還在大罵紅軍是「匪」。

　　作者不僅通過吳蓀甫在重大社會問題上的態度，如對待發展民族工業和工農群眾革命運動等方面來刻劃他的性格，而且還從他在家庭日常生活的表現，來描寫他既專橫又虛弱的二重性格。他在家庭中是個暴君，強烈反對青年衝破地主資產階級的束縛，不許他們獲得身心解放。如對待追求光明出路的資產階級知識青年張素素，和企圖從地主資產階級家庭衝出來的四小姐蕙芳，他都是採取非難、打擊的態度。儘管他是如此凶狠，但是他也有恐怖的

　　　　此有人認為吳進行公債活動是「一反常態」，這是不符合作品實際的。可參閱《子夜》第二章。

預感。他看到四小姐和阿萱的「越軌」行為，覺得自己在家庭中的權威「已處處露著敗象」，「身邊到處全是地雷！一腳踏下去，就轟炸了一個！」在私生活上，他平日道貌岸然彷彿是冰清玉潔，一旦企業失敗，便尋歡作樂，完全暴露了荒唐的本性。這正說明半殖民地半封建社會裡的民族資產階級本來就具有封建道學家兼沒落資產階級的複雜性格。

吳蓀甫曾經遊歷過歐洲，不是「在商言商」的舊人物，他的眼睛永遠不倦地注意著企業上的利害關係，同時，也望著政治。他主張「國家像個國家，政府像個政府」，這樣方能促使中國民族工業得到發展。那時汪精衛正在標榜著所謂「實現民主政治，真正要開發中國的工業」。他便把希望寄託在汪派召開的「北方擴大會議」上，想依附以汪精衛為頭子的改組派和以鄒魯為頭子的西山會議派等反蔣政界所組成的「政府」。於是他就勾結汪派的政客唐雲山，兩人結成了「莫逆之交」，幫助販運軍火，從而加深了封建軍閥內戰。這樣一來，又同他為了發展民族工業，必須掃除內戰的願望相違反。但他仍然這樣幹下去，並且時時對唐雲山抱有很大的信心，希望從他那裡得到好處。事實證明，汪派也不可能滿足他的要求。同時，儘管他受到國民黨蔣派的箝制，政治上、經濟上得不到解放，同他們有著矛盾，然而，他在實際上卻是依靠他們的。他不僅同蔣派軍官雷鳴保持關係，而且更重要的是勾結蔣介石的反動軍隊和警察，保護裕華絲廠和雙橋鎮的商店，鎮壓工農革命活動。總之，吳蓀甫的政治主張傾向汪派，而在實際上卻是依靠國民黨蔣派。不論蔣派或者汪派都是反對革命的，這就充分暴露民族資產階級反動性的一面。

作者通過「這一個」吳蓀甫——色屬內荏的吳蓀甫，概括地表現第一次大革命失敗後至九一八事變之前，民族資產階級的動搖性及反動性的特點。民族資產階級在政治上依附國民黨新軍閥，反對工農革命鬥爭，充當反革命助手，在經濟上也是異常軟弱的，雖然力圖擺脫帝國主義封建主義的束縛，要求獨立發展民族經濟，然而又同他們有著密切的聯繫，終究仍受到束縛、限制，最後以破產告終。作者對於吳蓀甫性格的藝術概括，符合毛澤東同志對那個時期民族資產階級的論斷。毛澤東同志說：民族資產階級「跟隨著大地主大資產階級反對過革命，但是他們基本上還沒有掌握過政權，而受當政的大地主大資產階級的反動政策所限制。」〔註14〕毛澤東同志還指出，那時

<hr>

〔註14〕毛澤東：《中國革命和中國共產黨》。

民族資產階級和「地主買辦階級做朋友」，「得到的只不過是民族工商業的破產或半破產的境遇。」〔註15〕

　　吳蓀甫這個典型形象的意義，在於通過他的命運反映了那個歷史時期的各種矛盾。這是國民黨新軍閥統治開始建立的年代，代表大地主大資產階級利益的國民黨新軍閥同以工人階級爲主體的工農民主革命力量的矛盾，是當時社會主要的矛盾。可是在反動統治階級內部，還存在著矛盾，這主要表現在新軍閥的內戰，即汪、馮、閻同蔣之間的內訌。而在另一方面，軍閥內戰壓迫農民運動，則又幫助了統治階級；不過，從中又可以看到農民階級與統治階級的矛盾。同時資產階級內部也存在著買辦資本家和民族資本家的矛盾，這實際上是以依附美帝國主義爲首的帝國主義的買辦資產階級和民族資產階級的矛盾，國民黨新軍閥藉此來發展了官僚買辦資產階級的勢力。從買辦資產階級及民族資產階級的矛盾和鬥爭中也反映了帝國主義各國在中國的矛盾和鬥爭。另外，還看到資產階級和無產階級之間的矛盾和鬥爭，這就是買辦資產階級、民族資產階級與工人階級之間的矛盾和鬥爭，國民黨新軍閥藉此來鎮壓革命運動。

　　吳蓀甫這個典型人物的意義，還在於揭示了在帝國主義和封建主義的統治下，民族資產階級破產的必然性。像吳蓀甫那樣所謂「有大志、有魄力，也有計劃」，也「不缺少同志」，而且實力比較雄厚的民族工業家，都要敗於帝國主義的壓迫及官僚資本主義的吞併，那麼這些方面不如他的民族工業家當然更要一敗塗地。事實也是如此，吳蓀甫自己紗廠押給別人；他同太平洋輪船公司總經理孫吉人，大興煤礦公司的總經理王和甫等頂下的益中信託公司及八個出產日用品的小工廠全部頂給英日商人，吳蓀甫所吞併的朱吟秋的絲廠及陳君宜的綢廠，間接地被吳蓀甫的勁敵所吞併，周仲偉的火柴廠也頂給了日商。從這裡，可以看出不論是那一種民族工業家，或者是有魄力，或者沒有魄力，或者實力較厚，或者實力較差，注意都要破產的，這就清楚地表明了民族工業家的破產是有深刻社會根源的，那是帝國主義、買辦資產階級的政治壓制及經濟鯨吞等因素造成的，其命運無法取決於人的大志和魄力。

　　從以上分析中可以看出：三十年代初期中國民族資產階級怎樣在同帝國主義和官僚資本主義又勾結又鬥爭的過程中逐步破產，從而說明中國並沒有

〔註15〕毛澤東：《論反對日本帝國主義的策略》。

走向資本主義道路，而是更加殖民地化。同時，還暗示民族資產階級只有參加工人階級領導的人民革命鬥爭才有真正的出路！

吳蓀甫同買辦資產階級的矛盾，是通過他和趙伯韜的矛盾來表現的。趙的活動便成為書中的重要線索之一。組成這一條線索的還有金融資本家杜竹齋及封建餘孽尚仲禮。這條線索出色地描寫了買辦資產階級同民族資產階級在公債投機市場的爭奪戰，其中揭露國民黨蔣介石集團如何通過發行公債，支付反革命內戰軍費的罪惡活動，揭露帝國主義及買辦資產階級與金融資產階級、封建階級如何勾結起來共同壓迫民族工業發展的行徑，暴露各種投機家勾心鬥角、爾虞我詐的醜態。

趙伯韜是作為吳蓀甫的對立形象而出現的，這是美國帝國主義豢養而為其服務的掮客。作者著重刻劃他在投機市場的活動。他給人最深的印象是詭譎。這個人如俗語說的「上頭一臉笑，腳下使絆子。」他曾經千方地勾引吳蓀甫加入「多頭」的秘密組織，合夥經營公債投機生意。最初，吳蓀甫有所得益，對投機事業頗為熱衷。後來由於在公債拆帳及朱吟秋的押款問題上，同趙有過糾葛，趙便施展慣伎，一方面明裡表示「讓步」，另一方面則在暗地裡掐住吳蓀甫的咽喉，搞壞他同銀錢業的關係，同時又利用公債投機活動向他進攻，最後在一次密談時採取了公然脅迫的辦法，擬用銀行托拉斯辦法吞併益中公司。趙之所以如此醉心於同吳蓀甫「合作」，是別有企圖的。美帝國主義是通過買辦資產階級趙伯韜利用銀團的壟斷組織，來實行金融資本支配工業資本，以便在財政上、金融上、工業上全面地打擊民族工業的發展，以滿足帝國主義對高利潤的追求，從而達到阻撓中國生產力的發展，使中國更加殖民地化的目的。這一點書中有所描寫。從奔走於趙吳之間的資本家走卒李玉亭口中可以了解到，趙伯韜這個掮客是美帝國主義豢養的走狗，他依靠由美帝國主義扶持起來的新軍閥國民黨蔣介石政府，同時也在有利自己的條件下，勾結投靠其他帝國主義而與蔣介石政權有矛盾的軍閥勢力。趙伯韜在進行公債投機時，不是神通廣大，最會放空氣，又和軍政界有聯絡嗎？他勾結國民黨反動派，企圖利用「國內公債維持會」的名義，禁止吳蓀甫他們賣空；又勾結封建軍閥西北軍，用賄賂辦法使之佯退三十公里，從而造成了公債市場上的優勢。

作者還用憎恨的眼光，投向這個掮客的靈魂深處，從私生活方面揭露他的荒淫無恥。他自己恬不知恥地說，會「扒進各式各樣的女人」。這個傢伙

好玩弄女人，不論是聰明又無知、年華僅十七的馮眉卿，也不論是穩健有謀略的年青寡婦劉玉英，也不論是輕佻放蕩又有姿色的交際花徐曼麗等等，莫不受其玷辱。這種道德上的墮落，同他的奸險特點構成了統一體，充分地暴露了買辦資產階級政治上的反動性、經濟上的掠奪性以及道德上的腐朽性。

杜竹齋這個金融界鉅頭，是作為趙伯韜的補充形象而出現的，他既聯繫著趙伯韜、尚仲禮，也聯繫著吳蓀甫等人，並且從他的身上看到了大資本家同買辦金融資本家的結合。

杜竹齋突出的特點是多疑。他不及吳蓀甫那樣「硬幹」，也不像趙伯韜那樣「爽快」。作品一開始就通過他在參加趙伯韜組織的「多頭」公債公司問題上遲疑未決，及吳蓀甫勸他放款給朱吟秋而他盤算未定這二件事，揭示他遇事疑慮重重的神態。但是，他這種多疑的特性，是同貪利連在一起的。他的猶豫不定正是私下打算盤的表現，如果於他有利就去幹，否則不幹。當他知道參加趙伯韜的「多頭」公債公司有大利可圖之後，眼睛「閃著興奮的光彩」，於是他加入趙伯韜一伙了。後來，趙吳之間發生齟齬，吳蓀甫「用鼓勵，用反擊」勸他一起同趙伯韜「鬥法」，他知道「老趙詭計多端，並且慓勁非常大」，他堅決不答應，決定把放在益中公司的二十萬元資本抽出來。為了自身利害，他可以趁吳蓀甫最後做公債陷入危機時，助趙伯韜一臂之力，加速吳蓀甫的破產，從中牟取厚利。正如書中所說的「只有今天投資明天就獲利那樣的發橫財的投機陰謀，勉強才能拉住他」。從這個例子裡說明了中國大資本家經常是同買辦金融資本家相結合在一起的，成為民族工業家的勁敵。

民族資產階級吳蓀甫壓迫工人階級，同工人階級發生了尖銳的矛盾，主要是通過懦弱無能的莫幹丞和驕蹇自負的屠維岳這兩個狗腿子來體現的。其中刻劃最為成功，並成為全書有生命力的藝術形象之一的是屠維岳。

屠維岳一出場，就給人留下深刻的印象。人們非常清楚地記得他同吳蓀甫「侃侃而談」時「姿態很大方」，「毫無畏怯的態度」。有人說，這種過分鎮定倔強的態度，那是和他的生活地位很不相稱的。是的，他僅僅是個帳房的庶務，地位確實很低。但，他是個沒有「保人」而進廠的特殊人物。請看：「這屠維岳也是已故老太爺賞識的『人才』，並且這位屠維岳的父親好像還是老太爺的好朋友，又是再上一代的老侍郎的門生。」這樣的家庭，這樣的環境，怎麼能不孕育出這種「不馴」的性格呢？其次，由於他同吳蓀甫家裡有著親

戚的關係，很有可能自認爲有了靠山，不怕被革除，敢於在吳蓀甫面前表現自負的神氣。再次，他有一套謀略手腕，自負也有些根據。還有，他到廠後已有一段時間，對吳蓀甫的性格十分熟悉，深知吳蓀甫他這樣的人，也是也敢於自負的原因之一。

屠維岳最會發出各種各樣的笑聲，而以冷笑爲最常見。這種冷笑，是驕蹇自負的笑，也是笑裡藏刀的笑。當他的主子吳蓀甫對他的計謀提出指責時，他或是「不說話」，「挺直了胸脯」，或是「微笑著鞠躬」，或是「微微冷笑」，「鎮靜地等候」。顯然，這裡表現了主奴之間的爾虞我詐的關係，也反映了屠維岳這個小軍師自以爲高人一等的神氣。當工人運動的潮水滾滾猛漲時，他總是「挺直了身體，依舊冷冷地微笑」，滿不在乎地迎著工人的怒潮。不難看出，屠維岳企圖將工人群眾折服在他的神氣之下。其實這是他懼怕工人群眾的一種反映，他在工人群眾鬥爭的面前，內心充滿了畏葸情緒就是明證。

這個傲氣凌人的鷹犬，還很慣於使用軟手段，收買工人。他用開除工人階級的走狗姚金鳳，提升薛寶珠爲稽查的反間計，迷惑了工人階級鬥爭的視線，抵制工人運動；他「用一些欺騙的挑撥的把戲」，製造工人階級敗類的內訌，如鼓動黃色工會中桂長林派和錢葆生派展開鬥爭，以轉移工人階級的鬥爭目標，從而達到平定工運的卑劣目的；他打擊進步工人朱桂英、何秀妹，企圖收買她們，並且還想一網打盡罷工中的積極分子；他在工人群眾的怒潮面前，用盡花言巧語，妄圖蒙蔽工人群眾，騙取信任。可是，當他的「平亂」願望未達到時，他的凶惡面孔便徹頭徹尾暴露出來，或親自闖入工人住宅草棚行凶作惡，或公然勾結反動警察殘酷地鎮壓工運。總之，儘管屠維岳「倔強、陰沉、膽子忒大」，但是在強大的工人階級力量的面前，他不能不懾伏、畏懼。他曾爲朱桂英的無畏精神而色變；他也曾爲工人群眾不上工而心慌意亂，雖然他冷冷地微笑了，但這微笑已不是往常的鎮靜，而是裝出來的。他「感到自己的『政權』，這次是當眞要動搖了」。屠維岳這樣的反動傢伙，雖然依靠他的主子無惡不作，逞凶一時，但終究逃不出人民的巨掌。

現代文學史上出現了許多資本家走狗的形象，我們常見的是莫幹丞型的，卻很少看到屠維岳型的人物。作者出色地刻劃了他，應該說是個獨特的貢獻。

　　工人群眾極其不滿資本家吳蓀甫及其走狗屠維岳等人的壓迫，發起了強烈的反抗，由於工賊的插手，工人階級的內部發生劇烈的鬥爭。作者把這種鬥爭作為全書中的一條重要線索，用嚴峻的現實主義的筆觸，鞭闢入裡地描寫了它。

　　在工人階級同資本家鬥爭的行列裡，我們看到工人階級隊伍中的一群敗類。他們組織黃色工會，分黨分派，互相攻訐，互相角鬥。然而，他們的鬥爭都是有政治背景的，他們的矛盾與鬥爭反映著當時國民黨中蔣派與汪派的矛盾與鬥爭。以汪派工賊桂長林為頭目的，有妖裡妖氣的阿珍，有奸險狡猾的姚金鳳，有奴顏婢膝的王金貞等，這些人是以屠維岳做後台老闆的，一心一意為吳蓀甫效勞。他們同蔣派工賊錢葆生等人有過矛盾，錢派薛寶珠、周二姐等人曾經同桂派鬥爭，迫使屠維岳同她們講和；然而錢派與桂派也相互勾結，合謀一氣對待工人階級中先進分子。儘管工人階級隊伍中的敗類破壞工人運動，然而廣大工群眾在鬥爭中不斷提高覺悟，終於組成一支強大的戰鬥隊伍。鬥爭初期，工人群眾雖然認清了公開敵人的殘忍、凶狠，但由於對當時的複雜鬥爭形勢認識不足，失去了對化裝的敗類的警覺，如不少人認為姚金鳳「到底還是幫工人」，「群眾的革命情緒克服了」她的「動搖」；同時，也由於工人群眾的鬥爭性尚未充分調動起來，加上當時工運的領導者犯了一些錯誤，因此，在那樣強大的反動勢力統治下，幾次罷工都被殘酷鎮壓下去了。然而，工人群眾卻在同敵人一次又一次的鬥爭中，更聰明了，更堅強了，更團結了，他們識別了工人階級中敗類的真面目，揭穿了他們的卑劣行為，提高了對敵鬥爭的戰鬥力。作者滿懷熱情地歌頌他們在鬥爭中的昂揚鬥志和英勇行為，其中突出地描寫了好些驚心動魄的場面。如圍攻吳蓀甫的汽車，包圍裕華絲廠的管理部，全閘北大小工廠總罷工……這一切，顯示著工人階級的戰鬥精神，表明著工人階級的雄偉力量，預示著工人階級鬥爭的必勝前景。

　　在宏大的工人階級隊伍裡，作者突出地刻劃了在激烈鬥爭的巨流裡湧現出來的朱桂英、張阿新、何秀妹這三個工人階級先進分子的形象。作者滿含著激情歌頌這些人物的革命精神和鬥爭氣概！

　　朱桂英，這是叢叢綠樹中的紅花。她開放得那麼紅艷、驚人。我們對她第一個印象，便是一朵開不敗的花。是的，她是個具有無產階級思想的平凡而崇高的女戰士。她是那樣樸質而又深沉。有一次她同屠維岳開展面對面的

鬥爭，屠維岳企圖以提升她爲管車作爲收買她的手段。但是，這個「從貧困生活中磨練出勇敢來」的年輕女工，好像一座泰山，主意穩定，昂起頭來，婉轉然而堅決地拒絕：「我沒有那樣的福氣。」這回答，如同響雷當頭一擊，使屠維岳的臉色爲之一變。但他並不死心，仍然繼續利誘她，要她說出哪幾個人同共產黨有來往。無論如何，這個陰謀是不能得逞的。「這個，我就不曉得。」她就以此塞著他的口。屠維岳鑒於軟手段不靈，便採用公然脅迫的辦法，親自到她家威脅她，要她出賣共產黨。這時，我們看到她的形象更高大了，更雄偉了。她那水汪汪的眼睛裡瀰漫紅光，那寬廣的心胸勃然挺起，「我也不曉得。」她又是這樣回答敵人。這是一句簡樸的話語，但卻是光輝燦爛的思想結晶。這種思想如光華四射，咄咄逼人。她的母親，雖然被生活折磨得愁悶，但目睹自己的女兒的光榮行動，也不禁生起了模糊的驕傲。她恨死那吃人的社會，恨死那些工人階級的走狗。朱桂英的兄弟小三子，火柴廠的工人，是個血氣方剛的青年，他憎惡剝削者，也憎惡工人階級的走狗，堅決粉碎他們的誘惑。反對共同敵人的思想，把這家人緊緊地擰成一股繩，沒有任何力量可以把他們解開。

如果說，作者刻劃朱桂英的精神面貌，是通過她個別地同敵人進行鬥爭來表現的話，那麼，張阿新則是在與群眾一起同敵人搏鬥中，放射出她的光采的。那是一次暴雨狂風式的「衝廠」鬥爭，她挺身而起，帶領著群眾，群眾跟著她的巨音前進，勢如破竹，整個閘北都捲起了巨大風暴；在另一次暴風般的集會上，張阿新振臂呼喊，揭露屠維岳僞善面目，指出他要弄陰謀詭計，誆騙她們上工，企圖澆息她們的鬥爭烈火。她提出要「屠夜壺滾蛋！」要工人敗類桂長林、王金貞、王麻子、阿珍、姚金鳳等人滾蛋，討回被逮走的姐妹何秀妹等要求。她的呼聲在群眾中引起了熱烈的反響，到處都爆發著震天動地的應聲：「明天不上工，上工的是走狗！」這聲音凝集工人階級的憤怒，匯合著工人階級的力量，表明工人階級的鬥爭必勝。

何秀妹，也是書中著力描寫的工人階級形象。看來，作者是採用既放在斗室裡又放在大庭廣眾中同敵人鬥爭相結合的方法來刻劃她的思想性格的。人們還記得，正當黃色工會桂長林派同錢葆生派鬥爭非常激烈時，有一次許多女工聚集在姚金鳳家裡，有人高喊：「桂長林滾蛋！」她卻力主錢葆生、桂長林都要滾出去，她說：「我們不要那騙人的工會，我們要自己的工會」。在同桂長林鬥爭時，她鬥志昂揚，發出震天的怒吼：「打倒屠夜壺！」「打倒桂

林長！」又如在工人群眾「衝廠」的鬥爭中，她同張阿新她們表現得非常堅決。是的，這個無產階級的女性，有著倔強反抗的可貴性格的一面，但是，由於她年輕，缺乏鬥爭經驗，所以當她被敵人逮住關在空房裡，就表現得像小孩子一樣稚氣，不過，她畢竟是吸著工人階級的乳汁長大的，並沒有忘了本，這是她的最可貴的品格。

工人運動的健康開展與黨的路線正確與否關係極為密切。小說在充分反映工人罷工浪潮高漲情景的同時，力圖批判由於李立三「左」傾錯誤思想的影響，給工運造成的惡果，表現革命工作者抵制「左」傾錯誤，努力把工運引向正軌的鬥爭精神。從作品實際看來，這些意圖並沒有很好實現。作品通過城市革命工作者克佐甫、蔡真的活動批判了李立三的「左」傾錯誤，指出他們不顧客觀條件，盲目發動總罷工，結果不少工人被捕，裕華絲廠罷工鬥爭遭到失敗。作者對於「左」傾錯誤的批判是對的，然而不得力，作者並沒有深入揭露這種錯誤傾向產生的根源、實質。作品雖然描寫了城市革命工作者蘇倫由不滿盲動主義而變為「取消主義」，可是沒有充分地揭示蛻變的內在原因，因而對她所犯錯誤的批判是不深刻的。這三個革命工作者的形象非常單薄，缺乏立體感。

作者企圖通過城市革命工作者瑪金這一人物反映當時廣大幹部反對「左」傾錯誤的鬥爭精神。從作品的具體描寫看來，是取得一定成效的。她給人最深的印象是觀察問題實事求是，敢於反對蔡真等人「左」傾盲動主義的錯誤行為，指責他們不顧具體情況，冒險地發動罷工，批判蘇倫和「取消派一鼻孔出氣」。她全心全意地幹工作，深入工人中間，了解她們過著「被剝削到只剩下一張皮」的痛苦生活，同她們共呼吸，同命運，成為她們熱愛的同志。因此，她看問題能夠從實際出發，注意分析複雜的情況，研究存在的問題。例如她能比較準確地看出工賊姚金鳳的真面目；能提出對工人運動切實可行的意見。總之，瑪金身上表現出無產階級崇高思想與實事求是的精神。在那「左」傾思想造成嚴重挫折的環境中，給人們帶來希望和鼓舞的力量，這是值得肯定的。然而，這個形象不夠飽滿，高大，不能充分反映革命工作者反對「左」傾錯誤的鬥爭精神及英勇氣概。

同吳蓀甫有著這樣或那樣聯繫的各色各樣的地主資產階級知識份子，他們在二十年代初期階級鬥爭劇烈地進行的情況下，都有著不同的變化。正像書中有人說的：「這就是現今這時代不可避免的分化不是？」這裡有僕役、寵

犬和寄生蟲。但是，也有些比較清醒的青年知識份子。

在一大群的知識份子當中，給我們留下較好印象的是張素素，起初她和吳家小客廳男女青年一樣，庸庸碌碌地過生活。由於革命熱潮的激蕩，使她產生了參加「五卅」紀念示威運動的想法。但她畢竟對這次運動的巨大意義還是認識不足，因而當遊行隊伍遇險時，她「雙手發抖，出過冷汗」，最後未能堅持到底。儘管如此，她總比吳家小客廳裡的另外一些人好得多。她對他們的庸俗生活看不慣，她為四小姐蕙芳點燃了反抗吳蓀甫專制的火種。她終於離開狹窄的充滿霉氣的吳家小客廳，然而她沒有找到出路。只有參加到朱桂英她們的行列，她才有前途。這個路途是遙遠的，然而也是很近的，只要她願意脫掉那件「蘋果綠色輕絹」的旗袍！

蕙芳，她是從古老僵死的封建家庭走到了「近代文明」的資產階級家庭。她的內心充滿著劇烈的鬥爭，迫切要求精神解放，渴望愛情和自由，但由於《太上感應篇》的重壓，由於專制的吳蓀甫的壓迫，使得她孤獨，她痛苦。就在這個時候，「元氣旺盛」的張素素伸出熱情的手來，告訴她：「他（按指吳蓀甫）沒有權力干涉，你有你的自由！」還說：「捧著什麼《太上感應篇》，就算是反抗蓀甫的專制麼？咄！你這方法沒有意思！」於是張素素帶著她離開家庭，到了基督教的女青年會寄宿去。她不再孤獨，不再愁苦了。顯然，這條路子是狹窄的，並不能引她走向光明的未來。不過，她要求精神解放，在客觀上是有反對封建禮教的意義。她的變化表明了封建階級家庭中的女性要求資產階級的個性解放。

作者把批判的鋒芒指向一群過著寄生蟲生活的庸俗知識份子。林佩瑤和林佩珊這一對姐妹就是其中的代表人物。她們的精神是貧乏空虛的。無聊的愛情，構成了她們生活的中心。林佩珊曾經「享受著『五四』以後新得的『自由』」，「滿腦子是俊偉工業時代的「英雄騎士和『王子』」的吳蓀甫，於是她的心靈裡便時時產生了「缺少了什麼似」的感覺。這樣，她就同雷參謀發生了曖昧的關係。她的妹妹林佩珊是個十六歲的少女，年紀雖小，卻迷戀於庸俗的愛情，始而同頹廢詩人范博文談情，繼而同巴枯寧主義者杜新籜說愛，都未能成功。當她姐姐勸她從中選擇一個時，她說：「老是和一個人在一起，多麼單調！」這句話，表明她的資產階級享樂思想極為濃重。

作者用較多的篇幅，集中而有力地揭穿了各色各樣嘴臉的反動知識份子。這裡有奔走於買辦階級和民族資產階級之間的鷹犬李玉亭，有醉生夢死

的消極浪漫主義詩人范博文，有恬不知恥的洋奴杜學詩、杜新籜。儘管他們性格各不相同，但都是忠於洋奴、資本家，堅決反對中國人民、中國共產黨和中國革命。

李玉亭，是個資產階級經濟學教授，他的經濟學理論是爲資本家服務的。他視「資本家非有利潤不可」爲天經地義，極力爲趙伯韜、吳蓀甫等人效勞。他東奔西走，賣力地替他們解除糾紛。作者抓住這個關節，描寫了他的「和事佬」的複雜性格。他總想「如何可以不辱吳蓀甫所託付的使命，而又不至於得罪於老趙」，總想「表白自己的立場始終對於各方面都願意盡忠效勞」。這個資本家的馴服工具對其主子「一片忠心」，對革命人民，對共產黨必定恨之入骨。不是嗎？他拚命誣衊詆毀黨和革命鬥爭。但是，在巨大的革命浪潮面前，也看到了自己階級內部的破綻，想挽救而又無力，於是不時發出哀音「這就是末日到了，到了！」「那恐怕總崩潰的時期也不會很遠吧！白俄失去了政權，還有亡命的地方，輪到我們，恐怕不行！到那時候，全世界革命，全世界的資產階級──。」這個資本家的走狗的面目刻劃得很準確，且形象鮮明。

范博文，這個浪漫主義詩人是吸吮著資本主義的血液長大的。他雖然對自己階級有一些不滿，但他畢竟是自己階級的代言人。他敵視農民運動，攻擊旨在反對新軍閥混戰的「五卅」紀念示威運動，叫嚷「示威者方面太不行」，「大都市的人性好動，喜歡胡鬧」，甚至狂妄地誣衊示威運動「墮落到叫人難以相信」。他在藝術上又是個消極的浪漫主義者，他說：「詩是我的眼淚，也是愈傷心，我的詩愈精彩」。他醉心於大自然，醉心於「至高至上神聖的藝術」。他沉澱在無聊的情愛之中，常爲愛情苦惱，覺得自己是「世界上最孤獨的人」，時而想到「死」。從范博文身上充分地反映了沒落的資產階級的思想感情。他一方面對新的進步的力量深惡痛絕，另一方面又無力挽回自己階級行將死亡的命運，因此他消極、頹唐。

杜新籜和杜學詩是杜竹齋家中的兩個「寶貝兒」。杜新籜是竹齋的兒子，留法學生，是個巴枯寧主義者，「什麼都看不慣，但又什麼都不在乎。」其實，他是個洋奴，拜倒在英、美帝國主義的腳下，認爲「中國這樣的國家根本就沒有辦法」。他和他的叔父杜學詩是一路貨色，反對進步，反對群眾的示威運動，誣衊它「不過是胡鬧」。杜學詩是工程科的大學生，以崇尚「鐵掌」著稱，他說「只知道有一個國家。而國家的舵應該放在剛毅的鐵掌裡。」看

來他的言論堂而皇之，揭穿「鐵掌」論來看，不過是爲資本家服務的貨色。因此，他認爲「什麼民族，什麼階級，什麼勞資契約，都是廢話。」這不明顯地反映了他的思想嗎？這兩個人物，從思想傾向來看，都是爲資本家說話的，代表資本家的利益，只不過表現不同罷了。但從塑造人物來看，顯然形象單薄，不夠豐滿。

吳蓀甫不僅聯繫著城市裡各階級各階層的人物，也直接地、間接地同農村發生聯繫。首先，跟他有過密切聯繫的是地主階級。因此地主階級的活動，便成爲全書重要線索之一。

書中描寫了三個地主階級的形象，性格迥然不同，但通過他們的活動卻反映了地主階級同民族資產階級、地主階級及買辦階級的又勾結又矛盾的複雜關係，揭開了地主階級同農民階級的矛盾與鬥爭，以及地主資產階級的家庭內幕。

吳老太爺是吳蓀甫的父親，他早年是個維新黨，嗣後因騎馬跌傷了腿，得了半肢瘋病，因此二十五年來，蟄居鄉間，整天以《太上感應篇》爲伴。他把這部宣揚所謂勸善懲惡的封建教條的書奉爲「圭臬」，而且要家庭按照這種教條來安排生活。他是如此之怪癖和執拗。從他的身上，我們看到了地主階級的復古頑固的思想。這種思想同兒子吳蓀甫發展資本主義的思想發生尖銳矛盾，即所謂「父與子的衝突」。他堅決拒絕同兒子妥協，可是那時農村革命運動如狂風暴雨，「將幾千年封建地主特權，打得個落花流水。」這引起他的極大恐慌，只好逃到三百萬人口的東方都市上海來找他的兒子。由於他受不了半殖民地半封建的都市生活的強烈刺激，腦充血死去了。這個人物雖然著墨不多，但仍然有些影像，通過對他的描述，可以看到地主階級中「古老僵屍」半殖民地半封建的大都市裡「風化」了，也看到了地主階級同民族資產階級的衝突。

作品不僅揭露了地主階級中「足不窺戶」的頑固復古派的醜態，而且剖視地主階級中肆無忌憚地騎在農民頭上作惡多端的當權者的腐朽本質。曾滄海就是這種人的代表，他是雙橋鎮的老鄉紳，雖然被國民黨的「新貴」奪去權力，但他仍然是「土皇帝」，處處依靠封建特權，壓榨農民。他曾經放過印子錢，強奪農民的土地，強佔農民的老婆，而且還勾結國民黨警察，任意毆打農民，真是罪惡滔天。農民恨之入骨，管他叫曾剝皮。

作者除了描寫曾滄海作爲地主階級壓迫農民這一共同特徵外，還刻劃他

的個性，特別突出地描寫他的貪財、吝嗇、虛僞的特點。人們記得很清楚，當費小胡子爲了調度十萬銀子寄給吳蓀甫，而同他商量借款時，他使盡心計，企圖乘機敲詐一筆錢，結果未能得逞。這裡，赤裸裸地暴露了他的愛財如命、貪婪成性的卑劣性格。他總是用瞞和騙的方法，來對付他的兒子和小老婆的索款。他的兒子叫曾家駒，也是一個一竅不通的渾蟲，生活糜爛，人品低下，欺侮良民，無惡不作。這個形象可作爲曾滄海形象的補充，通過對他的刻劃進一層揭露地主階級內部的窳敗，以及地主階級與農民階級之間鬥爭的尖銳性和複雜性。

值得注意的是作者對於地主馮雲卿的刻劃，這是個企圖把封建敲榨同資本主義投機剝削結合在一起的地主階級分子。這種類型的地主，有別於上面分析過的那二種類型的地主。這個形象在我國現代文學史上並不多見。

馮雲卿這個地主階級分子是有特點的。他是靠高利貸及收租過活的。他「像一隻張網捕捉飛蟲的蜘蛛，農民們若和他發生了債務關係，即使只有一塊錢」，結果總被他「盤剝成傾家蕩產」。他是在無數農民的枯骨上，建築起自己的荒淫生活。然而，「好花不常開，好景不常在」。那個時候農民革命運動如火如荼地展開，加上土匪蜂起，他害怕極了，便逃到上海來。時逢軍閥混戰，公債投機生意極爲盛行，於是他就乘機鑽進公債市場，進行資本主義的投機剝削活動。起初，他走了紅運，有利可圖，便自命爲「公債通」，那知栽了跟頭，便發了昏。不過，他不死心，仍要掙扎。他知道趙伯韜爲自己擺下圈套，決心打開；可是得用自己的女兒勾引趙伯韜，才能探得投機場上的秘密，翻本才有希望。怎麼辦？書中非常出色地描寫他在處理這件事時的複雜心情。一方面是「冷酷無情的『現金交易』」〔註16〕在吸引他，使他毫無羞恥地認爲自己親生的女兒馮眉卿年方十七、八，又風流又嬌憨，易勾上趙伯韜。書中這樣寫道：他「腦子裡滾來滾去只有三個東西：女兒漂亮，金錢可愛，老趙容易上鈎」。另一方面是地主階級所謂「詩禮傳家」的道德觀念在支配他，使他覺得這樣做有傷面子，「忍不住打一個冷噤，心直跳」，「突又撲索索落下幾點眼淚」。在這裡，作者深刻地寫出了一個浸透資產階級血液的地主階級分子信奉封建道德教條同資產階級金錢誘力之間的矛盾。作者還進一步地寫出他所信奉的教條在金錢勢力面前破了產。終於，他在「一缸的大元寶」的吸引下，「教唆女兒幹美人計」，演成了悲劇。這裡，嘲笑了封建倫理道德

〔註16〕馬克思、恩格斯：《共產黨宣言》，人民出版社，1951年出版。

本身的齷齪，也揭露了資產階級金錢勢力如何撕破了「罩在家庭關係上的溫情脈脈的面紗」，〔註17〕同時也說明了由於帝國主義入侵，腐朽的資產階級倫理道德替代封建倫理觀念。

　　馮雲卿是三十年代這樣一種地主：懼怕農村中的革命風暴，逃到半殖民地半封建的大都市來，企圖在保存封建掠奪的同時，又要進行資本主義投機剝削，結果落得悲慘下場。從這一藝術形象中，不僅看到地主階級與農民階級之間的矛盾，而且更重要的是表現地主階級與買辦資產階級之間的矛盾，揭露了地主資產階級家庭的醜惡內幕。

　　這些地主階級儘管各有不同的面目，但他們在剝削、壓榨農民這一點上是共同的，不管是直接的，或者是間接的。奔騰澎湃的農民鬥爭浪潮就是在地主階級這種壓迫的情勢下席捲起來的。然而這個運動，已經不是一般的農民暴動，而是具有新的歷史特點。一九二七年以後至一九三〇年整個中國革命雖然處於低潮，但是中國共產黨在毛澤東同志的帶領下，把革命的退卻和革命的進攻巧妙地統一起來，在農村中開展了武裝鬥爭，建立紅色政權。書中從側面透露出江西的景德鎮、吉安，湖北的沙市、宜昌，湖南的瀏陽、岳陽等地農民在黨的領導下展開了轟轟烈烈的土地革命運動，嚇得各種反動派魂不附體，目瞪口呆，詛咒農民的革命鬥爭。書中還突出地描寫了離開上海二百多里水路的雙橋鎮一帶農民在黨領導下掀起的革命熱潮。這裡有通過長工阿二的見聞間接地交代雙橋鎮附近七里橋聲勢浩大的鬥爭；有作者直接描寫農民攻下雙橋鎮的戰鬥場面；作者還寫出國民黨反動軍隊在農民革命的威力影響下起義的情景。總之，整個農民鬥爭的氣勢是猛烈的、浩大的。可惜作者未能塑造生動的農民形象，從而深入有力地反映農民階級在黨的領導下進行反地主階級的廣闊而深刻的武裝鬥爭。

　　總之，小說以三十年代初期半殖民地半封建的上海為背景，以民族資本家吳蓀甫為中心，表現了當時中國社會的各種矛盾和鬥爭，反映了在帝國主義列強經濟侵略下以蔣介石為一方和以汪精衛、閻錫山等為另一方的國民黨新軍閥的大規模內戰，民族工業的破產，農村經濟的凋敝，民不聊生的情景；指斥了民族資產階級為了自保，加強剝削工人階級的罪責；謳歌了工人階級英勇奮鬥的革命精神，批判了「左」傾機會主義的錯誤；揭露了資產階級與封建地主階級共同壓迫農民的罪惡，表現了農民在黨的正確領導下舉行武裝

〔註17〕馬克思、恩格斯：《共產黨宣言》。

鬥爭的雄偉氣勢。從而展現了三十年代初期從城市到農村的廣闊社會面貌，揭示了中國社會的主要矛盾，指出在三座大山壓迫下，中國並沒有走上資本主義道路，資產階級根本無法領導民主革命，只有在中國共產黨正確路線的領導下，依靠工人、農民的革命主力，堅持農村武裝鬥爭，反帝反封建的民主革命才能取得勝利。

　　《子夜》眞實地反映舊中國二十世紀三十年代初期波瀾壯闊的社會生活，主題鮮明、尖銳和深刻，藝術上具有氣勢雄渾而又精密細緻的獨特風格。作品的人物描寫、藝術結構、環境氣氛以及語言運用各個方面都能鮮明地反映出思想性與藝術性的比較完美的結合。

　　《子夜》涉及人物近百人，幾乎包括了三十年代初期各個階級、階層及不同黨派的人物。對作者來說，這是第一次的，在中國現代文學史上也是首創的。其中不少人物是有鮮明性格的藝術形象，且是作者的嶄新創造，並不是過去塑造的人物的重複或變形，如吳蓀甫、趙伯韜、屠維岳、周仲偉等。有些人物，已是公認的出色的典型人物，如吳蓀甫，就是我國現代文學史上第一個塑造成功的民族資產階級典型。有些人物形象雖然還不夠豐滿，然而對於作者來說，卻是有特殊意義，例如朱桂英、張阿新這兩個工人階級女戰士的形象，都是作者筆下未曾出現過的，其中寄寓著作者的理想與感情。

　　《子夜》塑造人物的手法是有特色的，即在典型環境中細密而又簡勁地刻劃人物性格。主要人物是置於廣闊的歷史背景上，在眾多矛盾交叉之中運用多種手法精細地刻劃其性格的突出特點。如吳蓀甫就是通過他在政治鬥爭、經濟活動以及家庭生活各個方面的糾葛，或者以簡潔有力的敘述，或者用人物聲音笑貌，或藉助一連串事故，或者利用自然環境的變幻，細緻地表現他的各種不同的心理活動，突出描寫他的色屬內荏性格特點。以第七章爲例，作者第一次把吳蓀甫放在工廠、交易所及家鄉這三方面的鬥爭的交錯之中，從而表現他的主要性格在各方面各個不同時刻的不同表現；或動搖沮喪，或掙扎復仇，或興奮喜悅。在表現這些情緒時，作者擅長通過人物本身的眼光神情及小動作表現人物複雜的心理狀態，比如寫他聽到家鄉被紅軍襲擊時所表現的驚惶和凶狠的心情，作者作了如下精彩的描寫：「吳蓀甫不耐煩地叫起來，心頭一陣煩悶，就覺得屋子裡陰沉沉的怪淒慘，一伸手便捩開了寫字桌上的淡黃綢罩子的大電燈。一片黃光落在吳蓀甫臉上，照見他的臉色紫裡

帶青。他的獰厲的眼睛上面兩道濃眉毛簌簌地在動」。緊接著當吳聽到費小胡子報告家鄉「損失不多」的消息後，作者寫道：「吳蓀甫又打斷了費小胡子的話。口氣卻平和得多，而且臉上也掠過一絲笑影。他的三個問題——廠裡的怠工，交易所裡的鬥爭，以及家鄉的變亂，總算有一個已經得了眉目：還有六成的殘餘。那就是說，還有六七萬現款可以由他支配，雖然爲數區區，可是好像調遣軍隊準備進攻的大將軍似的，他既然明白了自己的實力，他的進攻的陣勢也就有法子布置。」這裡作者採用另一種手法，即通過簡括的筆調把幾個故事交錯發展後的情況，敘述得一清二楚，並且從中看到人物的心情。不是嗎？這裡不僅寫出吳蓀甫初次處於三方面夾攻的處境，而且描述他不甘心失敗，企圖繼續躍躍欲試，進一步發展「事業」的雄心。

其他重要人物如趙伯韜、屠維岳性格的描寫方法，雖然也同吳蓀甫一樣，都是在矛盾衝突中揭示人物性格的主要特徵，然而他們不像吳蓀甫那樣置於眾多矛盾之中從多方面表現人物性格，往往只通過一二對矛盾衝突來表現，而趙、屠兩人的性格的塑造方法也是有差異的。如趙的奸詐、貪色是從公債投機活動及腐朽生活行徑兩方面的交叉描寫而逐步展現的；屠一出場就以不馴的面貌出現，令人捉摸不定，隨著他同各色各樣的工人接觸，特別是通過他在工運中的表演，才完成了他的性格塑造，看出他的性格全貌。

在刻劃次要人物時，作者善於以簡勁的筆觸勾勒人物性格的主要方面。在勾勒性格特徵時，往往突出一二件事情，多次反覆地描寫，但次次不雷同。拿周仲偉來說，這個光大火柴廠的老闆，善於替人吹捧，到處「一擦就著」，因此人們管他叫紅頭火柴。作者除寫他和形形色色的資本家往來時所表現的拉攏人的性格外，還通過一大群工人包圍他的住宅同他交涉開工這件事，生動地突出地刻劃他慣於花言巧語拉攏人的特點，從中可以看出他如何企圖麻醉工人階級的革命意志，結果反而赤裸裸地暴露出他的階級本質。再說李玉亭，這是個爲資產階級效勞的經濟學教授，他處處想當個「和事佬」，以期既有利於趙伯韜，又有利於吳蓀甫。這樣一來，使他常常陷於重重困難之中。作者一寫到他，總是把他的內心活動揭露出來，但每次都不同。如第九章側重於表現他企圖獻媚吳趙雙方，而又沒有取得他們的歡心的難受之情，第十章則側重於表現他被吳蓀甫誤認爲是老趙的「走狗」，而自己感到誠惶誠恐的心理狀態。

如果說，前面談的只是單個人物形象的塑造方法，那麼，我們打算進一

步談談形象群的描寫方法。這裡著重指出作者採用較好的方法，就是注意表現人物性格的同中有異，異中有同。不過，具體做法，不盡相同。

同一階級中的幾個人物，又是比較接近的，作者不僅寫出他們某一點相同，而且把各自的差異表現出來。例如吳蓀甫、孫吉人、王和甫這三個人物都是民族資本家，他們都抱著發展民族工業的宏願，敢作敢為，然而各人的面目卻不相同，吳是色屬內荏，孫是沉默寡言，王是談吐詼諧。

同一階級中的一組人物，某一方面的本質是共同的，然而性格卻是截然不同，如屠維岳、莫幹丞都是資本家的走卒，性格上卻是相反的，前者狷傲，後者膽怯。

同一階級中的一群人物，思想面貌有相似之處，又有不同之處。例如范博文、杜新籜、張素素等人，都是資產階級知識份子，帶上自己階級的烙印，然而前兩個思想傾向反動，後一個則較為清醒。三個地主，在壓迫農民這一點上是一樣的，不過各人的面目還是不同，曾滄海是地頭蛇，吳老太爺是復古派，馮雲卿是金錢迷。

同一家庭的成員，思想上某些方面又相同又不相同，性格上的差異也很大。如朱桂英一家三個人，對於資本家都是憎恨的，但各人的覺悟程度不同，性格也不一樣，朱桂英秉性冷靜，她的兄弟血氣方剛，而母親則較為沉鬱。

從以上的分析中，可以看出作者筆下的人物，一方面扣緊人物的階級性，另一方面又注意各自的性格特色。在表現人物階級性時，並不是把這個階級全部共性都揭示出來，而是從某幾方面，或者某一方面來表現這個階級的本質；更重要的是在表現某個階級一方面的本質時，又是同人物的性格特點交融在一起。因此，從人物的突出性格中既看出人物的個性特點，又從人物的個性中看到階級本質。

當然，作者企圖表現各種人物的不同性格，並未能得到完滿的實現。例如王和甫、孫吉人的形象便不夠飽滿。不過，作者的企圖是值得讚許的。

小說人物形象塑造的方法，繼承了中國古典小說的優良傳統，不過人物的描寫手法，仍然有自己的特點，它是以筆法細密著稱的，而筆力又頗為挺拔。作者擅長把主要人物置於各種矛盾的尖端，構成極其緊張的氣氛，並能從矛盾的發展中，揭示人物性格的變化，從而既突出主要人物，又能表現其他有關人物。

　　《子夜》人物描寫總的特色是在廣闊的背景上，從複雜的矛盾及其發展中精細而又簡勁地展現人物性格的主要特點。這種塑造人物的新手法，是作者多年藝術實踐的成果。《子夜》和《虹》一樣都是從各方面來細緻表現人物性格特點的。然而《子夜》比起《虹》又有新的創造。比如《虹》是通過一系列事件的描述表現主要人物性格，而各個事件的始末又是各自獨立。《路》轉換了手法，採用始終圍繞大事件開展衝突，表現人物性格。《子夜》也有類似之處，不過，較之《路》大有發展，即圍繞幾件大事組織了主要人物與眾多人物的性格衝突，從而在矛盾發展過程中充分描繪各種人物形象；《虹》是通過主人公在歷史發展變化中的經歷來逐步現出人物面貌，《路》則是截取現實生活中富有典型性的橫斷面描寫人物的。《子夜》也是這樣做的。不過《子夜》所選取的橫斷面比之《路》更有典型性，既能聯繫社會生活的各個環節，又能窺見社會發展的方向，因而人物的時代色彩更爲鮮明。

　　作品最初「計劃是打算通過農村（那是革命力量正在蓬勃發展的）與城市（那是敵人力量比較集中因而也是比較強大的）兩者情況的對比，反映出那個時候的中國革命的整個面貌。」〔註 18〕這樣一來，就決定了結構的特點，是故事線索的雙重性，即農村及城市方面之間兩條線索的彼此對照。這似乎是受到《安娜・卡列尼娜》的結構的影響。《安娜・卡列尼娜》的結構的基礎是封建制的農村文化（以列文和吉提爲代表的）與城市文化（安娜和渥倫斯基爲代表的）的對立，不過兩者的聯繫不在情節和人物，而在於思想，即封建制的農村文化對於城市文化具有不可戰勝的力量。《子夜》的結構特點好像是吸收《安娜・卡列尼娜》的長處，不過又有自己的特點。它是企圖通過吳蓀甫的活動把城市和農村連接起來，從而表現那時的革命形勢。在某種意義上，這似乎要比《安娜・卡列尼娜》的結構更有嚴整性。作者正是從這一意圖出發，所以在第一、二、三章就把城市方面的線索著重提出來。這就是通過吳老爺由鄉下到上海後立即「風化」並辦理喪事等事件，把主要人物都亮了相，且爲將要開展的各種矛盾，埋下了引線，這裡有民族資本家和買辦金融資本家的聯結，有民族資本家與工人階級的矛盾，有民族資本家之間的勾心鬥爭，有地主資產階級家庭內幕的展示等。描寫城市生活的同時，作者也同側筆交代了農村方面的線索。這裡有共產黨紅軍的活動，農民暴動的氣勢，地主份子惶惶不可終日的狼狽相，和民族資本家在農村經營企業受到

〔註18〕　《茅盾選集・自序》。

影響的情景。作品開頭三章的寫法，使人聯想起托爾斯泰的《戰爭與和平》第一章的寫法。茅盾曾經說過：此書「開卷第一章藉一個茶會點出了全書主要人物和中心的故事，其後徐徐分頭展開，人物愈來愈多」。〔註19〕從第四章開始，作者著重把農村這一線索展開，「描寫了農村的革命力量包圍了並且拿下了一個市鎮，作為伏筆」。〔註20〕這樣大的計劃，作者由於生活的限制很難完成，只好放棄。所以從第五章起，作者沿著寫城市方面進一步展開，直到結束。為了彌補農村方面革命力量描寫不足的缺陷，作者採用了側筆交代的辦法。儘管如此，整個作品的氣魄仍然是宏偉的，結構是龐大的。

　　《子夜》以吳蓀甫在城市裡經營的「事業」由盛極而衰敗為中心，以他的企業、公債投機活動，同工人的關係，以及家庭生活為描寫重點。各個重點是錯綜相間，又是各有波瀾的，並且同主要人物、主要事件複雜交錯著。吳蓀甫的企業和投機活動各是一個重點，然而兩者又是聯繫在一起。所以第一章至第六章著重把吳蓀甫這兩方面的活動結合起來寫。一方面寫他如何經營絲廠，又如何聯絡其他民族工業家，吞併更小的民族資本家，企圖發展民族工業。一方面寫他在公債投機市場的活動，著重寫吳趙的合作。此外還交代了絲廠罷工情況，寫出了吳的家庭生活，以及地主資產階級知識份子對吳的企業、投機活動及工人罷工的看法。第七章至十二章始而寫吳蓀甫在公債經營及鎮壓罷工方面的「勝利」，繼而側重寫吳在企業及投機方面碰到的問題，即吳、趙在公債拆帳與吞併朱吟秋問題上發生的糾葛，終而著重寫吳雖然奪取朱吟秋的廠子，然而同趙發生尖銳的矛盾，陷入了嚴重的困難之中，又辦實業又做公債，周轉不靈。這是吳趙矛盾發展的階段。小說還寫了以前從未寫過的人物和情節，馮雲卿及其他一些人的投機活動。第十三章至十六章轉入著重展開吳蓀甫同另一個方面的矛盾，即同工人的矛盾，也就是工潮的描寫。一、二、五、七、九、十、十一章對工潮均有所交代。這部分寫了黃色工會內部的鬥爭，絲廠工人衝廠，閘北工人總罷工的情況；還寫了城市革命者內部的思想鬥爭。吳蓀甫同工人矛盾的高潮在第十四章，即「衝廠」鬥爭，也是全書的小高潮。第十七至十九章又著重寫吳趙之間的矛盾和鬥爭，這時吳已放棄又辦實業又做公債的做法，全力投入公債投機市場，這部分還對地主資產階級知識份子活動作了必要的補充，指出他們各自的歸

〔註19〕 《「愛讀的書」》，《茅盾文集（十）》。
〔註20〕 《茅盾選集·自序》。

宿。十九章寫吳在公債上的破產，是吳趙之間矛盾發展的高潮，也是全書大高潮。

從以上的分析中可以看出，《子夜》是以吳蓀甫發展「事業」的活動爲軸心，以同他發生直接矛盾的幾個方面爲描寫要點，因而形成了主線發展和幾條支線起伏的結構特色。作品是渾然一體，然而各自又有獨立性。如第十三、十四等章完全可以獨立成章。這種結構特色，似乎是受到我國古典小說如《紅樓夢》的影響。茅盾曾經對古典小說的藝術結構特點做過這樣的概括：「可分可合，疏密相間，似斷實聯。」〔註21〕

《子夜》結構的另一特色：各個故事錯綜複雜，然而搭配均勻，緊鬆合度，通篇又是一氣呵成的。以第十二章爲例，這章是寫吳蓀甫處在各種矛盾之中，總的說來，他的情緒是緊張的，然而又有起伏。作者先寫吳同劉玉英談論有關公債市場投機的情況，他的心情是平靜之中略有驚惶的；接著寫他到益中公司進行活動時心驚肉跳的情景。之後，又寫他帶著沉重的心情回家；末了寫他以煩躁的心境同屠維岳商定對付工人罷工的計策。這四個故事安排得如此井然有序，又富有節奏感。即使每個故事的發展也是層次分明，波瀾迭起的，甚至連故事中的小情節（小插曲）也是如此。以吳蓀甫到益中信託公司突然聽到黃奮報告關於閻錫山軍閥全部出動、德州混亂的消息後的反應爲例，這件事對他做公債是不利的，所以作者先寫他聽到消息後「臉色立刻變了」，接著寫他「搶前一步問，他那濃眉毛簌簌地在跳了」，再寫他「自言自語地狂笑著，退後一步，就落在沙發裡了；他的臉色忽然完全灰白，他的眼光就像會吃人似的」，再寫他「騰地又跳了起來」，想起對付突變形勢的辦法，於是「很興奮而又很慌亂」地談起他的手腕來，最後才「鎮定些了」。這段文字約一千五百字左右，可是把吳蓀甫霎時間複雜變化的心情曲曲傳出，同時還刻劃了黃奮、孫吉人等人的面目。眞是絕妙之筆！這種極其平凡的事件，能寫得如同驚心動魄的大事情那樣，曲折有致，千變萬化，而又合乎情理，如此縱橫開合的結構特色，實在不可多得！

《子夜》既善於把重大事件的來龍去脈交代清楚，又能注意細節的前呼後應。前者如企業活動，投機市場，罷工鬥爭，後者如書中反覆出現的寓意深刻的資產階級知識份子所仰慕的幾個白俄的亡命客新闢的遊樂園麗娃麗妲村的細節等。《子夜》許多鉅細情節，始終無脫節，可謂結構相當嚴謹。

〔註21〕 茅盾：《漫談文學的民族形式》，《鼓吹續集》，作家出版社，1962年出版。

　　《子夜》描寫生活，再現生活的才能，是特出的，優異的。這可從作者對大事件、大場面以及生活小節的生動而有特點的描寫中看出來。在一般人的心目中，大場面、大事件不容易寫，也易流於一般化，而生活小節，較容易寫，但易流於繁瑣。茅盾卻不然，他以自己熟練的大手筆，為我們描寫許多動人的場面和精彩的細節。

　　描繪怎樣的大場面，才算是上乘之作呢？茅盾為我們作出了答案。他在《讀〈新事新辦〉等三篇小說》〔註22〕中說到：「大凡寫這種熱鬧場面，既要寫得錯綜，又要條理分明，既要有全場的鳥瞰圖，又要有個別角落及人物的『特寫』。」《子夜》中的許多場面都達到了這個要求。但成就不僅僅在此，作者的高明之處，還在於寫同一場面，而每次寫來都不一樣，真是「各有妙處，各有妙景」。其中以描寫交易所和罷工的場面為最。僅以交易所的活動為例，全書著重描寫的有三處。第七章是一處。這章是側面寫交易所的活動，或作者敘述，或通過杜竹齋同吳蓀甫的對話透露出來；其中除了寫一般活動外，重點寫吳蓀甫初戰投機生意時的各種心情：虛驚、緊張、強作鎮定，以及短暫喜悅。第十一章，正面寫交易所的活動，這裡充滿了各種緊張的明爭暗鬥。但這個市場的牽線人趙伯韜和吳蓀甫卻靜靜地坐在沙發裡抽雪茄；而劉玉英居然成為這個市場的中心人物，活躍其間，通過她同馮雲卿、何慎庵等人的接觸，反映了這些投機者的可憎面目，並表明她的資產階級腐朽的生活態度。最後一章，也安排了一次交易所的活動，這裡的氣氛仍然是嘈雜的，可是「風景不殊，人物已非了」，這時的吳蓀甫，已不是以往的吳蓀甫了，恰好同第十一章形成了強烈的對照。因為他各方面都是失利的，在公債上也是這樣。他面前有著如此嚴酷的事實：「市場裡正轟起了從來不曾有過的『多頭』和『空頭』的決鬥。」他花了九牛二虎之力而籌備來的一百五十萬的裁兵公債，全部投入市場，眼見敗局已定，於是吳蓀甫昏昏然不知所以了：「他不能動，他覺得兩條腿已經不聽他做主，而且耳朵裡又是嗡嗡地叫。黑星又在他眼前亂跳。他從來不曾這麼脆弱，他真是變了！」最後他受不了如此的刺激，回家了！可以看出，這三次交易所的活動，寫得各有特點，而且許多人物的性格，隨著場面的鋪開逐步明朗化。同時，這些場面又同整個故事的發展銜接在一起。這些都表明了作者熟練而高超的藝術表現能力。

　　《子夜》描寫的手法之一，是常常寓深刻的思想於平凡的生活小節裡。

〔註22〕茅盾：《鼓吹集》，作家出版社，1959 年出版。

不過這些小節不為人物本身所理解，而是讀者聯繫其他章節，經過反覆思索，依靠自己的生活經驗去補充才能懂得其中的意義。全書末尾吳蓀甫得知公債上的失敗消息後，作者寫道：「拍達！吳蓀甫擲聽筒在桌子上，退一步，就倒在沙發裡，直瞪了眼睛，只是喘氣……『咳！眾叛親離！我，吳蓀甫，有什麼地方對不起了人的！』」這段簡潔的描寫告訴我們，民族資產階級在重重的圍困下，已經陷入了悲劇而不能自拔的境地。但這個民族資產階級的代表吳蓀甫卻不知道也不可能知道自己的悲劇有著深刻的階級根源和社會根源。這些蘊含的深義，必須由讀者結合吳蓀甫整個活動才能作出判斷。茅盾經常採用這種方法表現作品的內容或者人物的性格。

生活小節描寫的另一個特點是它既是實在的，又是具有象徵性。我們經常看到作品的生活細節不是實在的，便是象徵性的，很少像茅盾能夠做到兼而有之。作者反覆地描述了吳老太爺虔奉所謂勸善懲惡的《太上感應篇》。這個細節是實在的，然而又是象徵著他的老朽的頑固的地主階級的思想性格。又如，雷參謀贈送林佩瑤《少年維特之煩惱》一書及一朵枯萎的白玫瑰，確是事實，然而也是象徵著他們秘戀的結局。

《子夜》的環境描寫也是有鮮明特色的。作者非常注意社會環境的描繪，他善於通過上海這個都市裡的特定環境，比如吳蓀甫的大小客廳，金融界公會的餐室，交易所以及工廠等地方，把各式各樣的人物都聚集起來，將他們引向生活的河流，使其洶湧澎湃，從而展示豐富多彩的社會生活。

作者還善於通過具體生活環境的描繪來襯托人物的思想性格。工人朱桂英一家人住的是草棚，睡的是竹榻，點的是煤油燈，用的是撕落了環的柳條提籃，這些具體的描述，跟她一家的窮困生活很合拍。那些城市革命工作者，住的是一間簡陋房屋，裡面的安排也是非常樸素，這些和他們艱苦奮鬥的生活極為相稱。馮雲卿住屋牆壁上掛的那副寸楷的「治家格言」及「中西合璧」的字畫，同他的既具有封建階級道貌岸然的面目，又兼有迎合買辦資產階級趣味的性格特點相和諧。作者描述吳蓀甫的住宅是「五開間三層樓的一座大洋房」，大洋房有「兩扇烏油大鐵門」，宅內有花園，「黑森森的樹木夾在柏油路兩旁，三三兩兩的電燈在樹蔭間閃爍」，「屋子裡散射出來的無線電音樂在空中回翔」。這些描述，同吳蓀甫的資本家的豪華生活很協調。

作者還很喜歡通過富有地方色彩的環境描寫來表現特定的社會環境。作品開頭出色地描寫了一九三〇年五月間黃浦江的夜景。這不是一般的風景

畫，這是一幅有著濃烈時代氣氛的地方風味的壯美畫面。人們從畫面上可以看到二十世紀三十年代半殖民地半封建的上海畸形發展的情景。作者還把自然環境的描繪同作品的內容緊密地結合起來，例如第十三章的結尾，在敘述革命工作者們熱烈討論如何組織罷工委員會，閘北罷工各廠怎樣連成一氣等問題之後，作者以急促的熱情的筆觸寫道：「這時窗外閃電，響雷，豪雨，一陣緊接一陣地施展威風。房屋也似乎叐叐震動。但是屋子裡的三位什麼都不知道。他們的全心神都沉浸在另一種雷，另一種風暴裡！」這裡自然現象的變化同革命者忙於籌劃新的鬥爭心境相吻合。緊接著第十四章的開頭，作者以舒緩而熱情的筆調寫道：「雷雨的一夜過去了後，就是軟軟的曉風，幾片彩霞，和一輪血紅的剛升起來的太陽。」這些描寫象徵新的罷工鬥爭的到來！從以上兩段可以看出，作者從雷電交加、狂風暴雨到細雨霏霏、風和日麗等自然現象都能精細地描述出來，而這些景色描寫，既密切結合作品的思想內容，又加濃了作品的氣氛。

　　《子夜》描寫自然環境最突出的特色是能在一章裡以某種自然現象作為主導旋律自始至終貫穿其中，並且密切地聯繫著人物的思想行動。這裡可以看出作者吸收了古典文學中情景交融的描寫手法，然而他又有自己的創造，他能博采眾長，吸收各種手法熔於一爐，靈活地多方面地描繪情景。比如古典作品往往在某個片斷裡做到情景交融。而《子夜》經常整個章節都採用這種手法，這是很有創造性的。以第七章為例，開頭作者描述天氣的低鬱，襯托吳蓀甫因擔心公債投機能否「勝利」而心事重重，接著敘寫濃霧細雨造成的模糊昏暈的情景，反映吳蓀甫在工廠方面「失利」引起的灰黯而獰厲的神情，之後寫吳蓀甫聽到李玉亭關於民族資產階級厄運的談話之後的苦悶，即以「又一陣暴雨。天色陰暗到幾乎像黃昏」的景色，來襯托他的心情。不過，如果僅僅這樣描寫就顯得單調，妙在作者又應用別的方法，如通過周圍的氣氛，加濃了他的沉悶情緒。比如這時林佩珊止在奏著悲涼音調的鋼琴，「電燈的黃光落到她那個穿了深藍色綢旗袍的頎長身體上，也顯得陰慘沉悶。……少奶奶眼圈上有點紅，並且滴下了兩滴眼淚」，甚至連杜新籜也唱著幽幽的哀調，據他說「在這陰雨的天氣，在這迷夢一樣的燈光下」，最宜於彈「人生如朝露」這一曲，這些人莫名的哀愁，也是以沉鬱天氣和慘黃燈光來烘托的，而這一切又加強了吳蓀甫的抑鬱情緒。最後文筆突然一轉，吳蓀甫由憂轉喜，作者透過吳蓀甫的眼光看雨後太陽普照的情景，這又是同他在公債戰線上初

獲「勝利」的愉快心境相協調。

《子夜》的文學語言可以從兩方面來說明。一是人物對白口語化。不過由於某些人物身份的關係，在一定場合也使用半文言及歐化語言。二是人物對話大都有個性特色，吳蓀甫語多專橫尖刻；趙伯韜言談老辣機詐；杜竹齋前思後慮，言詞遲疑；屠維岳談吐舒緩自如，話中有刺；周仲偉話多刁鑽圓滑；張素素心直口快；范博文出語多半消極頹唐；李玉亭言談往往誠惶誠恐；張阿新氣挾風雷，談鋒爽朗；朱桂英深摯篤厚，吐詞沉實。

《子夜》敘述故事、描寫環境的文字總的特點是雄健而又精細。以第一章中的一段為例說明。「汽車發瘋似的向前飛跑。吳老太爺向前看。天哪！幾百個亮著燈光的窗洞像幾百隻怪眼睛，高聳碧霄的摩天建築，排山倒海般的撲到吳老太爺眼前，忽地又沒有了；光禿禿的平地拔立的路燈桿，無窮無盡地，一桿接一桿地，向吳老太爺臉前打來，忽地又沒有了；長蛇陣似的一串黑怪物，頭上都有一對大眼睛放射出叫人目眩的強光，啵——啵——地吼著，閃電似的衝將過來，準對著吳老太爺坐的小箱子衝將過來！近了！近了！吳老太爺閉了眼睛，全身都抖了。他覺得他的頭顱彷彿是在頸脖子上旋轉；他眼前是紅的，黃的，綠的，黑的，發光的，立方體的，圓錐形的，——混雜的一團，在那裡跳，在那裡轉；他耳朵裡灌滿了轟，轟，轟！軋，軋，軋！啵，啵，啵！猛烈嘈雜的聲浪會叫人心跳出腔子似的。」這段是敘述吳老太爺為逃避鄉下劇烈的階級鬥爭，跑到了半殖民地半封建的大都市上海之後，乘汽車直奔吳蓀甫住所所見所聞的情景。作者的敘述一方面符合吳老太爺執拗的性格，一方面又體現了自己語言的雄健而又精細的特點。

從遣詞上看，雄健的語言往往體現在動詞的使用上。吳老太爺一到上海，看見了摩天建築，路燈電桿，聽見了啵啵吼聲，這些是現代都市上海極為尋常的東西，住慣上海的人，誰會感覺到這些東西對他們有那麼多的威脅。但是對於蟄居鄉間二十五年過著抱殘守缺生活的吳老太爺，都是異常的刺激。作者使用了矯健有力的動詞表現之，其妙處在於變不能動的東西為動的東西，如建築物會撲，電桿會打，吼聲會衝。再說精細的語言，往往同作者善於使用形容性的詞語有關。例如亮著燈光的窗洞，高聳碧天的摩天建築，光禿禿的平地拔立的路燈桿，長蛇似的一串黑怪物，叫人目眩的強光。作者使用了豐富生動的形容詞語，細緻地傳達了吳老太爺對上海市景格格不

入的感受。

　　從句型上看，雄健的語言，一般說來，句子比較短；精細的語言，通常句子較長。作者採用了長短句並用的手法，巧妙地把雄健與精細的語言特點統一起來。這一段總的說來是表現吳老太爺的緊張心情。根據內容的需要，作者有時造出近似呼喊的短語的句子，例如「吳老太爺向前看。天哪！幾百個亮著……」，「近了！近了！吳老太爺閉了眼睛，全身都抖了。」有時造出長句，例如「高聳碧霄的摩天建築……忽地又沒有了」，「光禿禿的平地拔立的路燈桿……忽地又沒有了」。

　　再從修辭上看，這裡以比喻為例，作者喜歡用形動而新鮮的語言表現事物的特點，少用靜態的微小的事物來比喻，這同他長於雄健的語言有關；同時，作者還善於採用一連串的比喻，生動揭示多種事物的特徵，也反映人物的特殊感受。例如從吳老太爺頑固派的眼光看上海的市景，便是突出的例子。

　　《子夜》的語言是在民族語言（包括詞彙、語法、修辭）基礎上加工的，並適當地吸取外來語言而形成獨特的語言特色。可是有人卻認為《子夜》語言歐化傾向嚴重，如果我們詳細閱讀當時作品就會同意作者自己的看法：「寫《子夜》時擬用舊小說筆法這個念頭，在當時容或有之。不過，後來卻並未貫徹。但在當時的小說中，《子夜》的文字還是歐化味道最少的」。〔註23〕

　　《子夜》正確地反映了我國三十年代廣闊而複雜的現實生活，深刻地揭示當時各種矛盾和鬥爭，比如買辦資產階級與民族資產階級的矛盾和鬥爭，民族資產階級與工人階級的矛盾和鬥爭，地主階級、資產階級與農民階級的矛盾鬥爭等，並指出地主階級、買辦資產階級及民族資產階級同工農大眾的矛盾是當時中國社會的主要矛盾。

　　小說還指出民族資產階級的沒落命運是不可避免的。吳蓀甫形象表明，民族資產階級雖然同地主階級、買辦資產階級有一定的矛盾，然而他們又是互相勾結的，民族資產階級追隨大地主大資產階級反對工農大眾的鬥爭注定要失敗。

　　作品還力圖反映中國革命力量及前景。小說指出了由於民族資產階級的壓迫與剝削，引起工人階級的強烈反抗，掀起了氣勢磅礴的工人運動。小說

〔註23〕茅盾致筆者信，1961 年 6 月 15 日。

還反映當時「左」傾思想的錯誤指導，給工人運動造成了很大損失。雖然城市革命工作者對這種錯誤傾向有所抵制，但未能得到預期的成效。正如作者所說：「對於立三路線，小說是作了批判的，但不深入。也沒有描寫到當時地下黨員中間反立三路線鬥爭。」〔註 24〕作者熱情謳歌工人運動，顯示工人階級偉大力量，但對於革命前景卻未能充分地反映出來。作者意欲滿腔熱情讚頌當時革命主流──黨領導的農民武裝鬥爭，以「加強革命樂觀主義」，〔註 25〕作者的這一意圖雖然沒有完全達到，然而表明他已把中國革命希望寄託在黨指引的走武裝鬥爭奪取政權的出路上！

《子夜》運用馬克思列寧主義思想，歷史地具體地反映了三十年代初期舊中國的社會生活，努力揭示革命前景。作者認定黑夜的舊中國必定要消失，新中國的黎明肯定要到來，故作品名為《子夜》。《子夜》堪稱是一部革命現實主義的鉅著。〔註 26〕

《子夜》標誌著作者運用革命現實主義創作方法已進入成熟的階段。我們知道《虹》表明作者跨入革命現實主義的道路，《三人行》雖然力圖站在無產階級立場反映當時社會面貌，然而由於缺乏豐富鬥爭生活，不能在創作上獲得成功，到了《子夜》，作品的無產階級的立場與獨特的藝術形式比較和諧地融為一體。這是作者多年創作的結晶，也是他後來的創作走向更廣闊的道路的開端。

當然，《子夜》也存在一些缺點，如描寫工農生活，由於來自「第二手」材料，不如反映民族資產階級及買辦資產階級等方面生動具體；未能較好地表現工人運動中抵制「左」傾錯誤的積極因素等等。

「五四」以來新文學沿著無產階級方向前進，第二次國內革命戰爭時期無產階級文學運動有了很大發展，湧現了大批革命作家，出版了不少革命文

〔註 24〕 茅盾：《子夜・再來補充幾句》。

〔註 25〕 《茅盾選集・自序》。

〔註 26〕 關於《子夜》的評價，學術界的看法不盡一致。有人認為：「《子夜》基本上屬於社會主義現實主義範疇的作品，而且具有由批判現實主義到社會主義現實主義的過渡的意義。」社會主義現實主義是以無產階級世界觀為指導的創作方法，《子夜》是屬於無產階級性質的作品，這是對的，然而，說它是「具有由批判現實主義到社會主義現實主義的過渡的意義」，卻是未必精當的。根據我們的分析，《子夜》儘管存在著這樣那樣的缺點，但就主導方面看，無疑的是無產階級立場觀點同生動的藝術形象密切結合的，因此是一部優秀的革命現實主義鉅著。

學作品，作爲革命作家同盟軍的進步作家也產生了很多好作品。整個文壇成績斐然可觀。雜文和歷史小說空前豐收，魯迅這方面的創作最爲卓絕；茅盾的《子夜》、《春蠶》、《林家舖子》等堪稱出色之作；再如巴金的《家》，老舍的《駱駝祥子》，王統照的《山雨》，李劼人的《大波》等均是名篇；話劇也有了新的收穫，曹禺的《雷雨》、《日出》可謂有力之作。

　　《子夜》以其獨特的成就取得現代文學史的重要地位。當時文壇上以長篇小說描述國內階級鬥爭而引起注意的作品不少，例如反映第一次大革命失敗後農村階級鬥爭的《咆哮了的土地》（出版時易名《田野的風》，蔣光慈作）就是一部比較好的作品，又如描寫一九二八年以來農村革命的深入，小資產階級知識份子在鬥爭中的轉變，以及工人運動的復興的《地泉》三部曲（即《深入》、《轉變》、《復興》，華漢作），雖然反映了廣闊的社會生活，力圖表現從城市到農村的階級鬥爭，並指出革命的前途，然而作品缺乏生活的實感，概念化傾向嚴重。在這類以劇烈階級鬥爭爲背景廣泛反映社會生活的長篇創作中，《子夜》的成就是最突出的，它以驚人的藝術力量表現了二十世紀三十年代初期中國社會的各個階級的矛盾與鬥爭，提出並回答當年最重要的社會問題，可以說《子夜》是我國無產階級文學運動中出現的第一部成功的長篇小說，具有劃時期的意義。這是作者對我國現代文學史的重大貢獻。當時長篇小說塑造一批新的人物形象，如《家》中的覺慧，就是個封建家庭青年叛逆者的形象，《駱駝祥子》中的祥子，是個受盡舊社會壓迫而又缺乏覺悟的人力車夫形象，這些人物形象都具有一定的典型性。《子夜》中的趙伯韜、屠維岳等人物，也是有典型意義的，在當時文壇上也是嶄新的形象。作爲藝術典型，吳蓀甫可謂是現代文學史上第一個塑造成功的民族資產階級典型。

　　《子夜》出版後立即引起強烈的反響，《子夜》出書後三個多月內，即印了四次，可見轟動的情況。以當時北平爲例，據北平《晨報》一九三三年四月份的報導，市場某書店竟曾於一日內售出《子夜》至一百餘冊，這種情形前所未見。〔註27〕據不完整的統計，一九三三年至一九三四年幾家報刊雜誌，專門論述《子夜》的文章有十多篇，零星評論不算。魯迅多次對《子夜》作了充分肯定，指出它對我國無產階級革命文學運動所作的貢獻，認爲國民黨反動派陣營裡，不能出現這樣好作品的，他說：「國內文壇除我們仍受壓迫

〔註27〕　《〈子夜〉的讀者》，《文學雜誌》第一卷第二期，1933 年 5 月 15 日。

及反對者趁勢活動外，亦無甚新局。但我們這面……茅盾作一小說曰《子夜》……計三十餘萬字，是他們所不能及的。」〔註28〕瞿秋白《〈子夜〉和國貨年》〔註29〕一文中寫道：「這是中國第一部寫實主義的成功的長篇小說」，作者能夠「應用眞正的社會科學，在文藝上表現中國的社會關係和階級關係」。朱自清在《〈子夜〉》〔註30〕一文中指出：「這幾年我們的長篇小說漸漸多起來了，但眞能表現時代的只有茅盾的《蝕》和《子夜》」。從上述評論中，可以看出《子夜》在當時文壇上的突出成就以及對我國現代文學發展的影響與作用。

《子夜》出版後在社會上有著廣泛的影響。錢俊瑞在《怎樣研究中國經濟》一書〔註31〕中，向讀者介紹了這部鉅著對研究中國經濟形態的作用。當時「讀者曾普遍組織『子夜會』進行學習討論」，〔註32〕有位讀者寫信給《中學生》雜誌說：「茅盾先生的《子夜》出版，第二天我就去買了來。兩天工夫把它看完。這樣巨大的組織，這樣動人的文章，在我國新文學中從來不曾有過。」〔註33〕王西彥在一篇文章中說到：「一九三三年《子夜》出版時，我還是一個青年學生。由於出身農村，不熟悉上海那樣的大城市，對資本家們的投機取巧和勾心鬥角，全然不知，更不能理解資產階級那一套生活方式，所以在讀那部反映『工業的金融的上海』的社會生活的鉅著時，我碰到很大的困難，甚至連什麼『空頭』和『多頭』之類的術語也弄不清楚；可是，情形即使這樣，我還是貪婪地讀了好幾遍，而且也好像讀懂了作者所要表達的主題思想……」。〔註34〕

《子夜》這部書，也受到國外的重視。《子夜》出版後，史沫特萊曾找人譯成英文，由她潤色，原想在美國出版，後因抗戰爆發沒有出成。〔註35〕一九三四年蘇聯《青年近衛軍》第四期刊載過《子夜》的一部分叫《罷工之前》。一九三五年《國際文學》第五期也發表用英文翻譯的《子夜》部分章節。一九三七年蘇聯國家出版社出版了《子夜》俄譯本。一九三八年德國德

〔註28〕 魯迅：《致曹靖華》，1933 年 2 月 9 日。
〔註29〕 《申報·自由談》，1933 年 4 月 2 日。
〔註30〕 《文學季刊》第二期，1934 年 4 月 1 日。
〔註31〕 上海生活書店，1936 年 9 月出版。
〔註32〕 瞿光熙：《〈子夜〉的烙痕》，《新民晚報》，1960 年 6 月 15 日。
〔註33〕 《中學生》第三十六號，1936 年 6 月。
〔註34〕 王西彥：《讀〈上海的早晨〉》，《文藝報》1959 年第 13 期。
〔註35〕 茅盾答筆者問，1978 年 7 月 3 日來信。

累斯頓市威廉・海恩出版社出過《子夜》德譯本。解放前後《子夜》在國外共用英、法、俄、日、捷克、印尼、朝鮮、越南、匈牙利、保加利亞、蒙古、波蘭等十多種文字翻譯過。《子夜》在國外出版後，也受到好評。高爾基曾經「很稱道」。〔註36〕法捷耶夫說過：「我們國內前進的人們以極大興趣讀過《子夜》。」〔註37〕日本、捷克、蘇聯等中國文學研究者紛紛研究《子夜》；許多國家（如拉丁美洲各國）的書店裡可以看到出售《子夜》。〔註38〕

　　《子夜》出版後，影響極大，因此立即引起當時資產階級文人的責難。一九三三年十一月《現代》上發表了韓侍桁題爲《〈子夜〉的藝術，思想及人物》〔註39〕的文章，極力貶低《子夜》的成就。文章說，《子夜》「牽線的主人公被寫得過分地理想化，結果成了一本個人悲劇的書了」，「拿他（它）當作新寫實主義的作品而接收的人們，那是愚蠢的。」爲此，馮雪峰曾著文予以反駁，並高度評價了《子夜》。〔註40〕

　　《子夜》問世後，國民黨反動派竭力加以扼殺，然而是徒勞的。一九三四年二月，《子夜》和一四八種進步文藝作品，被國民黨政府籠統地加上「鼓吹階級鬥爭」的罪名，一律「嚴行查禁」，後來書店老闆，因「血本有關」，不得不據「理」力爭，最後才分別處理，《子夜》被歸入「應行刪改一類」。國民黨「檢查老爺」用朱筆在這部名著上批道：「二十萬言長篇創作，描寫帝國主義者以重量資本操縱我國金融之情形。P.97 至 P.124 諷刺本黨，應刪去。十五章描寫工潮，應刪改。」所謂 97～124 頁，其實就是整個第四章。這一章，曾以《騷動》題名，作爲短篇收入天馬書店版的《茅盾自選集》（一九三三年四月初版），這一次也被刪去了。這樣一來，《子夜》重版不見描寫農村暴動的第四章，和描寫工廠工人罷工的第十五章。但是，國民黨當局的企圖並沒能達到，有一家名叫救國出版社翻印了《子夜》（救國出版社有兩種說法，一說是由地下黨組織及進步人士組成的；又一說是這個社可能在巴黎，後來撤到紐約。《子夜》可能是在那裡翻印的，因爲旅美華僑中很多人有這部書）。翻印本大小和開明版相同，所不同的是，翻印本分上下兩冊，標點放入行內，

〔註36〕　參閱本書第 72 頁註 26。
〔註37〕　同上註。
〔註38〕　據周而復：《中國和拉丁美洲文學之交》，《世界文學》1960 年第 6 期。
〔註39〕　《現代》第四卷第一期，1933 年 11 月 1 日。
〔註40〕　參閱馮雪峰《〈子夜〉與革命的現實主義的文學》，《木屑文叢》第一輯，1935年 4 月 20 日。

卷首附有救國出版社的「翻印版序言」「序言」寫道：「《子夜》是中國現代一部最偉大的作品。《子夜》的作者，不僅想描寫中國現社會的眞象，而且也確能把這個社會的某幾方面忠實反映出來。」〔註 41〕

　　《子夜》在國內外獲得廣大讀者的喜愛，然而「四人幫」如同國民黨反動派一樣，橫加罪名，胡說《子夜》是爲「資產階級樹碑立傳」，不予出版。但是歷史是無情的，「四人幫」也如同國民黨反動派一模一樣覆滅了，《子夜》重見光明！

〔註41〕 這段材料引自晦庵《〈子夜〉翻印版》、《在國外出版的書》，《書話》，北京出版社，1962 年 6 月出版。

第八章　絢爛多姿的中、短篇
（1932～1937）

中篇小說

　　茅盾從一九三二年到一九三七年全面抗戰之前創作了《少年印刷工》及《多角關係》兩部中篇小說。前者發表於《新少年》一九三六年一月至十二月；後者刊載於《文學》一九三六年一月。

　　中篇小說從思想到藝術都具有新的特點，如果說，《子夜》反映了第一次大革命失敗後到一二八戰爭之前的舊中國的社會面貌，那麼《少年印刷工》、《多角關係》則是表現了一二八戰爭後到全面抗戰之前的舊中國現實生活的輪廓。《少年印刷工》描寫了少年趙元生因一二八戰事而造成的一家人的悲慘生活，如母親喪亡，父親失業，妹妹失蹤找到後無力贖回，自己中學輟學後到印刷廠當工人等，從而揭露了日本帝國主義軍事入侵的罪行，抨擊了國民黨新軍閥的黑暗統治。《多角關係》著重表現一九三四年國統區從小縣城到鄉村的經濟破產的情景。中篇還塑造了作者創作中未曾出現過的形象，如《少年印刷工》中的趙元生形象，他是個聰明、能幹、是非分明的少年，他不為困頓的環境所折服，勇於迎著困難前進，他熱心鑽研印刷技術，時刻關心國家命運。從他的身上，我們看到了舊中國青少年在鬥爭中成長的豐姿。《多角關係》中的地主兼資本家唐子嘉，在作者塑造的資本家形象群中也是有獨特性的。從藝術上說，《少年印刷工》的風格是細密的，不過全篇後半部行文較平淡，結構也稍嫌鬆懈，但仍不失為一部好的兒童文學作品；《多角關係》力求藝術形式的通俗化。

《多角關係》

《多角關係》發表後，於一九三七年五月由文學出版社出版。

小說是以上海附近的小縣城爲背景，以地主兼資本家唐子嘉在一九三四年年關時節的債務糾紛爲線索來組成複雜故事的。唐子嘉是華光織綢廠大股東兼董事長，該廠因金融恐慌，產品銷路困難，已停工數月，無力支付失業工人的欠薪；唐子嘉又是立大當舖三大股東之一，存戶洋貨舖老闆李惠康因太太有千元私蓄存入，前來索款，未能滿足要求。爲了解決年關經濟困難，唐子嘉加緊收租活動。他在城裡有市房出租，大舖子拖欠不還，小舖子如裁縫舖、剃頭舖、擺花生攤的交不起租金；在鄉下他又有大量良田出租，由於國民黨當權派的敲榨和剝削，加上一九三四年那年旱災的襲擊，農民陷於困境，無力交租。唐子嘉迫於經濟周轉不靈，曾到城裡最大最殷實的寶源錢莊經理錢芳行那裡商借款項，由於裕豐和泰昌銀行的倒閉，東家採取了只收不放的做法，未能允諾他的要求；後來他又求救於華光織綢廠股東之一，同時兼任城裡三家綢緞廠經理的朱潤身，懇求他接受華光廠一兩百箱人造絲，以解決廠方欠賬問題，結果毫無成效。唐子嘉就是這樣處於欠人債務不能償還，人欠的賬目收不回來的陷阱之中。

從唐子嘉同錢莊經理、小商店老闆、工人、農民等因債務關係所引起的複雜矛盾與鬥爭中，可以看出舊中國一九三四年間社會生活的重要方面，那就是城市金融的危機，農村經濟的破產，人民生活的貧困。

產生這種複雜的社會現象，同當時政治、經濟的情況有著密切關係。我們知道美帝國主義從一九三三年年底起實行提高銀價的政策，大量收購白銀，以致中國白銀外溢是日益嚴重。同時，由於國民黨政府加緊發行公債，進一步完成四大家族的金融獨佔，造成了空前的金融危機，產銷受到嚴重的阻礙，錢莊、銀行、工商企業紛紛倒閉。這種金融危機波及農村，加速了農村的經濟破產。《多角關係》就是以此爲背景的，它通過了唐子嘉的債務糾葛，深刻地反映一九三四年間舊中國由於帝國主義的經濟入侵和國民黨以四大家族爲中心的官僚資本的壟斷造成的嚴重社會問題，那就是城市金融的恐慌、農村經濟的破產，國民經濟衰退及人民生活極端窮困。《多角關係》還揭露唐子嘉這個地主兼資本家的眞面目，他在經濟上剝削工人、農民，在政治上依靠國民黨警察鎮壓人民。有壓迫，就有反抗。作品通過失業工人黃阿祥等人向唐子嘉索討欠薪，以及農民抗拒上交唐子嘉的田租等活動，強烈地反映工

農大眾反對地主、資本家的壓迫與剝削的鬥爭情緒。

　　《多角關係》在藝術表現形式方面最突出的特點是追求通俗化，以適應廣大讀者的需要。為此，作品在人物塑造，藝術結構以及語言運用等方面都運用了傳統的表現手法。

　　作者慣於採用油畫的手法描寫人物，這個作品卻改用白描手法。作者善於從一連串的行動中，抓住重要關節，以簡勁的筆墨，勾勒人物形象的特點，而不是藉助人物的細緻心理分析或多方面的烘托。唐子嘉的形象就是在緊張而複雜的情節中，逐步地展現的，如對待工人、農民，時而蠻橫，時而膽怯，對待比他富裕的同行是笑臉相近，而對待比他資本少的商家則是盛氣凌人。白描手法是我國傳統的表現手法之一，作者運用得很出色，他能從人物的多角關係中，展示人物性格的各個方面，從而構成了人物性格的全貌，這是高超的手法。

　　作品寫的只是一九三四年農曆家十二月二十六日下午三時多到晚上八、九時這段短暫時間內所發生的事情，然而卻包含著豐富的社會內容，這就要求布局緊湊而又曲折，且具有完整性。作品以唐子嘉的債務糾紛為線索，巧妙地穿插了兒女情事，形成了兩重的多角關係。因此除了主要故事相當完整外，有些小故事也有相對的獨立性，如唐慎卿與月娥、李惠英在情場上的角逐，李惠康與幾個小債主的糾紛。這些大小故事紛紜錯雜，緊鬆合度，既嚴密又靈活。這種可分可合的布局方法，是吸收我國古典小說結構藝術的長處的。

　　《多角關係》的文學語言樸素、明快。語言是在白話的基礎上加工的，其間也融化了江浙一帶的方言，歐化味道較少，敘述文字潔淨、乾脆，對話簡明又富有個性化。

　　作品在作者創作的歷程中有著重要的意義，通常把它作為《子夜》的續篇。《子夜》通過民族資本家吳蓀甫的悲劇命運，揭示了第二次國內革命戰爭年代初期的社會特點；而《多角關係》藉助地主兼資本家唐子嘉無法解決的債務糾紛，反映了國民黨新軍閥統治鞏固時期的某些社會生活。

　　從藝術形式來說，《多角關係》是作者嘗試通俗化之作。「作者特別用了通俗的文筆，希望從知識份子的讀者擴充到一般讀者」〔註1〕如果說，《子夜》企圖採用通俗的文筆，那麼，《多角關係》驅使通俗的筆法已初見成效。

〔註1〕　《多角關係》出版預告，《文學》第六卷第二號，1936年2月1日。

　　《多角關係》發表之後，立即受到文壇的重視，該書出版預告指出：「這個中篇可以算是《子夜》的續篇。」它「表現出農村經濟破產與都市金融停滯雙重的嚴重性」，「從結構上說，可說是作者所寫中篇小說之最嚴密者」，它還具有「通俗的文筆」等特點。〔註2〕當時一位評論者引用了這個出版預告後，指出這是「切實的介紹」，「無論在小說的題材上或文章的技術上」，「都應得佳評，我們唯有向讀者作誠懇的推薦」。〔註3〕

短篇小說

　　一九三二年到一九三七年全面抗戰之前，茅盾還創作了大量的短篇小說，反映大革命時代，主要是描寫第二次國內革命戰爭時期日本帝國主義入侵和國民黨反動統治之下城市光怪陸離的現象和農村衰敗凋敝的情景，揭露了形形色色剝削者的沒落命運，展示了各種各樣知識份子的思想面貌，描述了勞動者的悲慘命運，讚揚包括工人、農民、知識份子及青少年在內的人民大眾反對日本帝國主義及國民黨反動派的鬥爭精神。短篇的藝術也是有獨特性的，人物形象，豐富多采，題材廣泛，巨細並用，體裁品種，各式各樣，取材角度，各不相同，描寫手法，變換不定，布局方法，不拘一格，語言表達，因文而異。這是短篇思想與藝術的主要成就，不足之處在於對工農的革命力量的表現比較單薄，某些篇章心理刻劃稍嫌累贅，有的篇章剪裁不夠，顯得冗長。

　　茅盾短篇小說創作的成功，表明他在無產階級思想的指導下，運用了革命現實主義創作方法，描寫出不斷發展中的生活真實。作品無情地揭露了帝國主義、封建主義和官僚資本主義統治之下的黑暗社會，揭示了工人、農民以及廣大人民受壓迫受剝削的社會根源，熱情歌頌了他們的愛國主義和變革現實的鬥爭精神，堅信民族民主革命的勝利。作品塑造一批生動的藝術形象，其中不乏典型人物，在藝術上勇於打破墨守陳規，創造多樣化的藝術風格。短篇在思想與藝術方面仍存在的不足，則表明作者生活天地的狹仄；這又是同時國民黨當權派限制作家深入鬥爭漩渦密不可分的。

　　茅盾的短篇生動地反映了第二次國內革命戰爭時期半殖民地半封建都市生活的重要特點。那時帝國主義經濟、軍事的侵略，國民黨當權派的獨裁統

〔註2〕　《多角關係》出版預告。
〔註3〕　畢樹棠：《多角關係》，《宇宙風》第十三期，1936 年 3 月 16 日。

治，官僚資本主義的壟斷，造成民族工業日趨衰敗。都市中雖然出現商業資本及投機事業的假繁榮的狀態，然而也掩蓋不了國民經濟的衰退，如金融空前危機、通貨膨脹，銀行、錢莊、工廠和商店紛紛倒閉。由於官僚資本的惡性發展，不少資產者瀕於破產，人民生活非常窮困。茅盾的作品通過投機商和流入城市的地主的活動，揭示了地主資產者在假態繁榮的都市社會中的沒落命運。《趙先生想不通》中的趙先生是個「精明能幹的做生意人」，九一八事變到一二八戰事期間在證券交易所搞過投機生意，曾經牟取厚利，後來因形勢發生變化，他仍固執己見，不能適應環境，以致未能改變失利的境遇，使得他老是在「煩悶中麻木地尷尬地生活著」。《微波》中的李先生是「五六百畝田的大主兒」，因為「避土匪」，也為了避國民黨派來的「公債」，他除了田地住宅外，把「所有的財產都變成現錢，存在一家新開的銀行」裡，全家搬到上海，靠著利息和地租過活。由於金融危機，他存款的銀行倒閉了，就拚命想從農民那裡榨取血汗，可是遇到天旱歉收，鄉下收租吃緊，他決計下鄉催租。小說暴露了地主階級在當時形勢下極力把地租剝削與資本主義剝削結合起來，以維持寄生生活，然而其下場是可悲的。《擬〈浪花〉》通過車夫阿二想用力氣掙來的錢為兩個小孩剪花洋布，後因布價上漲購不起的故事，反映了在帝國主義經濟侵略、國民黨的官僚資本控制下，市場上金融混亂，物價上漲，工人生活日益貧困。《喜劇》描寫了青年華在大革命期間因散發傳單被北洋軍閥拘捕入獄，時過五年才出獄，由於失業，在城市過著困苦顛沛的生活，後又因參加共產黨的罪名而再度入獄，釋放後遇到過去的同學金，當時金已是加入國民黨的大商人，華在他的牽引下走上追求「金錢和美女」的邪道。小說揭露了國民黨統治下政治窳敗，社會黑暗。

　　作者還通過各式各樣的知識份子（包括職員、教員及公務員等）經歷的描述，側面反映當時都市生活的面貌。《右第二章》中商務印書館李先生是個利己主義者，他在「一二八」炮火中恐懼萬分，一心忙於搬家，領取退職金，以求苟且偷生。《搬的喜劇》描寫了上海天然洋行職員黃先生在日寇進犯的日子裡，擬搬家以安身立命，不料戰火起來，未能搬成。同李、黃先生對照，《兒子開會去了》中的爸爸，卻是個富有愛國心的人。他積極支持十三歲的孩子參加反帝示威遊行。從這些作品可以看出由於帝國主義的軍事侵略，造成都市的動亂不安，反映出各種知識份子的不同思想面貌。《第一個半天的工作》敘寫某公司職員黃女士參加工作的第一個半天的見聞，表現她對周圍的調情

賣俏、阿諛逢迎的混濁空氣的不滿情緒。而《夏夜一點鐘》則是描寫女職員沉醉於情場角逐的庸俗生活。《煙雲》寫的是道德敗壞的教員朱先生以拙劣手段勾引某鐵路局公務員陶祖泰的愛人，而陶祖泰卻忍辱求全的故事。這三篇作品展示了國民黨統治下都市的灰色生活。《有志者》、《尚未成功》、《無題》三個連續短篇，通過一個當過教員、公務員的「他」幻想作名作家而終於落空的故事，揭示了知識份子脫離實際，追求個人名利，終究一事無成的悲劇，反映舊社會光怪陸離的都市的一角生活。這些短篇展現各種知識分子的思想和生活，堪稱三十年代「新儒林外史」的片斷。

作者還寫了一些反映當時農村生活的短篇。《當舖前》描寫農民王阿大一家人的悲慘生活，他的大女兒招弟十三歲的因村裡水災活活餓死，第二胎女兒被他硬著心腸溺死，為了老婆要做奶媽掙錢幫助家用和還債。家裡只剩他和老婆以及小兒子，靠著他到鎮上做短工過活，生活難以維持，他把自己的冬衣拿到鎮上當舖去當，自己凍著。可是衣服太破舊，當舖不讓當。小說控訴舊社會剝削者包括高利貸者對於農民的殘酷剝削與迫害，把農民推向了死亡的邊緣。《水藻行》描述農民由於國民黨當權派壓榨和高利貸者的剝削，無以為生，終於奮起反抗的事迹。農民秀生得了黃疸病，缺乏力氣，堂叔財喜幫他做工，仍擺脫不了厄運，他憤怒地說道：「一年到頭，催糧的，收捐的，討債的，逼得我苦！」小說著重寫了國民黨當權派的爪牙——鄉長，乘他生病的時候，派他去築路，如不去，就得罰款。財喜目睹鄉長橫行鄉曲，無法無天，與之當面鬥爭，揭露鄉長包庇甲長，不讓甲長的兒子出工築路的罪責。他還抓住那鄉長的胸脯，痛斥道：「你這狗，給我滾出去！」《春蠶》、《秋收》、《殘冬》組成的農村三部曲抉露帝國主義、封建主義、資本主義對於農民盤剝與重壓的罪行，歌頌農民拿起武器同敵人抗爭的鬥爭精神。這些短篇反映第二次國內革命戰爭時期國民黨統治區農民在三大敵人壓迫下的悲慘生活以及他們的反抗與鬥爭。

作品還反映了小市鎮的生活。如《賽會》描寫小鎮居民因天旱迎神求雨的故事，反映市鎮勞動者的困苦生活，也表現了封建迷信思想他們的毒害。《林家舖子》以洋廣貨舖子林老闆由拚命掙扎到破產為線索，反映在帝國主義侵略、封建主義剝削及國民黨當權派敲榨之下，小商業的衰敗情景。《小巫》從小市鎮土豪地主家庭生活的描寫中，反映了當時日益尖銳的社會矛盾。小說中的老爺是鎮上的土豪，反動保安團的「團董」，他勾結保安團的隊

長、公安局局長、私販鴉片，下鄉劫掠、放火，無惡不作。由於他們之間分贓不均發生火拚。姑爺在鎮上的公安局裡有點差使，爲了爭奪老爹「團董」的位置，先是利用保安團與公安局火拚打傷了老爺，隨後槍殺了他。當地人民主要是農民受不了地主豪紳及國民黨當局軍警的壓迫，以武裝隊伍包圍了這個小鎮，使敵人陷汪洋大海之中。小說批判豪紳政治上的反動性，生活上的腐朽性，暴露地主家庭內部的腐敗，揭露豪紳與國民黨當局軍警之間又勾結又內訌的醜態，歌頌人民的武裝力量。

　　值得注意的是短篇中有相當數量反映抗日反蔣的。《右第二章》描寫一二八戰爭上海商務印書館被日寇轟炸後的情景，讚揚了印刷工人阿祥等人積極參加抗日活動的愛國主義精神，歌頌上海軍民英勇抗擊敵人的大無畏的氣概，揭露蔣汪勾結日本侵略者簽訂賣國的淞滬停戰協定的投降行徑。《大鼻子的故事》描述兒童大鼻子在一二八戰爭中父母被敵機炸死後自己淪落街頭行乞的悲慘故事，揭露了日本侵略者給中國人民造成的災難；通過大鼻子參加一二八戰爭五週年示威遊行，反映了中國人民反對日本帝國主義、討伐漢奸賣國賊的憤怒情緒，表現了舉國一致奪取民族解放的堅強信心。

　　如果說《右第二章》等三篇著重表現人民反對日本侵略者的高昂情緒，那麼《手的故事》、《「一個眞正的中國人」》等篇偏於揭露蔣介石賣國反共的罪惡嘴臉。

　　《手的故事》讚揚愛國青年張不忍和潘雲仙夫婦在某縣城聯合進步力量，投入抗日救亡運動，痛斥土劣漢奸二老闆陳紫翁等人販賣私貨，勾結新縣長以莫須有的罪名逮捕了張不忍夫婦的卑劣行徑。小說暴露了國民黨反動派包庇漢奸土劣、打擊抗日力量的醜惡面目。《「一個眞正的中國人」》中的某毛絨廠的老闆在一二八戰爭時，「天天盼望停戰和平」，乞望國民黨同日本侵略者訂立喪權辱國的條約，《八一宣言》發表後，他同國民黨當權派一鼻孔出氣，堅決反共，攻擊共產黨提出的停止內戰，一致抗日的主張，胡說「放著逆黨不去討伐，反要和平起來？」小說側面揭露了國民黨反共賣國的醜態。

　　短篇除了上述取材於當時現實生活外，還有歷史題材，如反映大革命時期動盪生活的《牯嶺之秋》；《神的滅亡》藉北歐神話中神滅亡的故事，暗喻當時國民黨當權派的末日命運。足見短篇的題材範圍非常廣闊。

　　短篇的寫法多種多樣。有些短篇只截取生活中的一個片斷或橫斷面來揭

示主題，如《第一個半天的工作》、《喜劇》、《當舖前》、《夏夜一點鐘》、《兒子開會去了》、《擬〈浪花〉》等寫主人公在幾個小時或幾天之內發生的事情，情節比較單純，主要人物性格的特點很鮮明，有的人物性格有發展，有的人物性格發不明顯，陪襯人物不多，但同主要人物及故事的發展都有直接的關係。有些短篇採取概括的敘述方法，即把主人公在相當長時期內的一段生活概括地表現出來。如《林家舖子》、農村三部曲、《大鼻子的故事》等，描述主人公經歷一系列事情，情節比較曲折，矛盾衝突比較複雜，主要人物性格都有發展過程，陪襯人物比較多，環境描寫較爲注重。這類作品實際上是中篇的壓縮。

短篇創作在選材方法上很有特點。有一種是選取重大鬥爭的，如《兒子開會去了》、《大鼻子的故事》都是描寫少年在抗日救亡中的經歷和活動，然而角度不同，側重點也不一樣，前者只寫了一個在校的少年參加反日的示威遊行的片斷，後者則以在敵人炮火中成了孤兒的遭遇和參加學生反日遊行爲描寫重點。還有一種是從平凡生活中表現重大的社會問題，以描寫農村生活題材爲例，作者從各個不同方面揭示共同主題，《春蠶》寫的是春蠶豐收成災；《秋收》寫的是水稻豐登而穀賤傷農；《水藻行》寫的是由於政治壓迫與經濟剝削以致貧病交加的農民的苦況；《當舖前》寫的是農民寄望於典當破衣服以暫時維持生活而終於落空的厄運。這些短篇分別從農民日常生活一個方面揭示帝國主義、封建主義和官僚資本主義統治之下農村經濟的破產。還有一種是表現在重大題材以外的生活現象，它是從大潮流迸躍而出的小浪花，如《煙雲》、《有志者》、《尚未成功》、《無題》等都屬於這一類。雖然只是反映大時代中的一小角生活，沒有明顯地表現重大的社會內容，然而卻從中揭示了社會生活的某些本質。

茅盾善於用工筆手法描寫人物的性格。他有時多用直接描寫，即將人物的思想性格逐步敘述出來，如《有志者》等三個連續短篇及《夏夜一點鐘》等都是採用這種方法，不過大部分短篇運用間接描寫方法，即戲劇描寫法，這就是從行動中展示人物的性格，或從別的人物口中作側面的表現。總之，描寫方法雖不相同，其能傳神則一。

短篇結構多採用單線的結構方法，即以一個主人公、一條故事線索組成布局。其做法有幾點：其一，以一物來聯繫全篇，如《手的故事》描寫主人公張不忍和他的愛人潘女士如何同漢奸劣紳作鬥爭的故事。然而，作者卻以

潘女士「異相」的手貫穿全文，把人物活動和情節開展結合起來，構成獨特的布局。其二，以一事組織情節，《有志者》等三個連續短篇，是通過主人公寫作一部小說從醞釀、經過到完成的全過程這件事來展開主題的。有些短篇如《春蠶》、《秋收》也是圍繞一件事的演變來組織布局的，不過大事件中又有小事件，情節比較複雜。其三，以主人公心理活動變化來構成故事，如《夏夜一點鐘》，作者有時也採用複線的結構法，即有一些短篇往往有兩個以上人物的活動糾葛在一起，形成了曲折突兀的情節，如《殘冬》、《右第二章》都是採用這種結構方法。

短篇的情調和形式也是多樣化的，有悲劇的，如《春蠶》、《秋收》；諷刺的，如《「一個眞正的中國人」》、《有志者》等三篇、《喜劇》、《搬的喜劇》、《微波》；抒情的，如《光明到來的時候》；對話體的，如《官艙裡》；速寫的，如《當舖前》等。

短篇的語言如同作者長篇創作的語言一樣，具有雄渾而又細膩的特點，然而因文體不同又有變化，時而白描，時而精細，時而幽默。

茅盾在創作短篇時，能運用各種題材，驅使各種形式，而且具有個人獨特風格。概括地說，其風格是：雄偉而又厚實，剛健而又雋永，然而短篇作品的藝術意境又是多種多樣。《春蠶》好像希冀之中滿含沉痛的控訴，《秋收》猶如怨憤交織著抗爭的吶喊，《殘冬》宛如從重壓中衝出來的怒吼，《兒子開會去了》冷雋之中隱藏著昂揚之情，《大鼻子的故事》則是混和著悲痛、詼諧和雄渾的情調，《「一個眞正的中國人」》飽含著劃刺入骨的嘲諷，《喜劇》好像發人深省的靜夜鐘聲，《有志者》等篇是談言微中的，《第一個半天的工作》則是含淚的微笑。

茅盾的短篇在當時的文壇上頗引人注目。他的短篇小說集《春蠶》（內有《春蠶》、《秋收》、《林家舖子》、《小巫》、《右第二章》、《喜劇》等）出版後，評論界即發表評論文章，予以充分肯定。〔註4〕

《林家舖子》及農村三部曲是當時茅盾短篇代表作，因此有必要作詳細分析，以便深入了解茅盾短篇的特色。

《林家舖子》

《林家舖子》寫完於一九三二年六月十八日，描述一二八戰爭前後上海

〔註4〕 羅浮：《評茅盾〈春蠶〉》，《文藝月報》第一卷第二期，1933 年 7 月 15 日。

附近的一個小市鎮林家百貨小商店由掙扎到倒閉故事，反映了在帝國主義侵略、封建主義剝削和國民黨反動派壓榨下二十世紀三十年代初期舊中國小商業衰敗的情景，表現人民抗日反蔣的鬥爭情緒。

林家舖子的林老闆，從他父親手裡繼承了一個小的舖子，本來生活不錯，後來「一年一年虧空」，還負了債，舖子到了倒閉的邊緣，他仍要掙扎、終於擺脫不了破產的命運。

林家舖子的倒閉同農村破產有著直接關係，小市鎮商業的市場依賴農民購買力，由於農村經濟的崩潰，小商業很受影響。小說描寫新年快到了，鄉下人上市本應購買年貨，可是只能購米充飢，即使起碼日用品如雨傘一再減價也是買不起的。「一群一群走過的鄉下人都挽著籃子，但籃子裡空無一物；間或有花藍布的一包兒，看樣子就知道是米；甚至一個多月前鄉下人收獲的晚稻也早已被地主們和高利貸的債主們如數逼光」。「這一切，林先生都明白，他就覺得自己的一份生意至少是間接的被地主和高利貸者剝奪去了。」是的，農村經濟的破產，是同地主高利貸者的剝削分不開的，所以林家舖子的倒閉也可以說是跟封建主義的剝削有關。

日本帝國主義發動的軍事侵略戰爭，也是林家舖子倒閉的重要原因。那時年關已迫，上海東升號派收賬客人逼債款，當地恆源錢莊的債款也要還清。由於一二八戰事的影響，金融凍結，林家舖子無處通融，因爲「東洋兵開仗，上海罷市，銀行錢莊都封閉」。起先林老闆認爲上海戰爭與個人無關，後來才「明白原來遠在上海的打仗也要影響到他的小舖子了。」

國民黨當權派敲詐勒索加劇了林家舖子的破產。國民黨當權派利用人民抵制日貨運動進行盤剝商家。林老闆店裡賣的是東洋貨，爲了能出售所存的商品，他用四百元賄賂國民黨黨部委員黑麻子，這樣才准許他商品裡的東洋貨扯掉商標作爲「國貨」賣出；國民黨調兵駐在鎮上向商會借餉，要林老闆攤認二十元，他只好答應；國民黨卜局長早就想佔他的小兒女爲妾，當林老闆因誣告而被捕時，他認爲更是有機可乘，妄圖達到可恥的目的，而黑麻子卻想借此敲詐錢財，雙方引起內訌，終於由商會會長出面敲走林老闆一百元討好那兩個國民黨爪牙了事。

小商業者之間的相互排擠傾軋，也是林家舖子倒閉的原因之一。林老闆以減價手段招攬顧客，生意有所好轉，引起對門資本比他雄厚的同業裕昌祥的嫉妒。爲了壓倒林家舖子，裕昌祥就造謠林老闆賤價出賣商品是想捲款外

逃，並向國民黨黨部誣告，又乘林老闆被捕挖走林家舖子的「一元貨」。

　　林家舖子就是在這些的重壓之下破產，終於一走了事，表明了小商業者在舊社會是沒有前途的。然而小市鎮貧民的命運更為悲慘，如朱三阿太、張寡婦、陳老七等人把賴以生活的積蓄存於林家舖子，舖子倒閉了，取不到存款，生存失去依靠，他們對林老闆極為氣憤，就向國民黨黨部告狀，結果陳老七、朱三阿太遭到國民黨警察的毒打，張寡婦在敵人的殘酷鎮壓中「完全瘋了」。這個慘劇，說明了小商業者為了自保把禍害轉移到城市貧民身上，使他們受到致命的打擊，更重要的是揭露了國民黨當權派的殘酷壓迫是造成他們悲慘命運的根源。

　　在那中國人民苦難深重的歲月裡，到處激起反對日本帝國主義和國民黨反動派的怒潮，林家舖子所在的小市鎮上也不能例外。日本帝國主義先是進行經濟侵略，大量傾銷日貨，隨後發動了一二八戰爭。小說描寫那個小市鎮人民聽到「東洋兵炸彈燒閘北」引起「上海罷市」的消息後，反響極為強烈，紛紛議論「上海的戰事」，有人罵「東洋烏龜」，有人當街大喊「再買東洋貨就是忘八」，學校成立了抗日會，掀起抵制日貨運動，這些充分表現人民抗日的憤怒情緒。可是國民黨當權派卻利用抗日鬥爭敲詐勒索人民，或鎮壓人民，因而受到群眾猛烈的反對。小說第七節描寫群眾面對國民黨警察的武裝鎮壓，表現了大無畏的鬥爭氣概，「朱三阿太扭著瘤嘴唇和警察爭論」，陳老大指斥國民黨警察是一伙「強盜」，張寡婦怒吼道：「強盜殺人了」。這些說明了老百姓識破國民黨當權派「保護窮人」的假面具，終於走上自發的反抗道路。林家舖子一家人也由於國民黨當權派的壓迫，終於激起憤怒的情緒，如林大娘把敲詐他們的國民黨黨老爺指責為「強盜」，要同他們「拚命」到底，林小姐對於國民黨的那個黑麻子委員的惡行表示壓惡，林老闆也以出走表示反抗國民黨那伙壞蛋！

　　作者站在無產階級立場，揭露小商業者在帝國主義侵略、封建主義剝削、國民黨當權派的勒索以及同行的傾軋之下陷於破產境遇，讚揚了人民反對帝國主義及國民黨當權派的鬥爭精神。

　　小說成功地塑造了林老闆的典型形象，從他精明能幹而又懦弱自私的性格特點中，看到舊社會小商人既有因受反動統治壓榨而形成的苟且圖存思想，又有投機取巧、損人利己的剝削本質。林老闆作為小商人，他的處世哲學是一心想著自己的生意，當處於破產的威脅中，他想方設法，使自己經營

的生意能夠好轉起來，多掙點錢，以挽救危局。他仿效上海大商店，以削價
為手段來招攬顧客，但不見好轉，過後，他又採用「大放盤」的辦法，繼續
廉價出賣商品，生意才有所好轉，可是他覺得虧本更多，便想「要把貨碼提
高，要把次等貨標上頭等貨的價格」。上海難民到了小市鎮，他又推銷「一元
貨」，從中牟利。從這一系列的活動中，我們看到林老闆的手段很多，賺錢是
很能幹的，而這又是同他作為商人投機損人的本質相聯繫的。林老闆只要有
利可圖，即使是微小的也要鑽營。例如朱三阿太提取存款利息時，他認為如
不付給，「這老婆子也許會就在舖面上嚷鬧，那就太丟臉，對於營業的前途很
有影響」，於是把售貨的現錢湊了湊交付朱三阿太。作品寫道：他終於鬥氣似
的說：「好，好，帶了去罷，帶了去罷！」老婆子錢拿走後，他就「異想天開
地打算拉回幾文來」，要她購買「洗臉毛巾」之類，結果未能如願。這說明林
老闆即使蠅頭小利，也要獵取，決不放過。林老闆精靈機巧的個性與唯利是
圖的本質融成一體。

林老闆的性格又是懦弱的。他對於國民黨當權派的敲詐、商會會長的派
款，甚至連國民黨卜局長要霸佔他的女兒作妾等等，都可以忍受，不敢口出
怨言，即使到了窮途末路，也是逆來順受，如果不是壽生的催促，未必會逃
走。林老闆的手足無措，表現出小商人的軟弱性。

林老闆性格還有自私的一面，他一心想著自己的生意，對反帝運動毫不
關心。當抵制日貨浪潮波及他的舖子時，他很氣憤地說，「真是豈有此理，那
一個人身上沒有東洋貨」。一二八戰爭後，小市鎮人民對於日本侵略者非常憤
怒，可是他「卻還不動神色」，「滿街人人為了上海的戰事而沒有心思想到生
意的時候，林先生始終在籌慮他的正事。」

林老闆這個小商人受著帝國主義、封建主義和國民黨當權派的壓迫和剝
削，雖然安分守己，苟且圖存，終究是破產的；不過，作為剝削者，他也有
商人的唯利是圖、投機取巧的思想作風，這說明林老闆具有小商業者的階
級兩重性。作者對他的遭遇是同情的，對他的商人的本性卻是批判的。作為
典型人物來看，林老闆的階級兩重性是通過精明而又軟弱的突出個性表現出
來的。

林大娘的形象也是有特點的，她生活在小商人的家庭，同林老闆一樣，
希望林家舖子的困境有所改變，不過她蟄居家園，見識不廣，長年又接受封
建思想，迷信觀念極濃厚，只知燒香磕頭，禱告菩薩「保佑」生意好轉，祈

求神佛讓女兒「易長易大」，「招得個好女婿」。她疼愛女兒如掌上明珠，希望她過著優裕而安逸的生活，這種性格的形成同她生在商人家庭有著密切關係。然而，她有著舊社會婦女中的「寧願布衣粗食爲人妻，不願錦衣玉食作人妾」的高尚傳統心理，因此，她堅決反對把女兒嫁給卜局長作妾，寧可許給壽生爲妻，她願意拿出「私房」，支持丈夫外逃，而自己卻和壽生留下來同那伙國民黨「強盜」周旋。林大娘性格中既有迷信和溺愛女兒的一面，又有敢於反抗黑暗勢力的鬥爭精神的另一面。

　　林小姐的形象也是引人注目的。家庭生活和教養，養成了她愛慕虛榮，講究穿著的不好習慣，不過她是個中學生，比較單純，又易接受新事物。當學校開展抵制日貨活動時，她雖然愛那一大堆東洋料子的衣服，可是她恨東洋人。她得知「上海竟然開火，打東洋人」，便「笑不離口」，感到高興。她「對於黑麻子之類就有一種幾乎可說是發於本能的憎惡」。〔註 5〕林小姐就是這樣一個嬌生慣養然而又有是非感的青年女學生。

　　壽生是林家舖子的店員。林家舖子在國民黨當權派壓榨下掙扎以及林老闆出走的過程中，處處顯出他的機智和膽略，表明了他對林老闆受壓迫遭遇的同情，也說明了他對國民黨當權派的憤怒。壽生是個沉著、機智、果斷，且富有正義感的店員形象。

　　小說的藝術是很成功的，構思獨具特色。作品以一二八上海戰爭前後爲背景，選擇小市鎮商業經濟活動極爲緊張的年關時刻，描寫了林老闆經營的小舖子由掙扎到倒閉的過程，反映了二十世紀三十年代初期舊中國社會的各種矛盾與鬥爭。這是把特定的歷史條件、特定的環境同主要人物的獨特命運及其典型的情節有機結合起來，因而選材是高度簡練，手法是非常巧妙，容量也是深廣的。可說是一篇嚴守繩墨、無懈可擊而又不落纖巧的傑構。

　　人物描寫的方法以細描爲主，輔以簡筆。以林老闆來說，作者把他置於各種矛盾的交織之中，隨著矛盾的不斷開展，逐步展現性格的各個方面。在矛盾衝突中善於調動各種藝術手段，細緻而又簡潔描寫人物複雜的心理狀態。例如，開始以廉價出賣商品時，作者通過眼神、小動作、對話，以及心理敘述等方法，表現了林老闆善於察言觀色，招攬生意，對顧客寄以期望，終於又陷入失望以及嫉妒同行的種種心理活動。又如，上海東升號另派人登

〔註 5〕據茅盾致吳奔星信（1953 年 3 月 10 日），轉引自吳奔星《茅盾小說講話》，上海泥土社，1954 年 3 月出版。

門坐索債款，作者運用了景物襯托、肖像變化和身世對比等手法，表現林老闆窮於還清債款的心情。作者還能經常在幾對矛盾的交叉中突出林老闆的性格。例如在「大放盤」之後，林老闆「臉上笑容不斷，心理卻像有幾根線牽著」，他的生意雖好，血本的虧折也多，越賣越心疼，還引起對門同行裕昌祥的訕笑；同時上海東升號收帳客人催款火急，壽生出門收賬又未回家，擔心在途中被「強盜」搶劫，向恆源錢莊借款遭到拒絕，又要索討全部債款等等，這一系列問題擺在林老闆的面前，他的處境極度窘迫。他「愈想愈仄」，似乎要投河自殺。如果說作者對於林老闆這個主人公是採用細描手法來刻劃的話，那麼描寫陪襯人物則是用簡筆手法的。例如林大娘、林小姐是在同主人公及故事的發展直接發生聯繫的過程中，抓著與性格有關的細節反覆描寫的。如一再以簡潔筆墨描寫林大娘求神禱告這個細節，既表現她的迷信思想，又寄寓著她的愛憎感情。從描寫林小姐講究衣著的細節中顯示她的愛嬌和正義感。

小說主要故事的發展藉助小事件推波助瀾，造成了前後聯結，步步深化，然而又有錯綜變化，迂迴曲折的結構特色。作品描寫了林家舖子由掙扎到倒閉的故事，以林老闆和黑麻子的矛盾貫穿始終，其中穿插著許多矛盾，從而推動了主要矛盾的深化。小說開頭揭示黑麻子利用抵制日貨敲詐林老闆四百元，為了彌補這個損失，林老闆只好放盤廉價出賣商品，但生意並不見佳，矛盾未能解決，新的許多矛盾又來了，例如上海東升號派人坐索催款，吳媽又來取工錢，只好再次廉價出售商品，真是絕處縫生，果真生意略有好轉，但林老闆的窘境並不能根本擺脫，因為收入沒法應付催款的上海客人，朱三阿太又要提取存款利息。面對著這兩對矛盾，林老闆怎麼辦？作者巧妙地處理了這個問題，先易後難，在解決林老闆與朱三阿太的矛盾之後，再來全力解決他與上海客人的矛盾。這裡作者還運用了曲筆，林老闆還款寄望於壽生的收賬，可是上海客人催款甚急，只好向恆源錢莊借款，正在碰壁之際，恰好壽生回來，壽生雖收回款子包括兩張莊票，仍不夠還賬。林老闆派人到恆莊錢莊將莊票換成現款，莊票被扣抵欠款。林老闆無可奈何，只得將賣的錢湊了數，送走了上海客人。這樣矛盾也就解決了。然而，新的矛盾又來，裕昌祥造謠林家舖子要關店，又要吃聚隆、和源的倒賬，恆源錢莊又派人到舖子「守提」。在這個新的困難面前，林老闆接受壽生的建議，推銷「一元貨」，從上海難民那邊做了一筆生意，恆源錢莊就派人來提款，朱三阿太等三人由

於裕昌祥的慈惠，要預支息金、拔提存款。林老闆通過商會會長「去和那三位寶貝講開」。商會會長乘機轉告卜局長擬娶他女兒爲妾的消息，同行造謠他賣賤要捲款逃走，黑麻子以他沒有理清朱三阿太等三人存款而要外逃爲罪名，把他扣留了。至此，次要矛盾同主要矛盾交織在一起，形成了作品矛盾的高潮。裕昌祥借林老闆被捕之機，到舖子挖走「一元貨」，爲了搶救林老闆，壽生只好答應，以便取得款項，賄賂黑麻子。林老闆雖已救出，舖子實在難以維持，便逃走了事。然而矛盾並沒有解決，結果是朱三阿太因取不到存款向國民黨黨部控告而被鎮壓，引起群眾的強烈反抗。結尾同開首照應，寓意深遠，指明林老闆的外逃沒法解決人民與黑麻子之間的矛盾，只有群眾的鬥爭，才有真正的出路。由此可見通篇大事件首尾相聯，筋絡連接，小事件也是前後貫通，與大事件相互制約交錯進行，整個故事情節曲曲折折，起起伏伏，步步推向高潮，煞尾強勁有力。

作品的語言具有細密與明快的特點，敘述語言準確而又簡括。例如林老闆在「黨老爺敲詐」、「錢莊壓逼」、「同業又中傷」、「又要吃倒賬」重重折磨之下，內心痛苦難熬，作者這樣寫道：「他，從父親繼承下這小小的舖子，從沒敢浪費；他，做生意多麼巴結；他，沒有害過人，沒有起過歹心；就是他的祖上，也沒有害過人，做過歹事呀！然而他直如此命苦！」這段敘述是口語化的，相當洗煉、明快，同故事和人物性格發展相吻合。有些敘述語言是富有個性化的，如當林大娘聽說卜局長要娶女兒作妾時，作者寫道：「林大娘看見女兒，就一把抱住了，一邊哭，一邊打呃，一邊喃喃地掙扎著喘著氣說……」，從林大娘「抱」、「哭」、「打呃」、「掙扎」等一連串動作中生動地刻劃了她既疼愛女兒，又不滿黑暗勢力的愛憎分明心情。

作品的描寫語言簡潔而精細。以寫雪景來說，先寫「凍雨又有變成雪花的模樣」，再寫「天還是飄飄揚揚落著雪」，末了寫「雪是愈下愈密了，街上已經見白」。二次雪景寫來何其不同，雪景的變化同氣氛的渲染、人物情緒的變化交融一體，恰到好處，意趣盎然，從中窺見小市鎮年關日漸冷落淒涼的景象和林老闆的不斷加深的鬱結心情。

人物的對話與人物的性格相和諧。作者善於在各種場合中透過人物的對話揭示人物性格。作品一開始就通過林老闆一家人對抵制日貨的反應，描寫了各人的心情，林小姐因爲穿東洋料子衣服受到同學笑罵，回家後對母親說：「媽呀！全是東洋貨，明兒叫我穿什麼衣服？」這裡看出林小姐由於講究

衣著，喜愛東洋貨，然而她又痛恨東洋人的複雜心理狀態。母親看到女兒「只穿著一件絨線短衣站在床前出神」，關切地說道：「阿因，呃，你幹麼脫得——」這句話表明林大娘這個舊式家庭婦女，對於抵制日貨大事不甚了然，只知疼愛女兒的狹隘感情；林老闆則由於抵制日貨影響著他的生意而產生了抵觸的情緒，他說：「明秀，你的學校裡有什麼抗日會麼？剛送來了這封信，說是明天你再穿東洋貨的衣服去，他們就要燒呢——無法無天的話語，咳……」。當時國民黨當權派利用抵制日貨對他進行敲詐，他表示了極大憤慨，說道：「哪一家洋廣貨舖子裡不是堆足了東洋貨，偏是我的舖子犯法，一定要封存！咄！」隨著矛盾衝突的開展，人物的性格也在變化中。人物的對話也能表示性格的變化，當卜局長要強娶林小姐作妾時，林大娘說：「怎麼能夠答應，呃，就不是小老婆，呃，呃——我也捨不得阿秀到人家去做媳婦！」林老闆緊接著說：「我也是這個意思，不過——」，而林小姐只叫著「媽」一聲。這裡顯示了三個人的不同思想性格，林大娘是剛強的，要「拚了這條老命」同「強盜」鬥，林老闆是軟弱的，他對「強盜」不滿，又害怕「要來找訛頭生事」，林小姐卻是膽怯的，擔心落在「強盜」魔掌，求救於母親。作者如此成功地通過人物對話，生動地刻劃了人物在不同場合的不同性格特點。

《林家舖子》在作者的短篇創作中有著新的重大進展。作者在《創造》等作品裡是以青年知識份子及上層婦女作為描寫對象的。《泥濘》才開始注視大革命時期農村生活。《大澤鄉》等歷史小說則把題材範圍擴展到古代農民鬥爭的領域。《林家舖子》的取材又轉向當時現實社會，「第一回描寫到鄉村小鎮的人生」，〔註6〕即從小市鎮的生活風貌窺視二十世紀三十年代初期中國社會變幻的風雲。從人物形象來說，林老闆這個小商人的典型人物，在作者的人物形象畫廊裡是第一次成功塑造的，從寫作藝術方面來說，如果我們把它同作者以前短篇作品比較，不難看出作者不斷地變換新的描寫手法。《創造》等作品都是採用截取生活中片斷的寫法，由於選材不嚴，挖掘不深，未能深入地反映時代面貌，人物性格大都借助於對話、心理敘述來表現，故事簡單，然而行文不緊湊，有冗長之病，語言雖細膩，但缺乏洗煉。《泥濘》標誌著作者短篇創作的新開展，作品採用橫斷面手法，篇幅較短，富有時代內容，多注意用人物行動表現性格，結構也較緊湊，語言也較明快。《大澤鄉》等篇，

〔註6〕茅盾：《我的回顧》。

篇幅更短，能從歷史長河中取其有意義的片斷，表現戰鬥主題，工於人物的心理刻劃，語言也富有詩意。不過，它如同《泥濘》一樣，藝術上有概念化的毛病。《林家舖子》的寫法又有了新變化，它是中篇壓縮的寫法，通過人物一系列的行動，反映廣闊而深刻的歷史內容，揭示人物性格，情節曲折，矛盾衝突複雜，然而故事發展層次分明，前呼後應，波瀾迭起，形成了嚴密而又靈活的結構特色，語言細密而又明快。《林家舖子》是作者短篇的上乘之作。

《林家舖子》在現代文學發展史上有著特殊的地位。短篇小說以小市鎮生活反映一二八戰爭前後中國現實生活的急遽變化，《林家舖子》是最早出現的；林老闆這個小商人典型，在當時也是未曾為別的作家成功地提供過的；作品在藝術上是很有獨特性的，它能在單純而又複雜的情節之中展現豐富的社會生活，能在步步深化的矛盾衝突之中構成多姿多采的藝術形象，這種極為簡練然而又是施展自如的藝術風格，在短篇創作中是獨樹一幟的。

《林家舖子》發表以後引起當年文壇的注視。朱自清說，茅盾作的「《林家舖子》（收在《春蠶》中），寫一個小鎮上一家洋廣貨店的故事，層層剖剝，不漏一點兒，而又委曲入情，真可算得『嚴密的分析』，私意認為這是他最佳之作。」〔註7〕有的評論指出：《林家舖子》在「取材上，我們不能不說這是百分之百把握了現實，意識上也是非常正確的」，「在人物的配置和描寫上」，林老闆、林大娘等「都寫得非常深刻、生動、有力」，這是一篇「很成功的作品」。〔註8〕這篇作品收入《春蠶》集，曾於一九三四年二月被國民黨當局列為禁書，然而敵人的陰謀並沒有得逞，《林家舖子》仍然送到者手中。

《林家舖子》在國外也受到了重視。一九四四年蘇聯的《中國小說》刊載了這篇小說，之後又多次出版；日本、捷克、匈牙利、德國等國也翻譯過。我國曾用英、法等國文字向世界介紹。蘇聯著名作家卡達耶夫指出：「《林家舖子》這篇小說以純粹的巴爾扎克般的技巧描繪出以林家為代表的階級的破產和滅亡的圖畫。」〔註9〕

〔註7〕 朱自清：《〈子夜〉》。
〔註8〕 羅浮：《評茅盾〈春蠶〉》。
〔註9〕 《一九五四年下半年卡達耶夫在〈真理報〉上發表的評論》，《作家通訊》總第十二期，1955年4月5日。

農村三部曲

由《春蠶》、《秋收》、《殘冬》組成的農村三部曲，每篇各自獨立又是相互聯繫，作品生動地反映了二十世紀三十年代初期半殖民地半封建舊中國農村的破產，指出農民只有組織起來實行武裝鬥爭才有出路。

《春蠶》寫於一九三二年十一月一日，《秋收》作於一九三三年一月，《殘冬》也是一九三三年寫的。

《春蠶》通過江南農村富裕農民老通寶家境的變遷，概括地反映了舊中國農村由於帝國主義經濟侵略和國民黨當權派、封建地主、高利貸者聯合敲詐和剝削，造成了經濟的崩潰。小說寫了老通寶家「十年中間掙得了二十畝的稻田和十多畝的桑地，還有三開間兩進的一座平屋。」帝國主義經濟入侵後，洋貨不斷傾銷，老通寶「自己田裡生出來的東西就一天一天不值錢」，國民黨「派到鄉下人身上的捐稅也更加多起來」，「地主、債主、正稅、雜捐，一層一層地剝削來」，這樣，老通寶一家日益窮困，不但失去自己的田地，還欠了三百多塊錢的債。

《春蠶》著重描寫了一二八上海戰事後老通寶在春蠶豐收成災中的慘局，揭示農民貧困化的特定歷史原因。那時老通寶正在勉力支持窮困生活之際，眼看蠶花好收成，於是「他的被窮苦麻木了的老心理勃然又生出新的希望來了」，他「唯一的指望就是春蠶，一切臨時借貸都是指明在這『春蠶收成』中償還」。果真春蠶豐收了，成了五百斤的繭子，然而結局卻是這樣：「因為春蠶熟，老通寶一村的人都增加了債！老通寶家為的養了五張布子的蠶，又採了十多分的好繭子，就此白賠上十五擔葉的桑地和三十塊錢的債！一個月光景的忍饑熬夜還都不算！」春蠶豐收成災究竟是什麼原因？成品並沒有描寫得很清楚，不過我們結合作者有關材料來研究，可以看出其原因是多方面的。小說寫到一二八上海戰爭後，「絲廠都關門」，「繭廠也不能開」。這就是說上海的戰爭，日本帝國主義入侵「使那些擱淺了的中國絲廠無從通融款項來開車或收買新繭！」〔註10〕不過，蔣介石與日本侵略者簽訂了賣國的淞滬停戰協定，「和東洋人也講攏，不打仗了」，可是不少繭廠仍然不能開門。這就有特殊的原因。那是一九二九年以後世界資本主義經濟危機，日本帝國主義為了擺脫困境，極力扶助絲商，大肆傾銷日本絲，「中國『廠經』在紐約和

〔註10〕《故鄉雜記》，《茅盾文集（九）》。

里昂受了日本絲的壓迫而陷於破產」，〔註 11〕國際經濟危機波及上海，以致「銀錢業都對受抵的大批陳絲陳繭皺眉頭，是說『受累不堪』！」〔註 12〕由於中國絲外銷受到國際市場嚴重影響，致使上海戰爭停火，也無法解決蠶繭銷路問題。幸存絲廠繭行爲了「要苟延殘喘便加倍剝削蠶農，以爲補償，事實上，在春蠶上簇的時候，繭商們的托拉斯組織已經定下了繭價，注定了蠶農的虧本，而在中間又有『葉行』（它和繭行也常常是一體）操縱葉價，加重剝削，結果是春蠶愈熟，蠶農愈困頓」。〔註 13〕小說描述正當春蠶豐收在望，「葉行情飛漲了」，「四塊錢一擔」，老通寶只好「把家那塊出產十五擔葉的桑地去抵押」，買來了三十擔桑葉。沒有料到，春蠶豐收了，可是賣不出去，終於花了好大力氣才把繭子弄到無錫腳下的繭廠去賣，又遭到繭廠苛刻的挑剔：「洋種繭一擔只值三十五元，土種繭一擔二十元，薄繭不要。老通寶他們的繭子雖然是上好的貨色，卻也被繭廠裡挑剩了那麼一筐，不肯收買。老通寶他們實賣一百十一塊錢，除去路上盤川，就剩了整整的一百元，不夠償還買青葉所借的債！」小說結尾寫了老通寶把賣不出去的八九十斤繭子做成絲，拿到鎮上當舖，才把「清明前當在那裡的一石米換了出來。」由此看來，春蠶豐收成災的慘局是由於世界資本主義經濟恐慌的影響，日本帝國主義經濟和軍事侵略的壓迫，以及中國商業資本家殘酷剝削造成的。

《秋收》寫的是穀賤傷農的故事。老通寶經歷了春蠶豐收的悲劇，落得白賠桑地和負債之厄運，過著吃南瓜和芋頭的艱苦日子，但他並沒失去追求生活的信念，仍把希望寄託在水稻的好收成上。他先是向吳老爺借錢買米，未能如願，只「賒了三斗，等到下半年田裡收起來」「就要還他五斗糙米」，後來再向小陳老爺借債購買肥料。這樣，水稻就「像發瘋似的長起來，也發瘋似的要水喝」，老通寶又借了八元錢的債，租了洋水車，指望水稻豐收後可以「債清一半」，可是「老通寶的幻想的肥皂泡整個兒爆破了！」水稻雖然好收成，由於資本家壓低價格，米價不斷下跌，小說寫道：「鎮上的商人」「只看自己的利益，就只看見銅錢，稻還沒有收割，鎮上的米價就跌了！到鄉下人收穫他們幾個月辛苦的生產，把那粒粒壯實的穀打落到稻簟裡的時候，鎮上的米價飛快地跌到六元一石！」「最後，鄉下人挑了糙米上市，就是三元一

〔註 11〕 茅盾：《我怎樣寫〈春蠶〉》。
〔註 12〕 《故鄉雜記》。
〔註 13〕 茅盾：《我怎樣寫〈春蠶〉》。

擔也不容易出脫」，「然而討債的人卻川流不絕地在村坊裡跑，汹汹然嚷著罵著。請他們收米罷？好的！糙米兩元九角，白米三元六角！」老通寶一家「白辛苦了一陣子，還欠債！」老通寶秋收的慘痛經過，生動地揭露了在帝國主義經濟侵略之下，商業資本家和高利貸者加緊剝削農民，造成了穀賤傷農的悲劇。

如果說《春蠶》、《秋收》著重揭露帝國主義和商業資產階級同農民階級的尖銳矛盾，那麼，《殘冬》則是側重表現地主官僚階級同農民階級的對立。「春蠶的慘痛經驗成了老通寶一場大病」，「秋收的慘痛經驗便送了他一條命」。老通寶的大兒子阿四、媳婦四大娘和多多頭過著更為困苦的生活：「田，地，都賣得精光，又欠了一身的債，這三間破屋也不是自己的」，阿四等農民對騎在他們頭上作威作福的地主和官僚懷著強烈的憎惡感情。小說開頭描寫阿四村子「一望只是死樣的灰白。只有村北那個張家墳園獨自蔥蘢翠綠。這是鎮上張財主的祖墳，松柏又多又大」，「偶爾那墳上的松樹少了一棵」，「張財主就要村裡人賠償」。張財主之所以膽敢肆無忌憚地對農民進行經濟掠奪，那是因為他同官僚相勾結。例如農民罵他幾句，他就去叫了警察來捉去坐牢；他同「販私鹽的，販鴉片的」串通一氣，「坐地分贓」，而國民黨官府裡局長也是同他們狼狽為奸的。農民在地主官僚壓迫下「沒有飯吃，亂轟轟地搶米店吃大戶的時候」，地主階級地方武裝保安團還要敲詐他們，派團捐到他們的頭上，真是令人髮指！農民與地主矛盾尖銳化達到了驚人的程度。

有壓迫就有反抗。小說生動地描述了農民抗爭的歷程。《春蠶》中的多多頭與老通寶對生活的看法不盡相同，多多頭雖然承繼老通寶熱愛勞動的傳統，然而他不相信老通寶那種認為勤儉可以翻身的守舊思想。儘管他對未來生活不甚了然，可是他對當時不合理生活卻是不滿意，這就為他走上鬥爭道路作了精神上的準備；《秋收》描寫了春蠶豐收反而成災，農民活不下去，終於跨上反抗征途。在多多頭和陸福慶的領導下，農民發動了搶米囤的風潮，爾後「周圍二百里內的十多個小鄉鎮上，幾乎天天有飢餓的農民『聚眾滋擾』」，他們還「用了『遠征軍』的形式，向城市裡來了」。國民黨政府派出「保安隊」彈壓，同時商人紳士採用軟化政策，如准予賒米等，這樣風潮才平息。可是秋收之後，農民生活陷於更困苦的境地。《殘冬》寫出農民瀕於絕境，又遭到地主官僚的壓迫，於是要求變革現實的心情殷切，在這種情況下，黃道士胡謅「真命天子」出世故事，吸引一部分農民。他在屋裡「拜四方」「供著

三個小小的草人兒」，又弄出了個「鼻涕拖有寸把長」的十一、二歲孩子，充當「眞命天子」，農民幻想「眞命天子」能夠解除他們的苦難生活。地主武裝「三甲聯合隊」出於政治需要，把那個「眞命天子」捉走了，以多多頭和陸福慶爲代表的貧苦農民，早已組織起來，他們從地主武裝手中奪得武器，並揭穿了所謂「眞命天子」的鬼把戲，教育農民走上武裝鬥爭的道路。

多多頭等貧苦農民的抗爭歷程，清楚地告訴人們：生活的煎迫，使農民不得不吃大戶，搶米囤，然而並不能解除厄運，終於實行武裝鬥爭。這種鬥爭仍然是自發的，不過，從《秋收》中老通寶提到的「聽說別處地方鬧『長毛』鬧了好幾年了」一事，似乎多多頭等人進行的武裝鬥爭，是受到當時黨領導的武裝鬥爭的影響。

農村三部曲深刻的思想在於反映了一二八上海戰爭前後農村經濟的崩潰及農民的破產，從而揭露世界資本主義經濟危機帶來的惡果，指斥帝國主義的經濟、軍事侵略的行徑，控訴國民黨反動派政治壓迫與經濟勒索的罪行，暴露地主、高利貸者和資產階級殘酷壓榨和重利盤剝的罪責，讚揚貧苦農民反抗鬥爭的精神。

在評價農村三部曲思想價值的問題上，學術界的看法不大一致。有的說，小說深刻地揭示春蠶豐收成災的原因是：「由於帝國主義經濟的侵入，通過他的掮客——買辦資產階級，以金融控制中國工業，並直接和中國絲廠競爭，因而使中國絲廠破產關係；勉強開工的絲廠繭廠，又多用日本較便宜的繭子，因此老通寶的繭子當然賣不出去。」這段論述顯然是不完全合乎實際。老通寶的繭子賣不出的原因是多方面的，如前面所述說的，世界資本主義經濟危機的波及，日本帝國主義的經濟入侵，上海一二八戰爭的影響，以及商業資產階級的苛刻榨取等，至於說是帝國主義通過買辦資產階級「以金融控制中國工業，並直接和中國競爭」，從作品的描述和作者有關的記述材料都是看不出來的，似乎是根據一般理論推斷的。

有些評論還把農民的自發鬥爭說成是自覺的鬥爭，有的說：「小說裡，我們可以看到善良、質樸的中國農民的反抗情緒怎樣隨著苦難的加深而日益高漲，並終於克服了種種因襲的缺點，走上了自覺的、堅決的抗爭的道路」。有的說：「以多多頭他們爲代表，開始有組織地進行武裝鬥爭了」，「他們已經摒棄了一切幻想，離開了自發的鬥爭的道路，腳踏實地從事新的革命了！」農村三部曲中多多頭等進行的武裝鬥爭雖然似乎受到當時黨領導的武裝鬥爭的

影響，然而作品並沒有明確指出或者側面暗示他們已是走上無產階級領導之下的自覺鬥爭道路，所以只能說他們的武裝鬥爭仍然是自發的，談不上是自覺的鬥爭。

　　茅盾站在無產階級立場上，運用階級分析方法，通過具體的藝術形象，揭示了二十世紀三十年代初期國統區農村破產和農民貧困的社會的、階級的根源；同時也真實地反映那時江南一帶農民鬥爭情景，那就是「還沒有共產黨領導的農民武裝鬥爭」，〔註14〕只有農民的零星自發反抗鬥爭，因為那裡農民運動高潮已過去，暫時處於革命的低潮。作品反映這種社會生活的特點，是符合客觀實際的。作者「當時知道蘇區在進行武裝鬥爭」，〔註15〕《子夜》對此就有所反映，農村三部曲也作了側面交代，但它寫的不是蘇區農村，也不是已有黨領導的武裝鬥爭的農村，故不能要求作品寫出農民的自覺的鬥爭，也不能認為作品寫了農村的武裝鬥爭，便斷定農民是在進行自覺的鬥爭。

　　小說的藝術是有特色的，人物塑造方面很有創造性。作者筆下的老通寶是個具有典型性格的人物形象。這個老農民以其力圖依靠在自己土地上辛勤勞動求得生活的突出特點引人注目。當他家由小康的自耕農變成貧苦農民之後，他並不絕望，還把希望寄託在春蠶的豐收上，他說：「只要不像去年，他家的債也許可以撥還一些罷」。因此，他借了債，準備蠶事之後本利歸還。這樣，他就把全部精力傾注在春蠶生產。沒料到，春蠶豐收反而負債，自己還得了病。然而，他並沒有失去追求生活的信念，仍然借債度日，期望水稻豐收好光景，他說：「只要一次好收成，鄉下人就可以翻身，老天爺到底是生眼睛的！」

　　老通寶相信靠自己的勞動可以拯救厄運，不是憑空想像的，而是有實際依據的。他深知「自己的老子怎樣永不灰心地做著，做著，終於創立了那份家當」，「他記得自己還是個二十多歲少壯的時候」，怎樣勤奮，家境逐漸好起來。

　　老通寶正是從實際生活出發，產生了對帝國主義和國民黨的憎惡思想。他感到「父親留下來的一份家產就這麼變小，變做沒有，而且現在負了債」，並不是自己不愛勞動，而是被「洋鬼子騙去了」，因此，他「恨洋鬼子」。他還認為「新朝代」即國民黨統治，是「串通了洋鬼子」的。

〔註14〕茅盾答筆者問，1979 年 3 月 12 日來信。
〔註15〕同上註。

　　從實際生活中，老通寶形成了愛憎的鮮明觀念，他對勞動者有著深沉的愛，對帝國主義及國民黨有著無比的憎。這種樸素的階級意識，反映中國勞動人民刻苦耐勞和反抗壓迫的鬥爭精神。

　　然而，我們也清楚看到老通寶沒有經歷著革命的風浪，長年在狹小土地上勞動，總是以自己的經驗來衡量客觀事物，因此他產生落後保守思想。例如，他曾經不贊成多多頭他們吃大戶、搶米囤的反抗行動，他還錯誤地認為陳老爺家的破落和他家的困頓，「好像是一條線兒牽著」，同一運命。由於他對現實的急劇變化無法理解，便求之於菩薩、鬼神、命運。老通寶這些弱點，反映小生產者思想的局限。

　　現實的鬥爭生活是最好的老師。即使像老通寶那樣肩負著因襲重擔的老農民，終於也認識到只是憑借自己的勞動，不敢向舊勢力作鬥爭，也是沒有出路的。他臨終前對多多頭說：「真想不到你是對的！真奇怪！」是的，老通寶不明白多多頭所從事的鬥爭的意義，然而他終究承認他走的反抗道路無疑是正確的！

　　老通寶的形象的深刻性在於指出小生產者在帝國主義、封建主義、資本主義重重壓迫之下，希冀以其誠實的勞動換取生存是不可能的，也表明在現實教訓面前終究要企求反抗的生路！

　　作品中另一個重要人物是多多頭，他的形象雖然不及老通寶豐滿，然而作為富有反抗性格的農民來說，卻是有意義的。多多頭生長在由自耕農逐步破產下來的貧苦家庭，他沒有老通寶勞動發家的經歷，所以「他永不相信靠一次蠶花好或是田裡熟，他們就可以還清了債再有自己的田；他知道單靠勤儉工作，即使做到背脊骨折斷也是不能翻身的。」因此他同老通寶的思想不同，他沒有像老通寶那樣憂愁、固執、迷信，他對生活充滿了興味，他是那樣快活、爽朗，在鬥爭中又是那樣猛鷙、堅韌。他之所以走上武裝鬥爭的道路，一者是總結了老通寶的慘痛經歷，二者是他一家貧困的必然結果，三者是農民兄弟如陸福慶等人的影響。

　　多多頭形象的意義，表明了在帝國主義侵略和國民黨當權派統治之下舊中國農村中的貧苦農民從災難中覺醒過來，走向反抗鬥爭，暗示著國統區崛起的農民的自發武裝鬥爭必定引向自覺的鬥爭道路！

　　小說刻劃人物的手法同《林家舖子》大致相同，以細描為主，兼用勾勒筆法，不過也有不同之處。以細描來說，它不像《林家舖子》那樣，置主要

人物於各種矛盾之中來展現複雜心理狀態，只是圍繞作品主要事件多方面表現人物性格，以老通寶爲例說明。《春蠶》第一節通過富有歷史特點與地方色彩的自然環境的描述，結合人物身世變化，畫出了老通寶的性格重要方面：對於「洋鬼子」、「新朝代」的憎惡，對勞動發家的依戀，對困頓生活的憂慮，對春蠶豐收的寄望；第二節以簡潔手法，描寫了老通寶外形的變化，如「火紅的眼睛」、「氣得臉都紫了」、「哭喪著乾皺的老臉」，活畫出收蠶前的複雜心情：時而憤懣、時而緊張、時而恐懼；第三節寫了抵押桑地購買蠶葉、禁止多多頭同荷花往來以及荷花偷闖蠶房幾件事，反映老通寶力爭春蠶豐收的殷切心情，也描寫他的封建迷信思想；第四節集中寫了收繭賣繭事件，用敘述筆調描摹老通寶由興奮而沮喪以至頹唐的心情。這樣一來，經過作者層層剖析，老通寶就像一個活人似的自遠而近地站立在讀者面前。

作者對於塑造次要的人物形象也如同《林家舖子》一樣，通常運用勾勒手法，不過仍有不同。《林家舖子》多用能表現人物舊習慣的細節刻劃思想面貌，如林大娘的求神拜佛，林小姐的講究衣著，有時也著重通過一、二事件以簡潔手法描寫人物，如對壽生形象的描寫即是一例。農村三部曲中也有類似的勾勒方法，如黃道士這個「怪物」，以其胡謅引人注意，作者運用能表現他的舊思想、舊習慣的語言、細節刻劃之。不過，更多的是在生產過程或鬥爭過程中以簡潔有力的筆觸來描寫人物。以多多頭來說，《春蠶》多放在生產活動中來表現，老通寶由於迷信思想的作祟，在奪取春蠶豐收時，嚴禁多多頭同有「晦氣」的荷花接觸，多多頭「像一個聾子似的不理睬老頭子那早早夜夜的嘮叨，他心裡卻在暗笑」，這幾句就把多多頭那種不相信「鬼禁忌」的精神面貌反映出來，作者還寫出他和荷花在一塊時有說有笑的爽朗性格，他從人們看不起荷花的事情中覺察到「人和人中間有什麼地方是永遠弄不對的，可是他不能夠明白想出來是什麼地方，或是爲什麼。」這表明了多多頭並不是個頭腦簡單的人，而是善於思考生活問題的年青人。《秋收》中多多頭的思想與性格是放在鬥爭中表現的，形象更爲鮮明。當他參加吃大戶時，受到老通寶的斥責，罵他「畜生！殺頭胚！……」，他笑嘻嘻地回答：「殺頭是一個死，沒有飯吃也是一個死！去吧！阿四呢？還有阿嫂？一夥兒全去！」這裡多多頭的抗爭精神同開朗性格交織而成的藝術形象鮮明地矗立起來！又如四大娘的樸實能幹的性格是從整個春蠶由養到收特別是其中窩種的過程來表現的。荷花的潑辣、富有反抗舊傳統的性格是通過同多多頭、老通寶在春

蠶養收的過程中的關係來刻劃的。這些人物，由於作者運用洗煉的筆墨刻劃他們的外形和精神面貌，因而形象是生動而鮮明的。

　　小說的寫法是有特點的。它寫的是一個橫斷面，故事集中於一點，描寫了眾多人物，反映了廣闊的生活內容，不過各篇又有不同。《春蠶》以養蠶一事為線索，有波瀾，有頂點，與蠶事有關的十來個人物都描寫到了。先是寫出在災難歲月裡出現不尋常的事情，即春蠶豐收的跡象，接著引出老通寶一家人，再帶出全村蠶農。隨後著重描寫老通寶全家為蠶事而奔忙，如洗蠶具、糊蠶罩、窩種、收蠶等，從中表現了他們對於豐收在望的喜悅，描寫了他們緊張勞動的疲乏，也敘說了他們在收成前見不到收繭人的憂慮。最後以繭價猛跌造成了豐收成災，宣告了老通寶美妙幻想的破滅。故事至此達到了頂點，但還有尾聲，即老通寶賠地又負債。這樣一來，首尾對照，中間行文從容起伏，形成了綿密而又靈巧的構思。《秋收》的寫法與《春蠶》有相似之處，集中寫出了水稻豐收成災一事，不過也有不同之處，其間穿插吃大戶、搶米囤的情節，這些又是與主線相配的，因而主旨較之《春蠶》深化。《殘冬》寫法同前二篇不同，不是專寫某種農事，然而仍集中寫了一事，即農民要求變革現實，求之於黃道士鼓吹的那套拜草人、招「真命天子」的迷信思想。由於現實的教育，他們終於走向武裝反抗的道路。主題思想比起《秋收》更為深刻。然而就寫法來說，《春蠶》最為集中、洗煉，《秋收》稍嫌局促，《殘冬》顯得鬆弛。

　　農村三部曲以《春蠶》最好，其創作上的特點在於以特定的歷史條件為背景，取材於複雜的現實鬥爭中的平凡事件，用故事集中於一點的手法，表現出眾多的人物，揭示深刻主題，藝術上具有廣闊而又精煉的獨特風格。

　　農村三部曲在第二次國內革命戰爭時期的文壇上佔有重要的地位。從描寫農村生活的作品來說，葉紫的短篇《豐收》、《電網外》等以反映大革命失敗後湖南農村的階級鬥爭，揭示農民只有跟著共產黨走才有出路著稱；洪深的話劇農村三部曲（《五奎橋》、《香稻米》、《青龍潭》）描寫二十世紀三十年代初期國民黨統治區農民遭受帝國主義、封建主義和官僚資本主義的壓迫和剝削，歌頌農民同地主階級軍警的鬥爭，然而這些作品並不能給農民指出鬥爭出路。吳組緗的短篇如《一千八百擔》、《樊家舖》是以國統區皖南農村為背景，揭露地主豪紳的醜態，表現農民的抗爭精神。茅盾的農村三部曲同以上同類作品比較，在反映農村破產和農民貧困化問題上是共同的，然而茅盾

的作品更為廣泛而又深刻地揭示農民痛苦的根源，指出農民政治上受國民黨當權派壓迫，經濟上受帝國主義、封建主義和資本主義的削剝，思想上受到封建主義的毒害。在農民鬥爭出路問題上，茅盾的小說，比之洪深、吳組緗等同類作品更為明朗，指出農民必須走武裝反抗的道路！然而它卻沒有像葉紫小說那樣明確指出農民鬥爭的正確方向。我以為這同作者描寫的對象、選材有關。葉紫小說描寫的是大革命時期黨領導下的農村，以及大革命失敗後農民堅定走黨指引的道路的事跡，而茅盾小說卻是反映三十年代初期江浙一帶國民黨統治區農村生活。當時那個地區農民正在進行自發的鬥爭。作品真實地反映了這種社會生活，是值得肯定的。

再從當時同是反映豐收成災的作品來看，茅盾的農村三部曲也是有特色的。葉紫的《豐收》指出豐收成災的根本原因乃是地主階級的壓迫與剝削，而茅盾的農村三部曲同洪深的話劇《香稻米》、葉聖陶的短篇《多收了三五斗》等都是描寫豐收成災是由帝國主義侵略，國民黨統治以及商業資本的殘酷剝削所造成的。不過茅盾的短篇鮮明地反映了日本侵略者發動的一二八戰事是豐收成災的重要原因。至於災後農民的出路，《香稻米》通過農民黃二官的口說：「再不想出一個法子來，鄉下人真要不得了的了！」究竟農民想出怎樣的「法子」來挽救破產的命運，作者沒有明顯說出。《多收了三五斗》表現了災民的憤怒情緒，然而也是沒有出路的。茅盾的短篇強調災後農民的反抗行動，比如吃大戶、搶米囤以及武裝鬥爭。

在塑造農民形象方面，農村三部曲也給文壇增添新的異彩。我國現代文學史上魯迅首先而且成功地塑造了一群富有個性特徵的農民形象，如阿Q、祥林嫂這類被壓迫的貧苦農民典型，表現了辛亥革命前後到第一次國內革命時期前夜躲在「暗陬裡的難得變動的中國鄉村的人生」，旨在「攻擊傳統思想」﹝註16﹞及家族制度。茅盾創造的老通寶同阿Q他們一樣都是被三座大山壓榨而暫時尚未覺悟的農民，不過老通寶反映了二十世紀三十年代初期在帝國主義經濟、軍事入侵及國民黨當權派殘酷統治之下農民的悲慘遭遇。如果我們再把老通寶形象同這一時期出現的其它農民形象作個比較，更能顯示他的特色。《豐收》中的雲普叔，《香稻米》中的黃二官，《為奴隸的母親》中的春寶娘，在受壓迫而缺乏覺悟等方面都是有共同點，然而他們跟老通寶一比又各有不同特點。從春寶娘身上看到的主要是封建妻制度的弊害；從雲普

────────────

﹝註16﹞ 茅盾：《讀〈倪煥之〉》。

叔的命運中著重揭露了地主階級的罪惡；從黃二官的遭遇中集中地表現了地主高利貸、奸商及兵匪的暴行；而老通寶的形象卻全面有力地反映了帝國主義、封建主義及資本主義統治之下舊中國的黑暗。在表現農民的鬥爭前景方面，雲普叔的道路最明確，他丟掉了對統治階級的幻想，投奔黨領導的武裝鬥爭；黃二官在破產後開始清醒了，但仍不知去向；春寶娘經受著痛苦的磨折，卻沒有覺悟過來；老通寶在慘痛教訓後有所覺醒，終究承認多多頭所走的反抗道路是對的。

在塑造反抗性的農民形象中，魯迅早在二十世紀二十年代就描寫了愛姑這類潑辣而有鬥爭精神的勞動婦女，然而她的鬥爭是孤立的，終於失敗了。二十世紀三十年代文壇上這類形象仍然不斷出現，即有自發反抗然而並沒有徹底鬥爭精神的農民形象，如《五奎橋》中的青年農民李全生為了田地的好收成，力主拆毀五奎橋，周鄉紳以關係祖墳「風水」為理由，極力反對，因而引起激烈的鬥爭，終於五奎橋被拆掉了，李全生以此為滿足。正如劇中有的農民所說：「這一下周鄉紳算是完全完結了！」「鄉下人有了活路了！」他們並沒有認識到在拆橋問題上雖然周鄉紳失敗了，但仍沒法根本改變他們窮困的命運。所以他們的鬥爭是不徹底的，只有推翻地主階級的統治，「鄉下人」才有了「活路」。茅盾的農村三部曲中的多多頭形象同李全生不盡相同，他同農民兄弟一道參加了農民自發的武裝鬥爭。當然也有些作品描寫了大革命失敗後農民在黨的指引下走上革命道路。如《豐收》中雲普叔的兒子立秋就是在黨的領導下對那些「搶穀的強盜」展開了激烈的鬥爭！

從短篇的藝術技巧來說，《豐收》藝術是完整的，但行文不夠簡潔；《多收了三五斗》並不著力於藝術形象的塑造，然而風格樸實、嚴謹。《樊家鋪》、《一千八百擔》以細密著稱。《春蠶》、《秋收》各篇能從容不迫而且相當簡練地展示了眾多人物和複雜情節，揭示了深廣的社會風貌，表現了深刻的主題，這些作品在同類題材是獨具　格的。

農村三部曲各篇先後刊出後，都受到好評，其中《春蠶》更是得到廣泛的注視。當時報刊上發表《茅盾的〈春蠶〉》、《〈春蠶〉的讀後感》、《〈春蠶〉的描寫方式》及《評茅盾〈春蠶〉一文》等，對作品的思想與藝術作了很高的評價。朱自清說：「《春蠶》、《秋收》分析得細」，「我們現代小說，正應該如此取材，才有出路。」〔註17〕一九三四年夏衍曾化名蔡叔聲把《春蠶》改

〔註17〕朱自清：《〈子夜〉》，《文學季刊》第二期，1934 年 4 月 1 日。

編為電影，放映後受到魯迅的好評。魯迅認為《春蠶》作為國產影片是從「聳身一跳，上了高牆，舉手一揚，擲出飛劍」的電影中「掙扎起來」，「這是進步的」。〔註18〕

　　由於《春蠶》等作品引起了社會上熱烈的反響，國民黨當局於一九三四年二月把它列為禁書。國民黨檢查官在《秋收》一文中批道：「後半篇有描寫搶米風潮處」「應刪改」。〔註19〕《春蠶》集再版時此文即抽掉。

　　《春蠶》等篇在國外也是很有影響的。一九三四年《國際文學》第三、四期合刊曾刊登了《春蠶》。捷克出版過農村三部曲，蘇聯國立文學出版社和日本出版過《春蠶》、《秋收》，印尼翻譯過《春蠶》，芬蘭、泰國譯過《秋收》。解放後外文出版社曾用英、法等文字譯過《春蠶》集。美國友人埃德加‧斯諾在《〈活的中國〉編者序言》中指出《春蠶》如同《阿 Q 正傳》一樣是中國的「傑作」。

〔註18〕　魯迅：《准風月談‧電影的教訓》。
〔註19〕　晦庵：《且說〈春蠶〉》，《書話》。

第九章　五彩繽紛的散文作品
（1932～1937）

　　茅盾在「五卅」期間曾撰寫了《五月三十日的下午》等筆調高昂、現實性強烈的散文。在日本避居時，寫過文風蘊藉而又精緻的隨筆，如《紅葉》、《櫻花》等以抒個人之情，曲折地反映現實生活，如《賣豆腐的哨子》等，直敘社會不平，寄寓作者的愛憎之情。到上海後，自一九三二年起至一九三七年全面抗戰之前，茅盾經常在《申報・自由談》、《東方雜誌・文藝欄》、《太白》、《申報月刊》以及《中學生》等報刊發表了大量的散文，分別收入《話匣子》、《速寫與隨筆》、《茅盾散文集》及《印象・感想・回憶》等。這些散文，在思想、藝術和形式等方面的成就都遠遠超過作者以往的散文，在文學史上也是佔有重要的地位。

　　這個時期茅盾的散文如同他的長、中、短篇小說一樣，都是當時現實生活的生動寫照。不過比之小說，更為廣泛而靈活地觸及社會生活的各個方面，涉及上海大都市及其附近小市鎮到鄉村在政治、經濟和思想文化戰線上的變化，反映第二次國內革命戰爭時期的歷史風貌。這些作品表明作者在無產階級思想的指導下，運用革命現實主義的創作方法，描寫了變革中社會生活的真實，深刻地揭示都市畸形發展及農村經濟破產的社會根源，根據帝國主義特別是日本帝國主義的侵略行徑及國民黨當權派的黑暗統治，批判形形色色的半殖民地半封建的政治文化思想，高度讚揚人民抗日的高昂愛國熱情和反對國民黨當權派的鬥爭精神，展示民族解放和民主革命的勝利遠景。散文形式多樣化，除了抒情、記事外，還有雜感、文藝短評、論文；藝術風格也是

多樣化的，或明麗，或曉暢，或譏刺，或幽默。

散文的批判筆鋒直刺日本侵略者及國民黨政府。九一八事變後，國內階級矛盾尖銳化，民族矛盾日益加深。在日本帝國主義的入侵的情勢下，國民黨對外實行媚敵投降政策，對內加緊鎮壓人民。面對這種現實，茅盾奮筆疾書，寫了許多散文，予以揭露。他在《血戰後一週年》〔註1〕中，暴露了一二八上海戰事時日寇的侵略罪行：「大火燒毀了繁盛的閘北，炮彈掃平了江灣吳淞大物，租界內傷兵難民滿坑滿谷」，「沿鐵路線的農民忍痛看著自己的田地被圈作飛機場，被挖掘了戰壕」。日本侵略者肆無忌憚地侵略中國，同帝國主義各國對日本侵略的縱容分不開。作品指出：「英法對日有密約」，「英法默認日本在熱河榆關的軍事行動」。英法等帝國主義雖然縱容日本侵略中國，但是他們同日本依然有著利害衝突，他們企圖通過所謂國際聯盟對我國東北進行調查的手段和日本分贓。《「驚人發展」》〔註2〕一文揭露由英美法德意五國派員組成、英國李頓任團長的國聯赴東北調查團所作的報告書是荒謬絕倫的，揭穿國際帝國主義聯合共管東北、進而共管全中國的陰謀，作者嘲諷道：「李頓調查團功德圓滿，全中國都成了共管下的太平世界。」

國民黨當權派對於日寇的侵略，採取了投降政策。《歡迎古物》〔註3〕一文通過日本帝國主義入侵東北後，華北危在旦夕之中，只見古物南遠，不見兵車北上的描述，揭露國民黨不抵抗主義的罪責。作者嘲笑道：「讓大人先生們安安穩穩守在那裡『長期抵抗』，豈不是曠世之勳！」《故鄉雜記》一文，用國民黨紮兵鄉下，以「避避國聯調查員的眼睛」的事實，揭露國民黨政府把中日事件訴諸國聯的媚外面目。國民黨對外投降，對內鎮壓。《漢奸》〔註4〕一文中指出國民黨政府把「有些江北苦力也當漢奸」，把「熱河的老百姓也當漢奸」，「硬要幫著抗日的，也是漢奸」，至於主張「前線的士兵繼續堅守」奮擊日寇者更是「漢奸」，甚至還「抓住了幾個，軍法從事」。茅盾還深刻揭露國民黨政府投降帝國主義，與人民敵對的本質。他指出國民黨視「老百姓可憎」，如同「洋大人」「嘲笑豬一樣的中華老百姓」，他還譏刺國民黨討好洋人的可笑面目，他說國民黨「如果為了不值錢的老百姓」，「豈不洋大人所嘆，而且要騰笑國際？」（《歡迎古物》）

〔註1〕 見《茅盾文集（九）》。
〔註2〕 同上註。
〔註3〕 同上註。
〔註4〕 同上註。

　　帝國主義入侵，國民黨殘酷統治，造成城市和農村的衰敗。對於這種景象，作者在《緊抓住現在》〔註5〕一文中概括地指出：「全中國經濟破壞，毒血似的洋貨深入了農村的血管，號稱豐年，農民沒有飯吃！全中國農村騷亂，金錢向安全地帶跑，造成了都市經濟的畸形發展，造成了都市的奢侈繁華，淫逸罪惡，朱唇，玉腿，星眼，輪盤賭，烈酒，鴉片！全中國在帝國主義的鐵蹄下，在漢奸賣國賊的欺騙下，呻吟掙扎！」

　　散文從各方面揭露都市的畸形發展的現象。由於帝國主義入侵和封建勢力的壓迫，以及官僚資本主義的排擠與吞併，民族工業加速沒落，造成了「生產縮小」的嚴重的經濟危機。《「現代化」的話》〔註6〕一文指出，在上海的閘北，「大大小小的絲廠和大小小的各部門的工業」、「到處可見」。「中國是在步步地『現代化』呵！」不過這種「現代化」，「不但中國人自家開工廠，外國人也來開」，「屬於日本資本家的」，不斷增加，還有「美金大借款」，「救濟中國的紡織工業的。這也可見中國將更被『開發』，而且『利用』了外資！」民族工業不但受到帝國主義的嚴重摧殘，而且官僚資本也在破壞民族工業的發展。茅盾還指出「四大家族」利用「中央、中國或是交通——這三家大銀行」大搞公債投機生意，使得全國金融界都捲入了投機事業的狂熱活動。作者還在《交易所速寫》〔註7〕、《上海》〔註8〕等文中對這方面情況作了生動的描述。民族工業的衰退，帶來市場的不景氣。《上海大年夜》〔註9〕一文記錄了一九三三年舊曆年關南京路五百家商店過不了關，二百八十家乾脆關門的事實，表明商業處於半破產和破產之中。《大減價》〔註10〕一文描寫了在金融停滯、百業蕭條的情況下，大資本家為了自保，拚命大減價，造成了小資本家的破產。作品寫道：「我們這裡所演奏的，不是繁榮的向上發展，而是向下的僅能自保，整個市面在衰落著！」

　　都市的畸形，一面是「生產縮小」，一面又是「消費膨脹」。正如《都市文學》〔註11〕中所說的，上海「發展的不是工業的生產」，「而是百貨商店的

〔註5〕《申報・自由談》，1933年1月8日。
〔註6〕見《茅盾文集（九）》。
〔註7〕《印象・感想・回憶》。
〔註8〕《茅盾文集（九）》。
〔註9〕同上註。
〔註10〕《申報・自由談》，1933年6月23日。
〔註11〕《茅盾文集（九）》。

跳舞場電影院咖啡館的娛樂的消費」的膨脹。在這種「消費和享樂」的城市裡，我們看到了形形色色的生活畫面。《狂歡的解剖》〔註12〕寫出了由於經濟恐慌，有產者和市民產生了「今日有酒今日醉」的頹唐思想，他們「瘋狂地尋求快樂」。《神怪野獸影片》〔註13〕指出上海盛行神怪野獸蠻荒的影片，乃是一般市民渴望「逃避現實」，「因為在這慘酷鬥爭的社會中感得無出路；因為這沒落的資本主義社會已經『精神破產』」。作品還揭露統治階級利用此類電影欺騙、麻醉老百姓，文章最後指出從神怪野獸影片的「賣座極佳」的現象中，可以「看出世界統治階級的手忙腳亂」，以及一般小市民的「迷惑徬徨，頹唐悲觀」。在半殖民地半封建的都市社會，沒落的資產階級思想同腐朽的封建意識是混為一體的，如《上海大年夜》、《「佛誕節」所見》〔註14〕側重描述了舊上海祈神拜佛的封建迷信活動。

在「消費膨脹」的大都市裡一面是有產者豪華的狂歡，一面又是勞動者貧困的呻吟。如《都市文學》中指出的，「都市的畸形發展，表現了畸形發展都市內的勞動者加倍的被剝削」。《狂歡的解剖》寫道：「只有生來就窮的人，他們跟發瘋的『狂歡』生不出關係」。《上海大年夜》一文具體地描寫了人力車夫生活窮困，買不起年貨過年的窘境。

散文還從各個側面反映當時農村經濟破產的景象，並揭示其深刻的社會根源。《香市》〔註15〕描寫小市鎮的小商人企圖重興香市以吸引農民遊客「振興」市面，結果大失所望的過程，說明了農村購買力的低落。《談迷信之類》〔註16〕中敘述一個鄉鎮利用一次迎神賽會，招攬鄰近鄉鎮顧客，市面生意有所好轉，然而仍然不能擺脫農村經濟破產的厄運。作品幽默地嘲諷道：「結果，賽會是賽過了，雨也下過了，農民的收成據說不會比去年壞，不過明年的米價也許比今年還要賤些呢……」《戽水》〔註17〕從農民租不起洋水車解救旱災一事，反映了農村經濟凋敝，指出農村破產的社會原因，乃是帝國主義的經濟、軍事侵略以及國民黨當權派統治。《陌生人》〔註18〕通過洋種和肥田

〔註12〕 《茅盾文集（九）》。
〔註13〕 同上註。
〔註14〕 《印象‧感想‧回憶》。
〔註15〕 見《茅盾文集（九）》。
〔註16〕 同上註。
〔註17〕 同上註。
〔註18〕 同上註。

粉深入農村，反映帝國主義經濟入侵。《「現代化」的話》更進一步指出：「最重要的，資本主義經營的大農場也在有些地方出現了！從前高利貸者的兼併土地還不過是『蠶食』，現在農村資本主義的手腕則是『鯨吞』了。從前鄉下人就怕年成不好，現在則年成好了更恐慌，這加速了農村的土地集中，而土地集中就是最顯著的農村『現代化』」。國民黨反動派的剝削與壓迫，也是農村破產的根本原因之一。《桑樹》〔註19〕通過蠶農黃財發桑葉豐收而價格下跌，以致負了債又要「完糧繳捐」的故事，指出國民黨對農民的殘酷敲詐。《大旱》〔註20〕一文描述一個小鄉鎮因旱災，造成「交通斷絕，飲水缺乏，商業停頓」的局面，從而揭露商人乘機抬高米價、國民黨公安局企圖鎮壓「鄉下人搶米」的情狀。作者除了暴露帝國主義和國民黨當權派對農民進行政治壓迫與經濟掠奪外，還揭露資本主義生活方式侵蝕農村。《「現代化」的話》一文寫道：「大都市裡的時髦風氣也很快地灌進內地去了；剪髮，長旗袍，女大衣，廉價的人造絲織品，國產電影，一齊都來了」，總之「都市的『現代』風氣的裝飾和娛樂流到鄉鎮」。《故鄉雜記》一文通過蠶農「在慢性的走上破產」和「小商人的破產」的敘述，全面地反映農村經濟的崩潰，揭露了帝國主義，特別是日本帝國主義的侵略以及國民黨當權派統治，暗示著人民只有起來鬥爭才有生路！

面對著帝國主義的侵略以及國民黨當權派的壓迫，人民萬分憤慨。《鄉村雜景》〔註21〕一文描述農民討厭小伙輪之類的洋貨，反映他們憎惡帝國主義的經濟侵略。作品寫道：「只有小火輪……直接害了鄉下人，就好比橫行鄉里的土豪劣紳」。農民同騎在他們頭上的國民黨當權派是勢不兩立的，國民黨當權派總是千方百計地鎮壓他們的鬥爭。《大旱》一文描寫了農民因天旱活不下去的窘境，國民黨縣公安局與公安分局互通消息，「一天要用那長途電話好幾次的」，「爲的恐怕鄉下人搶米，就擾亂地方治安」。這就有力揭露了國民黨當局的罪惡用心。

中國人民對帝國主義的軍事侵略以及國民黨的投降政策，再也不能容忍下去，堅決與之鬥爭。《「阿Q相」》〔註22〕一文讚揚東北義勇軍與敵人「浴血苦戰」的精神。《「驚人發展」》稱頌老百姓善於識破《李頓報告書》耍弄

〔註19〕《茅盾文集（九）》。
〔註20〕同上註。
〔註21〕同上註。
〔註22〕同上註。

的花招，作品寫道：「《李頓報告書》的建議部分不但想共管東北，還暗示了共管全中國的『公正』建議：這一點，聰明的學者名流雖然裝作不懂，而愚笨的小百姓卻不肯忘記」。《故鄉雜記》指出人民要求抗日而國民黨卻採取不抵抗主義政策。作品寫道：「老百姓儘管一腔熱血主張打，那結果是一定不再打了。老百姓要的事，恰就是當局所勿要。現在的事情就是這麼著。」

　　茅盾在散文中不但反映人民對於帝國主義和國民黨統治的抗爭的高昂情緒，而且表達人民對革命未來的殷切期望。《雷雨前》、《黃昏》、《沙灘上的腳跡》，這三篇都寫於一九三四年夏天，「中心的思想還是一樣」，〔註23〕整組文章運用象徵手法揭露國民黨當權派統治之下的社會空前黑暗，堅信革命必定勝利！《雷雨前》開頭以雷雨前悶熱難忍的窒息氣氛，象徵國民黨統治之下的黑暗的社會現實，接著指出由於當權派統治主宰舊世界，即「滿天裡張著個灰色的幔」，因而引起革命力量的反抗，即「巨人的手拿著明晃晃的大刀在外邊想挑破那灰色的幔」。在激烈的鬥爭中，儘管幫凶們紛紛出來搗亂，然而革命者不畏強暴，迎著黑暗勢力搏擊，「巨人一下子把那灰色的幔扯得粉碎了！」文章結尾表明美好社會必將到來，「讓大雷雨沖洗出個乾淨清涼的世界！」如果說《雷雨前》表現出黑暗勢力必定覆滅，革命的大雷雨即將到來，那麼《黃昏》則謳歌急風暴雨的革命鬥爭。文章熱情地讚頌革命的大風雨的降臨。「不單是風，有雷！風挾著雷聲！海又動盪，波浪跳起來，轟！轟！在夜的海上，大風雨來了！」《沙灘上的腳跡》則是通過他在「這黃昏的沙灘上彳亍」的歷程，表現出要革命的人們在鬥爭中堅韌不拔地前行，終於覓尋到「光明之路」！在那「恐怖的黑夜」，他在「醞釀著暴風雨的」海灘上獨自行進，看見遠處有點光明，知道是燈塔，然而，橫梗在面前的是「重重迭迭的獸跡和冒充人類的什麼妖怪的足跡」，他「惘然站著，失卻了本來的勇氣」，於是「抱著頭」，「坐在沙上」，耐心地等待，企求守到天明，後來他鼓起勇氣來了，不斷向前，「發見了被埋藏的真的人的足跡」。「他覺得愈加有把握了，等天亮再走的念頭打消得精光，靠著心火的照明，在縱橫雜亂的腳跡中他小心地辨認著真的人的足印，堅定地前進！」他確定「真的人」指引著走向「光明之路」。從他尋找「真的人」足印的過程中，生動地反映出要革命的人們在

〔註23〕 茅盾為《新少年讀本》收入《雷雨前》、《黃昏》、《沙灘上的腳跡》三篇散文所寫的題記，刊於《新少年》第二卷第七期，1936年10月7日。

黑暗與光明交織著的鬥爭中，排除艱難，尋求革命者指引的鬥爭方向，企求革命未來！《雷雨前》等三篇告訴人們，在黑暗統治之下，革命者同形形色色的妖魔鬼怪作鬥爭，迎來了革命的風暴，要求革命的人們，奮然踏著革命者的足印前行。《冬天》〔註24〕以堅定的語氣指出舊中國統治之下的「冬」「快要告終」，而未來的新中國的「春」「已在叩門」。

散文的藝術式樣比以往更加多樣化。作者在「五卅」時期善作記事散文，一九二八、一九二九年在日本期間擅寫抒情散文。這個時期除了抒情、記事外，還有政論、雜感、隨筆、速寫、通訊、對話等式樣，多數篇幅短小，也有少量長篇散文，形式相當自由，但均能及時反映現實生活。

散文的藝術風格總的特點是：曉暢而又含蓄，闊大而又精細，幽默而又尖銳。不過因藝術式樣不同而有不同風格。以雜感來說，他同魯迅一樣都具有諷刺特色。茅盾的《歡迎古物》和魯迅的《崇實》〔註25〕同是針對國民黨盜運古物；茅盾的《「九一八」週年》〔註26〕和魯迅的《九一八》〔註27〕均為紀念「九一八」而作；茅盾的《蕭伯納來遊中國》〔註28〕、魯迅的《誰的矛盾》〔註29〕都是歡迎蕭伯納來華的。這些同類題材的雜文，取材各不相同，但主題則一，旨在宣傳堅持抗日，反對蔣介石對外媚敵、對內鎮壓人民的行徑。從中可以見出各自不同風格，茅盾以細密見長，魯迅以簡括著稱。再看記事散文，茅盾善於抓住自己在現實生活中感受極深的事件，展示豐富的聯想，並揭示事情所包含的深刻的社會意義。《香市》〔註30〕抓住小市鎮鬧香市一事，有力地揭示了舊中國三十年代初期農村經濟的破產。作者寫作此文不但擷取當時見聞，而且動用儲存在記憶裡的有關材料，從而展示更深遠的聯想，深化了主題。《故鄉雜記》的寫法又是一種。作者通過回故鄉的途中以及到了老家的種種見聞，比較全面地反映一二八戰爭前後舊中國社會的風貌。文中雖然說東道西，談古論今，然而無不集中於一點：揭示中心思想，做到「形散而神不散」。茅盾的抒情散文的特點乃是以含有深刻意義或象徵意義的

〔註24〕《申報月刊》第三卷第一期，1934年1月15日。
〔註25〕《偽自由書》。
〔註26〕《茅盾文集（九）》。
〔註27〕《南腔北調集》。
〔註28〕《茅盾文集（九）》。
〔註29〕《南腔北調集》。
〔註30〕《茅盾文集（九）》。

事物作爲貫穿全文的線索，描繪出姿肆遼闊的意境。《雷雨前》以雷雨前的悶熱的自然景象作爲引線，描寫了沉鬱與爭鬥交織著的藝術意境，寓意深刻；《黃昏》是以黃昏時刻海上大風雨來臨之前的情景變化爲主線，繪出了壯美的生動圖景；《沙灘上的腳跡》則以他在探索中的思想感情變化爲引子，表現了挺拔的藝術境界。《雷雨前》等三篇都是採用象徵寫法，它們是把抒情同某種景物的描繪有機地結合起來的。還有一些抒情文，如《在公園裡》〔註31〕、《天窗》〔註32〕、《秋的公園》〔註33〕、《冬天》四篇，作者通過春夏秋冬四季景物的描繪，寄託作者對於現實憤懣的感情，表達對未來的渴望。各篇的藝術手法的共同特點是記敘、議論、抒情相互滲透，融爲一體，其間敘中夾議，議中有敘，理中見情，寓情於理，各種手法交替使用，得心應手，足見作者藝術手腕圓熟而又靈巧。

如果說魯迅當時的散文的獨特成就在於全面地反映第二次國內革命時期政治、思想、文化戰線上階級鬥爭和民族鬥爭，明確地表示了他追隨中國共產黨和毛澤東同志指引的革命征途；那麼，茅盾的散文則是反映那時在帝國主義入侵和國民黨當權派統治之下城市的畸形發展以及農村經濟凋敝的情景，熱情展望無產階級革命的未來。就散文的藝術風格論，魯迅的散文的藝術手法，可謂回黃轉綠，掩映多姿，茅盾的手法雖不及魯迅多樣化，但也是變化不拘的。毫無疑問，魯迅散文在當年文壇上的成就是最特出的，而茅盾的散文也是五彩繽紛，有很高的成就的。錢杏邨曾經指出：「在中國的小品文活動中，爲了社會的巨大目標的作家，在努力的探索著這條路，除茅盾，魯迅而外，似乎還沒有第三個人。」〔註34〕

茅盾的散文在當時文壇上是很有影響的，《申報·自由談》革新後，茅盾和魯迅都曾經爲其撰文，深受歡迎。正如《自由談·編輯室告讀者書》〔註35〕一文指出：「編者爲使本刊內容更爲充實起見，近來約了兩位文壇老將何家乾（按魯迅筆名）和玄（按茅盾筆名）爲本刊撰稿」。由於魯迅和茅盾的散文引起廣泛的反響，因而受到國民黨當權派的忌恨，國民黨特務主辦的《社會新

〔註31〕　《茅盾文集（九）》。
〔註32〕　同上註。
〔註33〕　同上註。
〔註34〕　阿英（錢杏邨）編校：《現代十六家小品·茅盾小品·序》，上海光明書局，
　　　　　1935 年 3 月出版。
〔註35〕　《申報》，1933 年 1 月 30 日。

聞》雜誌刊登署名農的作者在《魯迅沈雁冰的雄圖》〔註36〕一文中胡說：「自從魯迅沈雁冰等以《申報》《自由談》爲地盤，發抒陰陽怪氣的論調後，居然又能吸引群眾，取得滿意的收穫了。」從敵人對魯迅和茅盾的散文的攻擊聲中，更加顯示他們雜文的巨大威力。敵人陰謀消除茅盾散文的社會影響是徒勞的！

〔註36〕《社會新聞》第三卷第十二期，1933 年 5 月 6 日。

第十章 革命現實主義的新追求
（1937～1938）

　　一九三七年七月七日，日本侵略者向北平南郊蘆溝橋發動了襲擊，當地駐軍不顧國民黨政府的反對，奮起自衛還擊，蘆溝橋一聲炮響，全面抗戰的呼聲，響徹舉國上下。日寇為吞併全中國，在佔領平津之後，於同年八月十三日突然進逼上海，當日上海軍民齊心協力抵抗。從此，全國進入全面抗戰。抗戰初期，由於國民黨被迫應戰，對抗日採取動搖、妥協的態度，中國共產黨不管國民黨的阻撓，堅定不移地領導全國人民，開展了民族自衛戰爭。

　　「八一三」全面抗戰爆發後，茅盾在上海同巴金等人聯合創辦《吶喊》週刊，第三期起改名《烽火》，進行抗日的宣傳活動。九月間他「送孩子經武漢去長沙上學，十月經南昌回上海」。〔註1〕十一月二十二日上海淪陷，他「帶著一顆沉重的心，由上海轉香港到了長沙，然後又到武漢。」〔註2〕他到達武漢，大約在一九三八年一、二月間，停留不到一週。〔註3〕那時，他接受黨領導的生活書店的邀請，主編《文藝陣地》，〔註4〕「因武漢方面排印不便，打算把這刊物放在廣州編輯印刷」，〔註5〕於是，他「又回長沙，全家赴廣州」。〔註6〕當時上海創辦的《立報》正在香港籌備復刊，邀他去編副刊

〔註 1〕 茅盾答筆者問，1979 年 11 月 1 日。
〔註 2〕 《第一階段的故事・新版的後記》，《茅盾文集（四）》。
〔註 3〕 茅盾答筆者問，1979 年 11 月 1 日。
〔註 4〕 據以群《〈文藝陣地〉雜憶》，《羊城晚報》，1962 年 5 月 24 日。
〔註 5〕 茅盾：《第一階段的故事・新版的後記》。
〔註 6〕 茅盾答筆者問，1979 年 11 月 1 日。

《言林》。不久，他到香港，每個月去廣州兩次，編輯《文藝陣地》，直到一九三八年十二月離港爲止。一九三八年三月二十七日在武漢成立了中華全國文藝抗戰協會，茅盾被選爲理事。

從一九三七年「八一三」全面抗戰到一九三八年年底，茅盾創作了長篇《第一階段的故事》、散文集《炮火的洗禮》。這些作品顯示作者在抗日初期革命現實主義的新特色，表明他以馬克思列寧主義觀點爲指針，反映抗戰最初階段的歷史面貌，揭露日本侵略者悍然進攻中國的暴行，剖析漢奸賣國賊的眞面目，斥責國民黨政府的腐敗，指摘奸商操縱金融大發國難財的投機行徑，熱情宣傳抗日統一戰線，反映工人、市民、婦女、兒童、青年、學生、知識份子以及民族工業家同仇敵愾，爲抗日而戰鬥，指出只有中國共產黨才能領導神聖的民族解放戰爭取得勝利。作者還塑造了一些新的人物形象，如《第一階段的故事》中那個不斷提高抗日覺悟的民族資本家何耀先，以及追求共產黨所指引的抗日道路的知識青年何家慶、何家琪等人。爲了適應廣大人民群眾抗日的需要，茅盾在藝術上追求大眾化，力求形式通俗化，風格明快而熾熱。

這個期間茅盾創作同前個時期比較有很多特點，從創作傾向來說，都是屬於革命現實主義的，然而由於歷史階段不同，創作的內容也有所不同，前個時期著重描述國統區的階級矛盾與鬥爭，適當地反映民族鬥爭，這個時期，主要是展示民族鬥爭，但也不忽視階級矛盾。從藝術形式說，前個時期對大眾化有所追求；這個時期則更加努力。從風格看，這個時期既有前個時期的雄偉與細緻的某些特點，又具有爽朗的新特色。這一切都表現作者的創作進入了新的天地，使自己的創作從內容到形式都直接爲人民大眾的抗日鬥爭服務，說明作者對革命現實主義的新追求。

然而，由於作者的生活經驗不足，加上時間匆促，以致作品的強烈現實內容未能同藝術的感染力合而爲一，因而出現了某種程度的概念化毛病。這是作者在革命現實主義軌道上前進過程中進行新的探求不可避免的弱點。

《第一階段的故事》

茅盾主持《立報》副刊《言林》時，因刊物需要，創作了長篇《你往哪裡跑》，從一九三八年四月起逐日連載，直至是年年底，歷時八月之久，一九四五年四月由文光書店出版，改名爲《第一階段的故事》。

小說側面地反映了從七七至八一三事變的急劇變化。第一章通過知識青年仲文同張福田在觀看焰火時的對話，點出蘆溝橋事變：「日本人這次是預定計劃，整個計劃，蘆溝橋事變是第一步！」第二章從民族資本家何耀先的口中，人們得到蘆溝橋事變的訊息，知道當地駐軍奮起抗戰，駐軍首腦宋哲元同蔣介石一樣，希望和日本侵略者「和平談判」，結果日寇利用談判時機大量增兵。第三章通過廣播電台的廣播，透露出：「大批日軍陸續由通州經過永定門外的大紅門，開赴豐台」，準備「衝入北平城」，駐軍「奮勇抵抗，遂發生激戰，日軍傷亡頗重」，「日軍飛機多架，轟炸南苑我軍」。雖然駐軍戰士堅決與日寇英勇戰鬥，然而由於領導者缺乏抗戰必勝的堅強信心，迷戀於「談判」，以至坐失時機，日寇乘虛而入，北平終於失陷了。隨後，天津也棄守，如第六章開頭所描述：「北平失陷了！沒有經過巷戰，這一座『古城』就換了主人。但是悲壯的血戰卻展開在天津。警察，保安隊，正規軍，──『血肉的長城』，三十餘小時的鬥爭，壯烈的犧牲。」從以上的簡述中可以看出，日本侵略者發動了侵略戰爭，雖然部分將士英勇抗擊，然而由於駐軍首領的妥協，日軍借機大量增兵，平津終於陷落。

作品著重反映了上海八一三事變從發生到終結的歷史進程。日本侵略者佔領平津之後，妄圖征服全中國，他們在進攻華北的同時，對上海開展了攻勢，作為鯨吞全國的重要步驟。小說描述日本侵略者以一名日兵失蹤為藉口，大量調兵進襲上海。作品寫道：「日本海軍陸戰隊忽然全體出動，在北四川路布置步哨，檢查行人和車輛」。雖然中國政府把查獲的那名日本兵送回日本，然而日本仍然作進攻上海的準備，正如何家祥所說的：「聽說長江上游各埠的日僑全體撤退，日本領事也一同走；上海的日僑也在開始撤退，同時日本要向上海增兵了！」果真，「八一三」那天，「大上海在極端的緊張中」，日軍向閘北一帶炮擊，「閘北已經開火了！」軍民奮起反擊，經過歷時二個月的奮戰，由於日本侵略者實行慘無人道的大轟炸，我方受到重大的損失。如書中陸和通所說：「楊樹浦完了，虹口完了；閘北也炸得不成樣了，吳淞鎮，江灣鎮，已經是一片焦土了」。在大轟炸的同時，日軍從杭州灣登陸，向松江進擊，直襲上海，中國部隊不得不全部撤退，於是，上海便淪入敵手。

作品還揭露了漢奸、托派配合日本侵略者的行動，企圖動搖上海人民抗日鬥爭的信心。那個歪戴帽子的漢奸，混入傷兵醫院，探聽軍情，挑撥離間，散布失敗主義情緒，遭到群眾的痛斥。作者還揭露托派利用《鬥爭》、《大路》

等刊物，散播謬論，妄圖減低民眾對於抗戰的信念的罪惡。

敵人的痴心夢想畢竟抵擋不住人民的敵愾同仇。小說以熱情的筆觸讚頌上海軍民並肩作戰的生動景象。第七章描繪了我國軍隊作好準備，還擊敵人的情景：「三十萬大軍在向大上海推進；寶山路口，八字橋，楊樹浦底……在防禦物的後邊，保安隊站在哨位上。」「政府已經封鎖長江。江陰炮台附近，築了堅固的封鎖線。」中國的輪船「著即駛往封鎖線的上游；日本商船××丸已經被俘獲在封鎖線以內了！」「黃浦江也已經封鎖了！」緊接著，作者描述了中國軍隊英勇抗擊日寇的英勇氣概。作品寫道：「昨夜（按指「八一三」）開火後，中國軍隊逐步進展，已經奪取了幾處據點，中國軍隊的重炮曾經猛烈轟擊黃浦江上的敵艦，……」「中國空軍以日本領事館附近浦面的出雲旗艦為目標，正加以猛烈的轟炸」。第八章通過廣播電台報告員的廣播，傳達我軍英勇抗擊敵軍的戰鬥情景：「我軍挺進匯山碼頭，正與敵軍血肉相搏！」「敵軍即將被我截成兩段，包圍殲滅」。第十一章描述中國軍隊撤離上海之前，堅守在四行倉庫戰鬥的悲壯圖景。

八一三事變後，上海各階層人民以各種行動支援前線，有力地配合了部隊的作戰，形成了抗日的洪流。小說描寫有個木匠，戰事發生後，在軍隊當伕子，他們一夥有百來人，每天從黃昏到清早專運小泥袋，幫助建築水泥鋼板的工事，以抵禦日寇。轉運公司經理陸和通出於愛國的熱情，把僅有的三輛卡車，捐給前線兩輛，因戰事需要留下的一輛最後也捐送了，他還親自上前線慰勞將士；上海陷落後，他同地下工作者取得聯繫，準備繼續參加愛國活動。民族工業家何耀先決心替國家出力，把他的橡膠廠弄得再好些，支持戰爭。他的妻子何夫人非常關注政局的發展，當戰事需要卡車時，她來不及跟何先生商量，就把卡車捐獻出去。她認為：「一輛卡車早一點到前方去應用，對於戰事說不定會有不小的助益。」程少奶奶拋棄了優裕的生活，參加看護傷兵的工作，潘小姐也走出豪富之家投入護士的行列。何家慶等一群青年學生或者深入難民群中，熱情地進行宣傳活動，或者奔赴前線慰勞將士。各種群眾團體，如文化團體、學生團體，熱烈討論如何進行愛國工作，商討組織宣傳隊、慰勞隊。市舞女界救亡協會會員全體出動賣花，以籌款慰勞受傷將士和難民。上海市各階層人民的愛國熱情如此地高漲，是前所未有的。

上海人民全力以赴，同日本侵略者進行了長時間的戰鬥，然而不能諱言，

在抗日的陣營中仍然存在著阻撓抗日的消極因素。茅盾如實地指出這種現象，以喚起人民去克服，從而推動抗日鬥爭。投機商潘梅成勾結國民黨要人趙委員，利用抗日大搞投機活動。蘆溝橋事變後，他在公債市場上興風作浪，操縱金融，上海戰事緊張時刻，他販賣麻袋、麻繩等雜貨，大發國難財。大學教授朱懷義，對抗日抱著悲觀主義情緒，認為抗擊日本侵略者主要是依賴美國。他說，轉移大局的「關鍵全在美國」，他根本不把人民的力量放在眼裡。因此，他對抗日的前途很悲觀。地主程守拙對於抗日極為恐懼，逃到上海來避難，妄圖一如既往地享受著驕奢淫逸的生活。

作品還揭露了國民黨統治的腐敗造成的惡果。蘆溝橋事變後，舉國人民捲入抗日戰爭的怒潮之中，可是國民黨還迷戀於和平談判。小說通過國民黨要人趙委員的口說出：「能夠和平解決，還是和平的好；人同此心，心同此理。」國民黨統治者根本不是真心實意地進行抗戰，他們借抗日之機，大肆壓迫、敲榨人民。我們從難民收容所可以看到，國民黨政府的工作人員挖空心思地掠奪難民。如王管理員故意不給難民治病，認為多死幾個，就可以多領口糧；還想盡辦法克扣難民的口糧，這樣就能多撈幾個錢，收容所地地道道是個「地獄」。

國民黨的統治集團推行片面抗戰路線，是造成上海陷落的內在原因。作品描寫了國民黨政府人員縱容漢奸，為非作歹。有一次，有些愛國青年「抓到一個造謠挑撥的漢奸」交給警察，警察「被他幾句花言巧語」所迷惑，把他放走了。而國民黨政府卻不容人民參加抗日活動。仲文、何家琪要到難民收容所工作遭到拒絕，正如何家琪所說：「民眾沒有動員起來，只是軍隊在那裡挨打！」即使軍隊參戰，國民黨對於士兵也是漠不關心的。在傷兵醫院當護士的桂卿揭露：前線救護條件很差，擔架、救護車非常缺乏。在醫院裡，醫生、看護都不能滿足前線傷員的要求。國民黨統治集團既對人民抗日毫不支持，又對前線將士漠然視之，扼殺軍民的戰鬥意志，給抗日初期的勝利形勢帶來嚴重的損害。

在民族危急的緊要關頭，面對著日寇的大舉進攻，國民黨當局卻推行片面的抗戰路線，因此大片河山淪入敵手。但是中國人民是不可侮的。小說描寫一群愛國青年，經過速成訓練，分赴各自家鄉動員人民參加抗日鬥爭，這表明中國人民戰勝敵人的必勝信心。

只有在中國共產黨的正確指引下，才能獲得民族解放戰爭的全勝。小說

通過對幾個青年知識份子離開上海到陝北的描述，揭示了中國共產黨是抗日勝利的明燈和希望。何家慶是個大學二年級的學生，有著濃烈的愛國熱情，曾隨同上海學生到南京請願，要求國民黨當局抵抗日本侵略者。蘆溝橋事變後，他拒絕父親的要求，堅決不出國留學，他和妹妹家琪、學友仲文等人參加時事討論會，極其關心時局的發展。上海事變之後，他們這群青年人積極投入難民工作，參加慰問活動；由於遭到國民黨當局的冷遇，他們憤而離開上海，經武漢準備奔赴陝北，投入中國共產黨領導的民族解放戰爭的隊伍。

小說通過八一三上海戰爭的爆發到上海陷落的描述，痛斥日本侵略者的暴行，揭露漢奸、托派的嘴臉，批判國民黨當局執行片面抗戰路線的錯誤，謳歌上海人民英勇抗敵的氣概，讚頌中國共產黨指引的民族解放戰爭道路。這些是作品思想內容的成就，〔註7〕然而，我們也應看到作品存在不足之處，例如，對工人階級在抗戰中的巨大作用，未能較好地反映，對國民黨當局推行的片面抗戰路線的錯誤揭露不力等。

作品中描寫了民族資本家何耀先的形象是值得注意的。他的性格雖然不很突出，然而卻反映了抗日初期民族資產階級的某些特點，這就是一些民族資本家從祈求同日本和平以發展民族工業的迷夢中清醒過來，終於走上抗日的行列。

何耀先，是個留學生，他經營的橡膠廠已有七年的歷史，曾經有過「黃金時代」。他還投資一家玻璃工廠。蘆溝橋炮響後，他擔心炮火延伸上海，危及他的廠子。他一心一意盼望同日本侵略者和平解決。他這樣想：「也許這一次能夠和平了結，倒是於我們更有利罷？」「和平既於自己有利，就應當用種種努力去覓取和平」。蘆溝橋的戰火越燃越熱，他認為這次事件：「無非是試探」，「日本人要是大動干戈，歐美各國就不出來說一句話麼？」在他看來，有了歐美各國做後盾，日本不致一意孤行。因此，他對抗日的鬥爭漠然置之。他阻撓兒子家慶參加愛國活動，他說：「救國不是遊行開會能夠救成的。人人能守自己的本份，勤奮小心，就是愛國，也就救了國！中國的大患，就在人人不能盡本份；官不像官，兵不像兵，老百姓不像老百姓！」

當上海戰事爆發後，全市人民在黨的抗日統一戰線的指引下，展開了大

〔註7〕　有人認為：「這部作品對於當時上海抗戰的描寫，是比較表面的。」我們認為這個說法是不貼切的，忽視對作品的具體分析。

規模的支援前線的運動。其聲勢之浩大，其威力之猛烈，可說是上海有史以
來第一次。民族工業家何耀先的和平論調在熊熊的戰火中宣告破產了。他也
和愛國的人民一樣，從將成為戰地的楊樹浦區撤出了一批一批的貨物。當
時，他的心情是這樣的：「何耀先以一個中國人應有的忍痛犧牲的決心，朝遺
留在那邊的財產行了個注目的告別禮。他的心是澄靜的，他沒有留戀，沒有
幻想的萬一的希冀，他知道這一次不比上一次，但他心深處不能不有隱隱作
痛的懊悔；——六年來，他不應該還把他的『事業』託根於這『虎口』」，接
著，作者又進一步描述他的內心活動：「但這又怪得我自己麼？」他在心裡給
自己辯護，「內地，那裡是可以安放我的工業的？交通不便，匪盜如毛，捐稅
繁多，隔一個省就同隔一國似的，政令不統一，……這叫人家怎辦實業呢？
現代的中國人，除了軍閥官僚，買辦，土豪劣紳，那一個不是注定了要背十
字架的？」這裡，我們看到了民族工業家何耀先在抗日統一戰線的指引下，
開始覺醒了。從他懊惱自己「事業」託根於「虎口」之中，反映出他對日本
侵略者的憤懣情緒，從他不滿內地無法辦工業的口吻中，表明了他對蔣介石
集團的統治的憎惡心境。隨著反日鬥爭的不斷高漲，何耀先的抗日的覺悟也
在逐步的提高中。他認為要為抗戰出力，「簡單一個辦法就是把他的橡膠廠弄
得再好些，多出些貨，不想發財，報效軍用。」這就是他的「在抗戰救國的
大目標下，各人做各人本分的事」的「本位愛國」思想。在這種思想的支配
下，他積極行動起來，堅持工廠開工，以支援抗戰。可是，何耀先的愛國行
動卻遭到悲觀主義者朱懷義的責備和非難，開初有所動搖，最終，還是毅然
決然地認定：「我還是照我的原定計劃做。搬，既然茫無眉目，關在那裡坐待
不可知的最惡劣的結局，也不是辦法。眼前有一步就走一步！」當重炮聲不
斷地衝向何耀先的耳畔，幾乎震聾他的耳朵時，他還是沉醉於自己工廠的機
器聲中。

　　作者不僅寫出何耀先堅持生產，支持抗戰的愛國行動，而且也描述他對
於軍民堅守大上海戰鬥到底的信心，他認為「戰事既經發動是不能半途中止
的」，他為上海防禦工事的堅固感到歡愉。上海淪陷敵手後，他極為沉痛地說：
「八十多天的血戰，二十萬人的生命，數十萬萬的財產！不過也出乎敵人意
料之外！」

　　何耀先的生活經歷表明：抗日初期由於日本帝國主義的入侵，民族工業
得不到發展，民族資本家對日本侵略者深為不滿，然又未明抗戰大義，個人

利益耿耿於懷。後來，在抗日浪潮的激蕩下，克服了自身的弱點，參加到抗日鬥爭的行列。可見，何耀先形象概括了抗日初期民族資產階級的許多特點，有一定的典型性。

何耀先與吳蓀甫比較，以人物形象的深廣性及豐富性來說，何耀先遠遠不及吳蓀甫，然而他卻有著吳蓀甫所不能代替的特點。因為，吳蓀甫是第二次國內革命戰爭時期民族資產階級的典型人物，而何耀先則是抗日初期民族資產階級在文學上的代表。這是何耀先形象的獨創性，這個形象在當時文壇上也是不曾出現的，具有創新的意義。

從作者創作的發展來考察，小說在藝術上是有新特點的。那時，他主張必須採用通俗的藝術形式反映廣大人民抗日的蓬勃氣勢，才能使創作適應包括香港讀者在內的群眾要求。因此，他在藝術形式的通俗化方面作了可貴的探索。

以人物塑造的方法來說，作者根據群眾習慣的需要，運用了古典小說慣用的在緊張事件中展示人物性格的手法。不過，他仍有自己的特點。他不像有些古典小說那樣通過幾個事件集中描寫某個人物的性格，他長於圍繞著一條主線，通過各人一連串的故事表現各自性格。他把作品中的許多人物都同上海八一三事變這條主線拴在一起，然後，借助自身一系列的事件展示各種人物的思想面貌。何耀先從乞求和平到投入抗日行列的變化過程，是通過他對盧溝橋事變的看法，送子赴美留學，以及戰事發生後搬廠，堅持生產等事作來表現的；陸和通的愛國熱情是藉助捐獻車輛、上前線慰問以及留在上海參加地下工作等活動來反映的；潘梅成的奸商嘴臉是通過他在上海戰爭前大搞公債投機及上海淪落前販賣戰時物資等事件來揭露的；朱懷義的悲觀主義中表明對戰局看法等方面來表現的；何家慶的高昂的愛國熱情及追求民族解放道路的決心是從他參加時事討論會，拒絕赴美留學、熱心參加難民工作以及奔赴陝北等一系列行動反映出來的。

在人物描寫方面，茅盾一向以擅長用精細的心理刻劃手法描寫人物著稱，不過有時也通過人物一連串的事故表現人物的性格，例如《多角關係》等作品。《第一階段的故事》採用這種人物描寫手法更加廣泛，而且是有特點的。

為了吸引讀者，作者在藝術結構方面頗費匠心，以期引人入勝。開頭寫法是很能引起讀者尋根究底的興味。作品原計劃是半倒敘的，即「開頭有一

章『楔子』，講到書中若干人物已在武漢，而『一』以下各章則是回敘；」「寫上海戰爭者一半，而寫武漢大會戰前的武漢者亦將佔其一半」。〔註 8〕後來只寫到上海陷落。「楔子」寫出了何家慶等一群青年奔赴陝北路過武漢的情景。這個開頭引起讀者的疑竇，爲什麼何家慶等人離開上海？這就把讀者吸引住了，要求了解下文。後來，茅盾把「楔子」刪去了。他說：「一九四五年在重慶印單行本的時候，……重讀全稿之後，……索性改題爲《第一階段的故事》，並且把那個『楔子』也刪掉了。」〔註9〕現在作品的布局仍然是有特點的。作者把複雜事件，繁多頭緒和曲折情節結合起來，力求故事首尾完整，來龍去脈清晰。開頭第一章以「八一三」前夕上海爲背景，通過觀看火焰，全書主要人物都出場了，這裡有民族工業家何耀先夫婦及其子女何家祥、家琪，還有奸商潘海成夫人、女兒等。以下各章分別著重描述這幾方面人物活動的始末。何耀先由害怕抗日戰爭到支持抗戰；潘梅成由戰時的操縱金融到淪陷前大發國難財；何家慶、家琪從熱心參加抗日活動到奔赴陝北。這樣一來，通過「一些最典型的人物事態」〔註 10〕交叉進行的描述，把上海八一三事變前夕到淪陷的曲折過程表現出來，引人咀嚼。

　　爲了吸引讀者的興趣，作者在描繪波瀾壯闊的場景的同時，又不忘插敘與大潮流相生的小浪花，這樣便能造成緊張而又舒緩的藝術氣氛。第一章描繪上海奇偉壯麗的焰火夜景，既穿插了潘太太及雪莉小姐借此解悶的細節，也安排了何家兄妹及其伙伴關心戰局的對話，從而反映了各種人物對於抗戰的不同態度。第七章描寫大上海有史以來第一次壯烈的怒吼的情景，也夾敘鄉下地主程守掘攜眷避難上海的狼狽相以及何耀先忍痛遷廠的心情。第十二章敘述上海陷落前夕，舞女界出動賣花籌款救濟受傷戰及饑寒交迫的二十萬難民的圖景，也補敘何家慶兄妹準備離開上海轉赴陝北一事，既寫上海淪陷後潘雪莉的渺茫心情，也寫何家祥參加地下活動，迎接遊擊隊的堅強信念。

　　作品的布局與情節安排以及場景的處理，似乎受到中國古典小說的影響，因而也比較適合群眾的胃口。不過，取法傳統的長處，並不排斥其獨創性。從布局的方法看，作品跟《追求》有些相似，都是採用多線開展，而後

〔註 8〕　茅盾：《第一階段的故事・新版的後記》。
〔註 9〕　同上註。
〔註10〕　同上註。

交叉進行，終於匯合一體。然而兩書布局仍有區別。《第一階段的故事》比之《追求》場面較爲廣闊，人物眾多，事件也很紛繁。

藝術形式的通俗化，主要的因素是語言的通俗化。如果說茅盾在創作《多角關係》力求語言通俗化初見成效，那麼《第一階段的故事》又有了新的進展。這部作品在詞匯，語法和修辭法等方面歐化的影響很少，更接近加工了的人民語言。以第九章桂卿和何家琪交談傷兵醫院情況爲例。作品寫道：「『醫院裡也是這樣那樣都不夠。醫生不夠，看護也不……』，『不要說了，太叫人難受了！』何家琪不耐煩地叫著，站了起來。『甚至藥棉，紗布，都不夠！』桂卿似乎非說完不痛快。……『我告訴你，桂卿！』何家琪一手按在桂卿肩上，『我打算離開上海，到——到那蓬勃緊張地方，到——北方去！』兩個人的眼光碰在一處，有好半晌，都不說話。『我也去；我總是要和你一道的。』末了是桂卿先說話。『……桂卿，你願意和我一道麼？好，我們再看一看情形罷。』桂卿點著頭，看了何家琪一眼，想要問她究竟有什麼計劃，但是一轉念，他只把自己要求調到士兵病房的經過，從頭說了出來。」這段對話是口語化的，家琪爽朗、追求眞理和桂卿柔和、富有正義感的思想性格，從各自的談吐中可以覺察到。作者的敘述語言是以普通話爲基礎而加了工的文學語言，通俗、明快而又簡括爲其特點。

從作品的風格看，《第一階段的故事》保持著作者文風中獨有的廣闊氣勢，又增添了明淨爽朗的新特點，並且力求兩者的有機結合。

但是，我們也看到作品在藝術上存在著不少缺點，比如，人物形象的個性化不充分，結構較爲鬆散，語言變化不多等。

儘管小說在思想內容與藝術形式方面都有不足之處，然而它在作者創作發展道路或者當時文壇都是有著一定意義的。它是作者反映抗日戰爭的第一部長篇小說，也是作者有意識地運用長篇嘗試藝術形式通俗化的第一部作品。

抗戰時期，廣大文藝工作者在抗日熱潮的鼓舞下，深入人民中間，爲了迅速地反映現實鬥爭，他們創作了許多短篇和小型作品，如短篇小說、報告文學、街頭詩，活報劇等。長篇和大型作品較少出現，描寫都市特別是上海人民抗戰的長篇小說更少。值得一提的是，巴金的《火》（第一部），它和《第一階段的故事》同是以抗日初期上海戰爭爲背景。不過，《火》（第一部）側重地反映了一群青年參加救亡活動。有位評論者指出說，《第一階段的故事》

「當作一本忠實地報導上海戰爭中三個月的歷史眞實的書讀，茅盾先生這本書實在有重大的價值」。〔註11〕這位評論者還指出這部作品在藝術上所作的探索，他說：「我讀茅盾先生的小說，常感覺到它很可能是現代小說之向中國舊式章回小說吸收融化的一個合理的雛形」。〔註12〕

散 文

這個時期茅盾的散文，有散文集《炮火的洗禮》、雜文有《「寬容」之道》〔註13〕、《韌性萬歲》〔註14〕等篇，它們都可以作爲《第一階段的故事》的補編，既是八一三上海戰爭的側影，也是武漢陷落前大後方現實社會的寫照。這些作品充分地反映抗戰初期中國人民蓬勃的抗日的情緒，批判國民黨片面抗戰政策，藝術上追求通俗、明快的風格，表明了抗日初期散文創革命現實主義的新特色。

茅盾在《站上各自的崗位》〔註15〕一文中說：「我們的武器是一枝筆，我們用我們的筆曾經畫過民族戰士的英姿，也曾經描下漢奸們的醜臉譜，也曾經喊出了在日本帝國主義鐵蹄下的同胞的憤怒，也曾經申訴著四萬萬同胞保衛祖國的決心和急不可待的熱忱，而且，也曾經對日本軍閥壓迫下的日本勞苦大眾申說了他們所應做的事，寄與了兄弟般的同情。」

以上是《吶喊》創刊獻詞中的一段，這段話是對文藝工作者的號召，也是茅盾當年創作的概括。散文集《炮火的洗禮》等便是有力的明證。

散文勾劃了上海八一三戰爭前前後後的輪廓。《追記一頁》〔註16〕記述上海戰爭爆發前夕的情景：「八月十二那天，中國大軍已經開到上海郊外」，市外學校、居民遷入市區，「閘北已經開火」，「國民政府已經封鎖了長江和南黃浦」，果眞，八月十三日午後四點多，響起了「第一次的炮聲呀，『喜炮』響了」，上海守軍奮起反擊日本侵略者。

上海「八一三」戰鬥打響後，茅盾以高昂的筆調贊頌將士殺敵的英姿，他寫道：「瀘東大火兩日兩夜，戰士們出生入死，喋血市街」（《街頭一瞥》），

〔註11〕 鉗耳：《評〈第一階段的故事〉》，《文聯》第一卷第二期，1946年1月20日。
〔註12〕 同上註。
〔註13〕 《茅盾文集（九）》。
〔註14〕 同上註。
〔註15〕 茅盾：《炮火的洗禮》，文化生活出版社，1939年4月出版。
〔註16〕 同上註。

〔註 17〕是的,「滬東區的大火,在中國兒女的靈魂上留著的烙印,在醞釀,在鍛煉,在淨化而產生一個至大至剛,認定目標,不計成敗,——配擔當這大時代的使命的氣魄!」(《炮火的洗禮》)〔註 18〕茅盾還就南口等地戰士壯烈犧牲的事件,寫下熱烈的頌歌,他說:中華民族「戰士的英勇壯烈已經震驚了全世界。萬千無名英雄的碧血,在滋養,在蓓蕾著民族自由之花!」「光陰畢竟沒有白過」,「我們的武力有了長足的進行。」(《今年的「九一八」》)〔註 19〕

抗日戰爭是人民的戰爭,只有人民支持戰爭,才能打敗日本侵略者。茅盾深知此理,他以滿腔熱情謳歌人民抗日的偉力。他在《三件事》〔註 20〕一文中充分肯定上海戰爭後,滬杭軍民合作殲滅敵機的英勇行為。只有經歷炮火鍛煉的人民,才能斬斷敵人的魔爪,作者在《炮火的洗禮》中讚頌道:「四萬萬人堅決地沉著地接受炮火的洗禮了!四萬萬人的熱血,在寫出東亞歷史最偉大的一頁了!無所謂悲觀或樂觀,無所謂沮喪或痛快,我們以殉道者的精神,負起我們應負的十字架!

儘管上海戰事初期軍民團結一致抗擊敵人的入侵,然而國民黨推行片面抗戰的路線,未能持久地依靠廣大人民群眾。茅盾在《今年的「九一八」》一文指出:「前方浴血的將士也感到民眾與軍隊缺乏聯繫,削弱了軍隊抗戰的力量。」由於前線的軍隊失去了人民群眾的有力支持,上海便很快地陷於敵手。

上海成為「孤島」之後,社會上出現了矛盾的現象。茅盾在《「孤島」見聞》〔註 21〕一文指出:當時「孤島」上千奇百怪,諸如有「逃難至上主義的小有產者」,有「憤慨而悲觀」的「士紳」,還有「耀武揚威」的日本人等,然而文中也肯定了孤島人民堅持崗位「嚴肅地工作」,他們關注著抗日形勢的發展,同全國人民心心相連,期望著民族解放戰爭的勝利!

散文除了反映八一三戰爭前後上海的真實面貌外,還涉及當時大後方的社會現狀。有些作品暴露了日本侵略者及托派的罪行。《記兩大學》〔註 22〕一

〔註17〕 《炮火的洗禮》。
〔註18〕 同上註。
〔註19〕 同上註。
〔註20〕 同上註。
〔註21〕 同上註。
〔註22〕 同上註。

文通過敵機轟炸長沙湖南大學和清華大學長沙分校的記述，揭露了日本侵略者的野蠻行徑。《「……有背於中國人現在為人的道德」》〔註23〕一文痛斥托派的橫行無忌，文中說：「在今日，他們（按指托派）更加卑劣陰狠地在各處煽動農民反抗兵役，組織暴動，利用土匪搗亂後方，混進抗戰陣營以肆其挑撥離間，有計劃地散播謠言謬論以圖減低民眾對於抗戰建國的信心，不顧事實地誣衊游擊戰爭，……他們的無恥與陰險，開創了空前的記錄！」還有些作品抨擊國民黨的統治，如《還不夠「非常」》〔註24〕一文揭露「貪污土劣的借戰事加緊剝削」，加深人民的苦難的罪責。《內地現狀的一鱗一爪》、《「戰時如平時」解》〔註25〕等文指出國民黨當局或無視人民抗戰的要求，或消極抗戰等腐敗現象。

面對著抗戰過程中存在的問題，茅盾堅定地認為必須造就大量的「韌性的戰士」，敢於同「種種阻礙抗戰、破壞抗戰的惡勢力」作持久的鬥爭，以爭取民族解放戰爭的勝利。他說：「只有對於最後勝利有確信，而又能夠正確地估計到當前的困難的，方始能作韌戰。我們需要堅守崗位，從容不迫的韌性的戰士！」〔註26〕

這個時期茅盾的散文創作的風格同前個時期比較來說，有著鮮明的特點，如果說前個時期偏於含蓄、精細，那麼，這個時期則是明晰、奔放。以抒情散文來說，《炮火的洗禮》以飽滿的激情、明朗的調子，謳歌了中國人民在炮火中抗擊日本侵略者的決心和氣魄！以記事散文來說，多數在直敘之中飽含著熱烈的讚揚、深沉的憎恨和明確的批評。《三件事》一文在敘述敵機降落的三種不同反應後，分別給予評述，一種是敵機機件障礙被迫降落基地，警察「不敢近前」，敵機修好後，從容飛去，作者憤怒地指出：「這叫人生氣！」一種是敵機被山炮打中，即行降落，敵人公然命令村人為之推動，直至飛行而後止。對此作者感慨寫道：「真叫人看了啼笑皆非了。」還一種是軍民合作共同處置降落敵機。作者予以極大讚揚，認為這「才是戰時應有的常態！」《記兩大學》在記述日本侵略者的暴行後，指出：「中國的民眾將永遠不忘記這新添的血債！」再以雜感來說，行文雖曲折有致，然而立論鮮明。如《「寬容」之道》一文抨擊那些主張「寬容」之道的人，可謂句句切中要

〔註23〕 《茅盾文集（九）》。
〔註24〕 《炮火的洗禮》。
〔註25〕 同上註。
〔註26〕 《韌性萬歲》。

害，入木三分。《「……有背於中國人現在爲人的道德」》一文，剝露托派的面目眞是淋漓盡致！

這個時期的散文以其熾熱的感情，明朗的文筆，迅速而廣泛地反映了抗戰初期社會生活，在謳歌蓬勃的抗日民氣的同時，也不放過對破壞抗日的惡勢力的針砭！正是如此，他的散文在當時的散文創作中享有聲譽。

茅盾在這個期間創作的長篇《第一階段的故事》、散文《炮火中的洗禮》等作品，從內容上說，既反映抗日初期的蓬勃景象，也描寫隱伏在光明中的醜惡；從藝術上說，既追求通俗化，大眾化的表現形式，又有鮮明的個人風格。這些表明了作者的革命現實主義創作有了新的變化與特點。

作者創作上的新變化，同當時文藝觀的發展有著密切的關係。他從民族解放戰爭的實際出發，研究與探索了文藝與抗日鬥爭的關係，從而形成了自己的文藝思想的特點，在他看來，根據抗日鬥爭的需要，文藝上必須堅持革命現實主義創作精神與大眾化、通俗化的藝術形式相結合的道路。

二十世紀三十年代茅盾提倡文藝大眾化，主張無產階級文學要爲「工農大眾」服務。抗日初期，他根據現實的需要，認爲文藝應成爲人民大眾抗敵的武器。因此，文藝大眾化在抗日時期應有新的要求。

茅盾深知，文藝大眾化是抗戰現實的需要，他指出抗日戰爭是人民的戰爭，只有發動廣大人民群眾投入戰鬥，才能打敗敵人，而文藝是動員群眾參加抗戰的得力武器。他說：「自從抗戰開始，任何工作，都應當和抗戰聯繫起來。目前最迫切的問題，應當是如何發動民眾抗戰。戲劇歌詠等都是發動民眾的工具，小說自然也是許多工具當中的一種。」〔註27〕

根據新文學發展的趨勢，茅盾認爲文藝大眾化勢在必行。他充分肯定了新文學的成績，指出：「新文藝的作品出產了不少，讀者也一年一年在增多」，〔註28〕然而新文學也存在著弱點，他說：「新文藝還不能深入大眾群中，這是因爲新文藝尚未做到大眾化」。〔註29〕不錯，左聯時期曾就大眾化問題進行了有益的探討，並且有些作家也在努力創作大眾化的作品，然而由於國民黨當權派的限制，仍然困於狹小圈子裡，未能深入群眾去，因此創作上的成效甚微。

〔註27〕茅盾：《文藝大眾化問題》，《新語》週刊第一卷第二期，1939 年 4 月 29 日。
〔註28〕同上註。
〔註29〕同上註。

　　抗日初期，全國軍民掀起抗日怒潮，據此中華全國文藝界抗敵協會提出「文章下鄉，文章入伍」的口號，許多文藝工作者紛紛深入戰地和農村，同軍隊和農村有著廣泛的接觸，爲了使作品適合群眾的要求，他們作出許多短小通俗的作品。這樣，文藝大眾化在實際中已成爲當時文藝運動中的迫切要求。所以茅盾指出：新文學「大眾化是當前最大的任務」。〔註30〕

　　根據當時文藝大眾化運動的實際情況，茅盾提出藝術形式的大眾化是當時文藝工作者的重要課題。他認爲，「爲了抗戰的利益，應該把大眾能不能接受作爲第一義」。〔註31〕這就是說，要使文藝大眾化，必須採用通俗的藝術形式，反映抗日鬥爭的內容，以利文藝作品接近廣大群眾，從而發揮文藝爲抗戰服務的戰鬥作用。

　　茅盾認爲，語言及表現方法的通俗化是藝術形式大眾化的首要問題。他說：「我們的作品大眾化，就必須從文字的不歐化以及表現方式的通俗化入手。」〔註32〕這就要求作者使用群眾語言，採用群眾樂於接受的寫法，以反映「大時代的新內容」，〔註33〕否則，作品就不能深入人民大眾中去。

　　重視利用舊形式，是文藝大眾化運動中必須解決的問題。當時有人擔憂利用舊形式會否定新文學運動，不贊成利用舊形式爲抗戰服務。茅盾嚴正指出，「舊形式只被新文學作者所否定，還沒有被新文學所否定，更其沒有被大眾所否定」。〔註34〕他認爲利用舊形式是「新文學大眾化過程中的課題之一」。〔註35〕所謂利用舊形式不是舊瓶裝新酒，而是推陳出新。他說：「應該是研究舊形式究竟可以被利用到如何程度，應該是研究並實驗如何翻舊出新，應該是站在贊成的立場上來批評那些試驗的成績」。〔註36〕

　　創造性地吸取民間文藝形式是利用舊形式表現新內容不可缺少的部分。茅盾認爲作爲舊形式的重要方面的民間文藝形式同廣大人民群眾的關係極爲密切，沒有充分調動，改造民間的文藝形式，文藝大眾化是很難徹底實行的。他說過：「抗戰文藝中如果沒有民間文藝形式的作品，那就絕不能深入廣大的

〔註30〕《大眾化與利用舊形式》，《茅盾文集（九）》。
〔註31〕茅盾：《文藝大眾化問題》。
〔註32〕同上註。
〔註33〕同上註。
〔註34〕《大眾化與利用舊形式》，《茅盾文集（九）》。
〔註35〕同上註。
〔註36〕同上註。

民間。我們早已說過要加強大眾化了，然而假使不從民間文學中去學習，消化它而再醞造它，那麼，我們的所謂大眾化始終不能圓滿的。」〔註37〕他極力提倡利用民間文藝形式如大鼓詞、楚劇、湘劇、說書、彈詞及各種小調等進行寫作。

茅盾探討文藝大眾化問題時，側重於藝術形式方面的研究。他在闡述大眾化與通俗化的關係時，指出兩者：「應當是形式則『婦孺能解』，內容則爲大眾的情緒與思想」。〔註38〕這裡我們清楚地看到，茅盾對於文藝大眾化在作品內容方面的要求是明確的，那就是必須表現人民大眾的思想情緒。

茅盾解釋文藝大眾化與通俗化之間的關係，指出：兩者在內容與形式方面都「沒有什麼本質上的差別」。〔註39〕不過他又認爲大眾化比之通俗化的意義更爲深廣，他說：「『大眾化』的意義要廣博深湛得多。」〔註40〕

茅盾堅定地相信實行文藝大眾化，決不會降低文藝作品的質量。有人擔心通俗化作品質量會降低，茅盾在《質的提高與通俗》一文中指出：「《水滸》在中國民間是通俗的讀物，但何嘗庸俗？」「《吉訶德先生》在歐洲也算是通俗的讀物了，但無礙其爲傑作」，這就說明作品通俗化，同樣能產生藝術價值很高超的作品。所以，茅盾認爲：「『通俗』是必要的，但同時須求『質的提高』，二者是一物的兩面，決不衝突」。他告誡文藝工作者「不能再停在狹小的圈子裡了」，必須深入到群眾中，努力創造爲群眾所喜愛的抗戰文藝，以推動民族解放戰爭。

茅盾關於文藝大眾化的一系列見解，是針對當時文壇上在文藝大眾化問題討論中出現的分歧而發的。它是有助於有關理論的探討，同時也促進了創作實踐的發展。他在《〈時調〉》〔註41〕一文中肯定了：「詩歌朗誦運動就是詩歌大眾化的一個方式」，他還在《關於大眾文藝》，《關於鼓詞》〔註42〕等文對於老舍、趙景深等作家創作的大眾文藝如鼓詞等形式，作了公允的評價，並指出如何鞏固文藝大眾化運動的成績以及解決存在問題，從而促進了文藝大

〔註37〕 茅盾：《關於大眾文藝》，《文藝論文集》，重慶群益出版社，1942年12月出版。
〔註38〕 《質的提高與通俗》，《茅盾文集（九）》。
〔註39〕 同上註。
〔註40〕 同上註。
〔註41〕 《茅盾文集（九）》。
〔註42〕 茅盾：《文藝論文集》。

眾化沿著正確的方向前進。

茅盾在創作活動中努力實踐自己有關文藝大眾化的主張，他在長篇小說《第一階段的故事‧後記》中鄭重表明：「對於所謂『通俗的』，——或換言之，對於如何寫一部既能顧及當時香港的讀者水準而又能提高讀者的作品，我那時是這樣主張的：形式上可以盡量從俗，內容上切不能讓步」。這段話清楚地表明作者寫《第一階段的故事》時，是在文藝大眾化的思想指導下進行創作的。他嘗試以通俗的藝術形式反映抗日初期的生活與鬥爭的。他的散文《炮火的洗禮》的表現手法的明快、文字的不歐化，都是跟他當時關於文藝通俗化的主張分不開的。

如果說，茅盾在文藝大眾化的討論中，著重於抗戰文藝作品的藝術形式大眾化的探討，那麼，他在有關革命現實主義理論的探討中，則是側重於抗戰文藝創作原則和內容的研究。

茅盾認為文藝「能與抗戰的現實血脈相連」，然後才能有「真正反映現實的現實主義文學」，〔註43〕這就是說在抗日時期堅持革命現實主義的創作精神，作家必須深入實際，全面地反映抗日時期的社會生活，既要謳歌人民抗日的英勇氣概，又要抉摘阻撓、破壞抗戰的贅疣，以爭取民族解放戰爭的勝利。

文藝是現實的鏡子。作家要掌握革命現實主義創作原則，必須對抗日現實有個根本的認識。茅盾指出：在國統區裡，「抗戰的現實是光明與黑暗的交錯，——一方面有血淋淋的英勇鬥爭，同時另一方面又有荒淫無恥、自私卑劣」。〔註44〕茅盾又指出：「消滅這些荒淫無恥自私卑劣，便是『爭取』最後勝利之首先第一的要件。」〔註45〕

文藝要真實地反映現實生活，就要敢於熱情歌頌光明面，又要無情地揭露黑暗面。這就要文藝是通過各種人物形象的塑造，以反映社會的全般生活。茅盾指出：文藝「要表現新時代曙光的典型人物，也要暴露正在那裡作最後掙扎的舊時代的渣滓」。〔註46〕對此，茅盾又作了進一步的解釋，作家應努力寫出：「新的人民領導者，新的軍人，新的人民」，但也應該描寫「新的人民欺騙者，新的『抗戰官』，新的『發國難財』的主戰派，新的『賣狗皮膏藥』

〔註43〕 茅盾：《「抗戰文藝展望」之發端》，《抗戰》第四十五號，1938 年 2 月 13 日。
〔註44〕 茅盾：《論加強批評工作》，《抗戰文藝》第二卷第一期，1938 年 7 月 16 日。
〔註45〕 同上註。
〔註46〕 茅盾：《八月的感想》，《文藝陣地》第一卷第九期，1938 年 8 月 16 日。

的宣傳家，……新的荒淫無恥，卑劣自私，而且這一切新的把民族命運開玩笑的傢伙，比起新的搶救民族的人物，滋生得更快更多呢！這是痛心的『現實』」，作家必須把這些情況「全面地反映出來」。〔註47〕

文藝作品要全面地反映抗日的現實生活，正確地表現光明面和黑暗面，關鍵在於作家的鮮明立場和愛憎感情，這就要求作家在樹立民族鬥爭觀點的同時，切不可忽視運用階級觀點分析抗戰陣營內部的狀況，這樣，才能熱烈歌頌抗日力量，鞭撻破壞抗戰的醜惡勢力，從而建立起爭取抗戰勝利的信心。正是如此，茅盾主張作家站在人民大眾一邊，以自己作品「加強人民大眾對於抗戰意義之認識，對於最後勝利之確信」。〔註48〕因此他要求作家分清美惡，並賦予熱烈的愛憎。他說：「對於醜惡沒有強烈憎恨的人，也不會對於美善有強烈的執著」。〔註49〕茅盾認為革命現實主義的創作，要求作家敢於暴露危害人民大眾的黑暗勢力，大膽謳歌人民大眾的抗日鬥爭。這種主張，我們從他的文藝批評活動中也可以看出來。

抗日初期，張天翼發表短篇《華威先生》，揭露國民黨上層分子對於抗日工作「包而不辦」的真面目。日本侵略者曾利用它攻擊我國人民的抗日鬥爭。國民黨方面的報刊也叫嚷：暴露黑暗是幫助敵人，「於抗戰有害」。〔註50〕於是，當時文壇上就引起了關於暴露與諷刺的論爭。那時，種種否定暴露與諷刺醜惡的謬論鼓噪一時。茅盾立即撰寫《八月的感想》等文予以批駁，並充分肯定《華威先生》的社會價值。他指出「這正表示了作家對於現實能夠更深入去觀察」，「一個只能看到表面的人，就不會認出那些隱藏在抗戰旗影下的大小醜態」。他還說，現實中「既有醜惡存在，便不會沒有鬥爭，文藝應當反映這些鬥爭，從而推動實際的鬥爭。我們不能作『信天翁』！」

茅盾對於歌頌人民群眾抗日鬥爭的作品總是以飽滿的激情給予充分的肯定。他在《〈給與者〉》〔註51〕一文中，對於丘東平、歐陽山等五位作家合作的中篇《給與者》作了有力的評價，他正確地指出該書的主題的深刻意義，在於表明了「中國人民大眾的抗戰意志如何在壓迫下、踐踏下、侮辱下、欺騙下，沉鬱而堅定地發展，終於達到『由自己來擔當』，發揮自己力量的地步」。

〔註47〕茅盾：《論加強批評工作》，《抗戰文藝》第二卷第一期，1938 年 7 月 16 日。
〔註48〕同上註。
〔註49〕茅盾：《暴露與諷刺》，《文藝陣地》第一卷第十二期，1938 年 10 月 1 日。
〔註50〕何容：《關於暴露黑暗》，《文藝月刊》第三卷第七期，1939 年 7 月 16 日。
〔註51〕《茅盾文集（九）》。

他還在《〈北方的原野〉》〔註 52〕一文，為碧野的中篇小說《北方的原野》寫了熱情的讚語：「歷史給我們負荷的，是慘酷然而神聖的十字架，我們噙著悲壯的眼淚，立下鋼鐵般的決心，奮發前進了！這是我們民族今日最偉大的感情，最崇高的靈魂的火花。《北方的原野》雖然不會是這方面的唯一的代表，但在目前，它卻實在是第一部的成功的著作！」

我們從茅盾自己的長篇《第一階段的故事》，散文《炮火的洗禮》及其他一些雜文，可以清楚地看到，他對抗日初期人民群眾蓬勃的抗敵景象給予熱烈的讚頌，而對隱伏在抗日陣營中的毒癰給予無情的抉摘。這表明他的創作是有鮮明的革命現實主義的特色。

茅盾抗日初期文藝思想的新特點，在於他運用了馬克思列寧主義思想研究了抗戰以來文藝運動的實際，從而得出了有益的結論。這就是主張以通俗化的藝術形式反映人民大眾抗日的情緒，揭露破壞抗日的惡勢力，以爭取抗戰的勝利。

茅盾文藝思想的新變化，同他世界觀的變化有著密切聯繫。茅盾站在無產階級立場上，堅信依靠廣大人民群眾能夠打敗日本侵略者。他說：「大時代已經到了。民族解放的神聖的戰爭要求每一個不願做亡國奴的人貢獻他的力量。」又說：「在必要的時候，人人要有拿起槍來的決心。但是尚未至此必要時，人人應當從容不慌不迫，站在各自的崗位上，做他應做的而且能做的工作。」〔註 53〕他深知廣大人民群眾的抗日要求、激情，只要廣泛的動員與組織，並且進行持久的戰鬥，一定能挫敗敵人。他說：「惟有把民眾嚴密組織加緊訓練然後可以持久戰」，這樣「可以制勝敵人」，〔註 54〕他深信「用血淋淋的奮鬥」能換來「中華民族的自由解放。」〔註 55〕

茅盾清醒地看到，由於國民黨當局推行片面抗戰路線，給抗日戰爭帶來困難。因此，他認為在鼓動人民抗日的同時，必須揭露國民黨當局為代表的阻撓、破壞抗日的黑暗勢力，以爭取抗日戰爭順利進行。他在《今年的「九一八」》、《內地現狀　鱗一爪》、《〈戰時如平時〉解》、《韌性萬歲》等文中揭露國民黨當局不依靠人民抗日的消極應戰的抗日路線，暴露土豪劣紳借抗日之機加緊剝削、壓迫人民的罪責，指出必須同抗戰營壘中的國民黨當局的阻

〔註52〕　《茅盾文集（九）》。
〔註53〕　茅盾：《站上各自的崗位》。
〔註54〕　茅盾：《今年的「九一八」》。
〔註55〕　茅盾：《站上各自的崗位》。

撓、破壞抗戰的行徑作不懈鬥爭，堅持把民族解放戰爭進行下去。

　　茅盾堅信只有中國共產黨才能指引抗日戰爭獲得發展和勝利。他認為中國共產黨採取了依靠廣大人民堅持抗戰的正確路線，堅決同國民黨的片面抗戰路線開展不屈不撓的鬥爭，有力地進行了民族解放戰爭。抗日戰爭期間，茅盾一直在黨的領導下，從事文藝工作。他為黨創辦的《文藝陣地》刊物擔任主編，竭力宣傳黨的抗日的方針、政策，有效地推動了文藝界的抗日鬥爭。他在創作中也努力表現黨在抗日戰爭中的領導作用。他追述《第一階段的故事》的創作過程時寫道：「這本小書的結尾已經寫到一些青年知識份子選擇了正確的道路，──到陝北去。這是象徵著當時青年知識份子（儘管他們出身於民族資產階級的家庭或地主的家庭或小資產階級的家庭）中間的覺悟分子已經認識到唯有走上了中國共產黨所指示的道路，這才中國民族能夠解放，而個人也有出路。」〔註56〕

　　這個時期茅盾創作革命現實主義的新特點是，著重地表現抗日初期軍民抗敵的生氣蓬勃的景象，適當地揭露國民黨當局推行片面抗戰路線的惡果，堅信只有中國共產黨才能引導民族解放戰爭走向勝利。在藝術形式上力求大眾化，藝術風格是熾熱而明快的。然而創作上也存在著明顯的弱點，作品中對日本帝國主義本質暴露不深，對抗戰陣營中的黑暗面揭露不力，對光明面歌頌不夠。長篇《第一階段的故事》中的人物形象缺乏鮮明性，結構安排顯得鬆弛，描寫手法也缺少多樣化。散文創作構思稍嫌平淡，文學色彩不濃。這些創作上缺陷的出現，絕非偶然的。首先，同作者的「生活經驗之不足」〔註57〕有關。作者對抗日初期的生活有所感受，但由於他過著顛沛流離的日子，未能深入廣闊的社會生活，所以，對所描寫的生活對象及各種人物體察不夠，對所揭示的問題研究也不深。其次，寫作的時間過於匆促。作者習慣於周密地思考後才下筆，而寫作《第一階段的故事》時來不及細緻的琢磨，一邊寫作一邊發表，弊端不少，如他所說的：「經過短促時間的構思，我便每天寫一些，以應《言林》逐日的需要。這樣一面寫一面就發表，在我還是初次，總弄不慣」，所以「寫到過半以後，當真有點意興闌珊」。〔註58〕第三，作者開始探求革命現實主義精神同藝術形式的大眾化有機結合的創作道路，

〔註56〕茅盾：《第一階段的故事・新版的後記》。
〔註57〕同上註。
〔註58〕同上註。

由於經驗不足，出現了缺點，這是不可避免的。

　　這個時期茅盾創作成就儘管不如前一階段，然而卻是一個可喜的新開端，表明了他力求使自己創作從內容到形式更加接近廣大民眾，以適應人民大眾的需要！

第十一章　新探索成果的巡禮
（1939～1944）

　　武漢失守後，抗日戰爭處於相持階段，日本侵略者改變了對國民黨以軍事進攻為主的方針，代之以政治誘降為主的方針，傾其全力「掃蕩」敵後解放區，而蔣介石集團與之配合，積極進行投降活動，變抗戰為內戰，加緊反共，並在國統區強化了法西斯專政，其統治更加殘酷和腐朽。

　　然而，敵後解放區軍民在中國共產黨的領導下，奮起抗擊日本侵略者，英勇打退國民黨發動多次的反共高潮。從一九四三年起開始舉行局部反攻，擴大了敵後解放區。由於中國共產黨的影響和發動，國統區的民主運動日益發展。

　　武漢陷落後，國民黨政府對內反共反人民，對外消極抗戰準備投敵。隨著政治形勢的逆轉，文藝運動也進入了迎著大逆流而曲折迂迴向前發展的時期。國民黨當權派對進步文藝運動的壓迫愈來愈嚴重。在國民黨當權派的「檢查制度下，凡接觸現實問題的作品就難得有出版和上演的機會。在白色恐怖下，進步的文藝作家隨時有進集中營的可能」。〔註 1〕當時，文壇中心已由武漢、廣州轉至抗日根據地的延安和國統區的重慶、桂林，此外成都、昆明、永安，以至上海、香港等都成了重要的據點。國統區的文藝運動，儘管由於蔣介石集團的壓迫，書籍和刊物遭受嚴格檢查，作家過著顛沛流離的艱難生活，然而，「共產黨領導下的在敵後堅持抗戰的軍民大眾的偉大力量，始終成

〔註 1〕　茅盾：《在反動派壓迫下鬥爭和發展的革命文藝》，《中華全國文學藝術工作者代表大會紀念文集》，北京新華書店，1950 年 3 月出版。

為鼓舞國統區一切文藝工作者加強其信心的基本動力。」〔註2〕所以，國統區文藝運動的成績依然是很顯著的，文藝界「仍舊繼續保持與鞏固著廣泛的統一戰線」，而對蔣介石集團「進行了不屈不撓的戰鬥」。〔註3〕文藝創作有很大的成就，在內容上，敢於大膽暴露黑暗統治，熱情地鼓舞人民抗日的鬥爭情緒，「在風格上一致地表現著一種新的傾向，那就是打破了五四傳統形式的限制而力求向民族形式與大眾化的方向發展」。〔註4〕

抗戰初期，茅盾作為文藝界領導人之一，先後活躍於上海、武漢、廣州、香港等地的文壇。武漢、廣州陷於敵手後，他於一九三八年底接受杜重遠的舉薦，「應聘去新疆學院任教並主持該省文化協會。」〔註5〕一九三八年十二月他攜帶家眷（夫人孔德沚，兒子沈霜，女兒沈霞），離開香港，幾經周折，於一九三九年三月抵達新疆烏魯木齊。在新疆期間，他目睹熱心抗戰建國的杜重遠被軟禁，人民處在極端艱難之中。出於反對軍閥盛世才這個「中世紀式的專制、黑暗、卑劣的典型代表」〔註6〕的暴政，茅盾衝破重重的阻力，於一九四○年五月逃出虎口。抵達西安後，在八路軍辦事處的協助下，他全家跟朱德同志同車到延安，到延安住了幾個月，留下兒女，他和夫人於同年「初冬到重慶」。〔註7〕一九四一年一月皖南事變後，政局惡化，他按照黨的意見，離開重慶，同年三月至翌年一月，撤退到香港，從事抗日文化工作，主編《筆談》，並參加《大眾生活》的編委工作。香港陷於敵手後，茅盾夫婦在黨所領導的東江遊擊隊的幫助下，到了桂林。一九四二年十二月至抗戰勝利，一直定居於重慶。

從一九三九年到一九四四年這段期間，茅盾的文藝創作極為豐富，計有長篇小說《腐蝕》、《霜葉紅似二月花》，中篇《走上崗位》，短篇小說集《委屈》、《耶穌之死》，散文《見聞雜記》、《時間的記錄》（大部分）、《劫後拾遺》、《歸途雜拾》等。

這個期間茅盾的創作除了反映抗戰初期人民抗日的高昂激情外，突出地

〔註2〕茅盾：《在反動派壓迫下鬥爭和發展的革命文藝》。
〔註3〕同上註。
〔註4〕同上註。
〔註5〕據《文藝陣地》第四卷第十二期報導，1940 年 4 月 16 日。
〔註6〕茅盾：《光明磊落，熱情直爽的杜重遠先生》，《新華日報》，1945 年 7 月 25 日。
〔註7〕《新疆風土雜憶・附記》，《茅盾文集（九）》。

描寫抗日相持階段的生活，抨擊大後方國民黨法西斯專制統治下政治腐朽、經濟崩潰、文化衰敗和人民窮困等黑暗現象，表達了人民反對蔣介石黑暗統治的憤懣情緒；揭露日本侵略者發動香港戰爭的罪惡；熱烈地贊揚中國共產黨領導人民抗戰的壯舉。同時，作者把筆伸向「五四」前夕的廣闊的中國社會，揭示封建勢力的沒落，嘲笑改良主義的無能，讚頌新思潮的流布，暗示著只有新興的無產階級才能指引歷史前進的航向。在人物塑造方面，寫了一些作者先前人物畫廊中從未見過的嶄新人物，以民族資本家來說，有「五四」前夕民族資產階級的代表王伯申（《霜葉紅似二月花》），還有抗日初期堅定走愛國道路的民族資本家阮仲平，也有伺機通敵的民族資本家朱竟甫（《走上崗位》）。以青年知識份子來說，就有在國統區堅持鬥爭的進步青年K、萍、小昭，還有誤入特務歧途而後自新的女青年趙惠明（《腐蝕》）。作為形象的豐富性與深刻性來說，趙惠明最為出色。在追求藝術的民族形式方面，比之前個階段有了很大的進展，例如歐化的用語、句法大量減少，精煉的民族語言與細密的獨特語言風格日趨和諧統一，人物描寫手法、布局方法等藝術形式的民族化臻於成熟。然而，也必須指出，由於作者生活的限制，表現進步、革命力量不力，反映中國人民抗擊日本侵略者的意志和氣魄的典型形象尚未出現，藝術形式的大眾化也是不夠的。

這個時期作者的創作比之抗日初期，從數量上說，大量的增多，從質量上看，也有了顯著的提高。從革命現實主義創作精神與藝術形式的大眾化、民族化相結合方面來說，抗日初期是個嘗試的階段，這個時期藝術形式的民族化是趨於成熟的，而大眾化的藝術形式仍然不充分。

從茅盾的創作歷程來看，一九三二年前後到一九三七年全面抗戰之前，可以說是他創作成就最為突出的時期，寫出了《子夜》、《林家舖子》、《春蠶》等名篇，塑造了吳蓀甫、林老闆、老通寶等著名的典型人物，作品以其雄偉而又精細的風格著稱。這個時期創作的成績不亞於抗日前的創作高峰時期，作者寫出了《腐蝕》、《霜葉紅似二月花》長篇傑構及《白楊禮贊》、《風景談》等散文名作，塑造了趙惠明等典型人物，在追求藝術形式的民族化大眾化方面取得了可喜的進展，還應指出這個時期作者的文學語言更為圓熟，描寫人物的手法更為豐富多彩。這些在作者創作的發展道路上是很有意義的。

這個期間茅盾創作的豐收，是同他的文藝思想的新發展密切地聯繫在一

起的。他從當時民族解放運動和文藝運動的客觀實際出發，對革命現實主義和文學的民族形式作了新的闡述，表明他的文藝思想有了新的進展。

抗戰初期，茅盾主張文藝必須爲抗戰服務，爲人民大衆服務。這個期間，他非常明確地提出：文藝「必須服務於最大多數人的利益，服務於民族的自由解放，適合於當前抗戰的要求」；〔註8〕要堅持抗戰文藝爲人民大衆服務的正確方向，就得在創作上堅持革命現實主義原則。

茅盾在總結新文藝優秀傳統時，指出「戰鬥的現實主義」〔註9〕是寶貴的精神遺產，必須承繼下去。抗戰初期，他曾提倡「眞正反映現實的現實主義文學」，這個時期，他提出「戰鬥的現實主義」，說法不一，其實質則一，即堅持五四新文學方向，沿著革命現實主義的道路前進。革命現實主義創作原則要求作者站在無產階級立場上反映不同歷史階段的社會生活特點。據此，茅盾對如何反映當時的抗戰生活提出了新的看法。

茅盾認爲當時的抗戰文學應當表現抗戰現實的發展變化。抗戰初期，一派蓬勃景象，文藝創作及時地反映這種現實生活，即使是幼稚、單調，然而茅盾仍然予以充分肯定。由於抗日現實的不斷發展變化，文學創作也必須適應新的形勢需要，所以茅盾提出必須充分反映變動中的抗戰現實生活。他說：「隨著抗戰的發展，社會生活起了劇烈的動蕩和變化，新的問題不斷發生，而這些問題又直接間接都要影響到抗戰。人們所要求於文藝作品者已不僅爲能反映這些現象，且要求能給以解答。」〔註10〕

當抗日進入相持階段時，茅盾就指出：「抗戰的現實——充滿了英勇的鬥爭，可歌可泣的悲壯與矛盾現象的」。〔註11〕這就是說，人民堅持抗日，然而國民黨當權派卻在千方百計地壓迫人民。因此，「抗戰的現實，不能不是中國人民大衆的覺醒，怒吼，血淋淋的鬥爭生活」。〔註12〕據此，「凡是助長民衆的覺醒，培養民衆的力量，解除民衆在抗戰時期生活苦痛的一切行動和措施，應該得到讚美，反之，還要施行愚民政策，欺騙，壓迫，掠奪民衆

〔註 8〕　《雜談文藝現象》，《茅盾文集（十）》。

〔註 9〕　茅盾：《抗戰期間中國文藝運動的發展》，《中蘇文化》半月刊第八卷第三、四期合刊，1941 年 4 月 20 日。

〔註10〕　茅盾：《如何把工作做好——爲「文協」六週年紀念作》，《時間的記錄》。

〔註11〕　茅盾：《抗戰期間中國文藝運動的發展》，《中蘇文化》半月刊第八卷第三、四期合刊，1941 年 4 月 20 日。

〔註12〕　茅盾：《抗戰期間中國文藝運動的發展》。

的一切行為和措施，必須加以抨擊。中國作家所必須反映者，正是這樣的抗戰的現實」。〔註13〕這就清楚指明了：文藝工作者必須熱情地表現人民抗日的鬥爭生活，抨擊國民黨反人民的罪惡，這樣才能真實地反映當時的抗戰現實。

抗日進入艱苦階段時，國民黨統治更加殘酷，人民的呼聲不可得聞，人民抗日的情緒大受損傷。在這種情況下，茅盾指出：抗戰文藝必須振奮人心，喊出人民的呼聲，以爭取抗日勝利。他說：「抗戰今已進入最後亦即最艱苦的階段，振奮人心，追求最後的勝利，當然是文藝工作的唯一目標，這已是天經地義」。〔註14〕為此，他要求作家創作出激勵民氣的作品，以鼓舞人民的抗日的情緒。茅盾說：「我們要用筆用舌把戰爭初年的興奮亢揚的熱情再度在廣大的國土上燃燒起來」，應該「以百倍莊嚴而快樂的心情，再加以百倍的覿勉惕厲，來迎接這新時代誕生前的陣痛，用我們堅決的意志，火熾的感情，迎頭擊退那些鬆懈，萎靡，消沉，奢侈的不祥之風！」〔註15〕

文藝要振奮抗戰民氣，也要反映人民的呼聲。茅盾說：「我們的文壇不能不負起時代的使命，──反映現實，喊出人民大眾的要求」。〔註16〕具體地說來，應該是「講到大多數人所最關心最切身的問題」，「揭露大多數人最痛心疾首的現象」，揭露問題「必須直搗問題的核心」，「必須在現實的複雜錯綜中間指出必然的歷史的動向」，〔註17〕要反映人民的心聲，就要敢於接觸當時國民黨的反動統治的暴戾，並大膽地揭露它，這樣才有利於推動抗日戰爭向前發展！

茅盾不但主張作家反映抗戰現實的變化，而且要預示民族解放戰爭勝利的前景。這就要充分反映出人民抗戰的力量戰勝反動派破壞抗戰的黑暗勢力的巨大威力。茅盾說：「我們對於抗戰的必然最後勝利，有絕對的自信。為什麼？因為這是善的正義的自衛的求生存的力量，對於惡的侵略的強暴而不義的力量之反抗。」〔註18〕然而我們也應該看到：「在我們民族之善的正義的力量增強過程中，黑暗的罪惡的分子也在潛滋暗長，甚至公然活躍。」因此，

〔註13〕　茅盾：《抗戰期間中國文藝運動的發展》。
〔註14〕　茅盾：《如何把工作做好──為「文協」六週年紀念作》。
〔註15〕　茅盾：《「七七」感言》，《時間的記錄》。
〔註16〕　茅盾：《雜談文藝現象》。
〔註17〕　《雜談文藝現象》。
〔註18〕　《序〈一個人的煩惱〉》，《茅盾文集（十）》。

他認為「唯有不懈不怠的鬥爭，才能使光明繼續擴大。」〔註19〕應該指出，抗戰初期茅盾就指出必須在文學上揭露阻撓抗戰的惡勢力，這個時期，他強調文學上要反映人民抗戰的力量戰勝反動派破壞抗戰的黑暗力量的真實面貌，這標誌著他的文藝思想的新進展。

　　要反映抗戰現實的發展，強調抗戰的力量同黑暗勢力的鬥爭，這就牽涉到如何正確表現抗戰現實中光明面和黑暗面的問題。這個問題抗戰初期茅盾已作了充分的論述，這個時期他又有了新的闡述。他根據抗戰現實新的發展形勢，對歌頌與暴露的內容作了新的規定，特別是強調站在人民民主的立場去處理歌頌與暴露的問題。他說：「要忠實地反映現實就不能只寫光明不寫黑暗。問題乃在作者站在哪一種立場去歌頌或暴露，去理解那光明面或黑暗面。」接著他強調指出：「今天作家們的共同立場是堅持民主，堅持反法西斯戰爭以求建立獨立自由的民主國家。」〔註20〕他還談到只要立場問題解決之後，那麼暴露與歌頌的對象也就清楚了。他說：「歌頌的對象是堅持民主，為民主而犧牲私利己見的，是能增加反法西斯戰爭的力量及能促進政治的民主的；反之，凡對抗戰怠工，消耗自己的力量以及違反民主的行動，都是暴露的對象。同樣的，凡對抗戰有利對民主的實現有助的，就是光明面，反之，就是黑暗面。」〔註21〕

　　茅盾主張抗戰文藝必須反映抗戰現實的急劇變化，鼓舞民氣，暴露黑暗勢力，揭示民族解放戰爭的勝利前景。茅盾這種文藝主張，在他對當時創作的評論中有所體現，如對於《一個人的煩惱》及《遙遠的愛》等小說的評述即可看出來，我們從他的創作活動也能窺視他的文藝思想發展的軌跡。他以當時現實生活為題材的創作（小說，散文）可以說是抗戰初期到相持階段中國社會急劇變化的忠實記錄，他根據形勢變化的需要，時而側重揭露國民黨的黑暗統治，如《腐蝕》等；時而偏於鼓舞抗日民氣，如《走上崗位》等；時而謳歌共產黨領導的人民大眾抗日的熱情，如《白楊禮讚》、《風景談》等。

　　當然，作家堅持革命現實主義原則要努力表現抗戰現實的生活，然而由於當時政治逆流的影響，作家反映現實生活受到限制，轉而寫些富有現實意

〔註19〕　《序〈一個人的煩惱〉》，《茅盾文集（十）》。
〔註20〕　《如何擊退頹風？》，《茅盾文集（十）》。
〔註21〕　同上註。

義的歷史題材。對此，茅盾給予充分的肯定。他在總結一九四一年以來抗戰文壇創作時，指出：「題材範圍之由偏重於前方而轉到後方，乃至於採取歷史的題材，這些都是近三年的特點。認識只是較爲深刻了，感情是較爲沉著了」。〔註 22〕我們從茅盾運用歷史題材創作的《霜葉紅似二月花》，可以領悟到他如何使它爲現實鬥爭服務的意圖。該書意在反映「五四」到一九二七年社會生活的變革，指出革命儘管遭受挫折，但是革命必將勝利。這正使我們聯想到當時國民黨當權派雖然極爲囂張，然而最終是要失敗的。當然《霜葉紅似二月花》只寫了「五四」前夕的社會生活，然而作者創作此書的意圖是值得贊許的。

　　茅盾認爲運用革命現實主義創作原則，充分地反映現實或歷史生活的矛盾與鬥爭，表達人民大衆的要求和願望，必須採用中國人民大衆熟悉的藝術形式，以便於群衆的接受。這就是要求革命現實主義的創作原則和文學的民族形式有機地結合起來。

　　茅盾認爲提倡文學的民族形式是文學形式大衆化的必然趨勢。他說：「形式問題，由從前的『大衆化』而更進一階段，即所謂『民族形式』。」〔註 23〕抗戰初期，爲了使文藝成爲動員群衆參加抗戰的有力武器，文藝工者孜孜以求文藝形式的大衆化。在這個基礎上，於一九四〇年前後文藝界就如何採用中國人民大衆所熟悉的藝術形式表現抗戰內容展開了熱烈的爭論，這樣文學的民族形式問題就提到當時文壇的議事日程上來。茅盾就是從當時文學發展趨向來考察建立新文學的民族形式之必要性的。

　　茅盾還指出文學的民族形式的提出，是適應世界文學發展的需要的。他說：「不同的社會現實爲內容的各民族形式的文藝各自高度發展之後，互相影響融化而得的結果，是故民族文學之更高的發展，適爲世界文學之產生奠定了基礎。在世界大變革的前夜，在民族解放鬥爭的第二階段，『民族形式』這一課題的提出，其深遠的前程，具在於此。」〔註 24〕

　　爲了探索文學的民族形式，茅盾認眞地研究文學各種體裁，如小說、戲劇、詩歌等民族形式的歷史經驗，並密切聯繫當時文壇創作實踐對民族形式作了有益研討。他明確地指出民族形式是中國的老百姓所喜愛的藝術表現

〔註22〕　《雜談文藝現象》。
〔註23〕　茅盾：《抗戰期間中國文藝運動的發展》。
〔註24〕　茅盾：《舊形式、民間形式與民族形式》，《中國文化》第二卷第一期，1940年 9 月 25 日。

形式。他說：「『民族形式』的正解，顯然是指植根於現代中國人民大眾生活，而爲中國人民大眾所熟悉所親切的藝術形式」。〔註25〕對此，他還作了深入而具體的闡述，他說：「這裡所謂熟悉，當然是指文藝作品的用語，句法，表現思想的形式，乃至其他的構成形象之音調，色彩等等而言，這裡所謂親切，應當指作品中的生活習慣，鄉土色調，人物的聲音笑貌動止等等而言」。〔註26〕這裡清楚表明茅盾關於文學的民族形式內涵的看法，他指出它必須是充分體現現代中國人民的思想感情的語言、音調，色彩以及表現形式。

茅盾又指出文學的民族形式的建立，要善於汲取中外優秀文學傳統的表現形式。他說，建立「『民族形式』也並非無條件的排斥外來形式，對於世界古典文學的優秀傳統是主張加以吸收而消化以滋補自己的；也不排斥中國古來文學的優秀傳統，也是主張批判地加以繼承而光大之的。」〔註27〕因此，他主張「我們文藝作品中向來不去淨的歐化的用語句法等等，是必須淘汰的」，〔註28〕他也反對把新文藝與民族文學的優秀傳統割裂開來。

茅盾認爲建立新文學的民族形式，廣大文藝工作者肩負重任。他希望廣大愛國的進步的文藝家們付出艱鉅的勞動，作出成績來。他說：「民族形式的建立的任務，新文藝作家們固應當仁不讓，但是一切看清了前程、求進步、忠於祖國文藝事業的任何作家和藝人，都應當仁不讓，貢獻他們的經驗智慧，在這一大事業中起積極的作用！抗戰建國是偉大而艱鉅的事業，一切從抗戰建國出發的文化事業亦莫不艱鉅而偉大」。〔註29〕

茅盾有關建立文學的民族形式的許多見解，對於當時民族形式問題的爭論是很有裨益的。那時解放區文藝界聯繫文藝運動，深入學習毛澤東同志在《中國共產黨在民族戰爭中的地位》〔註30〕報告中有關把國際主義的內容和民族形式必須「緊密地結合起來」的指示，對文學上的民族形式問題展開了熱烈的討論。周揚、艾思奇等發表了很多的意見。周揚認爲建立文學的民族形式，不能離開，「現實主義的方針」。〔註31〕艾思奇認爲「眞正能駕馭

〔註25〕 茅盾：《抗戰期間中國文藝運動的發展》。
〔註26〕 同上註。
〔註27〕 同上註。
〔註28〕 同上註。
〔註29〕 茅盾：《舊形式、民間形式與民族形式》。
〔註30〕 指一九三八年十月在黨的六屆六中全會的報告，發表時題爲《論新階段》。
〔註31〕 周揚：《對舊形式利用在文學上的一個看法》，《中國文化》創刊號，1940 年 2 月 15 日。

舊形式，更重要的問題卻在於認識民眾的生活」。〔註32〕國統區討論民族形式時，出現了兩種錯誤意見，一種認為民間文學是民族形式創造的「中心源泉」，一種是以保護新形式為名，否定創造民族形式。胡繩、戈茅等人著文對以上二種意見予以批駁。郭沫若在《「民族形式」商兌》〔註33〕一文，正確地指出「民族形式的中心源泉」「是現實生活」，「今天的民族現實的反映，便自然成為今天的民族文藝的形式」，民族形式「一定是多樣的形式、自由的形式」，他認為創造民族形式，就必須要深入實際，「採用民眾自己的言語加以陶冶，用以寫民眾的生活、要求、使命」。茅盾反對以「民間文學」作為建立「民族形式」的「中心源泉」，他對文學的民族形式內涵的看法以及強調建立新文學的民族形式必須「吸收過去民族文藝的優秀的傳統」，「學習外國古典文藝以及新現實主義的偉大作品的典範」〔註34〕等方面，都是有益的見解。

從茅盾這個期間的創作，分明可以看出，他正在為建立新文學的民族形式而努力。《霜葉紅似二月花》中的人物描寫手法，結構方式，語言特色，明顯地表示他吸收中國優秀古典文學的表現形式的長處；《腐蝕》在融合外來以及民族傳統的藝術形式方面都作了可貴的探索。至於短篇、散文等文學樣式在運用文學的民族形式方面都有了可喜的進展。

茅盾認為要堅持革命現實主義創作精神與文學的民族形式的統一的原則，作家要具有馬克思列寧主義世界觀，廣博的生活經驗，淵博的知識以及豐富的藝術技巧。他說：「從書本知識上可以得到正確的進步的世界觀，這是很明白的事」，不過他又指出不能「即此自以為滿足，那就有危險，遇到實際問題時，他就會手足無措，甚至看社會現象也會分析錯誤，作家如果單單仗著從書本子上得來的正確世界觀，就來寫作品」，「其結果一定是空洞，抽象的東西」。他又指出，「把書本拋開了，完全不注意理論學習，這也是不妥當的。」所以他認為「學習與生活實踐應當並重，兩者應當互相補足」。〔註35〕

在生活實踐問題上，茅盾充分肯定當時文藝青年「與群眾生活打成一片」

〔註32〕艾思奇：《舊形式運用的基本原則》，《文藝戰線》第三期，1939 年 4 月。
〔註33〕重慶《大公報》，1940 年 6 月 9 日。
〔註34〕茅盾：《舊形式、民間形式與民族形式》。
〔註35〕均見茅盾在題為《作家的主觀與藝術的客觀性》的座談會發言摘錄，《文學月報》第三卷第一期，1942 年 6 月。

的做法，他要求文藝工作者做到「生活的廣度、深度、密度」，這就要「向人民大眾的生活學習」。〔註36〕一個文藝工作者不僅要有正確的世界觀和廣泛生活經驗，還要具有廣博知識，例如哲學、歷史、文學等方面。正如他所說的，「我們不能想像一個對於世界文藝思潮，對於本國文藝史，對於文藝上一切根本問題茫然無知的作家，能有偉大的成就，也不能想像一個對於社會科學，哲學，歷史等等茫然無知的作家，能有偉大的成就。」〔註37〕

茅盾還指出，掌握藝術技巧對於一個作家來說是不可缺少的。他說，「從偉大傑作中學習技巧」是很重要的，不過還要從「生活經驗中攝取技巧」。〔註38〕

這個時期，茅盾的生活經驗比之以前更多了，他走遍了祖國西北和西南。他生活在國統區，可是到過解放區；還去過香港。這些豐富的生活，使他的眼界「放寬了些了」，〔註39〕為他的創作提供了有利的條件。

那時茅盾還廣泛涉獵哲學、歷史書籍。他說：「居迪化一年，僅讀新書七八種，旅寓香港九個月，每晚讀書二小時，亦僅讀書十餘種，這些書大半是歷史和哲學。」「五年之中（按指「奔波西北與西南」）平均四個月讀一本書」。〔註40〕茅盾自謙學習不多，「學殖之荒蕪」，〔註41〕然而，就他所讀的哲學、歷史的著作來說，對他的創作也是大有裨益的。那時，他還反覆鑽研中外名著，如研究《水滸》、《紅樓夢》、《金瓶梅》等作品的民族形式問題，〔註42〕探討托爾斯泰作品的藝術特色等，〔註43〕這些對豐富他的藝術技巧，特別是對實踐藝術形式的民族化方面是非常有用的。

這個時期茅盾文藝思想的特點在於主張努力運用文學的民族形式反映急劇變化中的抗戰現實生活，熱情歌頌人民英勇抗敵，暴露國民黨黑暗統治，充分反映人民民主的要求，鼓舞民氣，推動民族解放戰爭奪取最後勝利。

〔註36〕 茅盾：《論所謂生活的三度》，《中原》第一卷第二期，1943 年 9 月。
〔註37〕 茅盾：《今後文藝界的兩件事》，《文藝論文集》。
〔註38〕 《雜談思想與技巧、學力與經驗》，《茅盾文集（十）》。
〔註39〕 茅盾：《白楊禮贊·自序》，《白楊禮贊》，桂林柔草社，1943 年 2 月出版。
〔註40〕 同上註。
〔註41〕 同上註。
〔註42〕 參閱茅盾《論如何學習文學的民族形式》，《中國文化》第一卷第五期，1940 年 7 月 25 日。
〔註43〕 參閱茅盾《「愛讀的書」》。

　　茅盾文藝思想的新變化同他運用馬克思主義思想觀察抗戰發展的新形勢有關。當時民族解放戰爭已進入艱苦階段，如何認清現實，以求與時代合拍，這是需要正確的世界觀作指導的。茅盾由於努力學習馬克思列寧主義，所以對當時抗戰的形勢有個正確的估量。他指出那時「抗戰的現實」跟抗戰初期已不一樣，因為國民黨的「惡勢力」的統治，國統區再也見不到抗戰初期那種蓬勃的景象，人民在水深火熱之中。然而人民不可侮，他們堅持同日本侵略者作鬥爭。茅盾用含蓄的語言這樣寫道，戰爭的時代「一方面有成仁赴義、視死如歸的匹夫匹婦，另一方面也有借國難以自肥，刀頭上舐血的城狐社鼠。好人更好更苦了，壞人更壞更樂了」，這一切，「在我們這民族解放的抗戰中間，幾乎也是隨時隨地可以看到。」〔註44〕這裡作者告訴人們那時抗戰的現實是：「匹夫匹婦」（指人民）堅持與日本侵略者作鬥爭，而「城狐社鼠」（指國民黨）卻在欺壓人民。這就清楚地揭示了抗日相持階段的歷史特點。

　　根據當時抗戰的現實，茅盾認為要將民族解放戰爭進行到底，必須振奮人心，堅持反對法西斯戰爭，堅持民主。他說：「在長期戰爭中，民族經受著空前的鍛煉」，也遇到困難，我們應當「正視現實，不餒不矜，緊張，嚴肅，刻苦，——再加上熱烈，鼓舞人心，提高情緒」，〔註45〕以奪取抗戰的最後勝利。由於國民黨的黑暗統治，挫傷了人民抗日情緒，因此必須爭取廣大人民的民主。據此，茅盾提出國統區人民應該「堅決地反法西斯，堅決地要求民主」，〔註46〕只有這樣民族解放戰爭才能沿著勝利的方向前進！

　　堅定地擁護中國共產黨的領導，決心為民族解放戰爭戰鬥不息，這是茅盾這個時期思想的突出特點。一九四〇年間他曾經到過陝北，直接受到黨中央和毛澤東同志的引導，使他對共產黨的抗日政治路線有著深切的理解。後來他又受到黨中央派出的東江遊擊隊的保護，安全離開香港到達桂林，使他對黨的深厚感情更加增強。在重慶又同周恩來同志有過接觸，使他對黨在國統區的方針政策有深切了解。這一些都說明，茅盾這個時期同黨有著親密的關係。由於他堅決地接受黨的領導，所以他能夠堅定不移地反對國民黨，反對日本帝國主義，為民族解放鬥爭最後勝利而不屈不撓地戰鬥。

〔註44〕　均見茅盾《序〈一個人的煩惱〉》。
〔註45〕　茅盾：《「七七感言」》。
〔註46〕　茅盾：《如何擊退頹風？》。

　　如果說，茅盾在一九三二年前後到一九三七年全面抗戰之前創作的豐收，是他運用革命現實主義創原則的第一次勝利，那末，他於一九三九年到一九四四年的創作的成就，便是他運用革命現實主義創作原則進行新的探討的又一次勝利。不過這次的創作與前次的有所不同，那是因爲他在革命現實主義的創作精神同文學的民族形式有機統一方面取得了可喜的收穫。

第十二章　色彩迥異的長篇小說
（1941～1942）

　　茅盾這個時期的長篇創作，有：《腐蝕》、《霜葉紅似二月花》。前者以當時的現實生活爲題材，著重展示抗日相持階段國民黨特務統治之下血跡斑斑的圖畫，後者則是以歷史生活爲描寫對象，側重反映「五四」前夕強大的封建勢力摧殘發展中的民族資本主義的眞實面貌。前者以蘊藉細密的風格著稱，後者以徐紆委婉的風格聞名。這兩部長篇小說的色彩迥異，各有長短，然而，總的說來，前者成就卓越，後者稍遜一籌。

《腐蝕》

　　《腐蝕》寫於一九四一年初夏，同年五月至九月在香港鄒韜奮主編的《大眾生活》上連載，是年十月，由上海華夏書店出版。

　　《腐蝕》的革命現實主義的新特點，在於著重暴露抗戰陣營中蔣介石集團的法西斯的特務統治，揭露國民黨特務與日汪漢奸合流禍國殃民的罪責，並預示蔣汪賣國反共行徑必定失敗，同時也側面地展示了人民民主的威力。在藝術形式方面，雖然採用外來的日記體的體裁，然而從人物描寫手法、布局方法、語言風格等表現形式來考察，卻是具有民族傳統的特色的。

　　小說反映了抗日進入相持階段的初期和中期的重要歷史特點，具體地說，揭露了皖南事變前後國民黨蔣介石集團消極觀戰，積極反共反人民的罪行。

　　作品以一九四〇年九月到一九四一年二月的重慶爲背景，表現當時複雜的社會現實和尖銳的政治鬥爭，側面地反映蘇北、皖南等重要歷史事件，具

有強烈的社會性。

武漢失守後，蔣介石縮進四川重慶，亦消極抗戰爲積極內戰，加緊推行反共反人民的政策。一九四〇年十月，國民黨軍隊包圍陝甘寧邊區。同時，江蘇省國民黨反動派軍隊圍攻新四軍陳毅支隊。陳毅率部奮戰於蘇北黃橋，予以迎頭痛擊。國民黨反動派惱羞成怒，變本加厲地推行反共政策。小說對此作了側面的反映。作品寫道：「聽說在『蘇北』，發生了一件非同小可的事情」，「消滅『異黨』的武力，這次已經下了決心，而且軍事部署，十分周密，勝利一定有把握。」在蘇北事件前前後後國民黨反動派進行一系列反共反人民的罪惡活動。作品作了有力的揭露，最初是這樣寫道：「各處都是在大規模『檢舉』，光是 X 市，一下就是兩百多！昨天聽說我們這裡也『請來』了幾位，『優待』在……」，隨後作品又提到這樣一件事，有一次，國民黨要員在訓話中「宣布『奸黨』罪惡，三十分鐘內就是五十多個『奸黨』。」這位要員還學蔣介石的腔調，叫嚷：「寧可枉殺三千，決不使一人漏網」。繼蘇北事件之後，蔣介石爲了削弱共產黨的力量，竟悍然於一九四一年一月策動了襲擊新四軍的「皖南事變」。正如小說所描述的：「紛紛傳言，一樁嚴重的變故，發生在皖南。」爲了配合皖南事變，蔣介石集團在重慶加強特務統治。書中趙惠明說：「本區的負責人們加倍『忙』了起來；他們散布在各處，聳起了耳朵，睜圓了眼睛，伸長著鼻子，獵犬似的。但凡有三五個青年在一處說說笑笑，嗅著蹤跡的他們也就來了。我也被喚去指授了新的『機宜』」。作品還指出，國民黨反動派禁止《新華日報》刊載「皖南事變」眞相的消息，妄圖一手掩蓋反共陰謀，結果失敗了。

作品對蔣汪相互勾結進行骯髒的賣國勾當，給予有力的揭露。日本侵略者改變對國民黨以進攻爲主的方針，而代之以政治誘降爲主的方針。一九四〇年三月在南京成立的以汪精衛爲頭目的國民黨政府的傀儡組織，便是日本對國民黨推行政治誘降的第一步。隨後，汪精衛以「和平反共」爲旗號，極力協助日本帝國主義對蔣介石進行誘降活動。蔣介石則以加緊反共步伐，作爲投降的步驟，蔣汪合流，賣國殃民。小說通過汪派漢奸希強、松生、舜英夫婦和 D 等人由上海到重慶同蔣介石派的何參議、陳胖子，周總經理等人進行密謀活動，以及舜英企圖收買趙惠明爲汪派漢奸的事件，充分揭露了汪精衛集團積極推行日本侵略者政治誘降政策的罪惡陰謀，也抨擊了蔣汪狼狽爲奸進行反共降敵的罪責。

　　作品突出地描寫了何參議之類同舜英一夥人之間的不可告人的關係。何參議這個傢伙在「什麼周上作報告，還不是咬牙切齒，義憤填膺，像煞只有他是愛國，負責，埋頭苦幹，正經人！」可是實際上卻是在「做戲」。何參議表面上侈談愛國，背後與日汪串通一氣，大講「分久必合」。蔣汪合流是建立在「和平反共」投降日寇的基礎上的，正如舜英所說：「剿共軍事，已都布置好了」，「從此可以和平了，而且分裂的局面，也可以趕快結束了」。日汪同蔣派勾結先是共同對付共產黨，然後逐步實現「和平」，全面投降日本侵略者。這是從舜英口中透露出來的。她說：「方針是已經確定了。……因為是大人大馬，總不好立刻打自己嘴巴，防失人心，總還有幾個過門」。皖南事變是日汪蔣共同策劃的產物，它是汪蔣實現「和平反共」美夢的「幾個過門」之一。正如趙惠明在皖南事變後，追述舜英同她談話時所說的：「我想起了五天前舜英對我說的話：『方針是已經確定了。』」皖南事變的發生，是蔣汪策動反共內戰的陰謀的大暴露，是日本侵略者推行政治誘降政策的必然結果，也是蔣介石集團投降日本的實際準備的重要步驟。

　　《腐蝕》著重抨擊蔣介石集的特務統治。一九四一年前後，蔣介石為了掃清對日媾和道路上的障礙，除了勾結汪偽推行反共內戰外，在國統區內加強了特務統治，破壞抗日的力量。

　　作品通過特務組織迫害進步青年的描述，憤怒地控訴了特務制度的罪惡。從特務組織嚴刑拷打、殺害小昭及跟蹤、陷害 K 和萍的過程中，清楚地看出國民黨特務如何殘酷鎮壓、戕害進步力量。從派遣特務潛入大學文化區密察、暗訪的行蹤中，可以窺見國民黨特務妄圖陷害廣大青年學生的狼子野心。看一看特務 F 一段自述：「除了黨員和團員，幾乎每個學生都有點像異黨分子，甚至黨員團員之中，除了少數拿津貼有任務者而外，大多數也都像有點形跡可疑。如果你放寬了去看，那就沒有一個學生是成問題的，他們全是純潔的，不過血太熱了一點罷了。可是上頭要你作報告，你總不能說全是，也不能說全不是呵！」這段話清楚地表明了特務組織上司脅迫部下對大量有進步傾向的青年學生（即所謂「有點像異黨份子」「血太熱了一點」的）下毒手，足見特務統治之殘忍！

　　我們還可以從趙惠明和 N 的失足不能自拔的遭遇中，看到國民黨特務如何通過威福、利誘手段，拉攏腐蝕青年，使他們誤入歧途。正如作者在扉頁中憤怒地寫道：「嗚呼！塵海茫茫，狐鬼滿路，青年男女為環境所迫，既未能

不淫不屈，遂招致莫大的精神痛苦」，這是廣大青年切齒痛恨國民黨特務制度的心聲！

作品還從特務橫行無忌，國統區陷於恐怖的境地方面，揭露特務制度的罪惡。國民黨的特務不但打入青年學生、進步分子中間，進行破壞活動，而且混入群眾之中胡作非為，製造陰森可怖的氣氛。作品是這樣描寫的：「各式各樣的毒蚊，滿身帶著傳染病菌的金頭蒼蠅，張網在暗陬的蜘蛛，伏在屋角的壁虎：嗡嗡地滿天飛舞，嗤嗤地爬行嘶叫，一齊出動，世界是他們的！」由於黑暗的動物，紛紛出籠，任意殘害人民，社會上便籠罩了血腥的恐怖氣氛。對此，日記寫道：人們「覺得空氣中若隱若現有股特別的味兒。這是什麼東西在腐爛的期間常常會發生的臭氣，但又帶著血腥的味兒；如果要找一個相當的名稱，……應該是『屍臭』二字」。

我們還可以從國民黨森嚴的特務組織，認識到特務制度的反動性與嚴酷性。從特務頭目，處長 R、科長 G、秘書陳胖子，小特務趙惠明、N，以至特務學生老俵都是連環監視，上下串通，從而組成了嚴密的特務網。儘管各人面目不盡相同，然而有一點卻是共同的：那就是按照特務機關的意旨，進行各種危害人民的罪惡活動。為了騙取信任，他們喪盡天良，或者歪曲事實，誣陷好人；或者硬軟兼施，蹂躪良民。他們的雙手沾滿了人民的鮮血，犯下了不可饒恕的滔天罪行。

特務制度極其殘酷，也是腐朽不堪的，特務依靠其秘密組織，大發國難財。如特務 F 所揭露的，他們同奸商串通一氣，奸商「有錢出錢」特務「有力出力」，經營投機事業的範圍，「不單是囤積，還帶走私，仇貨進來，土產出去，兩面都做。」特務和奸商互相勾結，牟取暴利，大發橫財，竊為己有。

特務非法聚集大量財富，過著紙醉金迷、淫蕩無恥的生活。如陳胖子之類，「南岸有一個公館，北碚又有一個，這是公開的」，但不知「城裡還有幾個」？他們縱情享受，肆意揮霍，追逐色情，道德敗壞。這種腐朽的生活，同政治上的腐敗是相一致的。

特務營壘的分崩離析，矛盾重重，表明了特務政治的腐敗黑暗，小特務 F 與大特務們因分贓不均而相互傾軋，N 不滿學生特務箝制、戲弄而發生火拚，趙惠明因與大特務利害衝突而勾心鬥角，N 和趙惠明不滿特務統治終於脫離特務的魔窟走向自新之路，這一切都表明了特務統治的沒落。

　　然而國民黨特務制度必定覆滅、國民黨蔣介石集團的反共賣國行徑注定失敗，歸根結蒂乃是取決於革命、進步的力量的不可戰勝。作品以生動的形象反映了這種歷史發展的趨向。進步青年小昭因辦「工合」，影響了國民黨鄉長、聯保主任的生財之道，引起他們不滿，便被誣爲「共產」，隨後抓進監牢。小昭在獄中，特務對他使用過鞭打、老虎凳、倒吊等殘酷的迫害手段，還用色情誘降收買他，然而，這一切都是徒勞的。他以頑強的精神，同國民黨的特務進行了不屈不撓的鬥爭。他雖然英勇犧牲了，然而，反對國民黨的鬥爭仍在進行著。K 和萍這兩個進步青年在國統區裡，利用合法身份，同國民黨進行了巧妙的鬥爭。他們善於利用特務內部的矛盾，分化瓦解脅從者，集中打擊主要敵人。趙惠明的出走，跟他們對脅從者採取分化瓦解的策略是分不開的。他們不但善於鬥爭，更重要的是他們敢於鬥爭。爲了營救小昭，他們即使受到特務嚴密的監視，仍不顧生命的安危，出入虎穴同敵人周旋，表現出同敵人鬥爭到底的大無畏英雄氣概。

　　小昭、K 和萍的反蔣鬥爭不是孤立的，而是同黨在國統區的鬥爭目標相聯繫的。作品的結尾描述，當皖南事變傳到重慶後，周恩來同志衝破國民黨當局阻力，在《新華日報》上悲痛地用大字題了「爲江南死難諸烈士誌哀」的悼詞：「千古奇冤，江南一葉；同室操戈，相煎何急！」。這張報紙突破封鎖發行之後，有力地揭穿了國民黨的反共陰謀，因而引起蔣介石集團驚恐萬狀。大批特務分子攔截當天《新華日報》。作品這樣寫道：「整整一天，滿街兜拿，——搶的搶，抓的抓，撕的撕！」儘管敵人妄圖撲滅反蔣的烈火，然而是徒勞的，那天《新華日報》依然在群眾中暢銷無阻就是明證。書中記述道：「一個小鬼不知怎樣藏了十多份，從一元一份賣起，直到八元的最高價」。這說明了黨在國統區的反蔣鬥爭的威力是不可抗拒的。

　　作品先是謳歌小昭的英勇不屈，繼而描述 K、萍的巧妙的鬥爭，終而讚頌《新華日報》的嚴正抗議。這一切都表明了國統區的民主鬥爭形成了洶湧澎湃的巨流，對國民黨的反動力量進行有力的衝擊。

　　小說中所表現的民主力量的成長，表明了抗日相持階段中人民必須同國民黨蔣介石集團反共賣國行徑作堅決的鬥爭，才能推動抗日戰爭朝著勝利的方向發展。

　　《腐蝕》的重要價值，還在於通過趙惠明的生活經歷，揭示抗日戰爭進入相持階段青年知識份子何去何從的問題。抗日初期趙惠明同廣大青年一

樣,在蓬勃的抗戰形勢的鼓舞下,走向抗日救國道路。武漢陷落後,蔣介石集團肆意推行消極抗日、積極反共的政策,加強特務統治以維持政權,到處布下特務網,以軟硬兼施的各種手段,把很多抗日青年誘入特務圈套。由於嚴峻現實的教育,他們當中不少人棄暗投明,走上自新的道路。趙惠明從失足於罪惡的魔窟到逃出魔掌的歷程是有現實依據的。趙惠明的曲折經歷,說明了抗日青年為環境所迫而又缺乏堅強意志以致一時失足,造成了精神上的極端痛苦,指出了只有擺脫特務的樊籠才有生路。

趙惠明出身於封建官僚家庭,中學時代,她和萍一道參加抗日反蔣活動。那時上海大中學生開展救國運動,上京請願,「雪夜裡他們自己開車,天明時到了城外車站」。她、萍和同學們「整隊出城去慰勞他們」。在學校裡,她是個激烈分子,曾和同學們發動了「擇師運動」,「封閉教員預備室」,校方便串通她父親,斷絕了她的經濟供給,她不得不離開學校。這樣,她就和父親鬧翻了。從此,她「心安理得,走一個人所應該走的生活的路」。抗日戰爭發生後,她和廣大進步青年一樣,參加了戰地生活。

武漢失守後,國民黨加強特務統治,威逼利誘青年參加特務活動。當時蔣介石特務希強用「種種的逼脅誘惑」她,為了「生活得舒服些」,她被拉下水了,充當了小特務。不錯,那時小昭認為她是個有希望的人才,曾經想挽救她,可是她已「陷入可怖的環境」,終於「聰明反誤了她」!

趙惠明在特務機關混了六年之久,她手上沾滿了無辜者的血,因而受到了特務機構的表揚。她欠下了人民不少血債,真是令人髮指。小說著重描寫了她為苟且偷生,以色情手段軟化並規勸小昭自首以及可恥地告發 K 和萍的活動這兩件事,有力地揭露她在嚴重個人主義的支配下,充當了鎮壓人民的工具,犯下了不可饒恕的罪行。

然而,趙惠明並沒有死心塌地為蔣介石集團效勞,她終於從敵人的魔掌裡掙扎出來,走上了自新的道路。她的變化絕非偶然,是經歷一段發展變化過程的。她因受到逼脅利誘而一跤跌入陷阱,在特務圈子裡鬼混,感到「在這樣的環境中,除非是極端卑劣無恥陰險的人,誰也難於立足」,先前認為生活可以舒適些,實際情況並非如此。她詛咒現實環境,然而又要適應它,自己才能安身立命。這樣一來,她的思想經常處在矛盾之中。由於嚴重個人主義的支使,她一遇緊急的關頭,便軟弱無力。她憎恨上司 G,處處設下防線,以防止背後的暗箭,然而她又要按照他的命令去幹壞事;她企圖營救小

昭，可是又要他「自首」；當特務機構得悉她和小昭的微妙關係之後，爲了保全自己，她又供出了 K 和萍的行蹤。儘管她時而憤激，時而軟弱，然而最終還是從「萬劫不復的深淵裡」掙扎出來。她先是想方設法掩護 K、萍逃脫，接著營救跟她同命運的 N，而後自己也毅然出走。

趙惠明選擇了自新道路是有原因的。首先是國民黨特務制度的殘酷、腐敗，促使趙惠明的覺醒。她作爲失足者，開始對於高級特務雖有反抗、厭惡之心，對於小昭也寄予同情，然而，她並沒有完全看清特務統治的黑暗。當小昭被害後，她的「精神上發生變動」，「更加鄙視周圍的人們」，設想「要有一番舉動，就要到海闊天空處翱翔了」。這就是說小昭的死，使趙惠明認清了生活在特務制度之下是沒有前途的，必須衝殺出去。

其次，光明的力量支持著趙惠明奔向新生。趙惠明曾經追求過光明，參加了進步的、愛國活動。正當她陷於黑暗的環境之中，她並沒有失去對於光明的企求。在她看來，K、萍這樣的青年代表了光明的力量。她從 K 那裡得到啓示。K 曾經寫給她，希望她「創造新的生活」，她感到了「溫暖」，覺得「還不是孑然一身」。因此，她對 K 和萍充滿了崇敬的心情，並且接受他們的引導，這是符合她的思想發展邏輯的。所以，當她設法營救 K 時，她在夢中想到 K 和萍的提醒：「還不快走，追捕你們的人來了！」這是光明的力量在推動著她走向新生！

趙惠明的生活道路是崎嶇不平的，她有著光榮的歷史，如同《第一階段的故事》中的何家慶、家琪兄妹一樣，抗日初期曾經熱心參加愛國活動；然而，抗日進入相持階段，她卻走著不同的道路，她不是像何家慶、家琪兄妹那樣奔向陝北，也不是像小昭、K 和萍一樣在國民黨統治區堅持鬥爭，而是陷入歧途，充當了國民黨小特務，最終才在現實的教育下走向新生。

趙惠明的道路的典型意義在於，反映了抗日相持階段一部分知識青年經不起蔣介石集團的威脅利誘，背離了抗戰的方向，墮入特務的深淵，由於現實的教育，才從蔣介石集團的藩籬中掙扎出來，追求新生的前程。這對於失足的青年是有教育意義的。

趙惠明這個典型人物，在當時文壇或在作者人物形象畫廊中未曾出現過，這是作者在藝術上的新創造。

《腐蝕》在藝術形式方面吸取外國文學的許多長處，例如運用日記體裁，以獨自的手法，詳盡地描述人物的心理狀態等。然而作品藝術形式的民族化

依然可見。

作者運用了心理分析、行動描寫及情景渲染等多種手法塑造人物，其筆法時而精細，時而簡括。外國小說常用較長的篇幅描寫人物的心理狀態。《腐蝕》在這方面所受的影響是看得出來的，例如十一月二十六日的日記，淋漓盡致地記述了當特務組織發現趙同小昭的關係後，趙爲了自保，告發別人，事後又爲自己辯護的心理活動，其筆法類似西歐小說中那種反覆描寫人物的心理活動的方法。不過，作品仍以吸收中國傳統的簡潔心理描寫手法而形成的獨特心理分析的方法引人注目。這種人物的心理描寫比之中國古典小說的傳統筆法細密，而又比外國的筆法簡潔，如九月二十二日追述趙惠明與舜英別後多年初見，得知希強消息後的內心活動的筆觸，是細微而又簡練的。先是敘述趙惠明的憤激情緒，指出希強是走進她「生活中的第一個卑劣無恥的人」，而後轉念，表示要對她實行「報復」。又如描寫趙惠明突然接到父親來信後的心理變化時，作者以耐人尋味的筆墨敘寫她當年同父親斷絕情景以及當時憶念他的複雜心境。

《腐蝕》對人物的心理分析雖然佔有相當的比重，然而，作者不是採用直接描寫，而是同人物的行動，對話交叉進行的，這便是融合著中國古典小說傳統的人物描寫手法而形成自己的特點。以刻劃趙惠明的性格來說，作者先是通過特務組織強令她同小昭恢復舊關係，繼而令其勸說小昭自首，再而揭出她與小昭的密謀，終而秘密槍決小昭等一系列的行動，相當細緻地展示了趙惠明的複雜內心世界：開初對上司不滿，又對小昭寄予同情，一旦危及自己安全，力勸小昭自首，最後丟掉了對特務組織的幻想。作者在借助每一事件刻劃人物性格時，又調動了人物對話，心理分析等手段，加深了讀者對人物形象的印象。

我國古典文學善於採用情景交融手法，表現人物的思想情緒，通常是用風景、或其他自然現象來加強特定的氣氛。《腐蝕》吸取這種手法的長處，不過，它仍有自己的特點，筆法是含蓄的。作品不僅用風景，自然現象，而且配以其他生活現象烘托人物的思想感情。例如十一月二十五日日記中記載趙惠明搬出「特區」，又回到老寓所的心情，起初「有點高興」，認爲「沒有被踩在人們腳下」，可是一進寓所，觸景生情，無限感慨。作者這樣寫道：「二房東太太的痴肥使我厭惡，同院那位軍官的三夫人的嬌聲浪語更使我生氣，芭蕉綠得太慘，鼠子橫行更無忌憚，……夜半夢回，聽窗外風聲嗚咽，便覺

得萬感交集，此心何嘗有定向，此身何嘗有著落？」這裡作者把趙惠明的孤寂情緒同周圍的景色、人事的衍變融匯一體，增強了藝術效果。還有，作者在十一月十八日日記中記述的濃霧、夜涼混和著小昭的悲痛呼聲的凄苦情景，是同趙惠明當時的「心跳得作痛」的心情相和諧的。此外，還借助特定地區的現象如警報聲、霧氣等來表現人物的情緒的變化。

值得一提的，作品善於利用古典文學中慣用的託夢寄情的手法，表現人物思想感情。不過古典文學側重於以夢境寄寓理想，而《腐蝕》則是偏重於以夢境來反映人物在現實生活中的思想狀態。十一月二十一日日記中，記載趙惠明夢見和小昭一道喬裝打扮外逃，自己被開槍射擊而驚醒一事，反映了她既同情小昭，又擔心同小昭攜手越獄出事故的矛盾心情。二月三日日記記載趙惠明夢見和 N 手挽手逃奔時遇到 K 和萍的情景，反映她衝出牢籠的既愉快而又驚慌的心情。

從表現人物的複雜的心理活動來說，《腐蝕》比起以前的任何一部作品更為細膩、逼真，手法更為靈活。以《子夜》中的吳蓀甫來說，作者以精細筆觸描繪了他在公債投機、企業活動以及家鄉事業等方面的各種複雜心情是很成功的，然而描寫私生活方面的筆墨似乎偏於簡單。《腐蝕》描寫趙惠明的複雜心情，不論在社會活動方面，也不論在個人生活方面，都是卓絕的。從個人生活方面描寫人物的思想感情變化，《腐蝕》中的趙惠明顯得更為出色，這是《子夜》中的吳蓀甫所不能企及的。再從描寫人物的手法來說，吳蓀甫和趙惠明的形象刻劃都是多種多樣的，不過《子夜》側重於經濟活動，而《腐蝕》則著重政治鬥爭。兩者相較，後者更難表現，然而作者卻處理得很好。從具體描寫手法說，《腐蝕》比之《子夜》更為豐富，比如採用古典文學慣用的以夢託情的方法，反覆運用心理分析、事件開展、人物對話和氣氛烘託錯綜交叉的描寫人物性格的手段等。從人物描寫手法的民族化方面看，《腐蝕》比之《子夜》有著顯著的進展。

《腐蝕》的故事是一束日記組成的，可謂片斷的集錦，不過，並非漫無組織，而是布局緊湊，針線細密。其結構方式是以趙惠明身陷特務圈子中的矛盾、掙扎而後走上自新道路為主線，以小昭的被害，K、萍的活動，N 的出走作為重點，精心地安排了許多人物和小故事，從而組成了主線突出，支線分明，筋絡相連，此起彼伏而又渾然一體的結構特色。

小說以趙惠明為中心，一方面聯繫著蔣介石嫡系特務 R、G、陳胖子，小

特務 N、F 及學生特務老俵等，還由此聯結著嫡系特務 G、陳胖子同日汪漢奸舜英等的關係；另方面，又聯繫著小昭、K、萍等人。這許許多多人物和事物，有些是有相對獨立性的，有的是穿插的，然而又是交錯發展，相互牽引的，因此，構成了巨大而又精密的藝術整體。

外國日記體小說以主人公為線索來組成故事，這是常見的，《腐蝕》也不能例外。不過《腐蝕》結構的特色還在於把眾多人物和大小故事，主次分明而又相互連貫地聯繫起來組織嚴謹的一體。這似乎受到《紅樓夢》結構的某些影響。我們從茅盾對《紅樓夢》結構的特點的評介中，可以窺視《腐蝕》與它的巧妙關係。茅盾指出，《紅樓夢》「以賈府的盛極而衰為中心，以寶、黛的婚姻問題為關鍵，細針密縷地組織進許多大大小小的故事……這樣的包舉萬象的布局，旁敲側擊、前呼後應的技巧，使全書成為巍然一整體，動一肢則傷全身。」〔註 1〕

《腐蝕》結構的另一特點是故事的始末清晰，情節盤桓曲折。故事雖然從半腰裡敘述起，可是在全書開頭對趙惠明的身世已略作介紹。就作品主題所規定的範圍說，全書的故事是有頭有尾的，即描寫了趙惠明身陷虎穴到逃出虎口的全過程，書中情節的安排，主、支線索的交叉進行連環反應，耐人思索。趙惠明與蔣介石特務系統的聯結與矛盾，是主線，趙惠明與日汪漢奸、與 N 以及進步青年的關係都是支線，而支線又影響主線，這樣一來，大小故事相互推動，既緊張又有回旋餘地。以 N 的出逃這條支線為例說明，N 對於特務內部的黑暗感到厭惡之時，恰好遇到了正在覺醒的趙惠明，這樣她們就結下了友情，N 就產生了逃出虎口的念頭。隨後，她目睹 F 和特務學生老俵為她而爭風吃醋的事實，她對特務組織的醜惡更加憎惡。一次，F 和趙惠明上飯館，眼見老俵等人強要 N 乾杯，而 N 滿心憤怒的情景，F 便插手干預，老俵拿出了手槍，火拚即將發生。N 利用老俵的槍，盲目射擊，而後逃之夭夭。趙惠明為了防止事態擴大，為 N 製造假象，讓她喬裝打扮外逃。最後，趙惠明也溜之大吉。從這裡可以看出，作者既安排主線與支線的相互勾聯，又注意情節發展環環相扣，這樣喚起讀者追根究底的興味。從注意故事有頭有尾及曲折有致這些表現形式來看，作者似乎受到古典小說傳統結構方法的影響，不過，不是因襲舊法，而是加以改造的。

《腐蝕》文學語言除了保持作者固有的細密特點外，還大力追求洗煉、

〔註 1〕 茅盾：《關於曹雪芹》，《文藝報》1963 年第 12 期。

純淨、含蘊、文采斐然而又富有強烈的節奏感的語言風格。

　　人物的對話是個性化的，從對話中可以辨別出人物的性格、身份或教養。作者善於根據人物性格的需要，在對話中或傾向於口語化，或流於半文半白。作者很出色地運用簡短的對話，揭示大小特務的各種卑劣嘴臉。例如，當 G 帶惠明到監牢囑其勸小昭悔過時，他們的對話是很有特點的：「『同志，來，——跟我一塊走。』G 的態度很客氣。……『幹麼呢？』我倔強地問，我相信我的臉色一定是難看得很。『去看一個人』，G 還是很客氣，『回頭你就明白』，……G 狡猾地微笑，對小昭說道：『認識不認識這位女同志？』……陳胖還在，見面時第一句就是：『哈，你們久別重逢，怎麼？不多說幾句話？』這時候，我已經明白他們給我的『新差使』是什麼了，但仍舊問道『陳秘書，請你明白指示，我的工作該怎樣做？』『哦，這個——這不是早就有過命令的麼？』」這段對話，具有明快的特色，並顯示了大小特務的面目，例如 G 的陰險，陳胖子的奸滑，趙惠明的強作剛毅和佯裝馴服。老俀和 F 在飯館裡的角鬥，表現出老俀的暴戾和 F 的機詐。特務頭目責令趙惠明以恢復舊關係爲名對小昭進行誘降的談話，暴露 R 的剛愎凶狠的嘴臉。作品有些對話很長，但由於比較口語化，並且有生活實感，因而，並不顯得冗長。如 K 和趙惠明的一次關於小昭被捕的曲曲折折的長談，篇幅不短，然而卻很能吸引人讀下去，從中可以了解到暴徒的橫行無忌，小昭的從容不迫，K 的閃爍其詞，趙惠明的追根究底。

　　作品的故事是通過趙惠明的筆記敘的。情節進展，環境氣氛、心理活動等大都用的是接近口語的白話，有時用文言詞語，其中不乏駢偶句子，也適當地使用一些方言及外來語，長短句式並用，不過短句較多，且有變化。記述文字的特點是精細入微而又靈活有勁。例如，當趙惠明告發 K、萍之後，作者用了「絕不是存心害他們，也非爲我的自私，都是爲了要救小昭」，「我損害了 K 和萍，然而我和小昭——未蒙其利！」等語句來細緻地表現趙惠明的內心複雜、矛盾和痛苦。這裡有口語，有白話，也夾雜半文言的成分。隨後又用「這一個事實，像毒蛇一樣天天有幾次咬我的心，使我的精神上不得安寧。」這句話描寫趙惠明陷於極端苦悶的心情，其句法是學習外來語的。整段讀來文詞連貫，躍動自如，富有表現力。

　　從文學語言的角度來說，《腐蝕》的成就達到爐火純青的境地，它在融化民族語言方面，包括古語的使用和白話的運用都比以往的作品更有顯著的成

效；而在外來語的吸收方面，也更爲靈活並趨於民族化。

從作者的創作道路來考察，《腐蝕》是繼《子夜》之後又一傑作。《子夜》以其廣闊反映了三十年代初期的社會生活、塑造民族資本家等典型人物和雄偉而又細膩的風格著稱，且是作者獲得文壇上卓越地位的依據。而《腐蝕》的特色在於以犀利的筆鋒投向抗戰中期國民黨的消極抗戰、積極反共的要害，塑造被國民黨特務統治腐蝕而又走上自新道路的青年知識份子典型形象，以及採用日記體裁並在融化民族形式的基礎上形成的精緻而又蘊藉的藝術風格。它是作者在抗戰期間文學創作中的最重要收穫，也是作者繼《子夜》之後在藝術創造上又一新成果。

《腐蝕》在中國現代文學史上享有特殊的地位。以長篇小說形式揭露蔣介石的特務制度，特別是皖南事變後特務統治的罪惡，並在藝術上取得成功，應該說這是不多見的，是作者在創作《子夜》之後，對現代文學史又一巨大貢獻。因此，作發表之後，立即引起了廣泛的注意，無論是抗戰主流的延安或是國民黨統治區、淪陷區都曾出版過單行本。茅盾說過，《腐蝕》這部「日記體的小說，卻引起了國民黨和共產黨的注意。國民黨把此書翻印，解放區也有翻印（我初到東北，見過這本書的翻版），大概因爲此書內容是寫國民黨的特務活動的」。〔註 2〕當然國民黨翻印此書，其企圖是可想而知的。而共產黨力薦此書，則在於它有重大的政治意義與藝術價值，正如李伯釗在《讀〈腐蝕〉》一文指出的：「《腐蝕》是一篇國民黨特務罪惡有力的控訴書。爲此，《腐蝕》在國民黨統治區被禁絕出版與發行了。」〔註 3〕然而，敵人的封鎖是暫時的，《腐蝕》終於衝破了敵人的禁錮，廣爲流布，影響甚大。正如有人說的：「茅盾先生的小說《腐蝕》是爲廣大讀者所愛好的，在國民黨反動派的黑暗統治之下，曾經發生廣泛的政治影響」。〔註 4〕解放戰爭時期，進步的電影工作者曾計劃把它搬上銀幕，因受到客觀條件的限制，未能如願。解放後，這批文藝工作者終於把它搬上影壇，並參加了抗美援朝保衛國的電影宣傳週，〔註 5〕受到了廣大群眾的熱烈歡迎，當時《人民日報》上刊登一位評論工作者寫的評述電影《腐蝕》的文章指出：「茅盾的小說《腐蝕》在銀幕上上

〔註 2〕 茅盾：《脫險雜記・前言》，香港時代圖書有限公司，1980 年 1 月出版。

〔註 3〕 《解放日報》，1946 年 8 月 18 日。

〔註 4〕 參閱佐臨、柯靈《從小說到電影──代序》，《腐蝕》（電影文學本），上海出版公司，1950 年 12 月出版。

〔註 5〕 同上註。

演了。這個影片雖然還有某些缺點，但基本上是成功的。」「它所描述的是抗戰期間所發生的故事，但是卻反映了在國民黨統治下的舊中國二十多年悲慘的歷史」。〔註6〕

《腐蝕》在國外也是很有影響的。日本評論家中島健藏在《中國現代文學在日本》一文指出：茅盾的《腐蝕》「是在戰後翻譯出版而被廣泛閱讀的。」〔註7〕捷克著名的中國文學研究者普實克在《新中國文學在捷克斯洛伐克》中寫道：「《腐蝕》的捷克譯本（吳和J. Vochala譯），最近剛出版」，〔註8〕他特為此寫了「非常詳盡的序」，評論《腐蝕》這部作品。〔註9〕

解放後，有些讀者對《腐蝕》的看法有些分歧，「或者無條件地對於趙惠明抱同情，或者認為這樣一個滿手血污的特務（儘管是小特務）不該給她以自新之路。而第三種說法則認為：正由於讀者會對趙惠明抱同情，也就是對於特務的同情，因而就會發生嚴重的後果，即鬆懈了對於特務的警惕」。〔註10〕

這些不同意見之所以發生，我們認為這是同有些讀者缺乏歷史唯物主義的觀點與方法有關。從當時的現實鬥爭需要出發，作者意在「通過了趙惠明這個人物暴露了一九四・年頃國民黨特務之殘酷、卑劣與無恥」，〔註11〕其次「為了分化、瓦解這些協從者（儘管這些脅從者手上也是染了血的），而給《腐蝕》中的趙惠明以自新之路，在當時的宣傳策略上看來，似亦未始不可」。〔註12〕從這兩點看，作品的社會的歷史的價值是不容忽視的。再說，由於作品採用日記體裁，日記的主人就是書中的主角，這樣很容易造成對趙惠明認識的偏差。茅盾自己說過：「日記中趙惠明的自訟、自解嘲、自己的辯護等等，如果太老實地以正面去理解，那就會對於趙惠明發生無條件的同情；反之，如果考慮到日記體裁的小說的特殊性，而對於趙惠明的自訟、自解嘲、自己辯護等等不作正面的理解，那麼，便能看到這些自訟、自解嘲、自己辯護等等正是暴露了趙惠明的矛盾、個人主義、『不明大義』和缺乏節操

〔註6〕　白原：《看〈腐蝕〉》，《人民日報》，1951年1月20日。
〔註7〕　《世界文學》1959年第9期。
〔註8〕　同上註。
〔註9〕　同上註。
〔註10〕　《腐蝕・後記》，《茅盾文集（五）》。
〔註11〕　同上註。
〔註12〕　同上註。

了」；〔註 13〕他又說，「如果我現在要把蔣匪幫特務在今天的罪惡活動作為題材而寫小說，我將不用日記體，將不寫趙惠明那樣的人，——當然書名也絕定不會是《腐蝕》一類的詞兒了」。〔註 14〕

《霜葉紅似二月花》

　　這個時期茅盾還創作了另一部長篇小說《霜葉紅似二月花》。這是一部以辛亥革命到「五四」前夕為題材的歷史小說。作者從創作抨擊國統區現實社會的《腐蝕》轉向撰寫反映北洋軍閥統治時期歷史面貌的《霜葉紅似二月花》，這絕不是沒有緣由的。那時，抗日進入相持階段，作者身居國統區的桂林，面對著法西斯的殘酷統治，為了有效地進行戰鬥，他同國統區的進步作家一樣，運用歷史題材，服務於現實的鬥爭，不過，他有自己的做法，那就是借助歷史上社會生活的追述，以供現實鬥爭的借鑒。從這方面說，《霜葉紅似二月花》是很有意義的。由於作品選取作者熟習的民族工業家作為描寫的對象，所以同《第一階段的故事》又是有銜接的。再從藝術形式的民族化來說，又是跟《腐蝕》相關聯的。因此把《霜葉紅似二月花》、《腐蝕》、《第一階段的故事》聯繫起來加以考察，從中可以探討其創作發展的規律。

　　《霜葉紅似二月花》寫於一九四二年，第一章到第九章發表於一九四二年《文藝陣地》第七卷第一號到第四號，第十章以《秋潦》為題刊載於一九四三年一至五月重慶《時事新報・青光》第一至二十九期，作者為此寫了題解。他說：「這是《霜葉紅似二月花》第一部的最後五章。前九章登在《文藝陣地》八卷（按應為七卷）一號到四號，……現在所刊登的，就從錢良材回家時開始，《文藝陣地》因故只出到八卷四號（按應為七卷），這部小說最後五章在全書中亦有相當的獨立性，所以又抽出來在《青光》上發表」。〔註 15〕全書一九四三年由桂林華華書店出版。

　　《霜葉紅似二月花》的寫作意圖是「打算寫從『五四』到一九二七年這一時期的政治、社會和思想的大變動，想在總的方面指出這時期革命遭挫折，反革命雖暫時佔了上風，但革命必然取得最後勝利」。〔註 16〕由於種種原因，作者僅僅寫了辛亥革命到「五四」前夕的「政治、社會和思想的大變動」，只

〔註13〕 《腐蝕・後記》，《茅盾文集（五）》。
〔註14〕 同上註。
〔註15〕 《時事新報》，1943 年 1 月 22 日。
〔註16〕 《霜葉紅似二月花・新版後記》，《茅盾文集（六）》。

能說是這部長篇小說的第一部分。

《霜葉紅似二月花》的革命現實主義特點在於眞實地再現了辛亥革命到「五四」前夕這一歷史階段的社會生活。作品描寫了民族資產階級在發展資本主義的過程中，同地主階級既鬥爭又妥協的複雜情景，也反映農民階級同地主階級、民族資產階級的矛盾，表現農民階級自發反抗鬥及其弱點，還表現資產階級改良主義的軟弱無力。作品又眞實地反映「五四」前思想戰線上的矛盾與鬥爭，肯定了「五四」前夜的啓蒙思潮，反映青年的民主呼聲和個性解放的要求，批判了頑固派、守舊派的封建思想。作品雖然沒有指出歷史的趨向，然而卻暗示著唯新興的無產階級才有將來。作品在人物描寫手法、布局方式以及語言運用等方面較多地吸收民族傳統精華，並使之與個人創作藝術的特點融爲一體，從而形成了徐紆委婉的風格。

作品創作於抗日的相持階段，當時革命現實主義的創作注重揭露現實生活中的黑暗面，這對於作者處理歷史題材是很有影響的。我們從《霜葉紅似二月花》中偏於對黑暗勢力的抨擊，可以窺視其中的內在聯繫。當時文壇上熱心提倡文學的民族形式，這同作者追求民族風格也是有關係的。這些表明《霜葉紅似二月花》具有抗日相持階段革命現實主義和民族形式相結合的創作的一些共同特點。

《霜葉紅似二月花》以江南一帶小縣城作爲背景，描寫了辛亥革命到「五四」前夕廣闊的歷史生活的畫面，揭示了當時社會錯綜複雜的關係及其變化，有著鮮明的時代特點。

「五四」前夕中國民族資本主義有了若干新發展，民族資本家爲了階級的利益，採用各種手段，發展資本主義，因而同封建主義有著尖銳的矛盾。由於民族資產階級力量的軟弱，往往屈服於強大的封建勢力，資本主義的發展受到很大的限制。《霜葉紅似二月花》通過輪船公司的經理王伯申因發展民族工業而同封建地主階級的頑固派趙守義發生了矛盾衝突，終於與之妥協的故事，眞實地反映了「五四」前夕民族資產階級在發展資本主義的過程中雄心勃勃而又動搖軟弱的特點。

王伯申是個輪船公司的經理，他在開設輪船公司的同時，打算動用積善堂的存款，以協辦「貧民習藝所」，「把縣裡的無業遊民招來」，借此發展民族工業，然而遭到經管積善堂公款的地主趙守義的極力反對。趙守義除了上告王伯申佔用學產公田外，還勾結地主曹志誠，挑動農民砸王伯申的輪船，造

成人命案後又串通官府告王伯申的狀。在這種情況下，王伯申只好答應趙守義不再清算積善堂的公款，這樣他的輪船才得以通航。這裡生動地描寫了民族資產階級為了大力發展資本主義，力圖衝破封建主義的束縛，然而封建勢力卻是根深蒂固的，千方百計阻撓資本主義的發展，民族資產階級力量薄弱，只好以妥協告終。

作品還指出儘管民族資產階級同地主階級有著矛盾和鬥爭，然而在壓迫農民這個問題上卻是一致的。地主趙守義是靠收租和放高利貸盤剝農民的，他派狗腿子下鄉催租逼債，農民如不能本利歸清，則或收回田地，或橫加毒打，真是橫行霸道！王伯申為了牟利，不顧內河水漲威脅農民的財產和安全，硬要輪船照舊通航，結果農民蒙受很大損失。這說明地主階級、民族資產階級同農民階級存在著尖銳的矛盾。

作品的深刻之處還在於寫出了農民階級同地主階級和民族資產階級之間的矛盾的複雜性。按理，農民深愛趙守義的剝削與王伯申的禍害，同他們的矛盾是尖銳的，但由於趙守義串通鄉下地主曹志誠，蒙蔽農民，使農民把鬥爭的目標集中到王伯申身上。農民襲擊了王伯申的輪船，結果農田被沖毀，農民的孩子送了命，而王伯申卻和趙守義言歸於好。這是多麼沉痛的教訓！從中我們看到地主階級的狡詐卑劣，一面利用農民反對民族資產階級，一面又和民族資產階級相互勾結，出賣農民；又看到農民雖有反對資本主義的鬥爭性，然而對於地主階級頑固派趙守義、曹志誠之流的真面目卻是認識不清的。作品把農民階級同地主階級、民族資產階級之間的錯綜複雜的關係及其變化揭示出來，顯出了作者對於歷史生活的了解極為深刻。

同時作者還指出解決地主階級、民族資產階級和農民階級的矛盾，資產階級改良主義是行不通的。錢良材是個年青的地主，可是他的政治思想屬於資產階級改良主義。他父親是個維新派的「班頭」，他秉承父志，承繼父親親手創辦的一些事業，例如佃戶福利會等。不過他致力於修堤開河，希冀以此造福家鄉。於是他想在王伯申和趙守義之間的矛盾中求得解決的辦法，他既寄望趙守義交出公款，又祈求王伯申捐款，結果落得一場空。因此，他便動員全村農民全力以赴築新堤，以抵禦王伯申輪船沖壞農田。那些被犧牲了的田地，由全村農民用攤派辦法共同賠償。錢良材企圖利用王趙之間的矛盾，以開河修堤的途徑，為農村謀福利，結果農民遭了殃。這是對改良主義的無情嘲笑。「五四」前後，資產階級民主派領導的辛亥革命，雖然推翻了清朝的

統治，然而卻無力完成民主革命，而資產階級改良派在反封建鬥爭曾經起過
一定作用，可是在當時的歷史條件下卻成了民主革命的絆腳石。錢良材雖然
懷抱著造福農村的宏願，由於階級的限制，也由於改良主義武器的無力，他
的作為非但對農民無所裨益，反而是有害的，實際上是麻痺農民的鬥志，其
失敗的命運是階級和時代所決定的。

　　作品雖然深刻地反映了「五四」前夕各種社會矛盾，但卻沒有指出解
決矛盾的正確途徑。不過我們可以得出這樣的結論：民族資產階級由於自
身的動搖性，是無力戰勝封建主義，農民階級自發的反抗精神，也是不能
從根本上摧毀舊制度的。這就意味著只有最革命的無產階級才能指引真正
的出路。

　　民族資產階級同地主階級在政治力量方面的較量是劇烈的，在文化思想
方面的鬥爭也是如此。不過，由於資產階級同封建主義有著千絲萬縷的關係，
所以在意識形態方面的鬥爭是異常複雜的。作品指出地主階級頑固派堅持舊
思想、舊文化，反對新思想、新文化。趙守義便是此派的代表人物。他主張
尊孔讀經，鼓吹舊禮教，大搞敦化會，反對男女平等和婚姻自由。他還極力
攻擊當年陳獨秀在《新青年》上介紹的西歐民主科學的新思想以及反對批判
舊思想的言論，胡說這是「專一誹謗聖人，鼓吹邪說，竟比前清末年的康梁
還要可恨可怕」等。這類封建衛道者反對新文化思潮，是不足為怪的。問題
在於作為民族資產階級代表的王伯申，他在政治上、經濟上同趙守義存在著
一定的矛盾，然而在文化思想方面卻是一致的。他反對當時的民主思想，叫
嚷「什麼家庭革命的胡說，也公然流行」，甚至強迫包辦兒子的婚姻。這說明
民族資產階級雖然在政治、經濟上同封建階級存在矛盾，然而在文化思想方
面卻是共通的。不過資產階級和封建階級在思想領域上的鬥爭還是存在的，
而且很複雜，封建階級內部有的人能接受資產階級思想，而有些人則抱住封
建思想不放。「五四」前夕，由於新思潮的傳播，地主家庭中的一些人受到了
影響，要求個性解放，如張恂如不滿封建家庭為自己安排的婚姻，追求愛情
自由，然而由於階級帶來的軟弱性，卻無力衝破家庭「狹之籠」，陷於苦惱之
中；地主家庭中也有些人囿於封建倫理道德，如恂少奶奶、婉卿等女性，她
們安於封建家庭謐靜的生活，不敢越雷池一步，沒落地主階級的思想深深印
在她們的思想之中。

　　作品在革命現實主義精神同藝術形民族化的有機結合方面所作的探索，

有了顯著的成效。如果說，《腐蝕》的外來表現手法如日記體裁，心理分析等一望即知，而民族傳統的表現形式則必須細加探究的話，那麼，《霜葉紅似二月花》表現形成的民族化則是分明可見的，且大有進展，不過它又是同作品的委婉徐紆的風格揉合在一起的。

從人物行動去表現人物的性格，這是我國古典小說的優秀傳統。《腐蝕》雖然注重人物的心理分析，然而它卻把心理分析同人物行動密切結合起來，在借助人物行動描寫人物性格時，多用一系列小事件。《霜葉紅似二月花》的做法有些不同，它集中地通過幾個重要事件，表現主要人物和一些次要人物的性格。比如作品圍繞利用積善堂公款興辦貧民習藝所、輪船通航、修堤等事件，展示了王伯申、趙守義、錢良材、曹志誠等人的不同性格：王的精明善鑽，趙的陰險吝嗇，錢的志大力薄，曹的奸詐土氣。

作品從幾個事件中展示人物性格時，往往不採用直接的手法，而是運用委婉的方法。這就是說不大借助尖銳的矛盾衝突，常是通過與矛盾衝突有關的人與事來表現人物性格。例如王伯申與趙守義在動用善堂積餘問題上的分歧，是從好管閒事的縉紳朱行健的口中透露的；王伯申與農民在輪船通航問題上的矛盾，是從王伯申輪船的人員與農民的衝突反映出來的。這種表現人物性格的手法，在我國古典小說中也是常見的。

作者還善於從容不迫地描寫在緊張情節中人物思想感情的變化。以錢良材為例，作品第十一章敘述他回鄉後，農民聞訊紛紛前來他家探聽如何對付王伯申的輪船衝破田地的消息，可是作者並不正面描述他對此事的看法，而是把筆鋒一轉，騰出手來寫他同小女兒的父女之情。接著再寫他巡視被淹的田地，以研究如何解決。就在這個時候，作者才寫他同農民見面，農民急切要求他宣布對付王伯申輪船的辦法，然而卻遭到他的嚴屬指責，隨後又寫出他無力抵擋王伯申輪船威脅的惘然心情。從這些搖曳多姿的描述裡，不是非常清晰地展示著他的複雜內心世界嗎？他面對王伯申的勢力貌似強硬，實則膽怯，在農民面前，貌似關心，實則訓斥；他不但醉心於社會活動，且也不忘家庭生活。作者在通過人物行動表現人物性格的同時，也注意結合運用心理分析的手法，如寫錢良材回鄉下發動農民建堤築岸時，作品細緻地描述了他的亢奮、猶豫和失望的複雜心情。

作品還擅長以委曲入微的筆法描繪人物在家庭日常生活中所表現出來的心理狀態。這種手法同《紅樓夢》頗相似。書中對張恂如、恂少奶奶、黃和

光和婉卿等人都是採用這種手法描述各自的個性。作者通過恂少奶奶同丈夫張恂如的絮聒，跟婉卿的談天等日常小事活畫出她的性格特點，如善於侍候上輩人，以取得穩固的家庭地位；終日與丈夫為伴，不讓他越出家門一步，參加任何社會活動。從她的身上可以看出時代的急劇變化並沒有留下任何的反響。作品還借助黃和光同他的愛妻的甜蜜生活，追求作人父，以及抽大煙消磨時光等情節，細緻地表現他企圖從政而不能如願後的消沉心情。作者還從家庭日常待人接物中刻劃婉卿的性格，她對上輩如祖母、母親、姑母彬彬有禮，對同輩如小叔、弟媳親密無間，對丈夫體貼入微而又嚴加要求。這是封建大家庭女性中「會做人」的典型，她同《紅樓夢》中的寶釵很相似，不過她卻沒有寶釵那樣露骨地信奉和實行封建道德的弱點，她倒是在封建倫理觀點方面表現得與眾不同。

　　我國古典小說善於運用景物描寫來刻劃人物的性格，在這方面《霜葉紅似二月花》同它有著血緣聯繫。作者善於從各個角度，錯綜交叉地描寫自然環境同人物性格的關係。如表現張恂如厭倦破敗的家庭生活，是把他置於充滿古老氣氛的臥室之中，以作強烈的對照，加濃他的抑鬱情緒；又如描寫張恂如感情變化，則是配以不同氣氛，加以渲染，錢良材下鄉之前，約請張恂如促膝談心，作者先用風雨呼嘯、電光雷鳴來渲染恂如的頹唐情緒，以後用「風轉了向，雨腳斜了」來襯托恂如由於錢良材的勸說而有所振作的精神狀態。

　　作品的布局是徐徐而入，搖曳多姿，具有廣闊而靈活的結構特色。作品布局的方法是這樣的：第一章通過張家老太人同錢家、許家、黃家的親戚的交談，點出了王、趙矛盾的脈絡；第二章借助雅集團的閒談，進一步透露王、趙的矛盾及鬥爭的情況；第三、四章著重寫了張、黃兩家的家庭生活；第五章趙守義正式登場；第六章寫了張恂如和許靜英的微妙關係；第七章王伯申登場；第八章點出錢良材企圖借助王、趙矛盾興辦地方福利事業；第九章錢良材露面；第十章到第十三章寫錢良材的企圖失敗，王、趙矛盾在鄉下激化；第十四章通過黃家酒席間的談話，交代王、趙鬥爭以相互妥協了結，錢良材從中引出教訓。

　　從以上分析中可以看出，作品結構的特點錯綜變化，迂迴曲折，以兩對重要矛盾線索交叉組成的嚴謹布局。一條是王伯申與趙守義的矛盾，一條是錢良材與王、趙的矛盾，而錢良材企圖利用王、趙之間的矛盾坐享漁利一事，

把兩條線索織成複雜的衝突與鬥爭。大的矛盾線索中還包括了小情節，例如作品通過王伯申的輪船同農民發生聯繫，揭示民族資本家同農民的糾葛；又如借助趙守義勾結曹志誠的事件，描寫了地主階級興風作浪的醜態；還從錢良材同黃、許等家庭的聯繫中，掀開了封建大家族的內幕；又從錢良材同農民的接觸中，展示了農村的風雲。作品中的大故事和小情節配搭均勻，鬆緊合度，盤桓曲折，形成了結構的完整性。不過，大故事與小情節也有相對的獨立性，如第十章以下幾章，描述錢良材下鄉的活動，作為全書中的大故事是可以獨立存在的；書中的小情節如恂如、婉卿家庭生活的微波，各自也能成為獨立部分。

從作者長、中篇小說的藝術結構中安排矛盾衝突方式方面來考察，大體上有二種情況：大多是以主要人物為中心開展各種矛盾，組織布局，其結構是嚴整的；也有一些作品是以二、三個人物的複雜關係來構成故事的，不過這類作品的結構往往很鬆弛。《霜葉紅似二月花》屬於後一種，人物矛盾更為錯綜複雜，而結構卻頗為緊湊而富有變化。這種結構方式同古典長篇小說的結構有著某些內在聯繫，例如作品採用大故事與小情節錯綜相間而各自獨立的結構的方法，古典長篇小說也使用過，不過作品兩對以上矛盾與鬥爭交織而迂迴地開展，卻是作者的獨到之處。

作品的結構另一特點是人物的矛盾與鬥爭的環境安排，屬然逐步鋪開，然而又是變化不拘。作品先是從封建家庭入手，而後聯繫現實社會，其中涉及小縣城和僻遠鄉村。從這個巨大的結構中可以看到當時中國社會的廣闊圖景。由於這部作品僅是長篇小說的第一部分，結構雖廣闊又細密，但各種矛盾並沒有充分開展，尚不能達到高度的嚴密性。作品布局還有一個特點，就是從容入題，設下伏線，引人入勝。作品的兩對重要矛盾，不是單刀直入地提出，而是慢慢道來，先是虛寫，繼而分別點出，隨後交叉進行，直到終篇才理清各種矛盾的來龍去脈。中國古典小說在結構上很注意伏線、虛寫，《霜葉紅似二月花》分明吸收了這方面的長處，然而它卻沒有某些古典小說中那種脫離生活而到處布下疑陣以吸引讀者的做法。

《霜葉紅似二月花》的文學語言有著明顯的民族風格，個人特色也很突出。作品中敘述故事、描寫環境的文字大多是經過提煉的白話，其中也有納入了通俗文言，還吸取一些有用的外來語法、詞彙。人物對話多為口語化，時夾半文半白，這是「五四」以來新文學的文學語言的優秀傳統，不過《霜

葉紅似二月花》的特點是敘述文字細微曲折而又精煉流暢，人物對白個性化相當明顯。現以婉小姐出場的情景爲例說明，「婉小姐一手挽著小引兒，一手搖著泥金面檀香細骨的折扇，裊裊婷婷來了；才到得廊前，婉小姐滿臉含笑說道：『從燈節邊等起，我們等候了半年了，怎麼姑媽今天才來看望祖母。』說著就對姑太太要行大禮，姑太太一把攙住了她，也說道：『別弄髒了衣服，婉卿，你哪裡學來這些規矩的？』」這段中間簡短的敘述文字把婉小姐舉止、笑貌、神態都很逼眞地表現出來，從姑太太和婉小姐的對話中，可以看出各自的特點：婉小姐甜言蜜語，姑太人爽朗乾脆。接著作者以精細的文字，逐步地描寫婉小姐的肖像、穿戴、身姿。「婉小姐穿一件淺桃灰色閃光提花的紗衫，圓角，袖長僅過肘，身長恰齊腰，配著一條垂到腳背上的玄色印度綢套裙，更顯得長身細腰，豐姿綽約。頭上梳著左右一對的盤龍鬢，大襟紐扣上掛一個茶杯口大小的茉莉花球，不戴首飾，單在左腕上戴一隻玻璃翠的手鐲。」緊接著作品敘述婉卿和姑太太一段較長的對話：姑太太「湊近婉小姐耳邊說道：『離我們那裡不遠，有座大仙廟，求個娃娃的，頂靈驗。你幾時也去許一個願。老太太提起你們這件事，也焦急。人家三四年的夫妻早有了三兩個小的了，怎麼你們整整五年了還是紋絲兒不動，一點影子也不見……』婉小姐勉強笑了笑答道：『知道那是怎麼的呢！反正我——』她忽臉上一紅，縮住了話頭，有意無意的朝她姑爺那邊望了一眼，便轉了口氣。『老古話說得好：沒男沒女是神仙。再說，黃家這份家產，近來也不大如從前了，要是再加上兒個小祖宗，可又怎麼辦。』」這段對話是圍繞婉小姐接代傳宗問題進行的，從中可以看出姑太太迷信觀念很重，不過個性坦直，而婉卿則是精靈、深思而又含蘊的。從婉卿出場後的整個描述和對話，可以看出婉卿和姑太太各自不同性格的重要特點，且是有聲有色的，從而窺視作者的敘述文字和人物語言大多是經過提煉推敲的，對白長短兼而有之，卻是同人物性格融爲一體的。

　　從作者運用民族語言這方面來說，《霜葉紅似二月花》給人的印象最爲深刻，其中能看出它與《紅樓夢》文學語言的聯繫，例如文字的簡潔與典雅。不過《紅樓夢》的文字大多是接近口語的通俗文言，而《霜葉紅似二月花》則力求熔鑄文言使之白話化，文字細密，活潑。

　　《霜葉紅似二月花》在作者的創作道路上是有特殊意義的。這是作者反映辛亥革命後到「五四」前夕中國社會眞實生活的第一部長篇小說。作品描

寫的王伯申形象是當時民族資本家在文學上的代表，這個人物形象在作者過去的作品中未曾出現過。從人物描寫方法，結構方式以及語言運用等方面來說，民族風格比之作者的任何一部作品更爲突出。對此，王若飛在《中國文化界的光榮，中國知識份子的光榮》一文正確地指出：「《霜葉紅似二月花》——這長篇小說的第一部——我們可以看到茅盾先生的作風，是在利用民族形式爭取更廣大的讀者群這一點上，作了很大的努力。」〔註17〕

以反映辛亥革命到「五四」前夕的社會生活爲題材的長篇小說來說，在中國現代文學史中並不多見。拿二十世紀三十年代來說，有李劼人的長篇《大波》，主要是反映辛亥革命時期四川的社會生活。抗戰期間，文壇上竟寫長篇成爲一種風尚，不少作品是反映抗日戰爭前和抗戰期間的生活，包括城市、農村及戰地。像《霜葉紅似二月花》這類作品的主題、人物，在中國現代文學史上是較爲罕見的；作品藝術的特色也是很突出的。因此作品一問世就引起當時文藝界的注意，巴金、田漢、艾蕪等作家曾爲此書舉行一次座談會，「談話的結果表示十分滿意，當場通過由參加座談諸作家聯名致電作者茅盾先生，祝賀他的成功，『公認此作已爲中國文藝之巨大收穫』」〔註18〕《霜葉紅似二月花》不但在國內受到好評，而且也引起國外的重視。日本曾翻譯過，並擁有廣泛讀者。〔註19〕

從作者在抗日期間的長篇創作來考察，《腐蝕》的成就是最高的。《第一階段的故事》側重於謳歌抗日戰爭初期（第一階段）即七七事變到武漢失守前國統區人民蓬勃的抗日熱情，然而，深刻性不夠。《腐蝕》主要是揭露抗日相持時期（第二階段）即一九四一年前後國民黨積極反共消極抗戰的罪惡，其筆觸是力透紙背的。《腐蝕》之後的長篇《霜葉紅似二月花》就反映「五四」前夕的社會生活來說是廣闊的，但就揭露反動勢力的深刻性而言，遠不及《腐蝕》。從藝術上說，《第一階段的故事》人物形象眾多，性格化較差，主要人物的形象不突出。《腐蝕》的主要人物形象鮮明，且富有典型性，次要人物筆墨不多，給人留下的印象也是清晰的。《霜葉紅似二月花》人物是有個性的，但未能集中力量刻劃主要人物形象。這方面的成就是不及《腐蝕》的。從藝術形式上說，《第一階段的故事》致力於通俗化，然而並沒有達到頂

〔註17〕 《解放日報》，1945 年 7 月 9 日。

〔註18〕 引自田玉《茅盾新作：〈霜葉紅似二月花〉》，《文藝春秋叢刊》之四《朝霧》，1945 年 6 月。

〔註19〕 參閱中島健藏《中國現代文學在日本》，《世界文學》，1959 年第 9 期。

期的效果。《腐蝕》在吸收外來形並著力使之民族化，是有成效的。《霜葉紅似二月花》在民族形式的成就方面比之《腐蝕》更為突出，不過從主題、人物形象及藝術形式諸方面加以全面考究，《腐蝕》的價最高，《霜葉紅似二月花》次之，《第一階段的故事》較差。

第十三章　各有千秋的中、短篇及散文（1939～1944）

這個時期創作除了長篇小說應得佳評外，中、短篇小說，散文各有千秋，不過，細加品評，中篇不足處較多，而短篇和散文較爲成熟，且有新的進展。

《走上崗位》

這個期間茅盾創作了中篇《走上崗位》，共分十二節，連載於一九四三年八月二十日到一九四四年十二月二十日重慶《文藝先鋒》雜誌上。

《走上崗位》是一部描寫抗日初期民族資本家堅決以工廠內遷，支持抗戰的故事。作者從創作反映歷史社會的長篇《霜葉紅似二月花》，轉向創作描述抗日初期的現實生活的中篇《走上崗位》，絕非偶然。當時抗日進入相持階段，國民黨的統治更加腐朽和衰敗，抗日處於極端困難時刻，爲了激勵人民的鬥志，茅盾放棄了歷史題材的創作，面向現實。由於他身居國民黨殘酷統治的重慶，他並不能像在香港期間創作《腐蝕》那樣，直接取材於國統區的黑暗社會，把矛頭指向國民黨統治，而是採用靈活的戰法，選取抗日初期的生活作爲題材，著重歌頌人民奮起抗日的愛國主義精神，側面而又巧妙地抨擊國民黨。這樣就能達到既鼓舞人民堅持抗日又揭露國民黨當權派統治的目的。

從革命現實主義的創作傾向來說，《走上崗位》比之《第一階段的故事》有著不同特點，在歌頌人民抗日方面，更多表現工人階級的力量，在揭露抗

日陣營的黑暗面方面，更多批判民族資產階級內部叛國通敵的傾向。

從內容與形式來說，《走上崗位》同《第一階段的故事》有一定的連貫性。總的說來，《走上崗位》不及《第一階段的故事》，然而，它也有新的特點，必須予以揭示。從內容上看可作為《第一階段的故事》的補篇；從形式上看，它在通俗化方面比之《第一階段的故事》又有了新的進展。從創作的連續性看，作者解放戰爭期間創作的長篇《鍛煉》是在它的基礎上加以擴大與發展的。

作品以八一三戰爭以後的上海為背景，圍繞著民族資本家工廠內遷的事件，展開了兩種政治傾向的劇烈鬥爭。某工廠老闆阮仲平鑒於「八一三」戰火瀰漫上海，自己企業的發展受到嚴重影響，根據當時當局的指令，他在廣大工人的支持下，決心把工廠遷往武漢，繼續生產，以支持抗戰。他對鄰廠的老闆朱競甫企圖暫時遷入租界區域，伺機通敵的行為深為憤慨。在遷廠的過程中，朱競甫採取了卑劣的手腕，唆使本廠工頭徐和亭誘惑阮仲平工廠的領工李金才、高級職員蔡永良以及工人周阿梅、石全生等人阻撓工廠內遷。由於工人周阿梅、石全生的抵制，朱競甫的陰謀破產了，阮仲平內遷工廠計劃得以照常進行，開始撤離了上海。

作品肯定了民族資本家阮仲平堅決以工廠內遷，堅持生產的實際行動支援前線的愛國思想，批判了民族資本家朱競甫拒絕工廠內遷妄圖叛國的可恥行徑。

抗戰初期，民族資本家何去何從問題，在《第一階段的故事》裡已作了回答，指出民族資本家只有參加抗日鬥爭，才有光明的前景。而《走上崗位》更為深刻地指出：民族資本家要堅持走愛國的道路，必須同賣國的傾向作鬥爭。

《第一階段的故事》中的何耀先，是個在抗日戰火中覺醒過來的，並且堅持以開辦工廠企業的實際活動參加抗日鬥爭的民族資本家的代表。《走上崗位》中的阮仲平則是何耀先形象的補充，他是抗日初期冒著敵人的炮火堅決內遷工廠企業以支持長期抗戰的民族資本家代表。這是阮仲平形象的新特點。朱競甫同何耀先、阮仲平走著相反的道路，企圖叛國通敵，這是民族資產階級中的反面人物，在作者的筆下從未曾描寫過。

民族資本家在遷廠問題上的鬥爭，也在工人階級內部中反映出來。作者以熱情的筆觸歌頌了先進工人的愛國行動，批評落後工人的不正行為。朱競

甫爲了達到伺機通敵的目的，唆使該廠工頭徐和亭引誘阮仲平工廠的工人加入同伙。阮仲平工廠的工頭李金才暗中同徐和亭幹著「不清不白玩意」，而周阿梅、石全生在「爲的是對付東洋赤佬」的愛國思想支配下，堅決地開展鬥爭，全力以赴協助廠方遷廠。由於他們的帶動，工人們不顧生命的危險，冒著敵機的轟炸，穿過危險區，向著漢口的方向前進！

作品歌頌了工人階級周阿梅、石全生等人的愛國主義高尚品格，批判了落後工人徐和亭、李金才的奴僕的行爲。這些有關工人階級內部矛盾與鬥爭的描寫，在《第一階段的故事》裡是沒有接觸到的，而《走上崗位》塡補了這個空白，這是可取的。

《走上崗位》還廣泛地反映了人民熱心參加抗日活動。如陳克明熱授熱情地支持青年的愛國行動，鄙視伺機投敵分子的卑劣行徑；年邁的莫醫生不辭勞苦救治難民；難民收容所的趙幹事竭力爲難民服務；阮仲平的女兒潔修、蘇子培的女兒蘇小姐等青年衝破阻力深入難民收容所進行慰問和宣傳活動，她們還計劃參加阮仲平四弟季眞組織的宣傳隊，準備深入內地進行愛國宣傳活動；阮仲平的十二歲兒子小南金也很關心抗日形勢的發展，決心跟同家庭內遷；阮仲平姨親時爲袁家少奶奶的夢英先是同潔修等一道參加抗戰活動，接著轉到一個傷兵醫院做義務工作，後來被袁家所禁錮，她便借此機會偵悉袁家通敵的內情，做些有益殲奸的工作。

就表現人民抗日力量而言，《走上崗位》比《第一階段的故事》增加了一些新內容，如莫醫生、小南金都是新創造的形象；陳克明教授熱心支持愛國行動，不同於對抗戰悲觀失望的朱懷義教授；季眞、潔修、家琪和家慶等都具有熱心參加愛國活動的共同特點，然而季眞、潔修並沒有像家琪、家慶一樣奔赴陝北，而是準備深入內地進行愛國宣傳工作。他們的去向，反映了當時一部分青年的抗日要求。袁家少奶奶同程少奶奶有著共同的灰色的生活經歷，也有共同的抗日行動，不過各人出路不同，程少奶奶追隨家琪、家慶邁上民族解放的正確道路，而袁家少奶奶卻迫於環境留在袁家進行偵查敵情工作。

小說還抨擊了抗戰初期國民黨當局推行的片面戰爭的錯誤政策。毛澤東同志曾經正確地指出，「從一九三七年七月七日蘆溝橋事變到一九三八年十月武漢失守這一個時期內」，由於「日本侵略者的大舉進攻和全國人民民族義憤的高漲，使得國民黨政府政策的重點還放在反對日本侵略者身上」，然而「國

民黨當局仍舊反對發動廣大民眾參加的人民戰爭，仍舊限制人民自動團結起來進行抗日和民主的活動」。〔註 1〕抗戰初期，國民黨當局迫於當時的形勢，做了一些有利抗日的事情，然而又限制人民群眾的抗日活動，這是一種片面的抗戰政策。我們從作品的具體描寫中可以看到，為了抗戰的需要，國民黨當局曾經動員上海的民族工業內遷到漢口，然而對於企業內遷的過程中遇到的重重困難不予支持，這說明國民黨當局不是真正扶助民族工業的發展，以為抗戰服務。作品還清楚地描寫出國民黨當局無視人民自動團結起來進行抗日的愛國工作。更有甚者，國民黨政府的人員還借抗戰之機敲詐勒索人民，如難民收容所稽查員的為非作歹，難民過著悲慘生活等。這一切意在抨擊國民黨當局的腐敗，說明了國民黨政府依然保持其寡頭專政制度。當然，由於作者當時處於國民黨統治區，要深入揭露國民黨當局的專制統治難免受到一定的限制。

在表現形式通俗化方面，《第一階段的故事》已取得了一定成效，《走上崗位》又有了一些新的進展。茅盾指出，藝術形式的通俗化，要求人物「多對話，多動作；故事的發展在對話中敘出，人物的性格，則用敘述的說明」。〔註 2〕通過人物的對話和行動來表現人物性格，這種描寫人物的手法，在《第一階段的故事》已經運用過，對表現人物性格是有所幫助。不過《走上崗位》使用這種手法，對刻劃人物形象的功效更為顯著，例如描寫阮仲平形象時，借助他同實業家朱競甫的交談，表現出他堅決抗戰、鄙視通敵的民族情操，從他同高級職員蘇永良的言談中，活畫出資本家蠻橫的神氣。從這些對話中，民族資本家阮仲平的民族觀念、階級本性以及個性特色三者和諧統一起來。又如小南金在同季真等人的談話中表示，為了打日本鬼子，他可以毫不可惜地丟棄喜愛的玩具、圖片等東西，跟隨工廠內遷，表現出他的天真稚氣然而又是充滿愛國熱情的思想性格。

以通過行動來表現人物性格的手法而言，《第一階段的故事》和《走上崗位》的做法，不盡相同，前者比較扣緊全書主線而展開人物各自的行動描寫，後者較多地集中通過人物在幾個事件的活動來展示人物的性格。例如描寫技工石全生性格時，是通過他把節儉下來的大餅送給難民收容所的老頭子、抵制徐和亭的利誘和要求廠方堅決隨同遷廠這幾個重要事件來完成性格

〔註 1〕 毛澤東：《論聯合政府》。
〔註 2〕 茅盾：《文藝大眾化問題》。

刻劃，人們從中了解到石全生是個是非分明而富於感情的老工人。莫醫生的形象是借助他爲難民治病及爲難民籌集必需藥品等行動來描繪他的既然熱忱而又沉實的性格。

茅盾對於藝術結構的通俗化，提出這樣的主張：「抓住一個主人翁，使故事以此主人翁爲中心順序發展下去。」〔註3〕這就是說要圍繞中心人物組織故事，有次序地開展情節，從而形成主線分明、支線清楚的嚴密布局。這種結構方法，大眾易於接受。《第一階段的故事》並沒有從這方面作探討。《走上崗位》企圖從這方面作努力，它是以阮仲平爲中心人物來開展兩方面的矛盾衝突的，一是同朱競甫的矛盾，一是同蘇永良等的矛盾。同時還聯繫著季眞、潔修等人的活動，並由此涉及難民收容所。這樣看來，全書是以阮仲平爲中心來組織眾多的人物和事件的，規模宏偉。然而在開展矛盾的過程中，作者的企圖並沒有達到。在實際的描寫裡，倒是用幾個章節分別著重描寫幾個人物來組織結構的。這樣一來，中心人物不能突出，情節發展比較散漫，布局也比較鬆懈。

從語言的通俗化來考察。作者在寫作《第一階段的故事》時，已意識到爲了符合當時香港讀者的文化水平，必須力求文字的通俗化。不過這種通俗化是有限度的，主要是著眼於具有一定文化水平的人能讀懂，工農大眾未必能接受。《走上崗位》的文字，比之《第一階段的故事》更爲樸實、明朗，讀者對象會更廣泛些。作品的敘述語言與人物的對話比較統一，如開篇第一節敘述工人們在敵機的吼聲下緊張勞動的情景，其間敘述語言明白通暢，對話也符合當時各種不同性格的工人心情。第四節敘述阮家老太太、小南金及季眞等人交談對戰局發展的看法及各自打算，敘述文字不是精雕細刻，而是簡勁明了，對話也是同各種不同年齡、身分的人頗爲吻合。不過作品語言的通俗化同當時大眾的要求還是有一定的距離。

《走上崗位》存在的問題是明顯的。如對國民黨當局的片面抗戰的揭露不深，對工人隊伍中的消極面暴露多了些，有些人物形象的刻劃過於簡單，結構較散漫，語言大眾化不夠。

儘管作品的弱點不少，然而我們從作者的創作道路及當時文壇的影響方面來考察，它仍然是值得注意的。我們認爲從反映生活內容、人物形象塑造以及通俗的表現形式等方面來說，《走上崗位》比之《第一階段的故事》增加

〔註 3〕　茅盾：《文藝大眾化問題》。

了一些新的特點：如民族資本家阮仲平堅決內遷工廠，支援長期抗戰；工人石全生等人高昂的愛國熱忱。文學語言通俗化方面趨於樸實與簡勁。這些都說明《走上崗位》在作者的創作道路上有著新的意義。作品在當時文壇上是受到重視的。藍海（田仲濟）在《中國抗戰文藝史》一書中，把此書作為抗戰後期長篇小說繁榮的例子之一來援引的。〔註4〕

短篇小說

茅盾這個時期的短篇小說創作為數不多，除了《委屈》、《耶穌之死》兩個集子外，還有未收入集子的《某一天》等名篇。這些短篇具有抗日相持階段革命現實主義的特色，著重揭露國統區政治腐朽、經濟崩潰、社會風氣敗壞，反映人民對國民黨當權派統治的不滿情緒，表現敵後根據地人民，特別是農民，在黨的領導下進行遊擊戰爭的威力，堅信中國人民必定打敗日本侵略者，贏得民族解放的偉大勝利。從藝術方面說，努力消化民族形式變為自己的東西，追求凝煉而又雋永的藝術風格，這表明作者的短篇創作進入了一個新的階段。

以反映抗日相持階段的現實生活而言，如果說長篇正面揭露國民黨的反人民反共，投降賣國的行徑，側面描述進步力量的威力，那麼，短篇則是從各個側面表現國民黨統治的腐朽和衰敗，正面歌頌黨領導下人民武裝力量的壯大。

短篇評擊國民黨統治集團的腐敗。《某一天》描述國民黨 W 處長一天的生活，他在紀念週會上，大談「誓死抗戰到底」，可是在辦公時間卻與投機商密謀投機勾當，談論什麼「棉花行市」，什麼「買進了二十輛半舊的卡車」之類的生意經；他還為姨太太的生日大擺宴席，通宵達旦縱情狂歡。作品尖銳地鞭撻國民黨官僚打著抗日的旗號，幹著勾結不法商人大發國難財的勾當，還揭露他們依靠非法得來的財富，過著紙醉金迷的荒誕生活。國民黨官僚是一群禍國殃民的民族敗類，正如《報施》中所揭露的，那些「脹飽了的囤戶」，依靠「偷天換日的手段」，「把民族的災難作為發財的機會」，囤積居奇，瘋狂掠奪，生活豪侈糜爛，真是「毫無人心的傢伙」。

國民黨的官僚統治，造成了國統區的驚人黑暗。國民黨蔣介石為首的四大家族依仗政治上的特權，對人民進行極其殘酷的剝奪，從而使官僚資本空

〔註 4〕　《中國抗戰文藝史》，上海現代出版社，1947 年出版。

前的膨脹，官營工業獨佔和集中不斷加強，以致民族工業迅速破產。《委屈》中的張先生的命運充分地反映民族工業衰敗的歷程。張先生曾經開設了工廠，由於原料、資金、技工、捐稅、再生產等方面存在著問題，在無可奈何的情況下，不得不停工，車床任其生鏽，自己給人家跑腿。張先生工廠的倒閉是後方民族工業悲慘命運的縮影。國民黨的專制統治，四大家族的經濟壟斷，不但造成民族工業的破產，而且也造成農村經濟的凋零。《報施》通過軍人張文安一千元養傷費只能買「半條牛腿」、軍屬陳海清的媽媽生病買不起藥品等事件，揭示了國民黨統治下的農民在貧困和死亡線上掙扎的悲慘命運。在國民黨官僚統治下，不僅人民過著水深火熱的生活，甚至連國民黨的小小公務員也處於難以維持生計的境地。《過年》描寫了老趙這個小科員皺著眉頭過年的情景，反映出國民黨下層工作人員生活的艱難。這些都表明國民黨統治政權的腐朽已達到極點。

國統區政治黑暗，經濟凋敝，必然導致社會風氣的敗壞。那種對抗戰不聞不同，沉醉於追求奢侈、苟且偷安的惡習，彌漫於小市民、資產階級太太、知識份子之中。作者對這些不良現象予以尖銳的諷刺。《委屈》中的張太太因春衣被小偷竊走，在乍寒乍熱的四月天，便想到購買夏衣，可是張先生的工廠停工，一時不能滿足張太太的要求，於是她感到委屈。這裡，我們看到作者對於那種置抗戰大局於腦後而沉澱享樂生活的現象的嚴正批評。《小圈圈裡的人物》通過對祥師母、貝師母、黃太太、李太太等人，由於「精力過剩」而迷戀於打牌的庸俗生活的描述，嘲笑她們的閒適無聊、空虛卑瑣的情趣，揭露她們爾虞我詐、勾心鬥角的齷齪生涯。

國統區人民對於國民黨的統治怨聲載道。《報施》表現了農民對困頓處境的憤慨情緒；《委屈》表達了民族工商業對破產命運的不平心聲；《船上》從輪船的乘客的口中透露國統區物價上漲，貨幣貶值的不景氣現象，反映了廣大人民的憤懣心情。

國民黨的法西斯專制統治，必將垮台，這是歷史之必然。鑒於當時的社會環境，作者以巧妙手法在《耶穌之死》、《參孫復仇》兩篇中借用《新約》和《舊約》的故事，諷喻國民黨黑暗統治並暗示其失敗的命運。正如茅盾自己所說的：「《耶穌之死》和《參孫的復仇》都取材於《舊約》（按應為《新約》及《舊約》），是對當時國民黨法西斯統治的詛咒並預言其沒落；因為只有用這樣的借喻，方能逃過國民黨那時的文字檢查。蔣介石自己是基督教徒，他

的爪牙萬萬想不到人家會用《聖經》來罵蔣的」。〔註5〕

儘管國民黨統治集團對內鎮壓對外投降造成深重的民族災難，可是國統區人民卻有信心打敗日本侵略者。《報施》中記述農民陳海清「丟下老母和妻子，帶著他的四匹駄馬投效了後方勤務，被編入運輸隊，萬里迢迢的去打日本」，後來「兩匹給鬼子的飛機炸的稀爛，一匹吃了炮彈，也完了，剩下一匹，生病死了。」他表示「不把鬼子打出中國去」，「不回家」。如果說，《報施》表明中國人民同日本帝國主義血戰到底的大無畏精神，那麼《委屈》堅信中華民族必定在抗日的炮火中獲得了自由解放。《委屈》中的張先生面對著民族工業的危機，然而他卻相信民族解放戰爭勝利必定會給民族工業帶來復興的局面。他說：「總該有一天，……工業的巨輪能夠晝夜不歇，有規律而且有配合地旋轉；總該有這麼一天，我不惜用我的生命爭取這一天的到來，不論是何年何月，……」

民族解放的神聖戰爭的勝利，一定要依靠中國共產黨的堅強領導之下的敵後根據地的軍民的英勇奮戰才能取得。《虛驚》、《過封鎖線》兩個短篇，通過東江游擊隊勝利地護送來自香港淪陷區的文化人到達內地的敘寫，充分地反映了我黨領導的遊擊隊勇敢機智的鬥爭精神，表明了黨領導的人民武裝鬥爭力量完全能夠打敗日本侵略者。

短篇的藝術，同三十年代的短篇比較，有了一些新的發展。作品在吸收外國文學的藝術手法的同時，更為突出地消化民族傳統的藝術表現形式，並同個人的風格結合起來，形成了新的特色。如果說作者三十年代的短篇以其廣闊而又細密的特點著稱的話，那麼這個時期的短篇則以明快而又曲折的特點取勝。

從短篇的寫法來說，三十年代作者擅長於「壓縮了的中篇」的作法，如《林家舖子》、農村三部曲。這個時期善於運用截取生活橫面的寫法，其特點在於以片斷的描述來揭示生活的面貌和發展趨向，如《委屈》、《報施》，寫的雖然是生活的局部，然而卻能同當時的全局緊密聯繫起來，因而概括性很強。這類作品與三十年代的同類作品比較，有些篇幅長些，不過所反映的社會生活更為深刻。

以截取生活中的片斷顯示生活的意義作法，這在中外短篇中是常見的，不過我們的民族傳統的特點是以簡潔的手法引出了複雜的故事。這個時期茅

〔註 5〕 《茅盾短篇小說集·序》，人民文學出版社，1980 年出版。

盾有些成功的短篇，接近於採用這種我國古典短篇的寫法。

從藝術構思看，由於作品以簡練的手法展示廣闊的生活內容，所以在構思方面狠下功夫。作者力求構思曲折又明晰。例如《委屈》選取以張太太因張先生經濟拮据不能購置夏衣而感到委屈爲線索，巧妙地反映了民族工業衰敗的情景。《報施》是以軍人張文安領取千元養傷費回家購不起「半條牛腿」，而後在偶然的情況下轉送給軍屬陳海清的情節來構思全篇的。作品表面上是在表現張文安的高貴品德，實際上卻是揭露國統區農村極端痛苦的生活。這類構思獨特的短篇，同三十年代同類的短篇比較，應該說更加曲折，含意更加深邃，同時也不失之明快。

三十年代茅盾的短篇創作在人物刻劃方面，擅長於通過複雜的情節，眾多的人物及其相互關係來展示人物的複雜性格。這個時期茅盾善於借助單純的情節和不多的人物來表現人物最突出的性格。在刻劃人物性格的手法方面，他能把西歐現實主義文學人物描寫方法吸收過來，融化在民族傳統的人物描寫手法之中。例如當張文安慨然把千元交給陳海清家屬時，作者這樣敘述道：「張文安又窘住了，心裡正在盤算，一隻手便習慣地去撫摸衣服的下擺，無意中碰到了藏在貼身口袋裡那一疊鈔票，驀地他的心一跳，得了個計較。當下的情形，不容他多考慮，他自己也莫明其妙地興奮起來，一隻手隔衣按住了那些鈔票，一隻手伸起來，像隊伍裡的官長宣布重要事情的時候常有的手勢，他大聲說：『信就沒有，可是，帶了錢來了！』」這一段刻劃張文安的心理活動，採用了外國小說常用的間接敘述方法，但更多是運用民族傳統的手法，即直接通過人物動作、談話來表現人物性格，而且兩種描寫手法結合得很自然。當陳海清一家人接到張文安的錢時所流露的驚喜交錯的心情，作者又轉變了手法，採用簡潔的對話的方式表達。《過年》中描述老趙買年貨時那種既想買又買不起的複雜心情，可謂淋漓盡致的，但他不像外國小說那樣直接敘述，而是結合正在開展著的事件來描寫，特別是在事情緊張時刻，借助人物的動作來表現人物的心理活動。當他無力買年貨時，作者這樣寫道：「他咬一下牙齒，拚命捏住那張親手正楷抄寫的購物單子，低了頭快跑。」這裡是用一連串的動作來表現人物的心理變化。不難看出，茅盾善於融化外國作品人物描寫手法並著重吸收民族傳統的人物性格表現方法，從而形成了自己刻劃人物的特點。

短篇小說結構的特點是善於把不太多人物和情節組織在嚴整而又曲折的

結構之中。這種結構方法同三十年代的短篇比較起來，有些不同，它比三十年代複雜的結構單純些，又比單純的結構複雜些。它能吸收外國小說靈活多變的結構特點，又保留中國傳統小說布局的優點，如故事發展前後勾聯，矛盾鬥爭起迄完整。如《耶穌之死》的結構共分九段，開頭一段提出問題，即耶穌和法利賽人為什麼結下仇恨？二段至八段描述耶穌與法利賽人矛盾鬥爭的曲折過程，九段寫出耶穌的被害。這篇結構的特點是，開頭用二句設問提出矛盾，中間故事錯綜變化，迂迴曲折，相互勾聯，層層推進，富有節奏感，結尾補敘矛盾鬥爭的終結。這種結構既有靈活性又有嚴密性。從故事發展勾鎖，矛盾始末清晰等方面，可以看出它同古典小說結構的有機聯繫。有些小說學習外國小說的複式結構，然而又師法中國古典小說那種各個故事既相互聯繫又自行獨立的結構方法，如《委屈》、《報施》都是屬於這種情況。

我國古典小說在描寫背景方面所用的筆墨是不多的，而且同人物的思想情緒相互襯托。茅盾這個時期的短篇小說的背景描寫比起三十年代來說，是較少運用；即使運用，也同古典小說一樣，筆墨是簡潔的。《船上》開頭描寫嘉陵江蒸籠似的晨景，用船上悶熱的氣氛相適應。《虛驚》中描述的陰森森的夜景，襯托著東江遊擊隊隊員堅強的鬥志。

從短篇的文學語言來說，這個時期同三十年代比較，作者在學習民族語言方面有了明顯的進展，如追求精煉，白描，歐化傾向有了很大的克服；不過外來語言的特點，如遣詞造句複雜，敘述層次深入，仍為作者所吸取。作者在兼收中外語言長處的基礎上形成了簡勁有力又富有表現力的語言特色。例如《小圈圈裡的人物》敘述李太太的兒子李（外號烏眼雞）同貝師母兒子爭吵情景是這樣寫的：「當晴朗的季節開始以後，這疏建區的田野披上了新綠，一隊一隊的小絨球似的雛雞啾啾啾地到處叫著，……有時它們在名為校園的那方空地上爬抓泥土覓野食的時候，小李遠遠地撮口呼了幾聲，──……它們就奔來了，而且繞著小李啾啾地叫個不停……可就在這樣一次小李召集他的群眾的時候，同班的一個頑皮孩子，比小李大一二歲的，突然跳出來一下子就把小李的那批群眾駭得飛奔四散，同時又轉身看定了小李那一對骨碌碌轉動著不勝驚訝的眼睛，挑戰似的『呸』了一聲，便用唱歌的調子叫道：『烏眼雞，──烏眼雞，你是小李！』」從這段敘述文字可以看出作者善於以省儉的筆墨，把兩個小孩爭吵的由來、場面以及各自的個性特點都

扼要地描敘出來，足見作品的語言具有簡括、明淨和富有表現力的特點。從中我們可以看到作者善於吸收古典小說中那種以白描的文字刻劃人物動作、神態的長處。

這個時期茅盾的短篇較之三十年代的短篇有了一些新進展。從題材看，除了同三十年代一樣著力於反映國統區的現實生活外，又增添了新的方面，如《虛驚》、《過封鎖線》，反映了黨領導下遊擊隊的生活與鬥爭。三十年代以北歐神話中神的劫難爲題材創作了《神的滅亡》，以「象徵蔣家王朝的荒淫墮落及其不可挽救的必然滅亡」。〔註 6〕這個時期用基督教的《聖經》作爲題材寫了《耶穌之死》、《參孫的復仇》，以借喻的方式嘲笑國民黨的專制統治，並指出其沒落的歷史命運。從主題來看，就揭露國民黨統治而言，三十年代創作的《林家舖子》、《水藻行》是針對國民黨基層政權的，如小市鎮警察局長，農村的保長。這個時期轉向國民黨政府的上層政權機關，如《某一天》揭露了 W 處長的罪惡，《過年》暴露了國民黨政府某機關內部的黑暗。再就反映革命力量而言，三十年代短篇，對黨領導下人民的鬥爭只是作了側面的表現，如農村三部曲。這個時期對黨領導的人民的武裝力量作了正面的描述。以人物形象來說，《某一天》中的處長 W，《過年》中的小公務員李先生，《報施》中的軍人張文安等都是過去未曾創造的新的形象。從短篇的藝術來看，如果說三十年代的短篇很清楚地可以看出接受外來表現手法的影響，而民族的傳統手法的吸收不那麼明顯，那麼，這個時期的短篇的外來的形式已經滲透在民族形式之中，而以民族特色爲突出特點。在藝術風格方面，如果說三十年代的短篇是以氣勢磅礡而又精心鏤刻著稱的話，那麼，這個時期的短篇則以明快而又雋永見長。從選材看，三十年代名篇多爲「壓縮了的中篇」，這個時期的佳作偏於截取生活的橫斷面。從人物刻劃方法看，三十年代心理描寫採用間接敘述手法頗爲成功，而這個時期運用人物的動作及談話方法非常顯著；三十年代擅長以細密手法刻劃人物的多方面性格，這個時期則偏於以簡勁手法突出人物的主要性格。從情節安排看，三十年代將複雜情節嵌入嚴密的布局獲得好評，這個時期以單純而又曲折的情節安排結構引人入勝。文學語言，比之三十年代的短篇更爲熔煉。

這個時期的短篇在作者的短篇創作中具有一定的意義。從思想內容的深度上說，比起三十年代的短篇有所進展，如對國民黨的揭露和對共產黨的歌

〔註 6〕　《茅盾短篇小説集·序》。

頌；從藝術形式的探討上說，也有新的追求，學習民族的傳統表現手法方面有很大的進展。

茅盾的短篇在當時文壇短篇創作上有自己特色。他的《某一天》和沙汀的短篇《在其香居茶館裡》都是揭露當時的國民黨官僚統治，前者矛頭對準國民黨的上層機關，後者則直指國民黨的基層政權，兩篇都是採用諷刺手法的，不過前者是正面的，後者則是側面的。又如茅盾作的《報施》，同艾蕪的短篇《荒地》都是描寫國統區農村的黑暗的，不過角度不同，手法也不一樣，前者是用間接的筆法，風格冷峻，後者則用直接手法，風格深沉。茅盾還善於選取自己素來熟悉而別人較少接觸的民族工業生產的題材來反映現實生活。如《委屈》就是這樣的作品。對此，當時文壇，極為重視。許杰在評論短篇《委屈》一文曾指出：「在目前中國的文壇上，那些避開現實，出賣色情的作家還充斥著的中國文壇上，這樣的在現實社會中探取題材，這樣的在作品中反映當前的巨大的問題，恐怕還只有茅盾，繼承著《子夜》的一貫手法的茅盾吧！」〔註7〕

茅盾這個時期的短篇創作雖然取得了新的成就，然而就總的方面來說，卻不及二十世紀三十年代的短篇的成績那樣突出。這同他對變動中的抗戰現實生活體察不深，夾袋中人物不多，以及生活方面的客觀條件限制等都有一定關係。

散　文

這個時期茅盾的散文創作，有長篇報告文學《劫後拾遺》，《歸途雜拾》，還有散文集，側重於記事的有《見聞雜記》，偏重於雜感的有《時間的記錄》（其中一部分）等。這些散文品比起同時期的長、中、短篇小說來說，更為廣闊地涉及當時國內外的社會生活，比如對德國、日本法西斯的揭露，對西北大後方國統區的抨擊，對陝北解放區的歌頌，對香港地區的戰爭生活的描繪等等。

散文創作的革命現實主義的特色，在於痛斥德、日法西斯頭目的罪惡行徑，指出他們必敗的歷史命運；反映相持階段中國社會生活的各個方面，暴露國統區大後方從西北到西南，從城市到鄉村的光怪陸離的現象，揭露國民黨統治的黑暗與暴戾，反映香港地區淪陷前後的社會面貌，謳歌中國共產黨

〔註 7〕 許杰：《茅盾的〈委屈〉》，《現代小說過眼錄》，立達書店，1945 年 7 月出版。

領導下的解放區、敵後根據地的新風尚以及人民抗敵的堅強鬥爭精神，表現中國共產黨在民族解放戰爭中的領導作用。

散文創作的藝術有新的進展，散文體裁有似斷實連的長篇報告文學，也有一般的長篇報告文學，注重人物形象的刻劃，民族傳統的手法普遍地應用，並取得了顯著的成效。

散文廣泛地反映了一九四〇年到一九四四年中國社會的重要方面。如果說，《見聞雜記》描寫了一九四〇年冬天到一九四一年春天從西南到西北大後方的城鄉劇烈變化的生活，揭露國民黨統治的腐敗，那麼，《時間的記錄》中部分散文描述了一九四一年到一九四四年西南大後方的國統區的動盪生活，暴露了國民黨統治更加腐朽和沒落。

《見聞雜記》作於一九四一年至一九四二年間。作品描述抗日相持階段大後方都市的「繁榮」。先看西北地區吧！《蘭州雜碎》一文記述一九四〇年蘭州市場上貨物「興旺」的景象，例如新開張的洋舖子紛紛出現，貨物的陳列式樣宛然是「上海氣派」，人造絲襪之類的消費品應有盡有，真是所謂「愈『戰』愈暢旺」；小縣城的寶雞，也成了「『戰時景氣』的寵兒」，如《「戰時景氣」的寵兒——寶雞》一文所記的：「在這新市區的旅館和酒樓；銀行，倉庫，水一樣流轉的通貨，山一樣堆積的商品和原料。這一切，便是今天寶雞的『繁榮』的指標」。再看大西南的「繁榮」吧！《「霧重慶」拾零》一文描述霧重慶的「繁榮市面」，諸如酒館，戲院，咖啡館，百貨商店，舊貨拍賣行的興隆景氣；《貴陽巡禮》一文描寫了貴陽市的畸形繁榮，那是市面上「『要什麼』。有什麼——但以有關衣食兩者為限」。大城市如此「繁榮」，小市鎮也是這樣的。《某鎮》記述了四川境內某小鎮「營業性」的商業興盛的情況，如茶館密度佔第一位，旅館的密度佔第二位，此外，理髮店，「大面」的酒店也很「繁榮」。總之從西北到西南的大小城市以及小市鎮極為「繁榮」，其標誌是消費商品和營業性的行業的興旺，這實際上是戰時經濟的畸形發展。

市場「繁榮」，原因何在？我們從《蘭州雜碎》一文所揭露的貨物暢旺的秘密，可以斷言官商勾結，大發國難財，是市場「繁榮」的根本原因。這篇散文通過一個在特種機關混事的小傢伙之口，指出貨物運銷暢旺的內幕，他說：「這是一個極大的組織，有包運的，也有包銷的。值一塊錢的東西，脫手去便成為十塊二十塊，真是國難財！然而，這是一種特權，差不多的人，休

想染指。」作者接著指出：「這問題，絕非限於一隅，是有全國性的，不過，據說也劃有勢力範圍，各守防地。」這裡清楚地告訴我們，投機商為了發國難財，串通一氣，包運私貨，牟取厚利。因為他們同國民黨的政權有勾結，敢於為所欲為。

官商集中大量財富，過著驕奢淫逸的荒誕生活。這種淫靡的風氣瀰漫整個社會。《「戰時景氣」的寵兒——寶雞》暴露了土包子的暴發戶的淫蕩生活，諸如嫖妓女、抽大煙之類。《「霧重慶」拾零》揭露了比上不足比下有餘水木包工的小小暴發戶過著紙醉金迷的生活，如娶小老婆，常常進出於戲院、酒樓、咖啡館。這種縱情享樂的惡習，也傳染到一部分勞動人民的身上。《司機生活片斷》中的司機，雖然不嫖不賭，然而也有兩個老婆。整個社會的風氣極為敗壞。《最漂亮的生意》描述了重慶附近的夜生活，如賣笑女的出動，通宵玩麻將等。

作品指出國統區的黑暗，乃是國民黨當權派統治所造成的。當時處於抗日相持階段，國民黨蔣介石團集極力推行消極抗日，積極反共反人民的政策。《西京插曲》記述了華僑慰問團抵達西安的經過，指出國民黨當局以保護他們的安全為名，把他們「請」到華山去（實際上是害怕他們同人民接觸），以掩蓋其假抗日的真面目。這就很巧妙地暴露國民黨的消極抗日的面目。作者還揭露了國民黨反人民的罪責，如《「天府之國」的意義》痛斥了地主官吏任意橫征暴斂欺壓農民的暴行。

國民黨統治下的大後方人民，生活瀕於絕境。《「霧重慶」拾零》一文描述了重慶經濟畸形「繁榮」造成人民生活貧困的慘景。作者指出，「一個光身子的車夫或其他勞力者每天拚命所得」，「要是他有家有老有小」，那末，生活得艱難的；作者還談到，重慶這地方，「有人發財，亦不免有人破產；所以雖在霧重慶的全盛期，國府路公館住宅區的一個公共防空洞中，確有一個餓殍擱在那裡三天」。《「拉拉車」》一文敘述川陝道上「拉拉車」夫的窘境。「他們上坡時彎腰屈背，腦袋幾乎碰到地面，那種死力掙扎的情形，真覺得淒慘」。他們勞動所得，如果是租車，「養家活口還是困難」，「然而和農村裡的他們的兄弟們相較，據說他們還是幸運兒呢！」事實也是如此，因為農民的生活更為痛苦，他們面臨著生計艱難和死亡威脅的處境。《「戰時景氣」的寵兒——寶雞》一文記述寶雞附近一個小小村莊一家農民三口人的窮困生活之後，寫道：「人的臉色都像害了幾年黃疸病似的，工作時候使不出勁。他們已經成為

『人渣』。這一家的悲慘命運是當時廣大大後方農民生活的縮影。

《時間的記錄》中的一部分散文，從側面反映了一九四一年到一九四四年國統區的黑暗社會的重要方面。

當時國民黨法西斯專政變本加厲，政治腐朽到極點。茅盾在《談鼠》一文，以鼠貓爲喻，指出國民黨法西斯統治之下大小官吏爲非作歹，禍害人民達到驚人的程度。《聞笑有感》暗喻國民黨的官僚紳士是「在眾人的骷髏堆上建築起一人的尊嚴富貴的」。《回憶之類》以回顧辛亥革命的歷史教訓暗指蔣介石集團殘忍而又狡詐的本性。《雨天雜寫之二》通過佛教傳播的故事，揭露國民黨統治集團內部的黑暗，譴責蔣介石厲行法西斯獨裁政治的罪惡。正如茅盾自己所說：「《雨天雜寫之二》講的是佛教在中國的傳布，特別是姚秦時代（後秦姚興當國時）的一個故事，結語是：『這些故事，發生在「大法之隆，于茲爲盛」的時代，佛教雖盛極一時，眞能潛心內典的和尚卻有許多不自由。而且做不做和尚，也沒有自由。』這一段話，畫龍點睛，其矛頭眞指蔣介石統治下的國民黨員的命運。『眞能潛心內典』暗指眞能奉行孫中山的革命的三民主義的國民黨員，他們是要被蔣介石『逼令還俗』的；『做不做和尚，也沒有自由』，指蔣家王朝當時在機關和學校搞的勒令集體入黨。」〔註8〕這段話清楚地表明國民黨蔣介石統治集團既打擊、排斥堅持奉行孫中山革命的三民主義的信徒，又威逼利誘青年充當反革命的工具，足見國民黨法西斯專政統治之暴戾！

當時國統區國民黨蔣介石集團，由於政治上實行法西斯統治，經濟上推行以四大家族爲首的官僚資本集團的壟斷政策，因而造成了國民經濟嚴重衰退，市場出現驚人的危機。《談排隊靜候之類》〔註9〕一文通過市民買米、買鹽之類排隊等候以及老百姓摸黑起早在店外排隊仍然購不到貨物等事例，從側面反映國統區經濟衰敗，物資緊張，人民生活窮苦的境況。

作品還抨擊了當時文化上的怪現象。《雨天雜寫之三》〔註10〕揭穿了桂林文化市場熱鬧的秘密，指出由於書商採取了「剪刀漿糊政策」，騙取讀者，使得七拼八湊的冊子成了暢銷貨。作者對此極爲憤慨，作了「雞零狗碎，酒囊飯桶」八字以諷刺之。他還在《如何擊退頹風？》一文中揭露當時文壇上出

〔註8〕　《茅盾散文速寫集・序》，人民文學出版社，1980年出版。
〔註9〕　《茅盾文集（十）》。
〔註10〕　同上註。

現的頹風:「態度嚴肅的作品銷路不廣,而談情說愛,低級趣味的東西卻頗爲『風行』」,他還指出這種現象「誘發了大部分書店的『生意眼』,並且又在引誘一些『作家』向這一方向投機取巧。」

《時間的記錄》除了揭露國統區政治上、經濟上、文化上的黑暗外,還抨擊國際法西斯頭目的罪惡。《雨天雜寫之一》暴露德國法西斯頭目希特勒的暴行。他說希特勒「帶給歐洲人民」的「是中世紀的黑暗,是瘟疫性的破壞,是梅毒一般的道德墮落!」「是日耳曼人千萬的白骨與更多的孤兒寡婦」。作者斷言,希特勒作惡多端,「他的失敗是注定了的」。《東條的「神符」》一文揭露日本法西斯頭目東條利用五光十色的毒辣的「神符」,作爲奪取東南亞和太平洋的精神武器的陰謀。文章指出,希特勒和東條「東西兩個強盜之末日不遠,這已是命定的了」。

茅盾還揭露了日本帝國主義侵略香港的罪行,嘲諷了英國殖民主義者的無能。《劫後拾遺》一書作於一九四二年四月,描述了一九四一年年底到一九四二年年初香港陷落前後的情景,著重暴露日本侵略者的殘暴給香港人民帶來了深重災難的罪惡,譴責英國當局面對日本閃擊香港無能爲力的醜態。《歸途雜記》作於一九四四年,書中揭露日本帝國主義入侵香港後肆無忌憚的暴行。

這個時期茅盾的一些散文充滿激情的筆調,高歌中國共產黨及其領導的解放區、敵後根據地的光明景象和人民的偉力。他在《白楊禮贊》〔註 11〕一文通過對白楊樹的禮贊,謳歌了黨領導下的堅持抗日戰爭的敵後根據地農民的鬥爭精神和堅強意志。作品寫道:「當你在積雪初融的高原上走過,看見平坦的大地上傲然挺立這麼一株或一排白楊樹,難道你覺得樹只是樹,難道你就不想到它的樸質,嚴肅,堅強不屈,至少也象徵了北方的農民;難道你竟一點也不聯想到,在敵後的廣大土地上,到處有堅強不屈,就像這白楊樹一樣傲然挺立的守衛他們家鄉的哨兵!難道你又不更遠一點想到這枝枝葉葉靠緊團結,力求上進的白楊樹,宛然象徵了今天在華北平原縱橫決蕩用血寫出新中國歷史的那種精神和意志。」作者還反對那些賤視人民力量、美化國民黨當權派的頑固派,他說:「讓那些看不起民眾,賤視民眾,頑固的倒退的人們去贊美那貴族化的楠木(那也是直幹秀頎的)」。〔註 12〕作者對於黨領導的

〔註11〕 《茅盾文集(九)》。
〔註12〕 茅盾說:「貴族化的楠木象徵國民黨反動派」,見彭守恭:《介紹茅盾同志對

抗日民族解放戰爭的必勝充滿了信心，他說：「我讚美白楊樹，就因爲它不但象徵了北方的農民，尤其象徵了今天我們民族解放鬥爭中所不可缺的樸質，堅強，以及力求上進的精神。」

《風景談》〔註 13〕以滿腔的熱情歌頌了陝北解放區的新氣象，及人民的崇高精神境界。作品指出陝北邊區人民較之風光更爲美麗，「在這裡，藍天明月，禿頂的山，單調的黃土，淺灘的水，似乎都是最恰當不過的背景，無可更換。自然是偉大的，人類是偉大的，然而充滿了崇高精神的人類的活動，乃是偉大中之尤其偉大者！」作品通過了農民愉快的勞動，男女青年熱烈探究眞理等場面歌頌解放區的光明，指出了解放了的人民的精神美。作品描述道：「人類的高貴精神的輻射，塡補了自然界的貧乏，增添了景氣，形式的和內容的。人創造了第二自然！」最後作者借助清晨中「山峰上的小號兵」和「荷槍的戰士」的描述，指出「我彷彿看見了民族的精神化身而爲他們兩個」，這才是「眞的風景，是偉大中之最偉大者！」這一切都表明中國共產黨領導下的人民是民族解放戰爭取得勝利之偉力！

《白楊禮讚》和《風景談》兩篇散文，雖然可以看到作者熱烈歌頌指導全國抗戰的中心陝甘寧邊區、堅持抗戰的敵後根據地，但更重要的是看到作者深深頌揚在這些革命搖籃中冶煉出來的人民的崇高革命精神。因爲這些新人，必將沿著中國共產黨指引的革命航向，創造嶄新的中國。茅盾在談到這兩篇散文時說過：「祝福這些純潔而勇敢的祖國兒女，我相信他們不久就可以完成歷史付給他們的使命」。〔註 14〕

這個時期茅盾的散文很善於吸取民族傳統的表現手法並加以熔鑄而成爲自己的特色。我國古典散文如傳記文學很注意體制的完整性，它從政治、經濟、軍事、文化等方面來反映某一歷史時期的社會生活。茅盾有些散文在這方面有點相近，不過它比傳記文學更爲靈活，如散文集《見聞雜記》取材廣泛自由而又連貫一體。這個集子中《蘭州雜碎》以下十五篇記述了一九三九午到一九四〇年間大後方從大西北到西南大中小城市（包括小市鎭）政治、經濟、文化、思想各個方面的變化，描寫了社會上各階層的人物，如車夫、農民、司機、妓女、憲兵等，既有自然風光，又有人情世態，既有民族風土

〈白楊禮贊〉中「楠木」的解釋》，《人民教育》1978 年第 8 期。

〔註 13〕《茅盾文集（十）》。

〔註 14〕《茅盾文集·後記》，上海春明書店，1948 年 1 月出版。

雜憶，又有現實生活寫照。儘管包羅萬象，然而卻是總成一體的，從中又可以看出當時大後方生活的略圖，全書各篇各自獨立，又是相互聯繫，可謂是似斷實連的長篇。當然，也有一些長篇，以某一重大事件為中心從各個側面來展開描寫，內在聯繫緊密，布局較嚴整。如《劫後拾遺》、《歸途雜拾》那樣，分別圍繞香港陷落前後、香港失陷後文化人離開到老隆的事件，選取政治、軍事、經濟、文化、社會生活各方面的片斷組成全篇。這種長篇散文的整體性更強！

從作者散文作的發展來考察，二十世紀三十年代他創作的《故鄉雜記》及有關散文，綜合起來也可以作為當時江南農村的圖景看待。不過像《見聞雜記》那樣涉及的廣闊範圍，像《劫後拾遺》那樣集中而又多方面地表現某一重要事件，卻是茅盾這個時期散文體裁方面的新特點。

從人物描寫的方法來說，二十世紀三十年代作者所作的散文如《故鄉雜記》等文，已注意到人物的刻劃，不過多用間接敘述方法；這個時期描繪人物多採用古典文學的傳統手法，即在簡潔的對話和動作中顯示人物性格的某個方面。如《見聞雜記》中《司機生活的片斷》一文，通過司機及其新寵和警察的對話，把各自的面貌畫出來：司機的冷靜幹練，新寵的潑辣無賴，警察的氣勢逼人。《劫後拾遺》以簡勁的筆墨刻劃了許多人物的形象，如周先生的誇誇其談，何先生的膽小如鼠，周小姐的好勝善辯，英國警察的凶狠殘忍等。

我國古典作品中記事很講究條分縷析，而又騰挪跌宕，引人入勝。這個時期茅盾的散文也具有這個特點。不過，他善於把極其平常的事情敘寫得娓娓有致。例如《秦嶺之夜》描述汽車夜過秦嶺的周折，先是輪胎漏氣，換了之後又出故障，只好卸車漏夜趕修。由於乘客的通力合作，終於把車修好。可是汽車卻凍了，車不能動，便弄了草來烘汽車的引擎，終於汽車駛過秦嶺。《海防風景》先從書籍中的海防美景插圖談起，接著筆鋒一轉，描述作者目睹的海防的風景卻是「黑房子」，然後敘述旅客被驅趕到「黑房子」進行「人身檢查」的情景：初是解開了的行李一件件在長桌上雜亂放著，安南人助手在箱筐中來個左右包抄，法國人再用手在那裡一翻，如無問題即可了事，之後旅客就得到出口處「認領、整理，閉上了箱蓋，上鎖」。以上兩篇散文記述的事實，極為尋常，寫來卻是曲折有致，耐人細讀，而且其中滲著作者的強烈的愛憎感情，前者以讚美的筆觸寫出司機和旅客同舟共濟的互助精

神，後者則以憤慨的心情揭露法國殖民主義的可憎行為。長篇散文《歸途雜拾》以文化人離開香港到達老隆為線索，順序下筆，然而波瀾四起，意趣橫生，餘味無窮。

我國古典文學中經常運用象徵、情景交融這類手法表達作者的思想感情。茅盾在二十世紀三十年代的一些散文也採用過這些表現手法。如《雷雨前》、《黃昏》、《沙灘上的腳跡》等名篇，是用象徵手法描寫當時中國的社會矛盾與鬥爭的。他還把象徵的景象和事物同作者的愛憎結合起來，形成了獨特的表現方法。這個時期茅盾在運用這些手法時，又有新的變化。他不像二十世紀三十年代那樣以某種景物或事物象徵某種社會現象，而是實指真人真地。如《白楊禮讚》中西北高原上的白楊樹，是指敵後根據地的廣大農民。二十世紀三十年代所採用的象徵手法，比較隱晦，如《雷雨前》中所象徵的事物就是如此。這個時期運用象徵手法時，比較隱晦，如《雷雨前》中所象徵的事物就是如此。這個時期運用象徵手法時，又直接表露作者的感受，含意明朗，如《白楊禮讚》。在使用情景交融手法時，三十年代以物寄意，這個時期則是以談風景為名，而實有所指，如《風景談》。作者之所以採用不同的描寫手法，同當時歷史背景以及個人要求探索新的藝術手法有關。

以散文語言而言，這個時期在融化民族語言方面大有成效。二十世紀三十年代的散文語言，歐化是明顯的，句法較長，敘述層次也較複雜。這個時期由於取民族語言之長，遣詞造句比較靈活、自由，偏於簡短，敘述層次明晰，且富有變化。《新疆風土雜憶》以融化通俗文言成分為其特點；《白楊禮讚》以文字鮮明、凝煉而又多變化並富有詩情畫意著稱；《脫險雜記》以冷靜的敘述，緊湊的語言為其長處。

茅盾這個時期的散文同他三十年代的散文比較，有了不少進展。從反映生活面來說，三十年代側重於江浙一帶的國統區，這個時期伸向大西北到大西南的二大國統區，還有香港地區；從描寫革命的主流來說，二十世紀三十年代側面涉及，這個時期則是正面描述；從體裁來說，這個時期的長篇報告文學是三十年代所沒有的；從藝術形式的民族化來說，二十世紀三十年代作者雖有所探求，然而效果不明顯，這個時期他孜孜以求，則大有成效。

如果我們把茅盾這個時期的散文同抗日初期的散文加以比較，不難看出，有其共同方面，即作者努力運用民族的傳統手法表現抗日鬥爭的生活。不過也有不同之處，就所反映的生活內容方面來說，這個時期比之抗日初期

更爲廣闊與深刻。就風格論，前期明快、熾熱，這個時期趨於深沉、含蘊。就體裁說，這個時期長短兼有，比之抗日初期多樣化。就表現手法的民族化方面說，這個時期比之抗日初期運用得更爲熟練。

這個時期茅盾的散文在文壇上是很有影響的，他的散文特點在於以宏偉的氣勢，冷靜的觀察，簡勁的筆觸展開了抗日相持階段曲折而複雜的生活畫面。當他的散文《風景談》、《白楊禮贊》、《風雪華家嶺》等篇陸續在刊物上發表之後，便引起了文壇的注意。柔草社曾爲此要求結集出版。茅盾說過：「從香港脫險歸來⋯⋯前後不過寫了五六篇，但因分登各刊物，便見得到處都有我的雜文，好像數目不少，遂有柔草社以結集爲請」。〔註15〕他便將《風景談》、《白楊禮贊》兩文收入題爲《白楊禮贊》一書交柔草社於一九四三年二月出版。〔註16〕《見聞雜記》於一九四三年四月在桂林初版後，一九四四年十一月已出版了第四版，可見此書深爲讀者歡迎。可是國民黨的檢查官對於該書非常忌恨，出版前有二、三篇被國民黨「斧削」太甚，失掉本來面目，作者抽掉了，已印的十八篇，其中有幾篇受過「斧削」之刑。如《西京插曲》等文，因作者未存原稿，故解放後收入《茅盾文集》時只好照當年出版的集子再印。〔註17〕茅盾作的一些雜文如《聞笑有感》等文在當時就收入《茅盾選集》。〔註18〕他寫的長篇報告文學《劫後拾遺》出版之後，即受到好評。矢健在《香港陷落的記錄》一文中指出：「紀錄這個故事（按指香港的陷落）的報告已經很多，只有這本《劫後拾遺》才夠得上說是一本典範的報告文學。」〔註19〕

〔註15〕 《白楊禮贊・自序》。
〔註16〕 有人說，《風景談》「直到抗戰勝利後出版大地文學叢書時，才收入《時間的記錄》作爲開卷第一篇」，這是失實的。
〔註17〕 參閱《茅盾文集（九）・後記》。
〔註18〕 《茅盾選集》，綠楊書屋出版。
〔註19〕 《學習生活》第三卷第六期，1944 年 11 月。

第十四章　在盤桓的創作途中（1945）

　　一九四四年日寇改變了對國民黨的政策，以進攻代替誘降，同年下半年，日本法西斯深入進攻湘桂等省，國民黨當權派節節敗退，直逼四川。國民黨腐敗無能，舉國人民無比憤慨，實現聯合政府，挽救大後方危機的呼聲四起。

　　一九四四年九月中國共產黨發出組織聯合政府的號召，得到了全國人民熱烈響應，國統區的民主運動日益高漲，一九四五年春天以來重慶、昆明、桂林、成都等地的民主運動的聲勢越來越大。

　　作爲抗日救國重心的解放區，從一九四五年春季開始展開反攻、抗擊侵華日軍，八月起中國人民舉行了大規模的攻勢，九月三日日本侵略者正式無條件投降，宣告了中國人民抗日戰爭勝利結束。然而由於國民黨當權派在美帝國主義的扶植下，搶奪抗日勝利的果實，因此，抗戰勝利之後，又面臨著內戰的危機。

　　當時國統區的文藝界的特點是把文藝運動參加到民主運動中去。正如茅盾所說：「許多民主的集會通過文藝講習會，文藝座談會的方式而舉行。在許多的群眾運動中，群眾自己創造了活報、漫畫等等鼓動性強烈的作品，收到了巨大效果。有些作家投身到民主運動的前列，直接參與政治活動；在作品上，則除戲劇以外，短小精悍的政治諷刺詩與雜文又盛行起來，特別是漫畫展覽成了暴露反動派黑暗的鬥爭的武器。」〔註 1〕

　　一九四五年這一年茅盾創作了劇本《清明前後》，還寫了一些雜文，已收

〔註 1〕茅盾：《在反動派壓迫下鬥爭和發展的革命文藝》。

入《時間的記錄》。

這個期間茅盾創作的革命現實主義特色，同前個階段是有一些差異的，如果說，從一九四四年下半年起，他的創作已注意反映人民民主的呼聲，那麼，這一年表現人民民主的要求，成了創作的突出特點，如果說前個時期他的創作表達了人民對抗日必勝的信念，那麼，這個時期的作品不但反映人民對國民黨反動派的強烈的不滿，而且揭示抗戰勝利後的新矛盾。從藝術形式上說，作者力求向大眾化方向發展。

這個時期茅盾的創作，從內容上說比之前個時期有著明顯的特色，那就是突出地反映了抗戰勝利前後中國的社會生活的急劇變化，表現人民的民主要求。從形式上說，作者努力追求大眾化。然而，強烈的政治傾向性並沒有能同藝術的大眾化很好地結合起來，有的作品存在著某些概念化的毛病。

《清明前後》

劇本《清明前後》創作於一九四五年抗戰勝利前後。

寫劇本，這對茅盾來說是第一次的。他說：「主要是受了朋友們的鼓勵」。〔註2〕作者向來用慣了小說的藝術形式來反映社會生活，當時改用了劇本這種形式，這表明作者在藝術形式上的新追求，是極為可貴的。不過，我們以為作者嘗試寫劇本還同當時文藝界盛行以戲劇為武器對國民黨當權派的嚴重壓迫作鬥爭有關。

《清明前後》充分地體現作者在抗戰勝利前後這個期間革命現實主義創作的重要特點，這就是揭露國民黨反人民的統治面臨嚴重的危機，反映民主運動的高漲。戲劇藝術有了某種程度的大眾化，然而存在著某些概念化的毛病。

當時，抗日戰爭結束前夜，蘇聯紅軍已經四面合圍柏林，英、美、法聯軍也配合圍攻法西斯老巢，世界人民反法西斯的勝利日益逼近，而在中國，抗日鬥爭已接近勝利的階段，國民黨當權派卻在殘酷地壓迫人民民主運動，阻撓中國人民奪取抗日的最後勝利。

劇本正是在這樣的歷史背景下，揭示了抗戰勝利前夜國統區的社會生活的重要方面。我們從官僚資本家金澹庵、某處主任嚴幹臣，政治流氓余為民

〔註2〕 《清明前後·後記》，《茅盾文集（六）》。

以及方科長等上層人物的活動中，可以看到官僚資產階級打著抗日旗號，依仗國民黨反動勢力，乘國難之機，加緊經濟壟斷，破壞民族工業的發展，造成經濟的嚴重危機；我們還可以從安份守己的小職員李維勤因買黃金而不幸下獄，以及他的妻子唐文君由救亡青年而被逼發瘋的遭遇中，看到國民黨統治區政治的驚人黑暗；我們還可以從難民的啼哭聲和船夫們的勞動合唱中，看到了國統區人民生活瀕於絕境；我們還可以從陳克明教授反對余爲民之流，支持林永清聯合工業界人士要求民主的行動中，看到國統區民主運動的興起。劇本清楚地告訴人們：抗戰勝利前夕，國民黨當權派政治上毫無民主，經濟上加緊壟斷，造成國統區的極端黑暗與嚴重危機，苦難的中國人民反對法西斯、爭取抗戰勝利的民主呼聲日益高漲。

劇本的價值還在於塑造了抗日戰爭後期民族資產階級林永清形象。林永清這個民族資本家具有抗日的愛國熱情，可是對於官僚買辦階級的壓迫有所妥協，終於在現實的教育下，認識到只有參加民主鬥爭，才有抗日救國的光明前途。

林永清是更新機器廠的老闆，他有一顆愛國的心，當抗日戰爭爆發後，幾經曲折，終於把工廠由上海經武漢遷入重慶。他決心以堅持生產來支持抗戰，可是由於國民黨當局的統制、管制以及官價限制，加之市場糧食、原料價格的飛漲，使工廠的生產受到嚴重的影響。買辦官僚階級金澹庵、嚴幹臣以及流氓余爲民便借機向他展開攻勢，表示給他通融款子，鼓動他關閉工廠做黃金生意。他經受不了閃閃黃金的誘惑，終於捲進了余爲民之流的圈子裡。這裡充分地暴露了民族資本家唯利是圖的本質，表現民族資產階級軟弱妥協的性格。

林永清希圖從黃金投機買賣中撈取厚利，結果一場空。然而，他並不死心，當金澹庵鼓勵他參加美鈔投機生意時，他仍樂於與金合夥。不過他乞求金澹庵投資他的企業，雖遭金的拒絕，他還想遷就金，可是金並不答應他的要求。這裡我們看到了林永清這個民族資本家屈服於官僚資產階級的軟弱性格的再一次暴露。

民族資本家跟著官僚資產階級跑，決沒有出路。林永清的命運證明了這一點。不過要把林永清引向正確的軌道，必須經過一段歷程。開初，當他拒絕金關閉工廠，全力投入美鈔投機生意的勸告時，金便通過余爲民向他索取借款。這時，林永清非常惱火，認爲「金澹庵簡直可惡」，「余爲民這小子，

更不是東西」，他認爲此後只有「守株待兔」，關閉工廠，讓機器生鏽了事。由於陳克明教授民主思想的啓示，和他愛人趙自芳堅決辦廠思想的影響，加上目睹李維勤夫婦的悲慘遭遇，這樣，他才眞正清醒過來。他說：「我也要控訴！我要向社會控訴！我要代表我這一個工業部門向千千萬萬有良心的人民控訴！」他憤怒地指出：「統制和管制，抽乾了我們的血，飛漲的物價，高利貸，壓的我們喘不來氣」，他堅定地認爲：「政治不民主，工業就沒有出路。」林永清認識了買辦階級的罪惡之後，便決心行動起來，聯合工業界人士，爲民主而鬥爭。

從林永清的生活道路中，我們可以清楚地看到：民族工業家投向買辦資產階級是沒有前途的，只有參加人民民主運動，堅決打敗日本侵略者，民族工業的發展才有廣闊的前景。

林永清在作者塑造的民族資產階級形象中佔有重要的位置。作者筆下的何耀先是抗初期民族資本家在文學上的代表，他著重揭示民族資產階級在抗日開始時由害怕抗日戰爭到參加抗日戰爭的變化過程；阮仲平形象則是何耀先形象的補充，表現了民族工業家在抗日初期以堅決內遷工廠堅持生產來支援前線的愛國行動。林永清形象又是阮仲平形象的補充與發展，他身上有著阮仲平的英姿，例如以頑強的意志克服重重困難，內遷工廠支援抗日，不過他突出地表現了民族工業家在抗日後期的特點，即衝破了買辦階級的鐐銬，加入人民大眾的民主鬥爭行列。林永清形象在作者的民族資產階級形象群中是有獨創性的，在當時文壇上也是少見的。

劇本在追求大眾化的表現形式方面作了可貴的探索。話劇是外來形式，如何使之群眾化，這是劇作家共同關心的。作爲小說家、散文家的茅盾，雖然初次寫作劇本，但從他的劇作中，多少可以看出他對於大眾化的藝術形式所作的努力。我們認爲劇本的對話在力求大眾化方面是有成效的，它對表現人物性格起了很好的作用。劇中有些人物性格很複雜，作者能夠借助簡明的對話，揭示其性格的特點。如林永清，雖然對金澹庵之流的誘惑寄予幻想，然而愛國熱情並沒有冷卻。以第四幕金澹庵同林永清因投機活動而進行談判的一段對話爲例：

> 金澹庵　（從桌上抓起一支香煙來，定睛看住林，表情嚴肅）永清
> 　　　　兄，這是您鄭重考慮的結果？
> 林永清　（針鋒相對）差不離！

金澹庵 （把剛抓在手中的香煙回擲桌上，佯笑）好罷！那麼，以
　　　　後再談。

林永清 （不得不表示讓步了）可是，澹老，如果您對於這個辦法
　　　　沒有什麼不同意，百分比等等當然不妨從長計議。

金澹庵 （霍地站了起來）什麼百分比？短期的利息呢，還是……

這段對話簡潔，口語化，從中可以覺察金、林兩人在談判中的不同的個
性特點，金的誘脅是硬中帶軟，而林對金的威脅雖有不滿，然而卻不免自餒。
前者揭示了買辦資產階級的狠毒，後者表現了民族資產階級的軟弱。

劇本矛盾衝突的安排，雖曲折有致，然而又是清晰分明的，全劇以林永
清為一方，以金澹庵、余為民為另一方，圍繞著黃金案的線索，逐步開展雙
方的矛盾，時而明爭暗鬥，時而分合交錯，造成了既緊張又舒緩的戲劇效果。
群眾從中完全明白此中的秘奧。

當然，由於作者初次寫劇本，對劇本寫作規律未能很好掌握，在藝術上
出現一些毛病也是不可避免的。例如人物性格的刻劃過多地借助於作者的文
字解釋，有些對話過長，矛盾衝突的展開不緊湊，戲劇性不強。

儘管劇本的藝術存在著一些缺點，然而作品的主要價值是不容否定的。
我們從當時評論界和觀眾的熱烈反應可以看出來。

《清明前後》從一九四五年月二十六日起在重慶演出。有人評論說：
「《清明前後》的演出，給重慶劇運開了一個新的階段，給劇作者開了一條新
的道路，因為從前重慶的戲劇是給一種人毀壞了，現在是戲劇反過來揭露了
這種人」。[註3] 有的評論指出：「《清明前後》的演出，有著深刻的積極意
義，它對現在的明確、尖銳、嚴正的針砭，正標幟出了大後方劇運的一個新
的起點。」[註4]

《清明前後》的演出受到國統區群眾的熱烈歡迎，據報導，當時「群眾
極為擁擠，買票時由單行站成雙行，也有人從上午等起，還是沒有買到票」。
[註5] 有的報導說，「工業界人士看了《清明前後》，感覺茅盾先生及……演員
們大膽的講出了他們所不敢講的痛苦，揭露並打擊了壓在他們頭上的那批黑
人，這種誠摯的同情與崇高的義憤，使他們太感動了。」[註6]

〔註3〕 菽：《〈清明前後〉雜談》，《新華日報》，1945 年 10 月 7 日。
〔註4〕 金同知：《〈清明前後〉觀後感》，《新華日報》，1945 年 10 月 1 日。
〔註5〕 《茅盾的〈清明前後〉在重慶演出》，《解放日報》，1945 年 10 月 16 日報導。
〔註6〕 《茅盾的劇作——〈清明前後〉》，《解放日報》，1945 年 10 月 30 日報導。

當時國統區有些文藝評論工作者對於《清明前後》的弱點提出了批評，並由此引起了激烈的爭論。何其芳在《〈清明前後〉的現實主義》〔註7〕一文正確地指出：《清明前後》「有著尖銳而又豐富的現實意義」，劇本說明工業家只有和民主運動的「主力軍聯合起來，才可能打斷把工業拖得半死不活的腳鐐手銬，才可能使中國走向工業化」，何其芳還認為，《清明前後》「假若當作一種罪行錄來看，它寫得比較直接，比較清楚」。他又在《關於現實主義》〔註8〕一文中指出，「全劇還寫得不夠集中，某些人物，某些場面還寫得不夠突出，最後部分的緊張的呼喊也過多一些等等。」

國統區從評論裡到觀眾都熱烈地肯定《清明前後》的價值，因而引起國民黨反動派的忌恨，便下令禁演，經過鬥爭，才允許再度演出。〔註9〕

《清明前後》在解放區也引起熱烈的反響，延安曾經演出過，《解放日報》發表了許多評論文章，充分肯定這個劇本的價值及其演出的成功。〔註10〕

散　文

這個期間茅盾的散文除已收入《時間的記錄》外，尚有一些散見於當時的報刊，如《回顧》等文。這些散文，多為雜感體，可視為《清明前後》的補篇。

散文作品的革命現實主義特點，如同《清明前後》一樣，著力抨擊國民黨反動派的黑暗統治，強烈地表現人民的民主要求。不過，它比之《清明前後》更為廣泛地反映當時國際上反法西斯的勝利形勢。從藝術形式來看，較之前個時期明快、暢達，更易於為群眾所接受。

抗戰面臨結束，國際上出現了大好形勢，法西斯加速崩潰，世界人民到處爆發了解放的呼聲。《狼》〔註11〕一文贊頌了蘇聯紅軍反對法西斯的偉大勝利，揭露了法西斯垂死掙扎。當蘇軍的鐵錘對準著法西斯老窩給以最後一擊時，希特勒自稱是一條狼，作者一針見血地指出，這是法西斯企圖以狡猾的手段來「逃避死亡」，作者認為「民主國家裡有民眾，而民眾也不糊塗」，敵

〔註7〕　《新華日報》，1945 年 10 月 12 日。
〔註8〕　《解放日報》，1946 年 6 月 10 日。
〔註9〕　據黎舫《〈清明前後〉在重慶》，《週報》第十期，1945 年 11 月 10 日；又據《茅盾名著〈清明前後〉國民黨當局密令禁止》，《新華日報》，1946 年 4 月 9 日報導。
〔註10〕　據《解放日報》，1946 年 2 月 6 日、9 日、13 日。
〔註11〕　《茅盾文集（十）》。

人的陰謀是不會得逞的。《雜感二題・丑角》，〔註 12〕中揭露法西斯頭目在行將滅亡之時，放走法奸貝當、賴伐爾的罪惡用心，並暴露這伙醜類的惡行，指出法國人民一定會爲他們安排了可悲下場。《雜感二題・又一副嘴臉》認爲，在國際反法西斯鬥爭取得重大勝利的時刻，對日戰爭仍然很艱鉅，日本侵略者不肯無條件的投降，人民必須把反侵略戰爭進行到底！

　　國際上反法西斯的形勢是大好的，然而，國內的國統區卻是充滿了黑暗與危機。茅盾指出：「世界的民主潮流是這樣的洶湧澎湃，然而看看我們自己這國家，卻那麼不爭氣。貪官污吏，多如夏日之蠅，文化掮客，幫閒篾片，囂囂然如秋夜之蚊，人民的呼聲，悶在甕底，微弱到不可得聞。」〔註 13〕他還在《窒息下的呻吟》〔註 14〕一文中具體地指出當時國統區經濟上的危機，他說：「投機橫行，遊資猖狂，通貨膨脹，生產萎縮，土地兼併，赤貧滿野，……這種種的現象。每天翻開報紙就可以看到。」經濟上的危機，是同政治上的極端黑暗相聯繫的。人民對於當時的現狀「只准說好，不准說壞」，極爲憤慨。他又在《爲民營出版業呼籲》〔註 15〕一文中揭露當時文化上腐敗的現象：「反法西斯、反封建、進步的民主的著作無法出版，即能出版，運銷時被扣被攔壓的痛苦一言難盡。然而封建的、色情的、麻痺人心、鼓揚頹風的，乃至法西斯僞裝的作品，則通行無阻，泛濫於大後方的每一角落。」

　　茅盾不僅抨擊國民黨的反動統治，而且反映人民的民主要求。他說，「不民主，中國就沒有前途」。〔註 16〕他指出，黑暗的專制統治是不能禁錮人民的憤怒。他說：「從心的深處發出來的呼聲終於不能抑制，口雖被堵住，還會呻吟。」〔註 17〕他還在《爲民營出版業呼籲》一文中警告國民黨當局說，如果對人民的「怨言」感到不高興，那麼將會出現「比『怨言』的性質嚴重得多」的事來！

　　茅盾清醒地看到抗戰雖已結束，然而抗戰的大目標並沒有完成。他指出必須堅持反對帝國主義和國民黨的統治。他說：「八年的抗戰是爲了什麼呢？

〔註 12〕　《茅盾文集（十）》。
〔註 13〕　《時間的記錄・後記》。
〔註 14〕　《時間的記錄》。
〔註 15〕　《茅盾文集（十）》。
〔註 16〕　茅盾：《五十年代是「人民的世紀」》，《時間的記錄》。
〔註 17〕　茅盾：《窒息下呻吟》。

我以爲可用兩句話來明：對外爲掙脫一切帝國主義——特別是日本帝國主義加於我民族之政治的經濟的軍事的侵略，對內爲解除封建勢力與買辦階級對我人民的壓迫而爭取民主政治。」他又說：「現在抗戰雖已結束，而這兩大目標尚未完全達到。」因此，當時的鬥爭方向，「對外求掙脫任何帝國主義加於我民族之政治的經濟的軍事的鎖鏈，對內爲爭取民主」。〔註18〕

這段期間茅盾的散文創作的藝術同前個階段相比較，有了一些變化，諷刺更爲潑辣、尖刻，議論、析理更爲明晰，語言更爲通俗、洗煉。

茅盾的劇作和散文以明快手法迅速地反映了抗戰前後急遽變化的社會生活。這同他那時的文藝主張有著緊密的聯繫。

茅盾根據當時的政治形勢，提出文藝的新任務。他指出：「文藝必須配合整個的民主潮流，『深入社會，面向人民』」，〔註19〕這就要求文藝必須堅持爲人民大眾服務的方向，這樣才能反映社會的眞實生活，表達人民民主的呼聲。

茅盾還指出，文藝要配合民主運動，必須發揚新文藝的現實主義傳統。他說：「民主與科學，是新文藝精神之所在，同時，發揚民主與科學也就是新文藝的使命。而民主與科學表現在文藝思潮上的，我們稱之爲『現實主義』。」〔註20〕

堅持革命現實主義，就要敢於眞實地反映抗戰勝利前後的現實生活。抗戰雖然接近勝利，然而國統區到處充滿矛盾、黑暗。作者面對這種現實生活，必須大膽地揭露之，絕不能回避。茅盾說：「我們作戰八年，現在終於守到勝利逼人來的時期了，但嚴重的問題重重疊疊擺在我們面前的，文藝這面鏡子，到底照出了多少？種種脫節，種種不合理，種種貪污腐化，一切凡爲社會人士所痛心疾首，所憂慮焦灼的，在文藝作品中到底反映了幾分之幾呀？」〔註21〕爲此他要求作家深入實際鬥爭，把現實生活中的弊端揭露出來，只有對爭取勝利途中的障礙物，痛下針砭，才能更好地激勵人民抗戰到底。抗戰勝利後，他要求文藝眞實描述當時人民反對帝國主義和國民黨當權派的鬥爭生活。

〔註18〕 茅盾：《八年來文藝工作的成果及傾向》，《文聯》第一卷第一期，1946 年 1
　　　　 月 5 日；收入《時間的記錄》時，題爲《現在我們要開始檢討》。
〔註19〕 茅盾：《文藝節的感想》，《時間的記錄》。
〔註20〕 茅盾：《五十年代是「人民的世紀」》。
〔註21〕 茅盾：《文藝節的感想》，《時間的記錄》。

茅盾指出堅持革命現實主義就是「表現民眾的要求」，〔註22〕這就是說要「表現人民的喜怒愛憎，說出人民心坎裡的話語」，〔註23〕他認爲「這便是現實主義文藝的民主精神」，〔註24〕只有這樣，文藝才能配合當時民主的運動，發揮戰鬥作用。

茅盾還指出革命現實主義的創作精神必須同藝術形式的民族化和大眾化結合起來。他認爲必須運用人民大眾熟悉的藝術形式表現人民的民主要求。他說：應該「從民眾的活的語言中汲取新的血液以補救蒼白生硬的知識份子的『白話文』」，還要「批判地運用和改進民間形式」，「挹取民間形式的精英作爲創造民族形式的一個原素」。〔註25〕

茅盾認爲文藝必須堅持「深入社會，面向民眾」的大方向，遵循革命現實主義創作原則，「從內容，從形式，克服主觀主義，克服知識份子的優越感及好爲艱深新奇的偏向。」〔註26〕

茅盾當時的文藝思想比之前個階段的文藝主張有了明顯的進展，如強調文藝配合那時興起的民主運動，強調作家學習群眾語言與民間的藝術形式。

茅盾的文藝主張，對他的創作有一定的影響。從他的劇本《清明前後》和散文創作，可以看出他努力表現抗戰勝利前後社會生活及反映當時人民的民主要求，在藝術形式上力求群眾化。然而他的文藝主張同創作實踐尚有一定的距離，例如表現形式的群眾化較差，這說明革命現實主義的精神同藝術形式的大眾化還未能很好結合。

茅盾文藝思想的新進展，同他的社會思想是分不開的。他努力以無產階級的思想爲指導，分析當時的客觀現實，並預示歷史發展的趨勢。他認爲爭取抗日的勝利，必須開展民主運動，堅決同破壞抗日的國民黨反動派作不懈的鬥爭。正如他參加簽名的《文化界對時局進言》所指出：「結束黨治（按指國民黨獨裁統治）」，「凡有益於民主實現者便當實行」，「共挽目前的危機」。〔註27〕抗日勝利後，茅盾及時指出革命任務尚未完成，必須把反對帝國主義和國民黨當權派的鬥爭進行到底，這表明茅盾作爲一個無產階級戰士的徹底

〔註22〕 茅盾：《五十年代是「人民的世紀」》。
〔註23〕 茅盾：《文藝節的感想》，《時間的記錄》。
〔註24〕 茅盾：《五十年代是「人民的世紀」》。
〔註25〕 同上註。
〔註26〕 《文藝節的感想》。
〔註27〕 見《新華日報》，1945 年 2 月 22 日。

革命精神！

　　這個期間茅盾的創作的質量是不如前個階段的，不過，從作者的創作的道路來說，卻是有意義的，無論是文藝創作或是文藝主張，他都提供了一些新的東西，同時爲他的下一階段創作堅定地邁向大眾化的道路作了準備。

第十五章　革命現實主義的嬗變
（1946～1949）

　　抗戰勝利後，國統區文藝運動的中心已由重慶轉移到上海。爲了適應新的形勢，茅盾於一九四六年三月中旬離開了重慶，經過廣州、香港，五月下旬到達上海，主編《文聯》半月刊。他於一九四六年十二月到一九四七年四月接受蘇聯對外文化協會的邀請，赴蘇參觀訪問。由於國民黨當權派加劇內戰，迫害進步和革命的作家，茅盾就在一九四七年年底再赴香港，堅持文化鬥爭，主編《小說》月刊。一九四八年年底，由香港地下黨的安排，他和當時在香港的民主人士乘船赴大連和瀋陽，一九四九年二月中旬到達京北京。

　　從一九四六年到一九四九年中華人民共和國成立之前，茅盾創作了長篇《鍛煉》，短篇《一個夠程度的人》、《驚蟄》、《一個理想碰了壁》、《春天》，散文集《生活之一頁》、《脫險雜記》、《蘇聯見聞錄》、《雜談蘇聯》等。

　　這個期間茅盾創作的革命現實主義特點在於揭露美帝國主義侵華罪行，揭示蔣家王朝滅亡的歷史命運，歌頌中國共產黨領導人民進行鬥爭的光輝業績。藝術形式的群眾化有了新的進展，力求簡明與細緻的表現方式相結合。不過藝術上存在著一些概念化的毛病。

　　這個階段茅盾的創作，在他的創作道路上是具有嶄新的意義的。那就是，他在毛澤東文藝思想的影響下，把探求革命現實主義精神與藝術形式群眾化和諧結合的創作道路推向新的階段。

《鍛煉》

長篇小說《鍛煉》發表於香港《文匯報》一九四八年九月九日至十二月二十九日。全篇共分二十五章，近二十萬言。這是作者計劃寫作的反映抗戰期間生活的五部連貫的長篇小說的第一部。〔註1〕

茅盾在談這部作品寫作經過時，說道：「那時我在香港，《文匯報》派任務到我身上，當初邊寫邊發表，有點像《腐蝕》發表的情況。」又說：「一九四八年十二月底離開香港到大連。小說就沒有再寫下去了。」〔註2〕

《鍛煉》是描寫「抗日戰爭初期社會各方面的動態，暴露蔣派的假抗戰」，〔註3〕作品寫的是抗日初期國統區的社會生活，由於它揭露了國民黨蔣介石集團的真面目，所以對當時的革命鬥爭仍然是有現實意義的。

《鍛煉》同《第一階段的故事》、《走上崗位》都是以抗日初期國統區為描寫對象的，不過，從反映的社會面貌、人物形象以及表現手法等方面來看，《鍛煉》最為上乘。

作品革命現實主義的特點在於比較全面而深刻地反映抗日初期國統區的社會生活，強調人民特別是工人階級在抗日鬥爭中的作用，譴責國民黨當權派破壞抗日的卑劣行徑。在探討藝術形式的群眾化方面有了新的進展，如比較熟練地運用白描手法，使用簡潔而又細密的文學語言等。

《鍛煉》是以上海八一三戰爭開始到結束為背景，廣泛地反映抗日戰爭初期各方面的社會動態。

作品表現了人民群眾抗日的高昂情緒。八一三戰爭發生後，上海及其附近市鎮的人民敵愾同仇，以各種行動參加、支持戰爭。小說描寫了國華機器製造廠為了繼續生產支援前線而決定內遷，總工程師周為新，助理技師唐濟成，總務蔡永良同工人群眾一道，堅決同廠方動搖不定的傾向作鬥爭，冒著敵機轟炸，堅韌不拔而又緊張地進行遷廠活動；愛國的知識份子、青年積極投入抗日的鬥爭行列，如陳克明教授支持青年參加愛國活動，還創辦了刊物《團結》，開展宣傳抗日活動，老醫生蘇子培積極地為前線傷病兵士醫病，愛

〔註1〕 參閱茅盾：《鍛煉·小序》，此書已由香港時代圖書有限公司，1980 年 12 月出版，全書共二十七章。據了解茅盾不打算再印《走上崗位》，故選取其中第五六章有關描寫難民收容所部分移入此書。筆者論述《鍛煉》仍以當時刊載在報紙上的長篇小說為依據。

〔註2〕 茅盾與筆者談話，1961 年 6 月 26 日，記錄稿經茅盾審閱過。

〔註3〕 同上註。

國青年蘇辛佳、嚴潔修熱情地進行抗日的宣傳工作，趙克久從小市鎮到了上海參加抗日的部隊。這些表明無論是工人或者是知識份子、青年，儘管他們所從事的活動不一，然而，他們的鬥爭目的卻是一致的，那就是，堅決「打東洋鬼子」，保衛自己的祖國。

茅盾不但看到人民群眾抗日的大好形勢，而且注意揭示抗口進程中形形色色人物的動態。國華機器廠總經理、民族資本家嚴仲平，起初，他根據政府當局的要求，決定把工廠遷入內地，但由於他大哥嚴伯謙的勸誘，又企圖把機器遷入租界，認為這是「公私兩全」的辦法，後來經過工人們的鬥爭，才扭轉他的錯誤想法，不得不接受工人的要求，堅決把遷廠工作進行下去；大學教授崔道生開始參加陳克明主辦的《團結》週刊的工作，後來受到國民黨的注意，便軟弱下來，辭去主編的職務，經勸說也無效；青年羅求知在辛佳被國民黨當局捕去時，不是設法營救，而是勸說她寫「罪過書」，甚至監視她的活動。在工人中間也有一些人，如工頭李金才等人利用遷廠之機，壓迫和剝削工人。

作者著力地揭露了國民黨當權派的假抗日的眞面目。抗日初期，國民黨當局在人民的強大壓力之下不得不參與抗戰，因此國民黨根本不依靠人民群眾進行戰爭。小說通過陳克明教授參觀前線並同國民黨部隊的長官談話後的感想的描述，揭露國民黨不發動群眾參加抗敵的片面抗戰路線。正如陳克明教授所指出的，國民黨「官方黨方口裡喊著要組織民眾，骨子裡卻是不許民眾有組織」。國民黨的「老爺們只依靠一套辦公事的方法，出布告，貼標語，命令保甲長拉人開會，訓練」，這種「包辦作風貽害無窮」。由於國民黨推行片面抗戰路線，得不到人民的支持，所以當國民黨部隊進入某村時，「百里以內，老百姓都逃命了。」上海的陷落，同國民黨軍隊得不到人民的有力支持分不開。

國民黨軍隊缺乏戰鬥力，還同它內部的腐朽不堪有著密切的關係。我們從富有愛國熱情的青年趙克久由投奔到離去國民黨軍隊的過程，充分看出國民黨軍隊腐敗本質。趙克久出於愛國心，熱衷於上海的火熱鬥爭生活，當國民黨部隊路過他所在的小鎮時，他幾經周折才能參加部隊。由於他看到國民黨軍隊那種「騙上不騙下，騙人又騙了自己」的醜惡現象，自己又受「白眼，甚至冷嘲熱罵」，過的是「賣膏藥」的無聊生活，於是，便「決定不再『混下去』，開始要作自己的打算了」。當上海陷落之前，國民黨的軍部隊奉命到無

錫待命，他就離開了軍隊，尋找新的出路去。趙克久的經歷，有力地暴露了國民黨軍隊的腐朽本質。由於國民黨的軍隊的腐敗，所以在日本侵略軍的猖狂進攻下，便丟城棄地，望風而逃。

國民黨的假抗日，還表現在鎮壓人民的愛國活動。作品通過嚴潔修，趙克久談論一二九運動的歷史，揭露當年國民黨以武力鎮壓上海各大學學生上南京請願救國的罪行。作品還著重地描述蘇辛佳「愛國有罪」的遭遇。蘇辛佳曾在傷兵醫院發表了充滿愛國激情的演說，被國民黨視為「不愉快事件」，把她送進「優待室」。國民黨的幫凶以「不服從政府領導」，「別有企圖」的罪名誣陷她，並要她供出愛國活動的「背景」和「作用」。這裡有力地揭露國民黨以抗日為幌子，進行破壞抗日的罪惡行徑。從一二九運動到抗日初期，國民黨都是鎮壓人民的愛國活動的，這就充分地暴露了國民黨假抗戰的醜惡面目。

作品還通過嚴伯謙和胡清泉的罪惡活動，抉露國民黨當權派投敵賣國的眞面目。嚴伯謙是個國民黨的要員，典型的兩面派，他在公開會上，呼籲工業界人士擁護當局的「工業總動員計劃」，指責把機器遷入租界是破壞抗日的漢奸行為；暗裡卻和胡清泉這個「日本通」，相互勾結，狼狽為奸，為日本人辦工廠提供原料，還唆使嚴仲平不要把工廠遷到內地，力主將機器入租界，伺機投敵。這些活動充分地揭露國民黨反動派打著抗日的旗號，幹著賣國的勾當。

《鍛煉》以比較熟練的群眾化的表現方式反映抗日初期人民高昂的愛國情緒以及蔣介石集團假抗戰的眞面目。

通過人物的簡潔對話來揭示人物的性格，這種白描的手法，是很受群眾歡迎的。作者在《第一階段的故事》中已努力運用這種手法表現人物性格，雖然有些成效，然而缺點不少，如對話較長，口語化不夠；《走上崗位》中不少地方運用簡練的對話來表現人物性格是成功的。《鍛煉》堪稱採用對話的形式來刻劃人物形象的範作，不少對話是簡明有力、口語化、性格化的。例如在優待室裡，辛佳和潔修、貓臉人的對話，非常精彩，各自的個性也很分明：辛佳熱情而又頑強不屈，潔修老練而又大模大樣，貓臉人陰險狡詐。蘇子培在客廳裡同羅求知關係蘇辛佳被補的談論，可以知道蘇子培是個很有骨氣的愛國者，而羅求知則是軟骨頭的年青人。陳克明教授在前線同國民黨部隊張將軍的談話，各自的性格特點分明，陳雍容大度而又機智靈活，張則是溫文

之中夾雜蠻橫。

　　借助事件的開展來刻劃人物的性格，這也是群眾熟悉的表現人物性格的方法。同《第一階段的故事》和《走上崗位》比較來說，《鍛煉》是有自己的特點的。《第一階段的故事》圍繞著八一三戰事的始末，通過一些重要的事件展示人物的性格，《走上崗位》的做法有些不同，側重借助幾個事件表現人物性格，《鍛煉》也是如此，不過作品更善於通過關鍵性的事件來描繪各種各樣人物，例如從國華機器廠遷廠事件中，刻劃了嚴仲平的軟弱、動搖的性格，揭露了嚴伯謙的兩面派的嘴臉，表現了工人中間各種思想面貌。從所謂「不愉快事件」中，描繪了辛佳、潔修、蘇子培，以及羅求知、貓臉人的不同思想傾向及個性特徵；從陳克明教授創辦《團結》刊物的事件中，表現了陳克明、崔道生的各自特點；從趙克久參加到離開國民黨部隊的事件中，描寫了趙克久兄妹及周副官的不同思想性格。

　　當然，作者在著力運用對話、事件表現人物性格的同時，也適當運用心理描寫的手法，不過大段的心理描寫比較少的，多數是結合人物的對話和動作來描寫人物的心理活動。

　　作品的結構同《第一階段的故事》、《走上崗位》一樣，不是以一個人物的命運為中心來展開故事，而是以上海抗戰初期社會生活為背景來組織人物的活動的。不過，《第一階段的故事》同《鍛煉》有些相似之處，都是以八一三事件發生到上海陷落前為中心來安排情節的，而《鍛煉》卻比起《第一階段的故事》的結構更為複雜、嚴密。大體地說來，作品是由幾條情節線索組成全書布局的，一條是所謂「不愉快事件」，一條是國華機器廠內遷，一條是《團結》刊物的命運，一條是國民黨部隊的活動。這幾條情節線索分別敘出，而後交叉進行，各自的故事又有相對獨立性，因而結構雖龐大、複雜，然而又是井然有序的。這種結構方法，在作者的創作中是少見的。作品雖然包羅萬象，不過由於安排有條不紊而又曲折有致，因而頗能夠吸引讀者。

　　作品的環境描寫，比《第一階段的故事》和《走上崗位》更為洗煉而樸素。例如趙克久所在地小市鎮的河邊景色，國華機器廠內遷時工人乘搭的航船沿途經過的河道及桑林地的風光，陳克明教授在前線眺望的遠景等。這些景物描寫，作者的筆墨極為簡約，寓意也很分明。這種描寫環境的手法是符合群眾喜好的。

　　作品的語言比起《第一階段的故事》的語言趨於群眾化，而同《走上崗

位》的語言比較相近，不過，就總體而言，《鍛煉》又比《走上崗位》的語言
更加簡練、純樸，敘述文字是明快的、易懂的，不少對話是簡潔的，也有些
對話很長，不過長句子較少。

《鍛煉》在作者的創作道路上有著重要意義。它比之《第一階段的故事》
和《走上崗位》更加全面而深刻地反映抗日初期的社會生活。《第一階段的故
事》和《走上崗位》都是著重描寫上海市區的戰時生活，而《鍛煉》除此而
外，還涉及上海附近小市鎮的戰時動態。這三部作品都描寫了人民在戰爭中
的變化，《鍛煉》還反映國民黨部隊的活動。在描寫抗日力量方面，《鍛煉》
比之《走上崗位》更充分表現工人階級的作用。在揭露國民黨當局假抗日方
面，《第一階段的故事》、《走上崗位》都有所觸及，而《鍛煉》的筆觸最為犀
利而深刻。

從人物形象和故事情節方面看，《鍛煉》同《走上崗位》有些相同之處，
如工廠內遷，陳克明教授支持青年愛國行動等。不過，《鍛煉》情節比之《走
上崗位》更為複雜、豐富，人物也更為豐滿，且有新的創造，例如嚴仲平雖
然不像阮仲平那樣具有堅定的愛國思想，不過作為民族資產階級中概有愛國
要求又有動搖妥協的代表人物來看，仍然是有意義的。嚴伯謙、趙克久、羅
求知這些人物都是作者筆下新出現的形象。

《鍛煉》在當時文壇上長篇小說創作方面是有一定的地位的。沙汀的《還
鄉記》以其反映抗日時期國統區農村的地主與農民的鬥爭著稱；艾蕪的《山
野》以真實描寫了抗日時期國統區山區的不同人物面貌聞名；黃谷柳的《蝦
球傳》以表現城市人民不滿反動統治，終於奔向光明而獲了廣大的讀者；茅
盾的《鍛煉》是以展示了抗戰初期國統區多方面的社會生活為其特點，它與
上述諸名篇相比較，具有自己的特色。

短篇小說　散文

這個時期茅盾的短篇有《驚蟄》、《一個理想碰了壁》、《春天》等。〔註4〕
這些短篇小說的革命現實主義的特點，在於著重反映解放戰爭時期蔣家王朝
滅亡的歷史命運，歌頌中國共產黨領導下解放區欣欣向榮的景象。

解放戰爭取得重大勝利的時刻，國民黨當權派處於覆滅的前夕，美國企
圖扶植所謂「第三種力量」，實現長期侵華的美夢。當時一些資產階級知識

〔註4〕 均見《茅盾短篇小說集》。

份子即所謂民主個人主義者認為「國民黨是不好的，共產黨也不見得好」，極力鼓吹所謂「中間路線」。因此他們對美國寄託了幻想。茅盾的《驚蟄》一文通過豪豬先生時時作呻吟的描述，揭露了「自由主義的中間分子」即民主個人主義者的沒落命運。豪豬先生雖然極力鼓吹「中間路線」，然而根本行不通。作品以「螞蟻們只顧搬運東西，理也沒有理他」為喻，指出勞動人民決不會上民主個人主義的當；同時，還以豪豬先生哀嘆組織什麼社團擴大勢力之無望為喻，揭示民主個人主義者前途渺茫。這篇小說嘲笑了民主個人主義者所鼓吹的「中間路線」必定破滅，表明了人民解放戰爭的勝利即將到來。

如果說，《驚蟄》是解放戰爭徹底勝利的前奏曲，那麼，《春天》就是人民革命勝利的贊美詩。《春天》通過解放區那個從前官僚資本家創辦的江南鐵工廠改造了國營工廠以及國營第七農場新變化的描述，熱情地歌頌了解放區大地的嶄新風貌；同時，也揭露了潛藏在解放區的反動勢力進行破壞活動的陰謀，指出反動分子只有向人民投降才有出路！全篇主旨可用作品中的結尾來概括：「春來了，一切有生機都在蓬蓬勃勃發展，呈獻它們的活力；但陳年的臭水溝卻也卜卜地泛著氣泡。」這個作品提醒人們：新中國誕生之後，切不可放鬆對國民黨反動派殘餘分了進行鬥爭！

小說在藝術方面是有些粗疏之處，這種粗疏表現在有的人物概念化，某些情節安排顯得很生硬。然而，我們也應該看到，作品在藝術上也是有可取之處的，那就是藝術形式的群眾化比之前個時期有所進展，例如能以樸素而又簡潔的手法勾勒藝術形象，如對豪豬先生（《驚蟄》）、華威先生（《春天》）不同醜相的刻劃，作品的語言明快而又洗煉。

這個時期茅盾創作的散文集子，計有《蘇聯見聞錄》、雜談蘇聯》、《生活之一頁》、《脫險雜記》，還有一些散篇之作，如《學步者之招供》〔註5〕、《四天之內》〔註6〕等。這些雜文的革命現實主義的特色在於比小說更為直接地反映解放戰爭時期的社會生活，如揭露美帝國主義的侵略罪行，抨擊國民黨反動統治的血腥暴行；也有些散文追憶抗日時期香港淪陷區及國統區的生活，還有些散文描寫當時蘇聯社會主義的社會風貌。

散文揭露美帝國主義步法西斯之後塵，妄圖吞併全球，其下場是可悲

〔註5〕　《茅盾文集（十）》。
〔註6〕　香港《華商報・熱風》，1946年7月25日。

的。《學步者之招供》一文先是揭露了美帝國主義爲侵略世界而製造的謊言，作品寫道：「自從日本投降以來，我們天天聽得美國大張厥詞，說是爲要防止未來的侵略所以東也要海空軍基地，西也要海空軍基地，連中國的一個小小青島也看上眼了，有些老實人當眞以爲美國的這樣貪得無饜不過是爲了自己的『安全』著想」。作品接著揭露美帝國主義鯨吞世界的陰謀，指出美帝國主義佔領月球是稱霸世界的初步計劃，即所謂「握有月球之國家，可轟炸地面上任何一地點」，這就把「美國的野心家念念不忘獨霸世界的心事都和盤托出」了。不過，作品又指出美帝國主義者所謂「『佔領月球』云云有點像是痴人說夢，可是這正也是學步希特勒之輩的招供」，「結果一定要和希特勒同其命運」。

散文還揭露了蔣介石集團的血腥暴行。蔣介石集團行將滅亡時，更加殘酷地施行反動統治，除了政治上壓迫、經濟上掠奪外，還使用卑劣的暗殺手段對付人民。茅盾在《四天之內》一文中暴露蔣介石集團在美帝國主義的支持下，暗殺民主戰士李公樸和聞一多的罪行。他說：「這種血腥的恐怖手段」，「告訴了中國乃至全世界的人民：反動派最後的希望惟有依仗暴力，而且是『掩耳盜鈴』的暗殺。」文章最後指出，「反動派的企圖不得達到；美式無聲手槍固然在源源而來，但『革命黨是愈殺愈多』，人民的血將淹死了所有的反動分子！」

散文除了反映當時的現實鬥爭外，還追述抗日時期香港、淪陷區和遊擊區的生活。《生活之一頁》記述香港戰時及陷落後的社會動態。《脫險雜記》描述東江遊擊隊護送文化人離港後，經淪陷區到達惠陽的情景。這些作品充分地揭露了日本侵略者在香港和淪陷區的暴行，暴露了英帝國主義者的軟弱無能的醜態，抨擊國民黨反動派的假抗日的卑劣行徑，熱情歌頌中國共產黨領導的遊擊隊的強大威力，高度讚揚遊擊隊的領導幹部及廣大戰士的高貴品質。

《生活之一頁》和《脫險雜記》同前個時期寫作的類似題材如《劫後拾遺》、《歸途雜拾》比較來說，有了新的進展，如對香港陷落後的社會面貌的揭露以及對黨領導的東江遊擊隊的歌頌，都較之過去作品更爲具體、詳盡。

這個時期茅盾的散文，如《蘇聯見聞錄》、《雜談蘇聯》全面地介紹當時蘇聯社會主義社會政治、經濟、文化等方面的成就，有力地駁斥帝國主義和國民黨反動派對社會主義的誣衊。這時期散文之前期散文有著新的特色，如

反映美帝國主義及國民黨反動派的徹底失敗，熱情地歌頌中國共產黨領導的人民鬥爭的勝利，謳歌當時蘇聯社會主義制度的優越性。

從藝術上看，這個時期短篇散文較少，長篇散文集子多，記事散文雖然記敘的事實極爲平凡，然而寫起來又是娓娓動聽的，記人散文，著墨不多，而個性分明，如《脫險雜記》中寫的曾生將軍的形象。表現方法不像前期那樣迂迴曲折，而是明白暢達，文字既簡明而又細緻。從這幾個方面看，作者的散文表現方法在群眾化方面有了新的進展。

這個時期茅盾創作的新特色，同他的文藝思想上的進展是分不開的。他在毛澤東文藝思想的指導下，聯繫國統區文藝運動的實際，堅持文藝爲人民大眾服務的方向，堅持革命現實主義創作原則，堅持探討文學形式的大眾化、民族化。

茅盾認爲文藝爲人民大眾服務，就要面向廣大人民，面向城市，特別要面向農村。他說，當時文藝工作方向「應該是眼光向農村」，〔註7〕但是我們也不能「因爲注意了鄉村，就完全忽略了都市」，〔註8〕文藝面向城市和農村，「使文藝眞正能爲人民了解和接受」，〔註9〕這樣的文藝才能滿足廣大人民群眾的需要。

文藝爲廣大人民服務，就要爲人民的革命鬥爭服務。當時反對國民黨反動派在美帝國主義支持下發動內戰，爭取人民民主的鬥爭，已成爲舉國人民的奮鬥目標。茅盾說：「現在是民主的時代」，〔註10〕要實現人民民主，就要反對「反動派、法西斯分子」。〔註11〕文藝必須同民主運動相配合才有戰鬥力，他說「文藝運動和民主運動是不可分的。民主運動有賴於文藝，文藝運動亦有賴於民主。」〔註12〕

文藝爲人民大眾服務，爲人民革命鬥爭服務，這就要求革命作家堅持革命現實主義的創作原則。新文學的作家就是在革命現實主義創作精神的指導下不斷前進的，茅盾說：「『五四』以來，中國新文藝的道路是現實主義的道

〔註7〕 《茅盾先生在廣川和香港》，延安《解放日報》，1946年6月15日報導。
〔註8〕 茅盾：《和平、民主、建設階段的文藝工作》，《文藝生活》新第四號，1946年4月10日。
〔註9〕 《茅盾先生在廣州和香港》，延安《解放日報》，1946年6月15日報導。
〔註10〕 同上註。
〔註11〕 同上註。
〔註12〕 茅盾：《和平、民主、建設階段的文藝工作》，《文藝生活》新第四號，1946年4月10日。

路」，〔註 13〕他又指出構成中國現實主義的因素不只一個，「但是高爾基的影響無疑地應當視爲最直接而且最大」，〔註 14〕他還說，「高爾基的現實主義和以前的文藝上的現實主義有『深』與『淺』之差，有『動的』與『靜的』之分」，〔註 15〕因爲高爾基是站在人民大眾一邊，不僅「抨擊了黑暗」，而且也「指出了光明」，〔註 16〕這種現實主義就是革命現實主義。他號召：「中國文藝工作者學習高爾基的創作方法，憎惡黑暗讚頌光明的精神」。〔註 17〕

　　茅盾認爲堅持革命現實主義創作原則，就必須反映解放戰爭期間各個不同歷史階段的現實生活。舊政議前後，國統區爭取民主的浪潮瀰漫全國。茅盾指出，「文藝工作必須配合老百姓的要求，來爭取民主政治的實現」，〔註 18〕這就要求文藝反映當時人民的民主要求，抨擊「反民主的行動，法西斯主義的傾向」。〔註 19〕一九四六年七月起國民黨反動派在美帝國主義的支持下，猖狂地發動了反人民反民主的內戰，全國人民奮起反抗。茅盾認爲文藝要成爲人民鬥爭的有力工具，就要把暴露美帝國主義和國民黨反動派的罪惡擺到創作的日程上來。在人民解放戰爭迅速發展的情勢下，茅盾指出：「人民革命勝利進軍的戰鬥越來越火熱了」，作家要「反映這偉大的時代」，〔註 20〕這就是說文藝應反映蔣家王朝的徹底覆滅的命運和歌頌人民戰爭的偉大勝利。

　　茅盾認爲堅持革命現實主義的創作原則，就要描寫各種各樣人物的生活，以廣泛地反映社會現實。他說：「我以爲任何社會現象都應當作爲寫作的對象。並不是單寫工人農民，才顯得作品進步；寫小市民生活，知識份子生活，乃至大資產階級生活，我們都可以寫；都應該寫」。他又指出，要寫好各種生活，作家必須堅持人民大眾的立場。當然，熟悉生活是十分重要的。他認爲作家所寫的東西，應該是「熟悉的東西」，不熟悉的東西「一定寫不好」。但是，他又說，熟悉的東西，必須對於「人民大眾的民主鬥爭有價值」，否則意義不大，因爲他要求作家必須熟悉、學習「值得寫而且是人民大眾所迫切

〔註 13〕　《高爾基和中國文學》，《茅盾文集（十）》。
〔註 14〕　同上註。
〔註 15〕　茅盾：《高爾基與現實主義》，《時間的記錄》。
〔註 16〕　茅盾：《高爾基與中國文壇》，香港《華商報》，1946 年 6 月 24 日。
〔註 17〕　《高爾基和中國文學》，《茅盾文集（十）》。
〔註 18〕　茅盾：《和平、民主、建設階段的文藝工作》。
〔註 19〕　同上註。
〔註 20〕　茅盾：《再談方言文學》，《大眾文藝叢刊》第一輯《文藝的新方向》，1948 年 3 月 1 日。

要求的」〔註21〕題材，從而加以形象表現。

在藝術形式方面，茅盾要求「能為人民大眾所接受而喜愛」。〔註22〕他指出文學應「向民族形式的大路走」，〔註23〕他強調學習解放區作品表現方式的大眾化、民族化。他說，解放區文學作品形式上的特點是，「盡量採用當地人民的口語（方言），大膽採用舊形式和『民間形式』，而又同時大膽把新的血液注入舊形式和『民間形式』……這都是值得我們取法的。」〔註24〕他認為解放區的優秀作品如《李有才板話》是「標誌了向大眾化的前進的一步，這也是標誌了進向民族形式的一步」。〔註25〕他又指出《李家莊的變遷》「沒有浮泛的堆砌，沒有纖巧的雕琢，樸質而醇厚，是這部書技巧方面很值得稱道的成功。這是走向民族形式的一個里程碑，解放區以外的作者們足資借鏡」。〔註26〕

茅盾認為要堅持革命現實主義原則和藝術形式大眾化和民族化的結合，作家必須努力「改造自己──生活和寫作方式」。作家要「拋棄『洋氣』」的生活方式，「真真生活在老百姓中間」，「把自己和他們打成一片」；作家還要改造自己的表現方式，善於「從老百姓口裡攝取生動潑辣的字彙，要從他們的生活中學取樸質而剛勁的風格」。〔註27〕這就要求作家以解放區的作家為榜樣，堅定站在人民大眾的立場，深入群眾鬥爭，努力運用人民喜愛的藝術形式表現現實的生活與鬥爭。

茅盾這個時期的文藝思想比之前個階段有了明顯的變化，這就是努力運用毛澤東文藝思想來研究國統區的文藝運動，強調作家以解放區作家為榜樣，同人民大眾打成一片，為人民服務，要以解放區的作品為借鏡，努力創造具有大眾化、民族形式的作品。

茅盾這個時期的文藝思想對於自己的創作活動是有一定影響的。他遵循革命現實主義的創作原則，及時地反映當時的社會現實，如短篇小說和一些散文，形象地指出了美帝國主義及國民黨反動派的失敗命運，熱烈歌頌人民

〔註21〕 以上引文均見茅盾：《和平、民主、建設階段的文藝工作》。
〔註22〕 《民間、民主持人》，《茅盾文集（十）》。
〔註23〕 以上引文均見茅盾：《和平、民主、建設階段的文藝工作》。
〔註24〕 茅盾：《再談方言文學》。
〔註25〕 茅盾：《關於〈李有才板話〉》，《群眾》第十二卷第十期，1946 年 9 月 29 日。
〔註26〕 茅盾：《里程碑的作品》，《華商報・熱風》，1946 年 12 月 10 日。
〔註27〕 《和平、民主、建設階段的文藝工作》。

革命的偉大勝利。同時，他從實際出發，選擇自己熟悉而又有意義的題材進行創作，如《鍛鍊》、《脫險雜記》、《生活之一頁》等，雖然都是反映抗日期間的社會生活，然而卻是作者熟悉，且有意義的。他還依據自己創作的特點，努力探求大眾化與民族化的藝術形式，並取得新的進展，如《鍛鍊》，既保留了作者多年形成的細膩的表現方式，又有樸質、剛勁的大眾化、民族化的表現手法。

茅盾文藝思想的新變化，是同他接受毛澤東文藝思想的影響分不開的。茅盾由於長期以來努力研究、探討文藝大眾化、民族形式等問題有一定的收穫，因此對接受毛澤東文藝思想有了堅實的基礎。如果說，一九四四年他初讀重慶《新華日報》刊登的毛澤東同志《在延安文藝座談會上的講話》的部分內容，〔註 28〕僅僅是他接受毛澤東文藝思想的開始，那麼抗日戰爭勝利以後學習與融會《講話》全文的精神，他的文藝主張明顯受到毛澤東思想的影響。正如他所說的，「第一次讀到《在延安文藝座談會上的講話》，記得是在重慶；那時，抗日戰爭剛剛勝利」，他說，「讀完這本書後全身感到愉快，心情舒暢，精神陡然振作起來。」於是，他著文介紹解放區的小說和詩歌，他說這些作品「給我極大的興奮和愉快」。〔註 29〕

茅盾文藝思想的變化同他當時的社會思想有著很大的關係。抗日勝利後，他遵循黨的指引，為爭取和平民主而鬥爭，支持由中國共產黨和其他民主黨派參加的政治協商會議。他和巴金等發表了《陪都文藝界致治協商會議各會員書》，〔註 30〕要求「結束一黨專政，制定和平建國綱領」，同國民黨的反和平反民主的行徑進行鬥爭。國民黨在美帝國主義支持下策動全面反革命內戰，他堅持在文藝戰線上，同美蔣鬥爭，一直到最後勝利。

作為一個無產階級戰士的茅盾，在他走完民主革命的路程之後，繼續在黨的領導下，沿著社會主義的方向前進！

〔註 28〕 刊載於《新華日報》，1944 年 1 月 1 日，據韋韜 1980 年 6 月 28 日轉告：茅盾曾讀過這份報紙。

〔註 29〕 以上均見茅盾《學然後知不足》，《人民文學》1962 年第 5 期。

〔註 30〕 《中原・文藝雜誌・希望・文哨聯合特刊》第一卷第二期，1946 年 1 月 20 日。

第十六章　並沒有結束（1949～1981）

　　我們探討茅盾在新民主主義革命時期的創作之後，可以認定他是我國新文學革命現實主義的巨匠之一。他在中國現代文學史上佔有重要的位置。魯迅以其短篇《狂人日記》、中篇《阿Q正傳》等及大量的雜文，開闢了中國現代文學的道路，並對中國文學發展起了巨大的作用；郭沫若以其《女神》爲中國新詩奠定了基礎，他的《屈原》創造了歷史劇和現實鬥爭相結合的範例；茅盾則以其《子夜》標誌中國現代長篇小說的新成就，以及短篇《林家舖子》、《春蠶》的獨特性而獲得他在文壇的卓越地位。

　　茅盾的創作眞實而具體地反映一個時代的面貌。他和魯迅的作品都是描述舊民主主義革命到新民主主義革命兩個時代的交替情勢及其變化歷程的，他們指出了帝國主義、封建主義和官僚資本主義統治的舊中國沒落的歷史命運，堅信唯有無產階級及其先鋒隊中國共產黨才能領導人民走向勝利。魯迅逝世後，新民主主義革命經歷著更爲曲折複雜的歷史變化，例如打敗日本侵略者，埋葬蔣家王朝，迎接新中國的誕生。這一切偉大的歷史變革，在茅盾作品中都留下了鮮明的印痕。《霜葉紅似二月花》描述辛亥革命到「五四」前夕的社會生活；《虹》反映「五四」到「五卅」的歷史變化；《蝕》描摹大革命時期的風雲變幻；《子夜》·《春蠶》等作品表現第二次國內革命戰爭時期中國的政治與社會矛盾；《第一階段的故事》、《走上崗位》、《鍛煉》描寫抗日戰爭初期的動盪生活；《腐蝕》揭示抗日相持階段的社會特點；《清明前後》反映抗日勝利前夕的複雜情勢；《驚蟄》、《春天》等描繪解放戰爭時期的偉大變革的圖景。由此可見茅盾的創作生動地反映了舊民主主義革命的終結，具體地描寫了新民主主義革命的全過程，它不但揭示帝國主義、封建主義和官僚

資本主義的衰敗，而且頌讚了中國共產黨領導人民獲得革命勝利的豐功偉績。茅盾的創作是舊中國衰亡的歷史記錄，也是新中國誕生的前奏詩篇。總之茅盾運用現實主義的創作原則，真實地具體地反映舊民主主義革命到新民主主義革命時期，特別是新民主主義革命各個重要歷史階段的社會生活的複雜面貌。

藝術貴在獨創。現實主義文學大師的創造性活動是多方面的，然而又有突出成就的一面。茅盾是個富有創造性的文學巨匠，他能運用各種題材，驅使各種體裁，塑造各種各樣人物，並且也具有個人獨特的風格。

茅盾創作的題材非常廣泛，既有以各個歷史階段的重大鬥爭作題材，如「五卅」，第一、二次國內革命戰爭，抗日戰爭，解放戰爭；又有重大題材以外的各種現象，如小人物（公務員、職員、教員等）的灰色生活，邊疆的風土人情，個人的內心感受以及春夏秋冬的自然景色等；還有中國遙遠的古代題材，如秦代、北宋的農民起義，也有北歐神話題材，如神的劫難；又有異國生活現象的題材，如日本的情調；又有宗教題材，如佛教、耶穌基督的故事。其中以描寫重大題材，特別是第二次國內革命戰爭時期的社會變革的作品最為出色。

題材的多樣化會引發多種多樣的體裁。茅盾能運用多種文學體裁如小說、詩歌、劇本和散文等表現社會生活。長篇、短篇以及抒情散文是他驅使得最好的體裁。《子夜》、《腐蝕》、《林家舖子》、《春蠶》、《白楊禮讚》、《風景談》等在現代文學史上都是扛鼎之作，其中長、短篇小說的成就最高。

塑造眾多不同性格的人物形象，是藝術獨創性的重要標誌。茅盾一枝筆幾乎涉及整個社會各個階級各個階層的人物，有工人、農民、學生（大、中、小學）、商人（民族資本家、買辦資產階級）、地主，還有共產黨及其遊擊隊的幹部、戰士，國民黨軍隊的官兵、國民黨反動政府的官員，偽漢奸等；從性別說，男女均有，從年齡說，老、中、青、幼都有。不少人物形象是有獨特性的，在現代文學史中並不多見，如大革命時期女性章靜、章秋柳等，劣紳胡國光；第二次國內革命戰爭時期的買辦階級趙伯韜，地主馮雲卿，資本家走狗屠維岳；有些人物是屬於中國現代文學史上的典型形象，如懦弱而又有某種反抗性的小商人林老闆，色厲內荏的民族資本家吳蓀甫，希冀以誠實的勞動換取生存權利而不斷掙扎的農民老通寶，歷盡千辛萬苦走向革命的青年知識份子梅行素，還有誤入特務歧途最終幡然省悟的知識青年趙

惠明等。

　　藝術的獨創，還表現在作家具有個人的獨特藝術風格。茅盾創作素來以恣肆磅礡而又精雕細刻的藝術風格著稱，《子夜》就是最突出的代表。當然，傑出作家的藝術風格又是多種多樣的，茅盾的創作也是如此，如《霜葉紅似二月花》委婉多姿；《路》綿密明快；《腐蝕》蘊藉而又精細；《春蠶》凝注深沉的控訴又有滿含熱切的期待；《雷雨前》等散文於無情的揭露中暗示著光明的未來；《時間的記錄》等雜文於剴刺入骨的嘲諷中夾著嚴正的抨擊。茅盾的創作風格可謂氣勢雄偉而又錯彩鏤金。他跟魯迅的犀利、深沉而又峭拔的藝術風格迥然不同。這表明文學巨匠的藝術獨創性是不一樣的，唯有如此，文學才能繁榮。

　　茅盾的創作同其他革命現實主義大師的作品一樣，影響是巨大的。他的作品在民主革命時期，有著廣泛的社會影響，幫助人民認清萬惡的舊社會，啓示人民追求美好的新時代。解放後，他的作品仍然有著認識價值，有助於了解我國人民的歷史及其求民主和求民族解放的鬥爭的光榮傳統。同時，他的創作對現代文學的發展起著積極的推動作用，不少作家從中得到教益。黃碧野說過：「對我的創作影響較大的作家是托爾斯泰和茅盾」。〔註 1〕茹志鵑說過：「我讀茅盾先生的《春蠶》，……覺得一個數千言的短篇，竟能包含這樣多，這樣深的社會內容，這是我所羨慕，我想追求的」。〔註 2〕茅盾的作品在國外也是受到廣泛重視的，如《子夜》、《腐蝕》、《霜葉紅似二月花》、《林家舖子》、《春蠶》等名作已翻譯成多種外國文字，在國外享有很高的聲譽。

　　我們從茅盾創作所反映的時代特點，藝術獨創性以及影響等方面來考察，可以確定他是我國新文學現實主義的巨匠之一。他之所以成爲卓越的現實主義文學大師，絕非偶然，這是由主客觀條件所造成的。

　　從時代條件方面來說，茅盾從事創作活動是在新民主主義革命時期，他在黨的領導下，參加革命鬥爭和文化鬥爭，長期的豐富生活經驗，是他創作的基礎，他從中揀取最典型的人和事，賦以藝術的形象。《蝕》是他參加第一次大革命時期鬥爭的產物；《子夜》中的素材是他第二次國內革命戰爭時期在

〔註 1〕　《作家自述──碧野》，《中國現代文學研究叢刊》第一輯，北京人民出版社出版，1979 年。
〔註 2〕　茹志鵑：《追求更高的境界》，《文匯報》，1962 年 5 月 24 日。

國統區裡耳聞目睹的;《腐蝕》所描寫的生活內容是他抗戰期間所熟悉的。由此看來,離開了急劇變化的社會生活,茅盾的創作是不能產生的。

但是,還應看到茅盾創作的成就同當時文學發展的聯繫。茅盾進入創作活動時,以魯迅為代表的新文學運動已經蓬勃發展起來,這為茅盾的創作提供了極為有利的客觀條件。左聯時期,無產階級文學運動深入開展,推動了茅盾創作的向前發展;抗戰和解放戰爭時期,文藝大眾化,文學的民族形式的提倡以及解放區文學作品的介紹,對茅盾的創作邁向大眾化民族化道路很有幫助。

茅盾創作的成就,跟同一時代作家的相互影響也有關係。他多次強調學習魯迅的徹底革命精神,師法魯迅用藝術形象鑄造敵人的形象。他創作的《虹》是在研究葉聖陶的《倪煥之》之後寫成,從中我們可以窺見他受到《倪煥之》的啟示。三十年代初期文壇上許多作家創作了以豐收成災為題材的作品,茅盾也是其中的一個,這不能不說其間沒有相互影響。抗戰前期許多作家從事通俗化作品的創作,這對茅盾嘗試通俗化創作是有啟發的。抗日相持階段,以歷史為題材的作品風靡一時,茅盾也捲入這一熱潮,說明了他和同時期創作的相互關係。解放戰爭時期,他在《春天》中塑造的華威先生,是個潛藏的反革命,此人同張天翼的《華威先生》中的華威先生頗多相似之處。從上面引用的幾個例子中,可以看出茅盾創作的成就不是一個突然的現象,也不是一個孤立的現象,他同當時或稍前稍後作家的創作有著一定的聯繫。

茅盾創作優異的作品,同受當時思潮主流的影響也很有關係。他在《也是漫談而已》〔註 3〕一文指出,「一九二八年~三六年這一時期內,歷史唯物論與辯證唯物論的思想武器能在文藝與學術的各部門內同時展開運用,這才使那一時期的思想鬥爭是如此地熱烈而獲得輝煌的成果。再說,中國歷史和中國社會性質之正確的研究,其有助於文藝作家之更深地了解社會現實,也是不待言的」。這段話清楚地告訴我們:左聯時期開展用馬克思主義觀點來研究中國歷史和中國社會性質的思想運動對推動當時的創作活動是很有裨益的。茅盾《子夜》的誕生,同當時中國社會性質的論戰是分不開的。可見馬克思主義思想對於革命文學的創作是何等重要!

不過,還應特別強調茅盾個人的主觀努力,對於他成為文學巨匠的重大

〔註 3〕 《文聯》第一卷第四期,1946 年 2 月 25 日。

意義。茅盾進入創作活動之前，思想上、文學上和生活上都有了充分的準備。開始創作以來，他一直摸索著前進，在迂迴曲折的發展過程中，付出了辛勤的勞動。

　　作家的思想情緒對於創作傾向往往是起著決定作用的。大革命失敗後，茅盾雖然對國民黨專制統治充滿了憎恨，然而對革命前途卻缺乏信心，情緒消沉。這種思想情緒鮮明地反映在《蝕》裡，從中可以看出批判現實主義起著主導作用，當然也不能否認作品中的革命現實主義因素。經過不斷摸索和總結經驗，茅盾逐步認識到只有振奮起來，努力掌握馬克思主義思想武器，才能使自己的創作朝著正確的方向前進。《虹》的問世，表明了他已跨上了革命現實主義的創作道路。之後，由於他只注意作品內容的革命性，忽視藝術質量，因而創作中出現了某種程度的公式化、概念化的傾向。經過反覆的試驗，他認識到必須把努力提高馬克思主義思想水平，深入生活實踐同反覆地磨練藝術技巧三者結合起來，才能使作品深刻的思想內容與生動的藝術形式得到和諧統一。《子夜》、《林家舖子》、《春蠶》等作品相繼發表，表明了他能以具體藝術形象反映廣闊的社會生活，指出反動勢力必定失敗，預示著光明未來一定到來，這充分地顯示著革命現實主義的勝利。抗日戰爭時期，茅盾努力使自己的思想符合人民抗日的新形勢，他在創作中強烈反映人民大眾反對日本帝國主義和抨擊國統區反動派假抗日眞反共的思想情緒，充分地體現中國共產黨領導人民走向勝利的強大威力，如《第一階段的故事》、《腐蝕》等作品。當然，也有些作品以歷史唯物論爲指導，眞實地再現歷史生活，如《霜葉紅似二月花》。這些作品表明作者一方面站在人民大眾立場上更直接地觸及抗日時期的民族矛盾和階級矛盾，另方面又以唯物史觀爲指針，嘗試運用歷史題材曲折地配合當時的現實鬥爭。從中可以看到作者的革命現實主義創作新探索得到了豐收。《在延安文藝座談會上的講話》問世後，茅盾盡力使自己的思想同黨中央取得一致，積極宣傳黨的文藝方針，提倡文藝爲人民大眾，首先爲工農兵服務，盡力使自己的創作貼近人民人眾，這表明了他的革命現實主義進入新的階段。

　　茅盾從批判現實主義走向革命現實主義，其間經歷著曲折的過程。當他爲小資產階級思想所左右的時候，他雖然能夠揭露社會的黑暗，然而看不到光明，他的創作傾向是批判現實主義的。當他努力掌握無產階級思想的時候，他既能抨擊舊世界，又能展示革命未來，他的創作傾向是革命現實主義

的。然而革命的思想還必須同豐富的生活融成一體。當兩者結合較好時所創作的作品就有了巨大的藝術力量，如果只有正確的思想而缺乏生動的生活內容，那麼，他的作品就失去藝術感染力。

茅盾創作的成就，同他努力樹立革命的思想和豐富的生活經歷有著直接關係。然而，藝術傳統的承繼與發展，也是不可缺少的。茅盾善於吸收中外文學名著的精華，把它化為自己的血肉。他對中國古典文學中的散文、詩歌感興趣的有《左傳》、《莊子》、漢賦及韓愈、柳宗元、蘇軾、李義山等人的作品；還有舊小說如《水滸》、《紅樓夢》、《儒林外史》、《海上花列傳》等。至於外國文學，他喜歡的作品範圍相當廣泛，如希臘、羅馬的古典作品，文藝復興時代各大師的名著，十九世紀的批判現實主義文學，他喜歡「大仲馬，甚於莫泊三和迭更斯，也喜歡斯各德」，「也讀過不少的巴爾扎克的作品」，可是他「更喜歡托爾斯泰」。總之，他「喜歡規模宏大、文筆恣肆絢爛的作品」。〔註4〕

中外文學名著的吸取，有助於茅盾探討與現實主義創作原則相適應的表現手法。大體說來，從他進入創作活動到第二次國內革命戰爭期間，雖然嘗試運用民族傳統的手法，然而更多地是借鑒西歐文學的手法，如細緻的心理描寫，一瞬間的複雜內心活動的剖析，多線索的藝術結構方法，精密的語言等。這一階段他創作的表現手法特點是，善於置人物於各種矛盾衝突之中，採用各種手法，如神態、心情、動作、環境等，從各個方面，如經濟領域、革命鬥爭、社交活動以及愛情、家庭生活等精細地描寫人物性格的複雜性及突出特徵，運用橫斷的寫法，安排宏偉而又曲折的布局，驅使細密而又剛勁的語言。從抗日戰爭到解放戰爭時期，他在消化西歐文學手法的同時，較為突出地吸取民族傳統及通俗化的表現手法，其特點是，善於在許多矛盾的糾葛中，多借助人物的言行，通過重大政治鬥爭，細小家庭生活等活動，以簡括而又細微的筆墨刻劃人物的性格及其變化，組織浩大而又井然有序的布局，講究語言的簡煉、樸素、精巧。

茅盾在新民主主義革命時期的創作成就是巨大的。進入社會主義革命時期，他的主要活動是負責國家文化方面的領導工作，致力於文藝批評和培養青年文學工作者。中華人民共和國成立後，他擔任了文化部長，直到一九六四年，才改任全國政協副主席。他還曾任全國文聯副主席，長期擔任作協主

〔註 4〕 均見茅盾致筆者手箋，1962 年 9 月。

席。他寫作的文藝評論，已匯集成冊的有《鼓吹集》、《鼓吹續集》，長篇論文《夜讀偶記》及《關於歷史和歷史劇》、《茅盾近作》等；創作方面有《茅盾詩詞》，〔註5〕還有一部未完成的長篇小說，〔註6〕也有許多散文。此外撰寫了長篇回憶錄。

　　茅盾早在一九六一年曾經說過：「五年後，那時已經七十歲了，如果不死，如果還有精神，我再考慮寫小說」。〔註7〕沒有料到，由於「四人幫」的破壞干擾，未能實現寫作小說的宿願。「四人幫」打倒之後，他擔任了全國文聯名譽主席，作協主席，一直為粉碎「四人幫」強加於文藝上的枷鎖，恢復與發展社會主義文藝事業而不斷地鬥爭。

　　茅盾年事已高，然而他永葆革命激情，並沒有停止文學活動，他仍為社會主義文學的發展而辛勤勞動著。

　　茅盾，這位文學巨匠為我國新文學的革命現實主義的發展作出了不可磨滅的貢獻。他的創作的影響將越來越大，歷史必將證明這一點。

1955 年～1965 年初稿作於北京、唐山、廈門

1978 年 1 月～1980 年 4 月修改於廈門

1980 年 6 月～9 月再修改於北京

〔註5〕　《茅盾詩詞》一書大多收入茅盾解放後寫的詩詞作品，河北人民出版社，1979 年出版。

〔註6〕　茅盾告訴筆者，解放後他曾動手寫一部長篇小說，只開了一個頭，大約十萬字，就停了下來。小說內容寫鎮壓反革命、工商業改造等。（據茅盾 1961 年 6 月 26 日與筆者談話記錄，記錄稿經茅盾審閱）。

〔註7〕　同上註。

後　記

　　本書企圖通過對茅盾主要作品的評述，探索他創作進程的軌跡，從而窺視我國現代文學發展的重要側面。

　　早在一九五五年春天，筆者行將畢業於大學，曾在徐霞村教授指導下，寫過一篇談茅盾創作的論文。畢業後即動手寫作本書，約利用了十年的業餘時間，斷斷續續地寫出初稿。正要修改，突然遇到十年的動亂，自身難保，遑論身外短書！不幸中之大幸，手稿及有關資料尚無丟失，使我得以借此思索茅盾研究中的諸問題。「四人幫」坍台後，因準備講授「茅盾研究」，前前後後費了將近二年半教學之餘的時間對本書作了修訂。筆者試圖對研究茅盾提供一些材料並提出若干不成熟的看法，現在看來，仍未達到本意，有待廣泛聽取意見後進一步充實、提高。

　　在寫作的過程中，茅盾同志耐心地回答我提出的許多問題，并閱讀了本書的一部分，訂正了一些史實。韋韜、陳小曼兩位同志爲轉述茅盾同志答筆者問做了許多工作。對此，表示深切的謝意！

　　本書的部分章節，已在刊物上陸續發表，如第二章改題爲《茅盾在五四時期的文學主張》，刊於北京《文學評論叢刊》第四輯；第三章刊於上海《文藝論叢》第十一輯；第八章的片斷收入吉林《社會科學戰線·現代文學論集》等。這些單篇發表之前，曾得到有關編輯部的指點。

　　應該特別提到的，人民文學出版社的編輯同志們對本書的出版給予大力的支持，並具體地指導修改。

　　還應該提到老師的幫助，如鄭朝宗教授詳細校閱本書；萬平近副教授提出不少有益的意見。

　　還有王瑤教授、田仲濟教授、俞元桂教授和樊駿副研究員對筆者的熱情
匡助。孫昌武同志爲本書提供了許多外文資料。

　　對於來自各方面的關懷與鼓勵，這裡一併道謝。

作　者

1980 年 9 月於北京

補　記

　　書稿付排時，忽聞噩耗：茅盾，這位偉大的革命作家不幸於一九八一年三月二十七日五時五十五分在北京逝世了。爲了共產主義，他奮鬥了終生。他早年參加中國共產黨，大革命失敗後暫時同黨組織失去聯繫，曾多次提出恢復黨籍。他病危時刻，再一次向黨中央申請追認他爲中國共產黨黨員。黨中央已批准恢復他的黨籍，黨齡從一九二一年算起。他成了我黨最早的黨員之一。

　　茅盾儘管走過一條曲折的道路，然而他同黨始終沒有二心，這是他在文學上取得卓越成就的不可缺少的因素。解放前他的創作繪製了從舊民主主義革命到新民主主義革命的宏偉畫卷。解放後他的創作不多，即便如此，也描出了社會主義革命與建設的生動側影。可以這樣說，他的全部作品表現了中國舊民主主義到社會主義的歷史進程，堪稱中國人民革命的「詩史」。他的大量傑出作品極大地提高了我國現實主義文學創作的水平，特別是他的長篇小說有力地推動了中國現代小說的進展。他的汪洋闊闔又精雕細琢的藝術風格，在中國文學史上是別具一格的，爲藝術創作的獨創性樹立了楷模。茅盾是「五四」以來第一個卓有成就的文學評論家，他的評論活動貫穿了整整一生，廣泛地接觸到中外古今的文學，而以中國現代、當代文學爲重點，它有效地促使我國文學的發展。茅盾又是新文學運動中系統地介紹外國優秀文學作品的先驅之一，他翻譯了許多外國作品。

　　茅盾是偉大的作家，傑出的文學評論家、優秀的翻譯家，他的著述質量很高，數量也是驚人的，據粗略的統計，約一千多萬字，豪無疑問，茅盾作爲中國文學史上的大師、新文學的導師、巨匠，進入世界文學名人之列，那

是當之無愧的！我們為有這樣一位卓越的文學巨人而感到驕傲！

　　茅盾與我們永別了，然而他生前留下的豐富文學遺產將千秋萬代地傳頌下去；他一生走過的革命的文學道路，並沒有終結，必將長久地鼓舞一代又一代的文藝新人跟著他的步履向前走！他和魯迅、郭沫若等用畢生精力培植革命文藝之花，永不會凋謝。我們的社會主義文藝事業，一定將更加繁榮昌盛！

　　　　　　　　　　　　　　　　　　　　1981 年 4 月於廈門